걸작으로
노는 남자

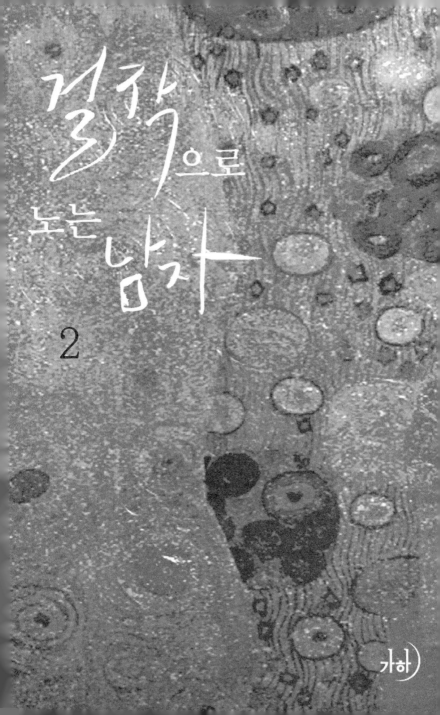

걸작으로
노는 남자

2

가하)

결작으로 노는 남자 2

지은이 | 이윤미
펴낸이 | 이형기
펴낸곳 | 도서출판 가하

초판인쇄 | 2013년 1월 25일
 1판 2쇄 | 2013년 3월 5일
출판등록 | 2008년 10월 15일 제 318-2008-00100호

주 소 | 서울 영등포구 당산동5가 33-1 한강포스빌 1209호
전 화 | 02-2631-2846
팩 스 | 02-2631-1846
www.ixbook.co.kr

ISBN 978-89-6647-473-8   04810
       978-89-6647-471-4   04810(set)

값 9,800원

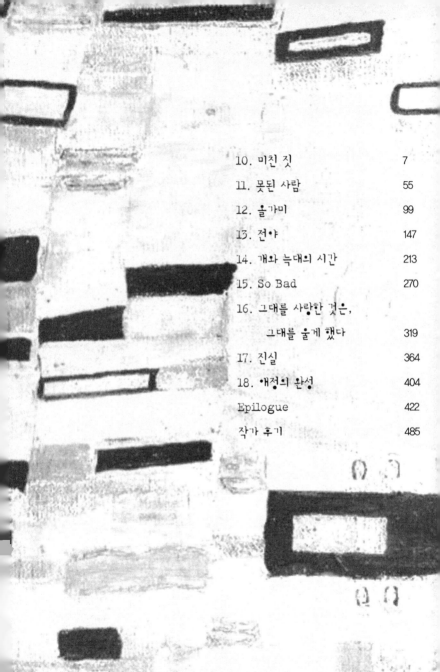

10. 미친 짓

등 뒤로 크림색 소파가 깔렸다. 해주는 거칠게 밀어붙이는 진현에 숨조차 제대로 쉴 수가 없었다. 그의 손이 불쑥 티셔츠 사이를 비집고 매끄러운 살결을 타고 오르자 복부에 절로 힘이 바짝 들어갔다. 거침없이 옷을 흐트러트린 손은 무자비하게도 여린 그녀의 가슴 위를 뒤덮었고, 동시에 다리가 벌어지며 묵직한 체중이 실렸다.

"저기⋯⋯!"

휘몰아친다. 태풍이었다. 해주는 숨을 몰아쉬며 눈을 내려 까맣게 보이는 진현의 머리통을 바라보았다. 검정색 셔츠를 밀어 올리고 그녀의 배 위를 깨물고, 혀로 쓰는, 애무인지 괴롭히는 건지 모를 키스를 하는 남자를 눈으로 확인했다. 아랫배 언저리가 묵직해지고 다리 사이가 뜨겁게 달아올랐다. 언젠가, 담벼락에서 이 남자에 의해 무례를 당했을 때와 같았다. 심장 끝이 열기로 번졌고 머리도 뜨거워졌다.

"아하……!"

브래지어 위로 가슴을 움켜쥐었던 손이 곧 브래지어 밑단을 파고들어 말캉한 살을 온데 담았다. 자극에 반응해 꼿꼿하게 선 유두를 뭉툭한 손끝이 꾹 누르며 굵고 또 얼렀다. 해주는 저도 모르게 새된 비명을 지르며 허리를 뒤틀었다. 그러자 갈빗대를 이로 살살 굵으며 자극하던 그의 손이 재차 유두를 꾹 눌러왔다.

"아……!"

해주는 몸을 비틀려 했지만, 이미 그녀의 다리를 넓게 벌리고 자리 잡은 진현 때문에 그럴 수 없었다. 감각이 터지는 것 같았다. 눈앞이 희뿌예졌다. 그가 그녀를 만지는 손을 따라, 입술을 따라 그곳에만 눈이 있고 촉감이 있는 것 같았다. 몸이 나른해지고 다리 사이가 욱신거렸다. 그가 더 많은 곳을 만지고 자극해주길 바랐다.

해주는 울 듯 얼굴을 일그러트리며 호흡을 가쁘게 뱉어냈다. 그때였다. 그녀의 복부를 타고, 갈빗대를 타고 이로 굵고 혀로 핥고, 살을 빨아올리며 올라오던 그가 그녀의 셔츠와 브래지어를 동시에 위로 잡아 올렸다. 다리 사이에 뭔가 묵직한 것이 강하게 부딪쳤고 그의 입에서도 낮은 신음이 흘러나왔다.

해주는 그의 무게를 뜨겁게 인식했다. 하지만 그도 곧 머릿속에서 사라졌다. 그녀와 눈이 마주친 진현이 곧바로 고개를 내려, 이제는 부어올라 아릿하기까지 한 입술을 짓씹듯 빨아올렸다.

그는 마치 짐승 같았다. 그의 목 안에서 낮은 그르렁거림이 들리는 것도 같았다. 해주는 단단한 어깨를 잡고 있던 손을 올려, 진현의 얼굴을 잡았다. 봉긋한 가슴을 아프게 짓누르는 맞닿은 가슴으로 그녀만큼이나 빠르고, 거친 박동이 느껴졌다.

"하아……! 생각을, 생각을 좀 해봐요."

진현은 그녀의 입술 위에 이마를 댔다. 숨을 고르는 듯했다. 그 와중에도, 언젠가 그날처럼 그녀의 가랑이 사이를 자극하는 그것은 더욱 크기를 키워갔다. 그의 손에 거칠게 주물러져 울긋불긋해진 가슴 위로 문득 바람이 느껴진다 생각했다.

"아홋!"

해주는 또다시 상체를 펄쩍 뛰었다. 가슴 끝을 문 진현이 이로 긁고 혀로 핥고 입안으로 빨아들이길 수차례, 그녀가 감당할 수 있는 수치를 벗어난 낯선 쾌감에 해주는 몸을 뒤틀었다. 그러나 비틀어 빠져나가려는 움직임을 그는 결코 용납하지 않았다. 어깨를 잡아 누르고 유두를 뱉어낸 후, 가슴살을 함빡 빨아올렸다. 거침없었고, 또한 원초적이었다.

"……그만, 그만……! 잠깐, 이봐요, 잠깐!"

이내 다른 쪽 가슴으로 옮겨가 거칠게 상흔을 내던 진현이 유두를 강하게 빨아올렸다. 그리고 그녀의 다리 사이에 묻은 허리를 움직였다. 그가 움직일 때마다, 이미 그녀 스스로도 수치스러울 정도로 젖어버린 그곳에 묵직한 중심이 강하게 파고들었다.

"하아, 하아……!"

미칠 것 같았다. 처음 경험해보는 낯선 세계였고 미지의 감각이었다. 바보가 아니니, 그가 지금 그녀에게 원하는 것이 뭔지는 안다. 하지만.

　"좀! 초심자에 대한 배려라는 것도…… 핫, 없어요! 이건 너무……!"

　"하아!"

　진현의 입에서 처음으로, 신음이 흘러나왔다. 해주는 그를 밀어내던 손을 멎었다. 그녀의 엉덩이를 감싸 들어 올린 그가 그의 허리 아래를 마찰시켰다. 문지르듯 밀어냈다가 다시 끌어들이고 다시 문지른다. 그가 한껏 탐하고 난 상의는 엉망이었다. 목 밑까지 셔츠와 브래지어가 말려 올라가 있었고, 빨갛지 않은 곳이 없었으며 온통 타액으로 번들번들했다.

　"윤해주……!"

　어느 순간, 허릿짓을 멈춘 그가 그녀의 가슴 위로 얼굴을 묻었다. 그가 행동을 멈춘 동시에, 그녀를 버티게 하고 있던 힘도 모두 빠져버렸다. 해주는 그녀의 가슴 중앙에 이마를 묻은 채 거친 호흡을 들썩이는 진현의 뜨거운 숨결을 느꼈다.

　이 매정하고, 냉혹한 데다 인정머리 없는 남자는 여자를 어떻게 안을까, 궁금했었다. 평소의 그처럼 건조하거나 혹은 냉랭할 거라고 생각했다. 필요에 의한 접촉만 하고, 욕구만 풀면 끝일 거라는.

　그런데 아니었다. 그는 무서울 정도로 강렬했고 야만적이었으며 또한 뜨거웠다. 그의 손이며 입술이 닿은 곳 중 얼얼하지 않은 곳이 없었다. 그녀의 양 둔부를 움켜잡은 손이 탄력적인 엉덩이를 부드럽게 주물렀고, 여전히 맞닿은 하체는 화상이라도 입은 것처럼 아팠다.

채 욕구를 풀지 못해 커다랗게 응어리진 그의 중심부가 계속해서 그녀를 짓눌렀다. 그리고 의도하지 않았음에도 불구하고 그녀의 여성 역시 수축과 이완을 계속했다. 이미 젖을 대로 젖어 제 기능을 다하진 못했지만 몇 겹이나 천이 맞닿아 있는 상태에도 불구하고 마치 그를 삼키지 못해 안달이 난 것처럼 그렇게.

"하아."

거친 호흡을 삼켜내던 진현이 벌거벗은 그녀의 가슴 위에서 고개를 든 것은 금방이었다. 그녀가 멍하니 천장을 보고, 그의 몸을 뜨겁게 인식하고, 채 해소하지 못한 갈망에 괴로워하고 있을 때였다. 광대 위로 붉은 기가 희미하게 남은 진현이 그녀의 위에서 몸을 일으켰고, 목을 갑갑하게 조르고 있던 타이를 느슨하게 당기며 소파에 기대앉았다.

"일어나."

언제 달려들었냐 싶게, 차분한 음성이 그녀를 일깨웠다. 두 눈을 멍하니 끔뻑거리던 해주는 얼른 브래지어와 셔츠를 내려 옷을 정리한 후 앉았다. 하지만 어느새 뛴 적이 있냐 싶게 잠잠해진 그의 가슴팍과 달리 그녀의 가슴은 여전히 들썩거리며 거친 숨을 뱉어냈다.

게다가 입안에서는 비린 맛이 뒤늦게, 느껴졌다. 해주는 인상

11

을 슬쩍 찌푸렸다. 이 남자, 전생에 짐승이었나. 어찌나 그리 깨물고 핥아대는지. 피부 위가 온통 벌겋고 하얗고 그랬다.

"씹어 먹히는 줄 알았네. 이래 봬도 나 초심자거든요. 노말하게 갈 수는 없어요? 아님, 이제라도 그만둔 게 배려라고 해준 거예요?"

그가 멀쩡하다면, 그녀 역시 멀쩡한 척할 수밖에.

여전히 두 볼이 빨갛고 가슴엔 열꽃이 핀 그녀였지만 해주는 애써 진현과 눈을 마주쳤다. 그러나 소파 위에 나른한 듯 기대 있던 진현의 얼굴은 무심했고, 그녀의 말에 찌푸리는 눈썹은 기대를 무너뜨렸다.

"배려? 내가?"

진현의 무심했던 두 눈이, 빠르게 식었던 만큼 순식간에 가라앉으며 진득한 열기를 뿜어냈다. 해주는 저도 모르게 셔츠 옷깃을 아래로 길게 늘여 잡아당겼다. 안 그러면 금세 또 저 남자에 의해 반라가 될 것 같은 위기감이 본능적으로 들었으니까.

"몇 시간 있으면 출근해야 해. 그런데 내가 몇 시간 갖고는 안돼."

"에?"

진현은 자리에서 일어나며 느슨하게 늘였던 타이를 마저 풀어내 소파 위로 던졌고 이어 단추 역시 하나씩 끌렀다. 해주는 순간 그의 말을 알아듣지 못했다. 뭘 몇 시간 갖고는 안 되는지.

그녀는 여전히 피부 위를 안달 나게 하는 소름 끼치는 감각과 싸우며 천천히 셔츠 단추를 풀어 내리는 진현을 멍하니 바라보앉다. 문득 그가 몸을 틀어 움직이자 따라서 고개를 돌렸다.

현관으로 나간 그는 그녀가 들고 왔던 화통을 바닥에서 주워 들었다. 그리곤 소파 앞까지 다가와 화통의 뚜껑을 열고 안에서 그림 한 장을 꺼냈다. 앉아 있는 그녀로서는 그림 뒷면의 누렇게 변질된 종이만 보일 뿐이었다.

지나치게 이성적이다. 그렇게 잡아먹을 것처럼 굴어놓고서는 한 순간에 이렇게 차갑게.

자신은 여전히 머리 위로 스팀이 뿜고, 뻐근한 심장이 통증을 호소하는데 그는 허탈할 정도로 차분해 보였다. 혹시 그녀가 백일몽이라도 꾼 것이었나.

해주는 바지로 뒤덮인, 무릎 위를 손으로 덮어 꾹 움켜쥐었다. 정말 모르겠다, 이 남자.

그녀는 이런 상황에서 의연하게 대치할 정도로 노련하지도 않았다. 그녀가 불만 어린 얼굴로 그를 힐끔거리는 이 순간에도, 그는 여전히 그림에서 눈을 떼지 않고 있었고 적막은 길어지기만 했다. 그러자니 열로 들떠 질주하던 심장도 차분히 가라앉기 시작했다.

"역시."

낮게 중얼거린 진현이 테이블 위로 '귀거래도'를 성의 없이 던지듯 내려놓았다. 해주는 인상을 찌푸렸다. 그녀 딴에는 목숨을 걸고 가져온 건데, 그의 반응은 냉랭하기 그지없었다. 그녀가 불만을 막 토해내려는데 진현이 먼저 입을 열었다.

"모작은 모작인데, 내가 찾는 모작은 아니야."

"……그게 무슨 말이에요?"

해주는 아연해져 테이블 위의 그림을 내려다보았다. 세간에 '귀거래도'라고 알려진 그림은 벼슬을 사직하고 전원의 자유로운 삶을 찾아 귀향하는 모습에 걸맞게 멀리 바위산을 배경으로 나무가 우거지고 한쪽에 나룻배가 떠 있는 그림이었다. 그녀가 고고학 수업 시간에 배운 그것과 별다를 게 없을진대, 그가 무엇을 말하고 있는지 감이 잡히지 않았다.

"나를 낚기 위한 가짜였다고."

진현이 다시 말했다. 해주는 그를 올려다보았다. 그렇다면 그녀의 야행이 모두 다 헛짓거리였다는 거 아닌가.

"내가 일을 주지 않는 건, 그만 한 이유가 있어서야. 알아들어?"

그녀의 앞에 버티고 선 진현이 덧붙였다.

해주는 아랫입술을 으깨 물었다. 그녀 혼자 설레발을 친 것이다. 이 남자가 움직이지 않는 건 확신이 없어서였는데, 그녀는 그걸 간과했고 섣불리 행동했다. 진현은 그것을 나무라고 있었다.

"마지막으로 말해. 내가 하라는 것만 해."

그녀에게 얼굴을 바짝 들이댄 그가 강한 시선으로 쏘아보며 말했다. 반사적으로 엉덩이 뒤로 팔을 짚어 상체를 빼던 해주는 문득 아랫입술을 깨물었다. 그리곤 그를 밀쳐내듯 자리에서 벌떡 일어나 몸을 돌렸다. 그대로 도도하게 현관으로 나가려는데 또다시, 그녀의 심장을 송두리째 움켜쥔 남자의 음성이 흘러들었다.

"대답, 안 해?"

"상황은 파악했어요. 마 사장님 지시도 없이 움직인 내가 땅만 팠다는 거죠. 고로, 앞으로 내가 하라는 것만 해라? 알아들었어요. 똑똑히."

저도 모르게 말이 뚝뚝 끊어졌다. 그녀는 조금 화가 났다.

마치 혼을 불살라버리기라도 할 듯 거칠게 덤벼들 때는 언제고, 그녀 혼자 발정 난 암캐를 만들어놓고서는 지나치게 쿨한 건 또 뭐고, 이제는 그를 위해 가져온 물건 갖고도 이리 혼나야 하고. 분명한 건, 그와 그녀의 관계 정립이 아직도 불분명하다는 것.

그녀에게 마음이 있는 것도 같고, 그저 화가 나서 여자에게 할 수 있는 최악의 방법으로 표출한 것 같기도 하고.

이제나 저제나 십장생이다. 생각할수록 줏대도 없이 휘둘리는 건 자신뿐이라는 생각이 들어 얼굴에 열이 번졌다. 또 한편으론 창피했다. 그가 덤벼든다고 좋다고 입 벌리고 좋다고 다리 벌리고.

"윤해주."

짜증을 털어내듯 바닥을 탁탁 차며 걷던 그녀를 진현이 불렀다. 해주는 다시 걸음을 멈칫했지만 이내 무시하곤 앞으로 걸었다.

"윤해주!"

그가 조금 더 강하게 그녀를 불렀다. 해주는 인상을 와락 일

15

그러트렸다. 그리곤 폐부 저 밑자락부터 한숨을 깊이 뽑아내 풀어내곤 짝다리를 짚어 진현을 보았다.

"너 머리 나쁘지?"

이 무슨 망발을. 정곡을 제대로 찔렸다.

해주는 짝다리를 짚었던 하체를 바로 세웠다. 욱하는 마음에 주먹도 꾹 움켜쥐었다.

머리가 나쁜 게 아니라 생각을 많이 하는 걸 좋아하지 않는 거다. 안 그래도 복잡한 세상에 생각 많이 해봤자 머리털밖에 더 빠지겠는가. 단순명료하고 솔직하게. 그것이 조금 손해를 볼지라도 윤해주가 사는 방식이었다.

그녀 인생에 복작복작한 건, 실종된 엄마 하나로도 이미 충분했다. 넘칠 만큼.

"나쁜 게 맞군."

눈을 가늘게 좁혀 뜨고 그녀를 바라보던 진현이 한 걸음씩 다가왔다. 해주는 목울대로 침을 꼴깍 삼켰다. 혼자 하는 사랑이니 넌 신경 끄라고, 나 혼자 실컷 퍼주다 정 떨어지면 알아서 내가 떨어져줄 테니 모르쇠 하라고 했던 건 그녀였다.

하지만 그렇다고 괜찮다는 건 아니었다. 노력하고 또 노력해서 괜찮은 척하는 거였고, 혹여 그가 웃음 한 자락 건네줄까 싶어 찰거머리처럼 구는 것도 꽤나 용기가 필요한 거였다.

그런데 또 한 번 그가 그녀를 뿌리부터 뒤흔들었다. 그런 데다 이 남자의 무저갱처럼 깊고 시커멓기만 한 속을 당최 알 수가 없으니 더 미치고 팔짝 뛰겠다.

"지금 꼴을 보니 네가 상황 파악을 못한 것 같아서 다시 한 번 말한다."

그녀의 앞으로 다가온 진현이 고저 없는 음성으로 말을 이었다.

"몇 시간 갖고는 안 된다는 거 무슨 말인지 모르지."

"모르면요."

무식하면 용감하다고 그녀는 바싹 고개를 치켜들었다. 그의 입 꼬리에 문득 초승달같이 요사스런 웃음이 걸린다 싶었다.

"널 안자면, 몇 시간 갖고는 안 된다는 얘기다."

"안……자면?"

가슴이 쿵 떨어져 내렸다. 귀부터 불이 붙었다. 안는다는 게, 그, 여자랑 남자랑 홀딱 벗고 하는 그게 맞다면, 이 남자는 정말 그녀와 일을 치를 셈이있다. 하지만 그만둔 건 그였다. 그의 해석을 빌자면 몇 시간 갖고는 안 되니까.

붉게 달아올라 마른 입술만 연신 축이는 그녀에게 진현이 쐐기를 박았다.

"아무래도 내가, 너라는 여자에겐 꽤나 열정적인 타입인 것 같거든."

무심하던 얼굴은 또다시 순식간에 뒤바뀌었다. 그는 카멜레온 같았다. 때에 따라, 상황에 따라, 마음먹은 것에 따라 제멋대로 얼굴을 뒤바꿨다. 그런데 그것이 결코 어색하거나 이상하진 않다는 게 문제였다. 이번에는, 그 무엇이라도 달콤하게 녹여버릴 것 같은 미소를 물고선, 희롱하듯 말했다.

그 말은, 내가 좋다 이거니?

말이 목구멍에 걸려서 나오지를 않았다. 곧 미소를 사그라뜨린 진현은 목각처럼 굳어버린 그녀의 어깨를 잡아 돌려 현관으로 이끌었다. 어깨에 둘러진 그의 팔을 뜨겁게 인식하며 해주는 눈꺼풀을 연신 파닥거렸다. 그러니까 백일몽도 아니고, 불처럼 뜨거웠던 그 시간이 환상도 아니란 거다.

현관문을 열고 그녀를 밖으로 밀어낸 진현이 문을 닫으려 하자, 해주는 그 문을 황급히 잡았다.

"그러니까 우리, 이제부터는……."

"너에 대해선 아무것도 판단이 안 서. 분명한 건, 여자라는 거지. 안고 싶은. 그러니까 그런 사이란 거다."

진현이 잠시 그녀를 내려다보곤 말을 이어 덧붙였다.

"다리 갖다 부러뜨리기 전에 알아서 말 들어. 한두 번 실수하면, 몸으로 체득이라도 해야지 않나?"

"……나, 혼자 가라고요?"

적어도 어떤 사이가 된 거라면, 이 새벽에 혼자 보내는 건 아니지 않나.

살벌한 상상력을 자극하는 다감하지 않은 음성쯤이야 이젠 껌이었다. 그의 말을 들은 척 만 척한 해주는 저가 궁금한 데로 관심을 쏟았다. 지극히 상식적인 생각이었다.

그런데 그 말을 들은 그의 얼굴에 문득 서늘한 바람이 스치고 지나갔다. 갑자기 그가 성큼 그녀의 손을 붙잡았다. 뭐지, 하는데 그에게 잡힌 손이 어딘가에 놓였다.

"나도 내 할 일이 있어."

맙소사. 해주는 손끝을 바짝 굳혔다. 그는 정말 아무렇지도 않게, 제 중심부에 그녀의 손을 얹어놓았다. 검정색 바지에 가려져 잘 몰랐는데, 무척이나 뜨겁고 단단한 것이 바지 아래에서 쇠막대기처럼 곤두서 있었다.

"……하, 할 일 하세요."

그가 손을 놓기가 무섭게 등 뒤로 돌린 해주는 곧바로 날듯이 엘리베이터로 향했다.

엘리베이터 안으로 검정색 일색의 차림인 해주가 사라지고 나서야 진현은 문가에 몸을 기대섰다. 무심함을 가장하고 있던 그의 얼굴이 지친 듯 바뀌었다. 하지만 그도 곧 커다란 손에 가려 묻혔다. 그가 다시 손을 내렸을 땐, 여느 때의 얼굴이었다.

곧장 몸을 돌려 집 안으로 들어온 진현은 다시 소파로 가 귀거래도 그림을 싸늘한 시선으로 내려다보았다. 어느 정도 자리를 잡고 난 후부터 그는 남이 건드리지 않는 한은 먼저 움직이지 않는 편이었다.

그런데 홍나희는 벌써 세 번 참았다. 감히 그를 시험해보려 했고, 농락하려 했다. 뭐, 그가 걸려들지 않았으니 그리 개의치 않았지만, 멍청한 좀도둑 윤해주가 그 농락에 보기 좋게 걸렸다. 빨래터와 팔상도 건도 있으니 그로서도 더 이상 홍나희의 짓거리를 두고 볼 수만은 없었다.

하지만 움직이자면, 그의 내면에 안착시켜놓았던 포악함이 또다시 드러날 터였다. 진현은 뻐근한 뒷목을 주무르며 복층으로 올라갔다. 내처 걷던 그의 입에서 문득 실소가 흘러나왔다.

무의식 중 한 생각이 그를 어이없게 만들었기 때문이다. 주란을 한 길 물속으로 사모하는 임학도의 속을 알 것도 같다는, 뜬금없는 생각이 그것이었다. 게다가 이어 든 생각이란 것도 가관이었다. 윤해주는 그의 포악함을 몰랐으면 싶다니. 그것이 그의 삶인데도 말이다.

"하아. 웃기는군."

단단하게 뭉친 아랫도리에 절로 인상이 찌푸려졌고 신경이 날카로워졌다. 스스로도 두려웠다. 온몸이 윤해주에게 내달리는 감각이란 퓨즈가 나갈 만큼 황홀했고 몰아 구분을 하지 못하게 만들었다. 일찍이 그의 생 전체를 통틀어봐도 이런 적은 없었다.

그런데 윤해주는 그의 냉정을, 이성을, 계산을 모두 무시한 채 본능보다 더 깊은 원초적인 욕구를 일깨웠다. 그러니 이제 그가 해야 할 일은 더욱 철두철미해지는 것뿐이다. 그의 앞길에 장애가 되는 모든 것들에 대해서.

그리고 그 길은 무척이나 피로하고, 잔인하며, 교활할 것이었다. 사람이 아닌 것처럼. 그리고 윤해주는 그런 그를 받아들여야 했다. 시작을 한 것은 그가 아닌 그 여자였으니까.

약손은 유명했다. 그의 주 무대인 답십리뿐만 아니라 땅끝, 전남 지방까지도 고미술품을 취급하는 상인이라면 그의 이름쯤은 풍월로라도 들어봤을 법했다. 올해 환갑이 넘은데다 이마 정

결착으로
노는남자 2

가운데에 왕사마귀마저 있는 약손은 주책맞게도 그 명성이란 것을, 유명세라는 것을 표창처럼 여겼다.

하지만 지금 이 순간, 약손은 자신의 유명세는커녕 명성마저 눈앞의 악귀가 원한다면 모두 내어줄 의사가 다분했다. 그리고 그만큼 그는 절박했다. 길게 늘어뜨려 가슴까지 기른 하얀 수염은 입안에서 튄 피로 인해 온통 붉었고, 팔꿈치는 꺾여 너덜거렸으며 명치는 어떻게 얻어맞은 건지 숨이 컥컥 막혀왔다.

"아직도 아닌 것 같나."

커다란 체구의 사내가 뒤로 물러나자 엔간한 계집도 울고 갈 만큼 곱상하게 생긴, 하지만 그 속에는 악마가 들었다고 해도 허언이 아닐, 남자가 그의 앞으로 몸을 굽히고 앉았다.

"그, 그건."

"붓 끝이 휘었잖아. 먹엔 물을 쉈고. 누구누구가 이건 십중팔구 약손이라고 하더라고."

손에 든 그림을 재차 펼쳐 하나하나 집은 진현이 나긋하게 말했다. 그러나 약손은 결코 나긋할 만한 심정이 아니었다.

"누가 그런 거짓을 말한 건지……!"

정신을 갉아먹는 공포로 약손은 오들오들 떨었다. 말을 하는 순간에도 이미 몇 개가 빠져나가 덜렁거리는 치아가 딱딱거리며 부딪쳤다. 그의 작업실은 폭탄이라도 맞은 듯 엉망이었다. 갑자기 들이닥친 이 남자가 부러 어지른 것이 아니었다. 악귀의 하수에 있는, 저 곰만 한 덩치의 사내가 그를 이리저리 휘두르다 얼떨결에 같이 엎어진 것뿐이지.

"당신 나이에 이가 모두 빠지면 틀니를 하나? 아직은 성해 보이는데 이젠 해야겠어."

그의 말을 눈꺼풀을 내리깐 채 듣고 있던 진현이 문득 그의 턱을 잡아 올리더니 인상을 찌푸리며 입안을 이리저리 들여다보았다.

약손은 눈물을 찔끔 흘렸다. 어떤 조짐도 없었다. 홍 사장 역시 뒷일은 걱정 말라며 두둑하게 돈도 얹어주었다. 그런데 염두에도 두지 않았던 한파는 몰랐기에 더욱 거셌다. 홍 사장이 건드리려는 자가 이 이 악귀라는 걸 알았다면 거래는 절대 하지 않았을 거다.

"영감. 당신이 홍나희 밑 닦는 거 모르는 사람, 이 바닥에 없어."

그의 턱을 놓은 진현이 자리에서 일어났다. 그러자 곰 덩치의 사내가 다시 앞으로 나오려 했고, 진현이 그것을 손으로 저지시켰다. 정말, 한 대만, 한 대만 더 맞으면 골로 갈 것 같았다. 속으로 가슴을 쓸어내린 약손은 곧 바스라질 것 같은 다리로 무릎을 꿇었다.

"살려만, 살려만 주게. 나 홍 사장 밑에서 독립한 지 꽤 됐다고."

그 순간이었다. 다리가 불쑥 튀어나오더니 그의 어깨를 거세게 강타했고 눈을 뜬 순간 약손은 누워 있었다. 본능적으로 가격을 당한 오른쪽 어깨를 와락 거머쥐었다. 씨발. 빠졌다.

약손은 더는 일어설 힘도 없이 거꾸로 보이는, 걸작 갤러리의 마진현을 올려다보았다. 무감정한 눈동자, 표정, 음성 모두 소름 끼치도록 무서웠다. 심장을 갉아먹는 공포가 그의 눈을 희번덕하게 돌아가게 만들었다.

씨발, 차라리 홍나희는 죽이고 끝내지, 마진현 이 새끼는 사람이 병신이 될 때까지 팬다. 그 팬다는 것도 어찌나 가차 없고 잔인한지 입에 담을 수조차 없는 예시들이 여러 건 있었다.

"홍 사장도 당신이 마약 밀거래 한다는 거 알고 있나? 홍 사장 물건에 숨겨 넘겨 돈 맛 좀 꽤 봤다지? 금동불상 안에 든 것만 사 킬로는 된다던데. 그 정도면 돈이 얼마야?"

"……그게 무슨!"

바지에 손을 넣은 채 약손을 바라보던 진현의 눈이 서슬 퍼런 빛을 띠었다.

"한 물만 파. 이것만으론 돈이 안 되나 보지? 아니면 영감이 간이 부었거나. 홍 사장이나 나나 내 물건 가지고 딴 짓 하는 놈은 못 봐. 그거 하난 같아. 그런데 홍 사장은 모르는 것 같고."

진현이 말미를 끌었다. 약손의 얼굴은 더욱 새파래졌다. 쉬쉬하며 조금씩 이양한다는 것이, 손맛이 좀 짭짤해서 근래 들어 물량을 조금 늘렸다. 그런데 그걸 이 악귀가 어떻게 알았냐 이 말이다. 약손은 패닉상태가 되었다.

"홍 사장 만날 일 있음 전해. 이 끝이 어떻게 날지 기대되지 않냐고."

진현은 뒤돌아가려다 다시 약손을 보고 그의 앞에 귀거래도를 북북 찢어 흩뿌렸다.

"그 전에, 앞으로도 이런 조잡한 거 그리면 손목 날아갈 줄 알아. 오늘은, 부러지는 것쯤으로 해둘까."

찰나였다. 누워서 축 늘어져 있던 약손의 손목 위로 진현의 구둣발이 짓쳐들었다. 교묘히 으깨대는 발놀림에 우둑, 하는 소리가 나더니 약손의 입에서 끔찍한 비명소리가 찢겼다. 진현이 발을 떼자 곧바로 제 덜렁거리는 손목을 움켜 쥔 약손이 꺽꺽대며 흐느꼈다.

"특히 더 조심해. 마동규 모작 복사는."

진현은 늙고 야윈 몸을 웅크린 채 사시나무처럼 파들파들 떠는 약손을 등진 채 그의 음습한 작업실을 나섰다. 그런 그의 뒤를 늘 그림자처럼 보좌하는 홍만이 바로 따라붙었다. 그리고 건물 외벽에 서 있던 학도 역시 얼굴을 일그러뜨린 채로 진현의 옆으로 붙었다.

"어떡하려고 그래? 약손은 홍나희 밥줄이라는 거 몰라? 홍나희가 바꿔치는 모작들, 다 약손이 손대는 거라고."

홍나희에겐 약손이, 그리고 진현에겐 학도가 있었다. 나희와 그가 이 바닥에서 두 개의 산으로 우뚝 설 수 있었던 건, 바로 흔치않은 복원가를 각각 하나씩 꿰차고 있었기 때문이다. 약손과 학도를 제외한 복원가는 워낙 사회적인 체면과 신분이 있기 때문에 일절 손을 대지 않는 쪽이었고.

"그러니까 건드렸지."

"너, 미쳤냐?"

학도가 얼빠진 얼굴로 물었다. 진현은 웃었다. 몹시 차게. 그리고 스산하게.

"단동에 정달재."

진현이 홍만을 향해 말하자 학도는 불만스레 입을 다물었다. 처음 진현이 귀거래도를 가져와 누구 손이냐고 물었을 때, 약손이라고 말한 것이 바로 자신이었다. 저밖에 모르는 이기적인 늙은이지만, 나잇살 꽤나 먹어서 얻어터진 채로 저 모양, 저 꼴로 누워 있는 걸 보자니 마냥 편치는 않았다.

"고미술품의 집합지인 단동 화련상가에 자리를 잡았습니다. 현재 단동 공장에서 찍어내는 모조품과 북한 쪽에서 들어오는 모사본을 취합해 상품 분리를 하고 있답니다."

홍만의 보고를 들은 진현은 다시 정면을 보았다. 잡동사니처럼 쌓인 토기며 색이 탁한 도자기. 화려한 색감의 장신구와 반닫이. 고릿적부터 골동품 거리로 이어서 내려온 답십리의 진풍경이 그의 눈앞에 어지러이 펼쳐졌다.

"감시 잘 해. 조금이라도 허튼짓 하려는 낌새 보이면 바로 가둬."

"허튼짓이라면."

홍만이 정말 송구하다는 듯 허리를 깊숙이 숙이곤 기어들어가는 목소리로 되물었다. 진현은 골목 밖에 주차해둔 차로 몸의 방향을 틀면서 대답했다.

"윤진이를 찾으려 하거나, 화각합죽선의 행방을 쫓으려 하거나."

진현의 옆에 서 있던 학도가 눈썹을 움찔거렸다.

"······화각합죽선은 그렇다 치자. 그런데 윤진이라니. 너 뭔가 아는 거냐? 해주 엄마잖아."

진현이 학도를 돌아보았다. 유리알처럼 냉막한 시선이 학도를 향했다.

"뭔가 알면."

"마진현!"

학도는 속이 끓었다. 그래, 한때 그 자신이 인간보다 못한 적이 있긴 했다. 하지만 진현이 하는 짓거리들은, 그가 보아도 나중에 어떻게 하려고 그러나 걱정이 들 만큼 모진 것이었다. 게다가 해주는 이 개 같은 놈을 좋아하지 않는가. 진실 따위는 아무것도 모르고서.

"형도 알아둬. 윤해주에게 입 뻥긋이라도 하는 날이 오면, 저기 있는 약손처럼 바닥에 패대기쳐지는 건 형 본인이 될 거야."

"······뭐?"

학도는 등을 돌린 진현을 의아하게 바라보았다. 이 놈이라면, 해주가 안대도 '그런데. 어쩌라고.' 할 놈이었다. 해주가 그를 씹어 먹으려 하면, 그 입안의 치아란 치아는 모두 발치해서 지붕 위에 던져버릴 놈이기도 했다. 그런데, 입도 뻥긋 말란다. 왜.

뭔가 미심쩍어서 고개를 갸웃거리는데 진현이 다시 그를 보았다. 이전보다 더욱 차갑게 가라앉은 시선이 여느 때보다 무겁게 전신을 옥죄었다.

"그 여자가 알면, 그날로 관 짜야 할 거라는 말이 어려워?"

"마 사장, 너 뭐냐."

학도는 속이 탔다. 뭔가가 변했다. 그런데 모르겠다. 학도는 초조함을 달래며 주머니에서 담배를 꺼내 한 개비 입에 물곤 불을 붙였다. 답십리, 이리저리 골동품이 뒤엉킨 좁은 길을 헤쳐 걸으며 진현이 스쳐 지나가듯 입을 열었다.

"윤해주는 끝까지 아무것도 몰라야 한다. 그것만 명심해."

"마 사장!"

학도가 내쳐 불렀지만, 진현은 휘적휘적 걸어가버렸다. 그 뒤를 홍만이 그림자처럼 쫓았고 홀로 남은 학도는 머리통을 박박 긁어댔다.

절대로 제 속은 까뒤집어 보여주지 않지. 그래, 그렇게 혼자 생각하고 저만 믿고 그렇게 우물 파다 확 뒈져라. 이 썩을 놈아!

십 년을 내리 알아도, 여직까지 제 생각은 절대 남에게 입 밖으로 내지 않는 진현이다. 사무치는 섭섭함에 학도는 속으로 내리 욕을 퍼부었다.

진현은 문가에 기대 선 채 해주를 보고 있었다. 사방의 공간을 거미줄처럼 복잡하게 얽은 빨간 실 사이를 이리저리 몸을 틀어 빠져나가는 해주의 얼굴은 함빡 젖어 있었다. 하나로 모아 질끈 묶은 머리칼 역시 푹 젖어 내린 지 오래였고 그녀가 걸친 검정 셔츠도 등이며 허리춤, 가슴 앞섶에 젖은 자국이 휜했다.

"아씨!"

사방 삼 미터의 정사각형 공간을 기준으로 한가운데, 소주병에 숟가락이 꽂혀 있다. 해주는 그 숟가락을 목표로 바깥쪽에서

부터 빨간 실 사이를 지나 들어가는 중이었다. 그러나 채 반이나 갔을까 싶은 때에 그녀의 발끝이 실에 걸리며 정사각형 모서리에 달려 있던 종이 딸랑딸랑 울렸다. 그대로 주저앉은 해주는 흘러내리는 땀을 닦으며 얼굴을 찌푸렸다.

그러더니 이내 제 무릎을 탁 차고 일어나며 제 양 볼을 손바닥으로 찰싹찰싹 내리친다. 곧바로 상체를 구십 도 각도로 숙인 해주는 양팔을 활짝 벌리고 신중하게 몸을 움직였다. 그리고 또다시 딸랑딸랑, 소리가 울렸고 그녀는 그대로 바닥에 얼굴을 박았다. 채 중심을 잡을 틈도 없이 몸이 쏠린 것이다.

진현은 그녀가 또다시 오뚝이처럼 일어설 거라고 생각했다. 그러나 아무리 시간이 지나도 해주는 기절이라도 한 것처럼 그 자리에 엎어져 있었다. 잠시 그녀를 지켜보던 진현은 문가에서 몸을 떼, 해주에게 다가갔다.

복원실은 이름 하여 해주의 도둑질 연습 때문에 절반 가량이 텅 비워진 상태였다. 학도가 연신 투덜거리긴 했지만, 주인은 그인 것을 어쩌랴. 까라면 까야지.

그렇게 하루 종일 빨간 실 사이를 오가는 것이 그녀의 특훈이었다. 딸랑거리는 종소리가 들리지 않을 때까지 계속.

그의 발소리를 들었을 텐데도 해주는 미동이 없다. 진현은 빨간 실을 그악스럽게 벌리곤 해주가 대자로 뻗어버린 위치로 성큼 다가섰다. 들썩이는 호흡은 느껴지는데 여전히 얼굴을 처박고 있다.

진현은 잠시 해주를 보다 거추장스럽게 엉키는 빨간 실을 잡아 뜯듯 손으로 휘감아 당겨버렸다. 그러자 사방 여섯 개의 세로 기다란 철봉에 고정시켜놓았던 빨간 실이 팽팽한 힘을 잃었고 동시에 철봉의 위치도 이리저리 흐트러졌다.

"다쳤나?"

그 작은 소란에도 윤해주는 미동이 없었다. 진현은 허리를 숙여 해주의 팔을 잡고 동시에 그녀의 상체를 한 손으로 끌어올렸다. 시큼하다고 할 수밖에 없는 땀내가 훅 풍겨온다. 이어 느슨하게 감겼던 그녀의 눈꺼풀이 뜨였다.

"……아뇨, 좀 힘들어서요."

그의 눈을 마주한 해주가 한숨 쉬듯 낮게 중얼거렸다. 진현은 미간을 좁혔다. 늘 생기발랄하게 원숭이처럼 뛰어다니는 윤해주는 익숙해도, 말하는 소리마저 사그라질 것처럼 늘어진 모습은 낯설었다.

"그런 얼굴 안 해도 되는데."

진현은 눈썹을 꿈틀거렸다. 그의 얼굴이 어떻관데 이런 말을 하는가.

해주가 옅게 미소 지으며 그에게 잡힌 팔을 흔들어 빼내곤 흐트러진 머리를 손으로 쓸어 넘겼다.

"하루 종일 이러고 있는 게 힘들다는 말이에요. 다리도 쑤시고 어깨도 아프고 허리는 끊어질 것 같고."

해주는 무릎을 세워 앉곤 주위를 둘러보았다.

"이거 사부가 일부러 사방에 묶어놓고 간 건데. 덕분에 고맙게도 오늘 특훈은 종 쳤네요."

바닥에 흐트러지고 허공에 어정쩡하게 걸린 빨간 실에 해주가 콧잔등을 찡긋거렸다. 그러더니 이내 얼굴을 무릎 사이로 수그린다. 그녀의 젖은 등이 그의 시야에 유독 크게 박혀왔다. 이 여자, 노력하고 있구나. 새삼 깨달아졌다.

　　속임수이긴 했어도 귀거래도를 별탈 없이 가져온 것은 결코 운이 아니었던 것이다. 그리고 여자가 한낱 도둑질을 위해 이렇게까지 노력을 한다는 사실에 진현은 명치 어림이 꽤 불편해졌다.

　　"오늘 하루 종일 안 보이던데, 외부 일이 바빴나 봐요?"

　　곧 무릎 사이에서 고개를 든 그녀가 기운을 회복했는지 조금 전보다 한층 높은 톤으로 되물었다. 진현은 그가 보낸 하루를 생각했다. 오전에는 인천 부두 창고에 갔었고 점심엔 그의 주고객인 D기업의 한 회장과 시간을 보냈으며, 오후에는 답십리의 약손을 찾아갔었다. 외부로만 핑핑 돈 것이다.

　　"난 일부러 날 피하는 줄 알았죠."

　　앉은 상태에서 고개를 뒤로 꺾어 그를 올려다 본 해주가 살피듯 물었다.

　　"엊그제, 그러니까 그 밤에요. 마 사장님이랑 나랑 그, 좀 그랬잖아요. 그래서."

　　그가 해명을 요구하는 시선을 보내자 해주가 머쓱한 듯 볼 언저리를 긁으며 속사포처럼 말했다. 그리고 진현은 그녀의 말이 이어질수록 입 꼬리를 둥글게 말아 올렸다.

　　"뭐 하러 피하나. 피차 아는 사이에."

옷이 푹 젖어, 얇은 셔츠 아래로 브래지어 모양이 그대로 드러났다. 아무래도 살이 빠진 것인지, 가슴 앞으로 브래지어 컵이 슬쩍 뜬 형태가 내다보였다. 그리고 브이넥으로 파인 가슴골 아래로 사라지는 조그만 방울의 물줄기. 여자에게선 시큼한 땀내가 났지만, 우습게도 그 냄새가 그를 성적으로 자극했다.

"……그러니까 그 사이라는 게 대체 뭐냐고. 그 복잡한 걸 참 간단하게 말하는 희한한 재주가 있으셔."

그의 대답이 만족스럽지 못했던지 해주가 고개를 가로저으며 중얼거렸다.

진현은 피식 웃음을 흘렸다. 간만에 몸을 풀어서인지 기분이 그다지 좋지 못했는데, 이 여자의 긴장기 없는 투덜거림을 듣자니 뻣뻣하게 섰던 날카로운 신경이 조금은 누그러지는 것 같았다.

진현은 여전히 바닥에 무릎을 세우고 앉은 해주를 향해 손을 내밀었다. 입술을 씰룩거리며 연신 알아들을 수 없는 말을 종알거리던 해주가 그를 올려다보았다. 잡을 생각을 않고 빤히 보기만 하자 진현은 허리를 숙여 바닥을 짚고 있던 해주의 손목을 움켜잡아 단숨에 끌어올려 세웠다.

"내가 손을 내밀 땐 군말 말고 잡아."

진현은 눈꺼풀을 내리깔아 그를 뚫어지게 보는 다갈색 눈동자를 응시했다. 마주 보느라 가까이 다가선 거리만큼, 갑자기 이 여자의 감정이 손에 잡힐 듯 확연하게 다가와, 있는지도 몰랐던 짓궂은 기가 치밀었다.

그가 잡고 있던 손목을 확 당기자 그녀가 움칫하며 그에게 반 보 더 가까이 다가섰다. 깜빡거리는 눈꺼풀과 앙다문 입술이 그 와 닿을 듯 마주했다. 진현은 해주가 당황하는 그 모습을, 눈 한 번 깜빡임 없이 모두 눈에, 머리에 담았다.

그리고 공기마저 집어삼킬 만큼 숨 가쁜 정적이 이어졌다. 그 도, 그녀도 한 마디도 하지 않았다. 다만 서로를 마주보고 있을 뿐이었다. 숨결이 닿을 만큼 가까운 거리에서.

무심을 가장했던 그의 눈빛이 깊게 꺼지는 건 순식간이었다. 믿을 수 없게도, 이 여자만 닿으면 욕구가 범람했다. 가지면, 완 벽하게 가지고 나면, 좀 나을까.

먼저 눈을 돌린 것은 진현이었다. 그는 해주의 손목을 놓아주 고 바로 등을 돌렸다. 끊어지기 직전의 현처럼 그의 몸이 팽팽 한 긴장으로 굳었음을 윤해주는 모를 테다.

진현은 저가 우스웠다. 해주가 일어나지 않아서 혹 다치기라 도 했나 하는 생각에 걸음을 서둘렀다. 이 여자 입에서 힘들다 는 말이 나오자, 무엇이 힘든지 궁금했다. 그가 일부러 피한 줄 알았다고 하자 말도 안 되는 소리라고 생각했다. 그리고 그녀를 당겼다. 근접해진 그와의 거리에 속눈썹을 파르르 떠는 여자가 유쾌했고 그의 입술 위에 뱉어지는 그녀의 호흡이 그의 복부를 꽉 움켜쥐었다.

"어디 다쳤어요?"

진현은 손을 올려 관자놀이를 짚으려 했다. 그런데 그 손은 채 올라가기도 전에 덥석, 다른 손에 붙잡혔다. 윤해주가 그의

결혼으로 노는 남자 2

손을 잡아당긴 것이다.

"이거 피, 맞죠?"

해주의 걱정스런 시선이 그의 슈트 소매에 가 멎었다. 검은 슈트 아래 살짝 드러난 하얀 와이셔츠에 검붉은 자국이 묻은 것이 그의 눈에도 보였다.

"……내 피는 아니야."

"그럼요?"

참으로 천진난만하게도 물어온다. 이 여자는 그가 어떤 사람인지 반에 반이라도 알고 있을까. 목적을 위해서라면 수단쯤은 별로 개의치 않는 이가 자신임을. 그러니 도둑질 같은 것도 그녀에게 시키는 것임을. 아마 머리로는 알고 있어도 가슴까지는 뼈저리게 깨닫지 못했을 테다. 그녀가 믿고 맡긴 정달재도 수가 틀어지면 자신은 한순간에 그 늙은 목을 비틀어버릴 수도 있는데.

"누구 좀 반병신으로 만드는 과정에서 생긴 피라 할 수 있지."

신랄한 그의 말에 해주는 입을 조그맣게 벌리곤 그의 소매를 빤히 바라보았다. 비틀어진 심정이 불러일으킨 실험이었다. 이 여자는, 자신을 감당할 수 있을까. 그 자신조차도 때론 감당할 수 없는 내면의 포악함을. 잔인함을. 가학성을. 냉막함을.

진현은 조금 당황한 듯 보이는 해주를 두곤 등을 돌렸다. 그는 일생 동안 타인에게 뭔가를 기대한 적이 없다. 이 여자는 다를 거라는, 밑도 끝도 없는 생각을 순간이나마 한 저가 우스울 뿐이다.

"……다친 거 아님 됐어요."

진현은 걸음을 멈췄다.

"맞는 거보단 먼저 때리는 게 낫죠. 게다가 마 사장님은 사방이 적이라 두 다리도 못 뻗고 잔다면서요. 그러니 선방 날릴 데가 어디 한두 군데겠어요."

진현은 다시 해주를 돌아보았다. 혼자 해석하고 혼자 수긍하고 혼자 용납한 듯 그녀는 어깨를 으쓱이며 잔웃음을 물고 있었다. 아무렇지도 않게 타인의 피를 묻히고 돌아온 그를 멸시하기보다, 이 여자는 그의 안위를 걱정한다. 진현은 명치가 뻐근해졌다.

미친 짓이다. 정말이지 미친 짓이다. 진현은 범람하려는 감정을 꽉 내리누르며 돌아섰다.

"근데요."

이 여자는 도통 한 번에 그를 보내줄 줄을 모른다. 끊임없이 이야기를 하고, 그를 살피고, 건드린다.

"어제 내리 생각해봤는데, 그런 사이란 게 뭐예요? 사장님하고 나, 그런 사이라고 했잖아요. 뭐예요? 그, 나랑 그냥 한 번 자보고 싶은 거예요?"

이 여자에게도 부끄러움이라는 게 있었는지, 종래에는 그의 눈을 슬쩍 피했다. 진현은 그런 해주를 뚫어져라 바라보았다. 폭풍 전야처럼, 그의 안에 고인 수면이 스산한 바람을 흘리며 일렁였다.

"나는 내 침대에서, 내 소파에서 아무 여자랑 뒹구는 쓰레기 아니야. 털끝이 뾰족 설 만큼 매몰차서 여자란 족속을 가까이 두는 것도 못 해. 내가 여자랑 뭔가 할 때는 단 한 가지뿐이야. 이용가치가 있을 때."

해주의 얼굴이 미묘하게 일그러졌다.

"그리고 넌 이용가치가 있지."

진현은 해주를 찬찬히 뜯어보았다. 이 여자 때문에 가슴 한 곳이 묵직했고, 기분이 들쑥날쑥했으며, 혹시라도 진실을 알까 차단시켜놓았다. 분명 과했다. 그의 반응은 스스로 생각해도 과민했다. 진현은 쉽게 인정할 수 없는 한 가지 생각을 뒤로 밀어 넣으며 천천히 입술을 열었다.

"한 번 자 보고 싶은 건 아니야. 말했지. 몇 시간 갖고는 안 된다고."

미친 짓이다. 정말이지, 이 여자가 신경 쓰인다는 것, 안고 싶다는 것, 모두 미친 짓이다.

"……그러니까 내 말은, 그런 사이라는 게 좋아하는 사이 말하는 거냐고요."

조금, 눈가가 발개진 여자가 가슴을 크게 들썩였다. 진현은 입매를 비틀었다. 그녀의 흔들리는 두 눈에는 일말의 기대감과 그리고 일말의 두려움이 엿보였다. 따라서 그는 저걸 짓밟을 수도 있고, 화려하게 꽃피울 수도 있었다. 어느 쪽이든 간에 쉬웠다.

이 여자에겐 몸이 반응한다. 그래서 신경이 쓰이는 거고, 가슴 끝이 묵직한 거다. 그 저편에 뭔가가 더 있을지라도 그는 그곳까지 가서는 안 됐다. 그런 건 그답지 않았다. 그는 뼈저리게 알고 있다. 지켜야 할 하나가 생겼을 때, 사람이란 게 얼마나 약해질 수 있는지. 그러니 그는 지켜야 하는 하나 따위는 만들지 않는다. 그건 이 바닥에서 생존하기 위한 철칙이었다.

"……애석하게도 지금은 너랑 자고 싶은 것뿐인데."

여자의 얼굴이 싸늘하게 식기 시작했다. 반짝거리던 눈에는 그렁거리는 물길이 차올랐고 눈빛은 매서워졌다. 그는 그 이유를 알았다. 그는 여자의 수치심을 건드렸다. 그는 지켜야 할 것 따위는 절대 만들지 않을 것이다. 그것은 그를 약하게 하니까.

"그게, 다라고요?"

그녀는 상처받은 것 같았다. 진현은 저도 모르게 주먹을 움켜쥐었다.

해주가 천천히 그에게 다가왔다. 한 걸음, 한 걸음, 내딛는 걸음엔 숨길 수 없는 분노가 실려 있었다. 진현은 다가오는 해주를 물끄러미 보았다. 울 것처럼 일그러진 여자의 얼굴에 목젖이 말라왔다.

그리고 가까이 다가온 여자는 그가 채 어째 볼 틈도 없이 손을 뻗어 그의 목을 끌어당겼다. 진현은 해주를 잡아떼려 했다. 그러나 그녀가 목을 사슬처럼 옭아매 더욱 들러붙었다. 그리곤 그의 귓가에 제 입술을 밀어붙인다.

"개새끼. 마 사장님, 개새끼예요."

그녀의 목소리가 잘게 떨렸다.

"……나는, 나는 내가 좋아하는 사람이니까, 그렇게 몰아쳐도

가슴이 떨렸었어요."

"뭐?"

그가 얼굴을 찌푸리는데 화난 듯한 음성이 연이어 들려왔다.

"이 말은, 고백보다 더 자존심 상하니까 한 번만 해요. 난 방금 정말 거지같은 말을 들었어. 그런데 당신이 나랑 자고 싶은 것뿐이라는 그 개 같은 말에 화가 나는 한편 또 좋아. 내가 지금 당신한테 콩깍지가 쓰여서 내 뇌가 나 좋자는 식으로만 해석하거든."

해주가 그의 목에서 손을 풀었다. 그렁거리는 눈동자가 그를 향했다. 진현은 명치끝이 저려왔다. 아니, 망치로 탕탕 두드리듯 통증이 점차 심해졌다. 가슴에 날카로운 못이 하나 박힌 것처럼, 아프고 뻐근했다.

"마 사장님, 말 그대로 아무나랑 침대에서 뒹구는 사람 아니잖아. 근데 나랑은 뒹굴고 싶고. 한 번도 아니고 많이. 그러니까 좋아. 특별한 것 같아서. 이 해석이, 맞아요?"

"윤해주."

여자는 조금 허탈하게 웃으며 말했다. 그리곤 이를 사려문다.

"맞으면 나 당신이랑 자고. 후회하진 않을 테니까. 대신 나랑 놀 동안은 다른 여자는 죽어도 안 돼. 개새끼도 격이라는 게 있을 거 아니야."

"너…… 뚫린 입이라고 함부로……!"

"내 마음! 가볍지 않아요! 당신 볼 때마다, 말할 때마다 떨려. 심장이 비명을 질러. 좋다고. 좋아 죽겠다고. 그런데 뭐? 자고 싶은 것뿐이야? 지금 장난해!"

여자가 신경질을 내듯 버럭 소리를 질렀다. 그가, 이 여자를 이렇게 만들었다. 진현은 저도 모르게 손을 올려 땀에 젖어 끈 적거리는 여자의 볼을 쓸고 그렁거리는 눈가를 훔쳤다. 해주의 눈이 경련을 일으키듯 움찔 떨었다.

"윤해주."

"……사람 갖고 장난치지 말아요. 마음대로 키스하고, 걱정하 는 것처럼 굴더니, 이제는 그냥 자고 싶대. 내가 당신 좋다고 하 니까 우스웠어요? 한낱 좀도둑 계집애가 좋아한다니까 그게 그 렇게 조롱거리였어요? 차라리 모른 척하랬잖아. 내가 당신이 싫 어질 때까지. 그런데, 왜 자꾸 건드리고 할퀴고, 아프게 해."

그의 손끝에, 해주의 눈물이 번졌다. 그가 건드린 것은 여자 의 수치심이 아니었나 보다. 무엇을 건드렸는지는 모르겠다. 그 의 팔을 절박하게 움켜잡은 그녀의 두 손이 얼음장처럼 차갑다.

"어떻게 자고 싶은 것뿐이라는 말을 해. 지금 나 처음으로 당 신한테 정나미 떨어지려고 해요. 이 개자식……!"

진현은 해주를 끌어당겼다. 억울함인지, 수치심인지, 분노인 지 모를 다양한 감정을 토해내는 여자의 가는 목덜미를 잡아 그 를 향해 치켜들었다. 그리곤 그에게 정나미가 떨어지려고 한다 는 여자의 입을 막아버렸다. 그 순간, 이성 따위는 없었다. 퓨즈 가 나갔다.

감히 그를 욕하고, 싫어하려는 여자의 입을 제 입술로 짓눌렀 다. 말캉한 입술이 그의 우악스러움에 크게 벌어졌고 그는 그 사이로 혀를 밀어 넣었다. 그가 키스를 할 때면, 가쁘게 받아주던 때와는 달리 해주는 고개를 마구 흔들어 거부했다.

진현은 두 손을 들어 그녀의 얼굴을 고정시켰고, 더욱 깊이 입술을 밀어붙였다. 딱딱한 치아를 쓸고 습한 동굴을 문지르고 달콤한 혀를 빨아 당겼다. 그러자 그가 쓸고 갔던 치아가 그의 혀를 깨문다. 비릿한 피 맛이 느껴졌지만 그럼에도 불구하고 그는 키스를 멈추지 않았다. 그의 팔을 잡은 해주의 손에 힘이 더해졌고, 맞붙은 입술 사이론 채 삼켜내지 못한 타액이 흘렀다.

"더 깨물어봐."

경련으로 파들거리는 여자의 입술을 혀로 쓸며 진현이 말했다. 해주가 그를 보았다.

"그렇게 싫으면 내 혀를 잘라버릴 기세로 깨물었어야지."

그의 혀에서 난 피가 해주의 입술 위로 스몄다. 진현은 다시 그 피를 핥으며 눈물 젖은 해주의 눈을 나른하게 보았다. 충만감이 느껴졌다. 늘 황량하게 버석거리던 가슴 언저리가, 여자의 눈물로, 가련한 눈동자로, 어지러운 호흡으로 아프게, 황홀하게 젖어들었다.

"이런 식으로 깨물어봤자 간지럽기만 해."

여자의 아랫입술을 잘근거리며 그가 말했다. 해주의 어깨가 흠칫 떨렸다. 그를 보는 눈빛이 자못 원망스러웠으나, 불쾌하게 느껴지진 않았다. 신기하게도 그 저변에 깔린 애정이 느껴졌다.

"키스를 해보니 하나는 확실하군."

그녀의 입술 새를 감질나게 핥아대고, 윗입술을 빨아올렸다 뱉어내며 입술 근처를 지분거리던 진현이 말했다.

"난 네가 날 좋아해주기를 원해."

"……개새끼."

해주가 고개를 돌리며 짜증 섞인 음성으로 뱉어냈다. 곧바로 해주의 목덜미에 입술을 묻은 진현이 쿡쿡 웃었다. 그는 주지 않겠지만, 그녀는 그에게 주기를 원한다. 개새끼니 뭐니 해도 개 같지 않은 적이 없었으니 별 감흥도 들지 않았다.

"너랑, 자야겠어."

어린 목살을 이로 긁어내리고 빨아올리던 진현이 고개를 들어 해주를 보았다.

"자야겠어."

그가 말을 끝내자 그녀가 그를 불만스레 쏘아보더니 그의 멱을 잡고 그의 이마에 제 이마를 세게 부딪쳤다.

멱이라니. 감히 그의 멱을 잡아 본 이가 몇이나 될까. 평소라면 당장 주먹부터 나갔겠지만 진현은 가만히 있었다. 이 여자는 그가 자고 싶은 여자니까, 이 정도는 용인해줄 수 있었다.

"……아무랑이나 뒹구는 쓰레기는 아니라는 거 확실하긴 해요? 약속, 할 수 있어요? 다른 여잔 안 돼."

여자가 끝내 울먹였다. 진현은 제 피가 아릿하게 묻은 여자의 입술을 손끝으로 매만지고, 작은 머리통을 손 안에 감아쥐었다. 그는 이 여자를 열망했다. 그리고 여자는 확신이 필요하다.

"……특별하다면. 내 침대, 내 소파로 널 끌어들이고 싶을 정도로 특별하다면."

"진짜 멋대가리 없네."

허탈하게 말한 여자는 쓰게 웃었다. 눈에 어려 있던 물기가 눈꼬리 끝에 번졌다.

"우선 이 정도에서 합의 봐요. 내 마음이 먼저 좀 날지, 당신이 넘어올지. 난 아직 갈 길이 많이, 멀었으니까."

여자가 고집스레 그를 응시했다. 실소가 흘렀다. 미친 짓이다.

진현은 당장이라도 해갈하고 싶은 욕구를 가까스로 참아내며 온몸에 인 열기를 가라앉히려 했다. 혹여 그녀가 내뺄까 손목을 꽉 움켜쥐곤 이동하려 했다. 그런데 등을 돌리자 활짝 열린 문가로, 두 눈을 휘둥그레 뜬 채 굳어 서 있는 학도가 눈에 들어왔다.

"뭐냐, 너네."

해주가 손목을 움칫하는 게 느껴졌다. 진현은 그 손목을 꽉 그러쥐곤 복원실 문가로 나갔다.

"허 마담한테 내 일정 모두 취소하라고 해."

"뭐?"

진현은 몸을 빼려는 해주를 강하게 당겼다.

그의 미친 짓은 시작됐다. 그의 인생에는 결코 없을 것 같던 미친 짓이, 언제부터인지도 모르게 시작됐다. 이 좀도둑에 의해서.

"미친 짓이야."

자조적으로 중얼거리면서도, 그만둘 생각은 한 터럭도 들지 않았다.

　학도를 스쳐 지나가며 눈이 마주쳤다. 열기로 흐려졌던 그의 눈동자가 싸늘해졌다. 윤해주는 아무것도 몰라야 한다는, 반드시 입을 다물라는 그의 메시지가 학도에게 전해졌는지는 모를 노릇이었다.

　온몸이 뜨거웠다. 발가벗은 몸은 하얗고 또한 붉었다. 코발트 블루의 시트가 가늘지만 부드러운 곡선의 여체 아래 이지러졌고, 그 여체 위를 건장한 남자의 몸이 해일처럼 뒤덮었다.

　해주는 숨을 몰아쉬었다. 곧장 그녀를 집으로 데리고 온 진현은 가타부타 말없이 그녀의 허리춤 부근의 셔츠 깃을 잡더니 곧바로 머리 위로 올려 벗겨내버렸다. 그리곤 단순한 디자인의 검정색 브래지어 역시 잡아 뜯듯 벗기곤 하얗게 드러난 가슴을 서슴없이 움켜잡았다.

　그녀가 허락하긴 했지만 처음 하는 경험에 곤혹스럽기만 했다. 땀범벅인 몸이라 씻어야 한다고 말했는데도 그는 개의치 않았다. 곧바로 그녀의 얼굴을 당겨 키스를 하곤 아프도록 가슴을 주물렀다. 머리가 하얘지고 온 감각이 날카롭게 일어섰다. 정신을 놓지 않기 위해 숨을 쉬는 데만 집중한 것이 기억난다.

　그리고 정신을 차려보니 그의 침대였다. 그는 팬티 한 장밖에 남지 않은 그녀의 다리를 벌리고 그 사이에 허리를 끼워 무겁게 누른 채 가슴 끝을 빨아올리고 있었다. 한 손으론 늑골을 문지르고 움켜쥐며 자극했고 탄탄한 복부가 그녀의 여성을 연신 짓

누르며 자극했다.

해주는 고개를 뒤로 꺾었다. 가슴 끝을 지분대던 입술이 떠나고 진현이 곧바로 그녀의 젖가슴 아래를 이로 살살 긁어내렸다. 그러다가 곧 아프도록 깨물고 혀로 쓸어 달래준다. 해주는 상체를 튕겨 올렸지만 그는 그녀를 박제라도 시켜놓을 것처럼 바로 침대로 내리 눌렀다.

늑골을 따라 올라온 손이 젖가슴을 어루만졌다. 손가락을 굴려 가슴 끝을 자극하고 때론 아프도록 주무르고 짓눌러 숨을 턱 막히게 했다. 배꼽까지 내려간 입술 역시 깨물고 핥아 내리는 애무를 계속했다.

"하아……!"

그녀가 참지 못하고 소리를 흘리자 젖가슴을 움켜쥔 손에 악력이 가해졌다. 해주는 그래서 또 상체를 비틀었다. 자신이, 자신이 아닌 것만 같은 감각이었다. 몸이 흐느적거리고, 그의 손에 의해 만져지고, 입술에 의해 탐해지는 곳만이 뜨겁게 인식됐다. 다리 사이가 뜨거워졌다. 뱃속이 뭉클거리고 여성이 수축했다 이완하기를 반복했다.

"흐읏!"

그는 집요했으며 또한 주도면밀했다. 허벅지 안쪽을 쓸어내리는가 싶더니 단단하게 못박인 손이 곧장 팬티를 들추고 안으로 밀고 들어왔다. 수축과 이완을 반복하던 여성이 스스럼없이 닿는 타인의 손에 바짝 긴장했다.

하지만 그도 잠시였다. 곧 여성 위를 거칠게 누르고 문지르며 자극하는 손길에 해주는 상체를 튕겨 올렸다. 그러자 반쯤 몸을 세우고 있던 진현이 곧바로 그녀의 가슴을 물어 당겼다.

해주는 고개를 내렸다. 가슴 위를 아프도록 자극하는 진현의 검은 머리칼과, 벌거벗은 배 아래, 검정색 팬티 안으로 사라진 그의 손이 보였다. 활짝 벌어진 다리 아래 검은 팬티 위로 그의 손이 꾸물거리며 움직이는 것이 적나라하게 보였다. 그리고 그가 어디를 누르고 당기고 문지르며 자극하는지 느껴지자 더 이상 그 손을 보지 못하고 고개를 돌렸다.

순간, 낯선 이물감이 여성을 파고들었다. 해주는 다리를 와락 모았으나 그 사이에 몸을 끼운 진현 때문에 불발에 그쳤다. 엉덩이가 들썩거렸다. 해주는 다시 고개를 내렸다. 그녀 자신조차도 부끄럽기 그지없는 그 부분을 파고든 그의 손목이 일정한 운동을 하는 게 보였다.

그녀를 파고든 건 그의 손가락이었다. 진현은 그녀의 가슴을 빠는 것을 멈추고 경악으로 물든 그녀의 얼굴을 뚫어지듯이 보고 있었다.

"하악……!"

그가 어느 곳을 깊이 찌르자 아픔과 동시에 허리가 뒤틀렸다. 그녀는 그의 어깨를 잡고 신음을 흘렸고, 진현은 반쯤 상체를 일으키고 있던 해주를 잡아 바로 앉게 했다. 그리곤 그녀의 여성을 헤집던 손을 빼내곤 팬티를 끌어내렸다. 그리고 본인이 입고 있던 브리프 역시 벗어 내린 후 그녀의 다리를 양쪽으로 더욱 넓게 벌리곤 함빡 젖은 그녀의 여성을 노골적으로 보았다.

"하아, 하아."

해주는 그의 시선이 부담스러워 손을 내리려 했다. 그러나 그 것을 곧바로 잡아챈 진현이 그녀의 손을 밀어냈다. 그리곤 그녀 의 양 다리 아래 제 다리를 벌리고 마주 앉았다. 해주는 숨을 몰 아쉬었다. 그의 다리 사이, 검은 음모 사이로 커다랗게 솟은 남 성에 온 신경을 빼앗겼다. 그녀의 허리와 엉덩이 부근을 잡은 진현이 그녀를 제 다리 사이로 끌어당겼다.

"저기……!"

"늦었어."

거칠게 갈라진 목소리로 말한 진현이 제 남성을 잡아 검은 음 모가 무성한 해주의 다리 사이로 가져갔다. 마주 앉아 있는 상 태라 서로의 성기가 가까이 다가서는 모습이 두 눈에 따갑게 들 어왔다.

"아……!"

그는 뜨겁고 단단했다. 해주는 여성에 그가 살짝 닿자 저도 모르게 허리를 뒤로 뺐지만 그가 도로 당겼다. 여성의 정점을 뭉근히 짓누른 그것이 간지럼을 피우듯 여성을 갈랐고, 곧 입구 에 다다른 그가 남성을 눌러왔다.

"나, 초심자라고요……."

해주가 기어들어가는 목소리로, 울 듯 파들파들 떨리는 목소 리로 말했고 그 순간 진현이 그녀의 몸을 뒤로 밀었다.

"초심자니, 정상위가 좋겠지."

이 남자, 너무 노골적이다. 단단한 몸으로 그녀의 몸을 짓누르고 다리를 우악스럽게 벌린 그가 이미 하얀 액체가 송골송골 맺힌 남성을 그녀의 다리 사이로 들이밀었다. 단단한 막대기가 여성 위를 문질렀고 해주는 그의 팔뚝을 꽉 틀어쥐었다. 그녀의 여성은 이미 이루 말할 수 없을 정도로 젖어 있었다. 흥건하게.

"윤해주."

해주는 얼굴을 찡그렸다. 진입을 시작한 그의 몸 가락은 초심자인 그녀가 한 번에 받아들이기엔 너무 거대했다. 그녀가 얼굴을 찡그리며 눈을 감자 진현이 그녀의 얼굴을 잡곤 저를 보게 했다. 그의 검은 눈은 열기로 흐려져 있었다. 그래서 마주한 순간, 사로잡혀버린 듯 눈을 뗄 수가 없었다.

"아웃!"

잠시 허리를 뒤로 뺐던 그가 그녀의 허리를 꽉 잡은 채 한 번에 몸을 밀어 넣었다. 몸이 갈라지는 듯한 통증이 머리까지 타고 올랐고 해주는 저도 모르게 그에게 벗어나려 몸을 비틀었다. 그러나 그마저 그는 힘으로 제압했다.

"익숙해질 거야."

그가 들어섬과 동시에 충격을 받은 몸은 딱딱하게 경직되어 있었다. 진현이 그녀의 입술 위에서 낮게 말했고, 해주는 진현 역시, 관자놀이에 파란 핏줄이 선 것을 볼 수 있었다.

곧 그녀의 어깨를 잡은 그가 상체를 조금 일으켜 허리를 뒤로 뺐다. 꽉 들어찼던 아래가 비워지는 느낌이 들었다. 그런가 싶더니 그녀가 채 숨을 내쉬기도 전에 다시 처음보다 더 깊게 파고든다.

결박으로 노는 남자 2

"앗!"

그녀가 다리를 버둥거리자 허벅지를 내리누른 그가 상체를 일으키곤 허리를 움직이기 시작했다.

아프다는 생각밖에 들지 않았다. 그와 그녀가 접합한 사이에서 흘러나오는 질척한 소리도, 찰싹거리며 살이 부딪치는 소리도, 아무것도 들리지 않았다. 자신이 '잔다'는 의미를 너무 우습게 본 것이다. 이 남자에게라면 몸을 열어도 후회하지 않을 거라는 생각이 전제이긴 했지만, 몸을 쪼개는 아픔은 다른 것이었다.

그녀가 아픔에 얼굴을 찡그린 채 숨만 몰아쉬고 있기를 얼마나 지났을까. 문득 그녀를 파고드는 움직임이 멎었다. 해주가 의아함에 눈을 뜨자 진현이 그녀를 보고 있었다. 그는 그녀만큼이나 땀투성이였는데, 그녀와 눈이 마주치자 입매를 비스듬하게 틀어 올린다.

가슴이 쿵 하니 내려앉았다. 이런 상황에서도.

그녀와 눈을 맞춘 진현의 손이 다리 사이로 슬그머니 기어들더니 그녀의 여성의 정점을 꾹 눌렀다. 해주는 몸을 펄쩍 뛰었다. 그 바람에 그의 몸 가락이 다리 사이에서 조금 헐겁게 빠져나왔고 그녀는 배 안을 묵직하게 채우던 이물감이 사라진 것에 대해 묘한 기분을 느꼈다.

"일어나."

그녀의 한쪽 팔을 잡아 비스듬히 앉게 한 진현이 여전히, 여성의 정점을 자극하며 그녀의 얼굴을 보았다. 서로 얽혀 있는 검은 음모를 헤치고 들어간 그의 손이 그의 것이 들어와 있는 여성을 문지르고 누르며 자극했다. 해주는 그의 손을 따라 고개를 내렸다.

그리고 눈으로 확인한 장면에 머릿속이 뜨겁게 달아올랐다. 야했다. 그녀가 그를 삼키고 있었다. 그가 허리를 이전보다는 훨씬 부드럽게 움직이기 시작했고 다리 사이에서 드나드는 그의 남성에 해주의 허리가 낭창해졌다.

그녀의 어깨를 다시 밀어 눕힌 진현이 그녀의 몸 위에 납작하니 엎드렸고, 그의 단단한 가슴팍에 봉긋한 젖가슴이 짓눌렸다. 해주는 그녀가 감당하기엔 꽤 버거운 무게에 그의 어깨를 잡았지만 갑자기 강하게 치받고 들어오는 그의 허릿짓에 숨을 헉하니 들이켜야 했다.

"흐읏!"

갑자기 눈물이 핑 돌았다. 그녀를 파고드는 그의 입에서, 처음으로 신음이 흘러나왔다. 해주는 그의 어깨를 꽉 틀어쥐고 자발적으로 다리를 들어 그의 허리를 감았다. 그러자 사박거리며 섞여드는 서로의 숲이, 서로를 삼키기에 여념이 없는 여성과 남성이 더욱 생경하게 느껴졌다.

"아앗!"

허리가 뒤틀렸다. 진현이 손을 들어 그녀의 가슴을 움켜쥐곤 제 양껏 주무르며 그녀의 목덜미를 빨아올렸다.

"하앗!"

그가 치받을 때마다 그녀의 신음이 잦아졌다. 곧 허리를 세운 그가 그녀의 양 가슴을 틀어쥐곤 마구잡이로 주물렀다. 가슴이며 배며 온통 빨갰다. 그의 거친 손짓에 따라 그녀의 여성을 파고드는 몸 가락 역시 잘게 흔들리고 둥글게 움직이며 그녀를 자극했다.

"하앗!"

눈앞이 하얘졌다. 그녀를 집요하게 바라보는 그의 시선이 느껴졌지만 해주는 눈을 감을 수밖에 없었다. 머릿속이 하얘졌다 빨개졌다 노래졌다를 반복했다. 아프기만 했던 통증이 더 이상 느껴지지 않았다. 어찌해야 할 바를 모를 정도로, 다리 사이에 갈증이 일었다. 그리고 끝 간 데 없이 그녀를 괴롭히던 갈증이 터진 것은 어느 순간이었다.

"하악!"

그의 허리도 멎었다. 깊이 박은 채 짓누르며 문지르던 그가, 그녀의 여성에 더 깊이 짓쳐들었다. 검붉어진 그의 이마가 일그러지더니 곧 거칠게 허리를 뺐고 그녀의 여성은 텅 비어버렸다.

"하아……!"

해주는 멍하니 천장을 바라보았다. 그녀의 여성 입구 위로 뭔가 뒤늦게 흩뿌려졌지만 그것이 뭔지 살펴볼 기력도 없었다. 그가 벌린 대로 늘어뜨린 다리 사이로 붉은 피가 실선을 타고 흘러내렸고, 하체가 멍든 것처럼 뻐근했다.

"하아!"

그가 다리 사이에서 비켜나자 해주는 몸을 옆으로 돌려 아릿한 통증이 이는 몸을 새우처럼 구부렸다. 여전히 뜨겁게 달아오

른 몸을 진정시키기 위해 눈을 감았다. 씻어야 하는데, 아무것
도 하기가 싫었다. 그리고 그녀가 숨을 몰아쉬는 동안, 그녀의
등 뒤로 돌아온 진현이 곧바로 그녀의 귓불을 입술로 물어왔다.

온몸의 감각이 일어서 있었다. 해주는 그 작은 접촉에도 앓는
신음을 흘렸고, 곧바로 진현의 손이 그녀의 가슴 위를 덮어와
가슴 끝을 문지르며 자극했다.

"아, 그만……!"

그녀가 쉰 음성으로 여리게 말했지만 그는 듣지 못한 모양이
었다. 뒤에서 다리 사이에 제 다리를 끼워 넣은 진현이 그녀의
엉덩이에 다시금 일어선 남성을 문지르며 자극했다. 해주는 인
상을 쓰며 몸을 반쯤 일으켜 뒤로 틀었고, 낯설고 무섭기까지
한 그의 남성에 어린 발간 핏자국을 확인할 수 있었다.

얼굴이 확 붉어졌다. 그녀의 여성을 타고 내린 흔적이, 그의
남성에도 남은 것이다.

"씻어야…… 겠어요."

그녀의 시선을 따라간 진현도 제 남성을, 그리고 해주의 다리
를 타고 흐른 핏물을 보았다. 그의 눈이 위험하게 꺼졌다.

"한 번 갖고는 안 된다고 했어."

그녀의 어깨에 이를 박으며 그가 말했다.

"누가 안 된대요? 씻자고요, 좀."

"나중에."

짧게 대꾸한 그가 그녀의 다리를 들어 올리더니 그대로 뒤에
서 침입해왔다.

"읏!"

해주는 몸을 앞으로 웅크렸고, 진현은 그런 그녀의 허리를 끌어당겨 제 가슴에 붙였다. 하지만 해주는 기듯이 상체를 앞으로 당겨 허리를 구부렸다. 아프게 벌어진 여성으로 그가 들어오는 것이 적나라하게 느껴졌다.

"하앗!"

채 아물지 않은 통증에 인상을 찌푸리다 눈을 떴다. 그러자 한껏 벌어진 자신의 다리 사이로 그의 검붉은 남성이 꽂혀 있는 게 보였다. 까닭 없이 눈물이 핑 돌았다.

곧바로 뒤에서 그녀의 어깨를 당겨 안은 진현이 그녀를 파고들기 시작했다. 그의 어깨에 머리를 기댄 채 해주는 속절없이 흔들렸다. 날카롭게 일어선 감각이 몸서리 쳐지게 그녀를 자극했지만 꺼질 듯한 신음만 흘릴 수 있을 뿐 어찌할 수가 없었다.

기운이 다 빠져 그가 움직이는 대로 흔들릴 수밖에 없었고, 그가 세상의 마지막인 것처럼 그녀를 끌어안은 게 좋았고, 처녀를 버린 이 순간이 후회되지도 않았다. 그만큼 그녀는 이 남자를 사랑하고 있었나 보다. 제 자신을 모두 내어주어도 아깝지 않을 만큼.

"……나 마 사장님 안 좋아해요. 사랑하나 봐요."

그녀를 속절없이 흔들던 그가 남성을 빼냈고, 그녀의 다리 위로 우윳빛 액체가 쏟아졌다. 해주가 꺼질 듯한 음성으로 말하자, 그녀의 허리께를 움켜쥔 손이 아프도록 죄어왔다. 땀으로 범벅이 된 몸은 시큼한 냄새가 날 법했지만, 그는 상관없는 모양이었다. 그녀의 고개를 돌리게 한 진현이 잔인하도록 아프게, 그녀에게 키스했다. 물어뜯듯이.

"계집애라고?"

나희는 책상 앞에 앉아 보고를 마치는 선호를 바라보았다. 계집이라.

"계집애가 귀거래도를 훔쳐갔단 말이지."

곱씹었다. 붉게 덧칠해진 입술이 하얀 이에 초조하게 짓씹혔다. 바로 한 시간 전, 답십리의 약손이 진현에게 폭탄을 맞았다는 보고를 들은 참이었다. 손목이 나갔다 했다. 뼈가 금이 가고 손가락 두 개는 부러졌단다.

보고를 받은 순간, 역시 마진현답다고 생각했다. 바로 그녀를 치지 않고, 그녀의 수족을 잘라내는 주도면밀함. 사 년 전에도 그랬다. 그를 믿지 않고 멀리하기를 당부했던 그녀의 측근들을 하나씩 밀어내며, 그녀를 제 주도하에 두었던 남자.

"누구야?"

선호는 무미건조한 음성으로 보고했다.

"불과 몇 달 전만 해도, 가이다시꾼들 사이에 유령처럼 돌던 '일지매'라는 별명을 단 좀도둑입니다. 큰 판은 벌인 적이 없는데다가, 우리 갤러리와는 연이 없어서 그리 신경을 쓰지 않았었습니다."

"그리고?"

나희는 눈동자를 위로 치켜떴다. 검은 아이라인 속에 갇힌 눈동자는 얼음처럼 냉랭했고 그보다 뜨거운 독기로 무장했다.

"죄송합니다. 정보가 없습니다."

"······이름도, 나이도, 얼굴도 모른다고?"

"죄송합니다."

쭉 째져, 더없이 날카로워 보이는 인상의 선호가 고개를 숙였다. 그를 사납게 바라보던 나희가 문득 자리에서 일어나 책상을 돌아 나왔다. 그리곤 선호의 앞에 서, 그의 뾰족한 턱을 한 손으로 들어올렸다.

"선호야, 너까지 날 실망시키면 안 되지. 게임은 이제부터잖아. 마 사장, 그 새끼가 이제 움직이기 시작했는데 이렇게 우리가 열악하면 내가 뭐가 돼. 안 그래?"

힘이 들어간 턱은 삐걱댔지만 음성만은 부드러웠다. 그러나 선호의 얼굴은 더없이 굳었다. 그가 홍 회장과의 생전 의리만으로 나희 밑에 있는 것은 아니었다. 나희가 여자이기에 더욱 사갈 같은 독심은 서슬 퍼렇고 잔인했지만 또한 그렇기에 애달팠다. 선호에게 나희는 여자였다. 아주 오랜 시간 동안.

"알아 와. 어떤 계집애인지. 마진현과는 무슨 관계인지. 거래 내용은 뭔지."

나희는 선호의 입술 근처에서 속삭였다. 그의 허리춤을 더듬던 손은 단도 하나를 잡아 빼 그의 복부에 가볍게 들이댔다.

"나 대신 죽어주는 충심 따윈 필요 없어. 네 목숨 따위는 내겐 값어치가 하나도 없거든."

선호의 입술 위에 제 입술을 가볍게 스친 나희가 냉랭하게 돌아섰다. 선호의 칼은 이미 그의 허리춤으로 돌아간 상태였다.

"내가 필요한 건 하나야. 마진현 그 새끼 목. 그러니까 알아와. 하나도 빠짐없이 전부."

나희는 사무실 안을 천천히 걸어 그림이 나열된 공간 앞으로 다가섰다. 박수근 작의 빨래터와 선암사의 팔상도였다.

"자기, 이 그림은 진짜야. 진짜 자기가 찾는 그림들. 장난은 귀거래도로 충분하잖아."

약손의 손실은 큰 것이었다. 단순히 돈으로 환산하자면 몇백억의 손실이었다. 그만큼 국내에 복원가는 희귀했다. 남은 것이라곤 TV에 나와서 떠들어대기 좋아하는 골 빈 놈이나, 제 명예 유지에 급급한 교수 나부랭이뿐이다. 진현은 목표물을 제대로 찍은 것이었다.

그럼, 그녀는 무얼 찍어야 제대로 찍는 걸까.

나희는 입술 끝을 새침하게 말아 올렸다.

11. 못된 사람

해주는 진현에 의해 무자비하게 벗겨졌던 바지를 입고 발목 부근을 정돈하며 낮은 한숨을 내쉬었다. 태풍은 이미 여러 차례 그녀의 몸을 때리고 지나갔고, 남은 것은 감정에 나부껴 벌인 일에 대한 확실한 관계 정리였다. 결코 후회하지는 않지만, 그렇다고 이후로도 아무렇지도 않게 그를 대할 정도로 **뻔뻔한** 것은 아니었다. 그 남자의 속내야 모르겠지만.

해주는 소파에 걸터앉아 손가락으로 머릿속을 헤집다 계단을 딛는 발소리에 서둘러 고개를 들고 머리칼을 쓸어내렸다. 슬쩍 고개를 돌리자, 이미 출근 준비를 말끔하게 끝낸 그가 평소처럼 단정한 얼굴, 그 저변에 날카로움을 베이스로 깐 채 내려오고 있었다.

"흠흠."

그녀가 자리에서 일어나 헛기침을 하자 진현의 시선이 쏟아졌다.

"그, 우리 실수는 아니었죠? 술도 안 먹었고, 정신도 멀쩡했고 조금 감정적이었을지는 몰라도 또…… 렷하고."

애써 식혀놨던 얼굴이 빳빳하게 달아올랐다. 눈을 감건, 뜨건 고장 난 필름처럼 재생되는 영상에 해주는 호흡을 가다듬어야 했다. 몇 번이나 계속됐는지 모를 애무와 열락, 그리고 남자의 배려없는 거친 행위에 다리 사이가 여직까지 얼얼했고, 온몸에는 울긋불긋 열꽃이 피었다.

그런데 계단 아래 나타난 남자의 얼굴이 지나치게 금욕적이라, 생뚱맞은 걸 묻고 만 것이다. 그런 일이 있기는 했었나, 하는 생각에 아직도 뭉근하게 차 있는 것 같은 아랫배를 슬며시 문지르며.

"실수였나, 넌?"

"아뇨, 그럴 리가요."

그녀도 자겠다고 했다. 자야겠다며, 집 안으로 이끌고 서슴없이 옷을 벗겨 내리는 손길을 오히려 돕기까지 했다. 단 한 번도, 그녀는 남자에게 거부의사를 표현한 적이 없었다. 자신도 원했으니까.

"그런데?"

정말 이 남자의 얼굴 거죽을 박박 벗겨 내리고 싶다. 후천적인 건지, 선천적인 건지 이 남자는 제 감정을 숨기는 덴 무척이나 솜씨가 좋았다. 그를 아무리 뜯어낼 듯 바라보아도 무슨 생각을 하는지는 털끝만큼도 모르겠다. 그래서 그 남자가 한때 보였던 형에 대한 진심에 그녀가 송두리째 흔들린 것이었겠지만.

"그럼 우리, 이제부터 뭐예요?"

진현은 한동안 아무 말이 없었다. 그녀를 빤히 응시하는 검은 눈동자가 조금이나마 흔들린다고 느꼈던 건 그녀의 착각일지도 몰랐다.

"뭔 거 같은데?"

그에게 되돌아온 건 대답 대신 물음이었다. 해주는 잠시 어안이 벙벙해졌다가, 그를 관찰하듯 살폈다. 하지만 역시나 아무것도 읽어낼 수가 없었다. 그래도 양호하달까. 섹스 파트너라든지 하는 말을 지껄였다면 그녀가 어떻게 했을지 장담할 수 없었다.

"다른 건 모르겠고, 내가 마 사장님을 좋아하길 바란댔죠?"

해주는 소파를 돌아 진현의 앞으로 다가갔다. 그리고 그가 가까워질수록 저도 모르게 손끝이 저려왔다. 이 남자가 얼마나 뜨거워질 수 있는지 이미 체험했기 때문일까. 허리 언저리에 짜릿한 전류가 흐르는 것도 같았다.

"그럼 우리, 이제 만나는 걸로 정리해요. 내가 싫진 않잖아요."

가슴 앞으로 팔짱을 낀 해주는 딱딱하게 긴장한 가슴을 감추기 위해 고개를 오히려 더 높이 치켜들었다. 그러자 진현의 입가에 비뚜름한 미소가 걸렸다. 해주는 숨을 몰아쉬었다. 그의 대답을 듣지 않았음에도 불구하고, 그녀는 이미 그를 내 남자로 점찍었다. 입술 끝에서 야기되는 섹시함에 목구멍이 말라왔다.

"소꿉놀이라도 하자는 건가?"

"일반인과는 거리 있게 산 지가 꽤 돼서 감이 안 잡히나 봐

요."

해주는 짐짓 장난스럽게 웃었다. 그가 여전히 낮게 눈을 내리뜬 채 그녀를 보았고, 해주는 그녀의 진심 섞인 제의가, 그에게 거절당하지 않기를 바라며 입을 뗐다.

"보통사람처럼 연애 해보자고요. 데이트도 하고, 얘기도 하고. 내가 열렬히 마 사장님 좋아하니까, 밑지는 건 아니잖아요."

진현은 별세계 언어를 구사하는 것 같은 여자에 고개를 모로 꼬았다. 그러자 그녀가 비장의 무기라는 듯 엄포를 놓는다.

"키스하거나 어제처럼 그러고 싶으면…… 연애, 하는 게 좋을 걸요?"

웃음이 나올 것 같았다. 어제는 정말 뭐에 미친 놈처럼 이 여자를 가졌다. 스스로를 통제할 여유도 없이 온몸을 드러낸 채 붉게 상기된 얼굴로 그를 받아들이는 여자를 파고들어야만 숨을 쉴 수 있을 것 같았다. 생존이었다, 이 여자를 안은 건.

그런데 끝이 없을 것만 같은 밤을 흘려보낸 지금, 윤해주는 여전히 그를 자극하는 얼굴로, 입술로, 목소리로 그가 채 생각도 못한 궤변을 늘어놓았다. 연애라. 그 풋풋한 걸 자신이 한 적이나 있었나.

"난 내가 키스하고 싶으면 하고 안고 싶으면 안을 거래도?"

"누가 그렇게 내버려둔대요?"

해주가 눈을 흘겼다. 진현은 또다시 뻗어나가려는 손을 가까스로 참아냈다.

"그런 건 좀 이상하잖아요. 연애하는 것도 아니고, 더더군다나 서로 좋아하는 사이도 아냐. 그렇게 몸 굴리는 건 내 스타일 아니에요."

이미 온통 내주고서도, 그의 아래에서 그렇게 교성을 흘려놓고도 자존심을 챙기려 한다. 하지만 그게 또 나쁘지는 않았다. 사랑을 말하되, 그걸 구걸하지는 않는다, 라.

웃음을 삼키며 시선을 돌리자 의도치 않게도 다용도실 문이 그의 시야에 들어찼다. 간만에 유쾌해지려 했던 아침이, 머릿속을 스친 생각에 차갑게 얼어붙었다. 별거 아니라고 생각했던 과거의 악연이, 처음부터 인지하고 알고 있던 악연이, 염두에 두지도 않았던 그것이 그의 뒤통수에 눅진하게 엉겨 붙었다.

"아무리 나쁜 놈이어도 어제 그렇게 달달 볶아댔으면, 내 생각도 한 번은 해줘요."

애걸인지 아닌지 모를 말을, 조금은 허탈하게 뱉은 해주를 진현은 깊은 시선으로 응시했다.

나쁜 놈이라.

"나쁜 놈이 앞뒤 재고, 네 생각을 하길 바라나?"

그가 비죽이자 해주가 당연하다는 듯 고개를 끄덕였다.

"나쁜 놈이어도 순정은 있겠죠. 마 사장님이 형한테 쏟아 붓는 것처럼."

"그게 순정인지, 단순히 형한테 진 빚을 갚기 위해서인지 어떻게 알아, 네가."

"애정인 건 알아요. 아니래도 내가 그렇게 생각했으니 됐어요. 이미 좋아진 걸 무를 수도 없잖아. 솔직히 나도 이 마당에 내가 왜 이렇게까지 마 사장님 설득하려는지 잘 모르겠는데, 좋은 걸 어떡해. 연애하자고, 우리."

그는 이 여자가 이해되지 않았다. 그를 좋아한 여자들은 그의 겉가죽을, 돈을 좋아한 것뿐이었다. 대개 그라는 남자를 알고 나면, 그 매정함과 냉혹함에 나가떨어지기 일쑤였다. 그런데 이 여자는 그의 매정함에, 이용목적에 가차 없이 휘둘리면서도 제 식대로 해석하며 끌려온다.

여자가 늘 그에게 휘둘리는 것 같아 보여도 정작 휘둘리고 당황하는 건 그였다. 꼴사납게 화까지 내가면서 여자의 무모함을 비난할 만큼.

지난 밤, 열락에 들떠 그에게 사랑하는 것 같다고 고백했던 여린 음성이 그의 머리를 지배했다. 진현은 턱에 불끈 힘을 주었다. 사랑을 속삭이고, 새처럼 지저귀어도 저 금고 안에 들어선 순간 여자의 가슴은 빙하보다 더 차갑게 얼어붙을 것이 자명했다. 그런데도 그가 왜 그런 시간 죽이는 일을 해야 하나.

"사람 마음만큼 쉽게 변하는 건 없어. 날 더 깊이 알게 되면 이 순간을 땅을 치고 후회할 텐데. 그냥 며칠, 즐기는 것만으로도 좋은 추억이 될 거라는 생각은 안 드나."

해주의 얼굴이 싸늘해졌다. 그런데 그 스스로가 저런 얼굴을 하게 만들었음에도 불구하고 진현은 그것이 썩 달갑지 않았다. 그때, 그녀가 다시 입을 열었다.

"정말 재수 없는 데는 일가견 있어. 나도 처음엔 그쪽 같은 인간 좋아할 마음 같은 거 없었거든요? 그런데 왜 좋아졌냐. 마 사장님이 나한테 처음으로 형 얘기 했던 날 있죠. 날 회유하려면 진심으로 하라고 했던 날. 컨테이너 부지에서 그날."

진현은 미간을 찌푸렸다. 그가 원하는 걸 위해서라면 자신의 상처도, 과거도, 하다못해 마음까지도 이용할 수 있는 게 그라는 사람이었다. 사람의 체온을 잃어버린 그는 이미 그런 일을 행하는 데에 별다른 감흥도 없던 상태였다.

"나는 애초부터 아빠가 없었고, 나를 물심양면 키워준 엄마마저 잃어버린 사람이에요. 형제자매 하나 없고 일가친척도 연 끊은 지 오래야. 그렇게 혼자 산 지 십 년이에요. 난 사는 동안 늘 사람이 그리웠어요. 그런데 마 사장님이 형한테 가진 애정, 그 순정이요. 그게 날 감동시켰어요. 그냥 감동시킨 건 줄만 알았는데, 당신 같은 사람한테 당신 형이 받는 것 같은 사랑을 받았으면 좋겠다 했어요. 그런데 당신 같은 사람이 아니었어. 그냥 당신이었어요. 이미 일반적인 감각이 굳은 마 사장님은 저게 무슨 헛소리야, 할 수도 있겠지만 난 그래요. 그래서 좋아진 거라고요."

그녀의 목소리는 격앙되지도, 그렇다고 차분하지도 않았다. 마치 타인의 일을 이야기하듯 덤덤했다. 그러나 그를 바라보는 눈에 깃든 진심은 절대 외면할 수 있는 종류의 것이 아니었다. 문득, 달재의 가게에서 자신과 처음 대면하고 도망간 그녀가 도로 가에 앉아 무릎 사이로 고개를 파묻었던 것이 떠올랐다. 처절한 외로움, 그것이 그녀의 두 어깨에 무겁게 내려앉아 있던 것도 기억났다.

"난 바빠."

고백에 따른 뜬금없는 말에 해주가 미간을 한껏 찌푸렸다.

"적도 많아서 내 밑에 있는 것들은 제 몸 간수, 저가 알아서 해야 해."

진현은 머리로 생각하기를 접었다. 그가 옳은지 옳지 않은지는 중요하지 않았다. 그저 여자의 고백을 듣는 순간, 그 좋아졌다는 이유가 그의 이십 대 인생을 통틀어 인정해준 것 같아서 단순히 뛰기만 할 뿐인, 고물 같은 철 덩어리가 뭉그러짐을 느꼈다.

이 여자는 지나치게 단순하고 무모해 보이면서도, 이 다갈색의 투명한 눈으로 이따금씩 표면 너머의 것을 짚어내 그를 당혹하게 하곤 했다는 것을, 그는 새삼 떠올려야만 했다.

"이 바닥에서 지켜야 할 것 따위는 만들지 않는 게 철칙이야. 그러니 난 네게 줄 마음 같은 거 없어."

이미 뛰고 있는 심장이 마음이라도, 그는 그런 게 없다, 외면했다. 윤해주가 인생을 통째로 바쳐 알아내려고 하는 그 진실을 알고 있음에도 이 여자를 안은 건 그가 나쁜 놈이라서였다. 이제 와서 양심에 매달리며 착하고 싶지도 않았다. 솔직히 착하다는 게 어떤 건지도 모르겠다, 그는.

처음부터 끝까지 저밖에 모르는, 목적만이 전부인 미친 악귀. 그게 마진현이었다.

"그래도 연애라는 거 하고 싶나?"

"……한다는 거죠?"

진현은 붉은 입술 새로 혀를 내밀어 입술을 축이는 해주를 응시했다.

이 여자가 그를 더 이상 좋아한다 말하지 않게 되면.

상상을 해보았다. 이상했다. 가슴 끝이 버석거리고, 마른 잎이 타는 것처럼 메마른 통증이 뱃속 깊은 곳을 사납게 휘저어댔다. 한 꺼풀 상상을 벗겨내고 눈앞을 응시했다. 조금 긴장된 것이 눈에 빤히 보이지만, 윤해주는 적어도 그를 향해 온전히 웃고 있었다.

연애를 걸며.

기분이 썩 좋아졌다. 그를 향해 방싯대는 입술을 물어뜯고 싶은 가학성이 그의 통제력을 긁어댔다. 어제처럼, 그렇게 욕망에 미쳐보는 것도 꽤 색다르고 뜨거운 경험이기도 했다. 결론은, 이 여자는 늘 그를 좋아해야 한다는 거다.

"그래."

그는 심장이 없다. 이미 뛰고 있을지라도 없어야 했다. 이 여자는 그의 약점이 아니며, 그를 흔들리게 할 수는 있어도, 죽일 수는 없는 존재다. 그렇게 한계를 상정했다.

진현은 멍한 얼굴의 해주를 보았다. 그녀는 이내 세상의 모든 빛을 삼키기라도 한 양 환하게 웃으며 두 팔을 하늘로 번쩍 치켜들었다. 그리고 그 눈부신 빛살에 그의 뱃속이 저릿해졌다. 어찌할 수 없이 빠듯한, 그 생경한 감각에 미간을 찌푸리는데 순간, 해주가 가슴 안으로 뛰어들었다.

"이거 봐, 열 번은 찍어봐야 한다니까!"

그의 목덜미에 얼굴을 묻은 여자가 맑은 음성으로 떠들었다.

"혹시 지금 만세, 부른 건가?"

진현이 묻자 그의 목에서 얼굴을 든 여자가 코앞에서 웃으며 대답했다.

"그럼요, 그토록 오매불망하던 나쁜 놈이 연애하자는데."

그의 가슴에 달린 고철덩어리가 또다시 뭉그러졌다. 심장 따위 없다. 하지만 뭉그러지는 통증은 큰 고통을 수반해, 그를 아프게 했다.

밤 열한 시. 걸작 갤러리 삼 층의 회의실은 평소와 달리 불이 환하게 밝혀져 있었다. 그 안에는 총 네 명의 실루엣이 보였는데 평소 사 층 복원실 외에는 얼씬도 않는 학도의 모습도 보였다. 그는 발표를 할 때 쓰는 커다란 백스크린 앞에 서서 연신 입을 놀리고 있었고 진현과 해주, 주란이 테이블에 앉아 그의 말을 경청했다.

"대부분의 갤러리가 그렇듯 이 청우 갤러리도 보안 시스템으론 레이저를 써. 목표물을 가운데 두고 사방에서 거미줄처럼 그물망이 엮인 거지. 사방에 설치된 감시카메라는 문제가 안 돼. 이건 기밀 정보인데 최근 청우 갤러리 사정이 어려워져서, 보안 팀 인력을 급감했거든. 이인 일조로 돌아가는데 해주는 정확히 열한 시 사십오 분부터 열두 시 사이에 작업을 끝내야 해. 놓치면 세 시 삼십 분부터 사십오 분 사이에 한 번 더 기회가 있어. 그 시간에 한 명은 주차장을, 한 명은 삼 층 전시실과 금고를 돌아야 하거든."

몸은 여기 있되, 머리는 콩밭에 가 있다. 해주는 자꾸 흐트러
지려는 정신을 다잡았다. 대각선 맞은편에 무심한 얼굴로 스크
린을 응시하는 진현에게 자꾸만 시선이 가 닿았다. 하루 종일
보고 있어도 질리지 않을 얼굴은 그녀에게 무척이나 각별했다.

하지만 지금은 일을 할 때였다. 해주는 학도의 등 뒤, 커다란
백스크린에 애써 집중했다. 스크린에는 붉은색의 진사[1]가 비색
의 청자와 어우러져 은은한 아름다움을 풍기는 고려청자 항아
리의 사진이 떠 있었다. 현재 청우 갤러리에 전시되어 있지만
그것은 나흘 있으면 경주로 내려갈 것이었다. 모사품임에도 불
구하고 진품으로 감정이 되어, 국립미술관 소장이 예정되어 있
었기에.

"해주는 건물 외벽의 환기구로 들어가. 그리고 이 길을 따라
서 2전시실 천장에서 내려오면 돼. 레이저를 뚫고 들어가면 청
자를 들고 다시 나와야겠지. 청자가 있던 전시대 바로 위쪽에
통풍구가 있으니, 그쪽으로 올라와서 이 부근으로 오면 나사를
풀어서 환기구 통로로 다시 나와야 해."

"……나 혼자요?"

청자의 그림이 사라진 스크린에는 이어 청우 갤러리의 평면도
가 떠올랐다. 그 평면도 아래, 붉은색으로 표시해둔 환기구 통
로를 이리저리 손끝으로 짚으며 설명하던 학도를 해주는 기가

---

1) 화구리성분의 안료로 선홍색의 발색을 내 새긴 문양.

질린 듯 보았다.

"위험하지 않나요?"

학도가 빙글빙글 웃으며 고개를 끄덕였다.

"당연히 위험하지. 안 위험한 일이 있을 것 같아?"

단순하지만 수긍하지 않을 수 없는 말이기도 했다. 해주는 미간을 찡그리곤 다시 한 번 백스크린의 평면도를 눈에 담았다. 물건이 경주로 내려가기까지는 일주일. 시간이 그리 많지 않았다. 오늘도 하루 종일 누볐지만, 여전히 딸랑딸랑 종소리가 나기 일쑤인 붉은 실의 그물망을 생각한 해주는 땅이 꺼져라 한숨을 쉬었다. 어째, 점점 고난도다.

"다른 방법은?"

그때, 내내 학도의 브리핑을 듣고만 있던 진현이 입을 열었다.

"다른 방법?"

학도는 생뚱맞은 걸 들었다는 양 그를 멀뚱히 보았다. 진현은 그에게 다른 방법을 요구했지만 학도로서는 할 말이 궁할 뿐이었다.

"이것밖에 없어. 활동 인력은 해주 혼자잖아. 손 거들어줄 사람이 있는 것도 아니고. 아님, 대낮에 들어가서 당당하게 가지고 나와? 뭐, 죽자면 그런 짓인들 못할까."

학도가 퉁명스레 말하는 것을 무시하고 진현은 해주를 돌아보았다. 그의 대각선 맞은편에 앉아 평면도를 외우듯, 뚫어지게 바라보던 해주가 그의 시선을 느끼곤 얼굴을 돌렸다.

"엎어."

"뭐?"

대답은 학도에게서 튀어나왔다.

"너 뭐 잘못 먹었어? 엎긴 뭘 엎어."

학도는 못 들을 걸 들은 양 얼굴을 일그러뜨렸다. 마진현이 마동규의 손이 간 모작을 포기하다니. 그가 함께한 팔 년간 단 한 번도 없던 일이었다. 조금 무리가 갈지라도, 조금 위험해도, 한번 정한 목표를 바꾼 적은 결단코 없었다.

"내가 보기에 윤해주가 이걸 성공할 가능성, 백분율로 따지면 반이나 될까, 야. 못해도 팔십은 돼야 해볼 맛이 나지. 그러니까 엎으라고, 이건."

진현의 말은 신랄했다. 그는 인상을 찌푸린 채 그를 보고 있는 학도를 일별하곤 자리에서 일어났다. 그리고 그가 채 돌아서기도 전, 해주가 자리에서 일어나며 소리를 높였다.

"나, 할 수 있어요."

"봐, 본인이 할 수 있다잖아."

학도가 말을 추임새처럼 끼워 넣었다.

"윤해주, 근거 없는 자신감은 버려."

"이런 거 시키려고 나 여기 있는 거 아니었어요? 해요, 할 수 있다고요."

진현은 두 눈을 가늘게 좁혀 떴다.

"해야 하는 거잖아요. 안 그래요? 지금 아니어도 나중에라도 꼭."

여자의 말이 맞다. 진현은 수긍하면서도 한편으로 밀려드는 불안에 짜증이 났다. 그리고 저가 하겠다며 앞으로 나선 해주를 서늘하게 노려보았다.

"어라, 이것들 지금 연애한다고 티내는 거야? 그런 거야?"

잠시간 그와 해주를 번갈아보던 학도가 또 입방정을 떤다. 오늘 아침, 갑자기 집으로 들이닥친 학도가 본 것은 마침 그것이었다. 윤해주가 만세를 부르며 그를 향해 달려들었던 그것. 구태여 쑥스럽다거나 민망해할 것도 없지만, 저 방정맞은 입 때문에 썩을, 했던 것도 사실이었다.

"형이 같이 가."

"뭐?"

"혼자 하면 오십인데, 왕년의 임학도가 함께하면 팔십은 되겠지. 몸이 늙고 쇠했어도."

입을 잘 놀렸어야지.

진현은 해주에게서 거둔 시선을 학도에게 향했다. 그러자 건수를 잡은 것을 유감없이 표출하려던 학도의 얼굴이 사색이 된 것은 말할 것도 없었다.

"나 일선에서 물러난 지 십 년도 더 넘었어⋯⋯."

가슴이며 배, 허벅지 종아리까지 꽤 다부지게 키운 근육 어디도 노쇠해 보이거나 약해 보이진 않았으나 학도는 최대한 몸을 움츠리며 선처를 바란다는 듯 말했다. 그러나 그게 진현에게 먹힐 리가 없었다.

"역할 분담은 알아서 잘."

학도의 말을 쌩하니 무시하자 주란이 그럼 얘긴 끝났네, 하며 자리를 털고 일어났고 해주 역시 자리에서 일어났다.

"임 스승이 함께면 이만큼 불안했던 것도 가시겠네요."

엄지와 검지를 슬쩍 벌려 보이며 해주가 놀리듯 말했다. 처음에야 진현에게 매번 당하기만 하는 학도가 불쌍했지만 그만큼 매양 깐족거리는 학도라 그도 일상이 되어버렸다.

"……그럼 그냥 엎을까?"

회의실을 나가려는 진현과 해주, 주란을 보며 학도가 조심스레 말했고, 진현은 입가에 스산한 웃음을 머금었다.

"엎기는. 백분율이 팔십인데 왜."

"아, 내장을 통물에 확 튀겨 먹을 놈 같으니라고!"

처연함을 내던진 학도가 인상을 벅벅 그었고 진현은 눈썹을 치켜뜨는 것만으로 그것을 흘려 넘겼다.

"야, 마 사장! 내일 일본 출장 가지? 그쪽에서 접대도 화려하게 해준다지? 요정으로 간다며? 게이샤들도 있지?"

학도가 발작적으로 외쳤다. 종내에는 주란이 웃음을 크게 터트렸고, 학도는 얼굴이 빨개졌다.

"허 마담, 그게……."

흥분해서 뱉고 보니 주란의 앞이다. 학도가 수습을 못 하고 쩔쩔매자, 주란이 짓궂게 말했다.

"학도 씨, 요정 좋아해? 게이샤도?"

"아니, 그게 어쩌다 한 번식 마 사장 일본 가면 그런 로비를 하더라고. 난 해주랑 저 자식이 이제 그렇고 그런 사이니까 한 번 그냥."

"후후. 나이를 대체 어디로 먹은 거야? 유치하게."

주란을 따라 나오는 학도의 어깨는 한없이 처졌다. 그가 주란
보다 연상인데도 불구하고 주란은 이따금씩 그를 애 취급했다.
남자도 아니고, 오빠도 아니고 애 취급. 칠 년이 넘게 지속되어
온 짝사랑에 염증이 날 법도 하련만 어찌 된 게 날이 갈수록 좋
아지니, 이제는 그 자신보다 주란이 더 목숨 같아지는 시점이었
다.

"허 마담."

학도는 앞서 또각또각 걸어가며 웃음을 삼키는 주란을 조심스
레 불렀다.

"저기, 쟤들 안 어울리지 않아? 해주가 너무 아깝잖아."

"내가 보기엔 아주 잘 어울리는데?"

낮게 웃음을 사려 문 주란이 말했다. 그와 단둘이 있을 땐 도
무지 내색을 않는 주란인데, 뜬금없이 터진 웃음에 학도는 가슴
이 뛰었다.

그가 처음부터 주란을 좋아한 건 아니었다. 그의 수제자이자
친구인 동규의 연인을 여자로 봤을 리가 없다. 그가 그녀를 눈
에 담게 된 건, 동규의 장례식장이었다. 삼 일 밤낮을 빈소를 지
키며 눈물 한 방울 흘리지도 않고 인형처럼 꼿꼿이 선 그녀를
두 눈이 어느 사이엔가 조금씩 담기 시작했다. 하지만 이 여자
는 가슴에 사랑이 하나밖에 없는지, 동규만 그렸다. 이미 간 친
구가 야속할 정도로 그렇게 동규 자식만.

늘 빼앗고 훔치고 속이기만 하던 그가, 난생 처음 진실로 가슴을 주고픈 상대가 생긴 것만도 날뛸 듯이 기뻤기에, 학도는 그것만으로도 만족하려 했다. 하지만 근래 들어 자꾸만 욕심이 생겼다. 아마 동규가 아닌 사람과는 죽어도 결혼하지 않겠다며 버티는 그녀에게 그녀의 집에서 자꾸 결혼을 종용하기 때문일 테다.

"허 마담, 쟤들……."

그녀와 한 마디라도 더 나누기 위해 학도가 입을 뗀 순간, 걸음을 멈춘 주란이 그를 돌아보았다. 조금 전까지 그녀의 입가에 물려 있던 웃음은 오간데 없이 차분하게 가라앉은 주란이 쓸쓸한 기색으로 입을 열었다.

"토요일, 동규 씨 기일이야."

"……알아."

자신의 왼손 약지에 낀 가는 링 반지를 만지작거린 주란이 조금 처연한 얼굴을 했다.

"그 사람이 간 지 십 년이야."

"응."

학도는 머리를 긁적였다. 주란이 말하고자 하는 바를 모르지 않는다. 하지만 모른 체하고 싶다. 그녀가 그의 면전에 꺼지라고, 너 같은 놈은 싫다고 악을 퍼부을 때까지는 사랑을, 하고 싶었다.

그의 주변 사람 중에 그 누구도 그가 주란에게 품은 마음을 모르는 사람은 없었다. 주란 역시 모르지 않았다.

"나는 그 사람 그림자 안에서 살 거야. 하지만 마 사장은, 벗어나야 해. 해주 씨랑 만난다는 거 들으니까 다행이다 싶어 기뻐. 마 사장도 사람이구나 싶어서. 그러니까 학도 씨가 마 사장 좀 잘 챙겨줘."

주란의 음성은 담담했지만 단호했다.

이 여자야, 날 떼어내고 싶으면 욕을 하라고.

허주란이라는 여자. 똑똑하고 야무져 보이지만, 그 자신이 동규의 기억을 공유하고 있다는 것만으로도 모질지를 못했다. 동규의 친구라서, 진현에게 자신이 필요해서.

"나 동규 씨랑 결혼은 안 했지만, 그 사람 아이도 가졌었고, 내 부주의로 잃었었어. 마 사장을 내 시동생으로 생각해. 서류로만 엮이지 않은 거지, 가족이야."

"알아."

학도는 고개를 숙였다. 이런 빙빙 돌리는 거절쯤이야 이미 오십 번도 더 당했었다. 그래도 포기가 안 되는 걸 어떡하나. 주란은 그와 너무 달랐다. 고상했고 도도했으며 바랐고 당찼고 똑똑했다. 하지만 그는 천하고, 잡꾼이며 멍청하고 비열하다. 그래서, 그는 주란이 좋았다.

"아니까, 그만해도 돼."

학도가 몸을 비틀곤 쓰게 웃었다. 그 웃음을 주란이 보았을는지는 모른다. 이 여자는 그에게 털끝만큼도 관심이 없다. 그래서 가슴이 무너지지만, 그래도 이 여자를 등 뒤에서라도 지켜보는 게 좋았다.

"미안해, 학도 씨."

이 여자야, 욕을 해.

학도는 주란을 등 뒤로 하곤 터덜터덜 걸었다. 오십 번을 거절을 당해도 이런 것엔 절대 면역이 생기진 않는 법이다. 가슴이 또 갈라졌다. 이 사랑에 보답받을 길은 영영 없는 걸까 생각하니 허탈해졌다. 미처 몰랐지만, 그에게도 이런 가슴이 있었다.

"마동규, 빌어먹을 놈. 거지같은 놈. 착해 빠진 놈. 병신 같은 놈."

동규가 진현에게 말은 않은 것 같았지만, 학도 역시 동규의 뒤통수를 친 적이 있었다. 하지만 동규는 그런 그를 품어주었었다. 그가 좋은 놈인 것은 알고, 주란이 사랑할 만한 놈이란 것도 안다. 다만, 자신이 그렇게 좋은 놈인 적이 없어서, 한없이 작아져서 학도는 자괴감이 들었다.

이 여자야, 나도 좀 봐달라고. 죽은 놈은 보내주고.

주란의 사무실을 바라보는 학도의 얼굴이 기운 없이 늘어졌다.

해주는 엘리베이터를 기다리는 진현의 뒤로 슬쩍 다가갔다.

"출장, 가요?"

그가 그녀를 내려다보았다.

"몇 박 며칠 가요?"

"그 애인놀이라는 거에, 내 일거수일투족을 보고해야 하는 사항도 있나?"

그가 입매를 비틀며 물었다. 놀이라니. 기분이 조금 상하려 했지만, 원래가 이런 남자지 하며 무난하게 넘기려 했다. 지금의 포인트는 그게 아니었으니까. 엘리베이터가 도착하고 그가 올라타자 해주는 냉큼 그를 따라 올랐다.

"집에 안 가?"

말하는 거 하고는. 애인 하자 했다고 해서 남자가 갑자기 바뀌리라는 생각은 안 했지만, 너무 마진현스러워서 오히려 김이 빠진달까. 해주는 얄궂기 그지없는 남자를 밉지 않게 흘겨보고는 입을 삐죽였다.

"요즘에도 요정이란 게 있구나. 거기다가 게이샤? 노는 물이 원래 그래요?"

"노는 물이 그렇다는 건 뭔데?"

그가 등을 보이고 서 있었기 때문에 얼굴을 볼 수는 없었다. 그런데 음성에 옅은 웃음기가 섞인 것도 같아 그가 이 상황을 즐기고 있나, 하는 의문이 들었다. 그녀 본인은 심각하기만 한데 이 남자에겐 그저 웃음거리인가 싶어 조금 억울해지려고도 했다.

"로비 하고, 그림 꽂아주고 그렇게 하는 뒷거래요. 그런 저질 문화, 한국에만 있다는 거 알아요? 옆구리에 여자 꽂아주고 뒷구멍으로 사과박스에 돈 꽉꽉 채워서 넣으면 만사 오케이야. 아주 속물천국이지. 조금 실망이네요. 천하에 마 사장님이 여자에 돈 박스에 입 찢어져서 오케이라니."

기분이 더없이 나빴다. 붉은색 일색의 조잡한 룸 안, 중년 아저씨들과 마주앉은 그가 연예인 뺨칠 정도로 예쁜 계집애들을 옆구리에 낀 채 술을 마시고 있는, 밑도 끝도 없는 상상이 그녀의 머릿속에서 나래를 펼쳤다.

속이 부글부글 끓는다. 그녀 혼자만 알아도 충분할 그의 탄탄한 팔, 단단한 가슴, 그만의 체향을 다른 여자도 지척에서 맡겠지, 하는 가정을 하니 손바닥에 땀이 흥건히 솟을 정도로 열이 뻗쳤다.

"거기 애들도 우리나라 텐프로 애들만큼 예뻐요? 그런데 일본 애들은 좀 그렇지 않나? 말이 통하긴 해요? 아, 임 스승 말이 마사장님 사 개 국어 한다던데, 일본 말도 해요? 못하는 게 없어서 세상 참 지루하겠네. 그래도 출장은 재미있겠죠? 요정도 가고 게이샤도 보고. 출장 내내 기력이 아주 바닥까지 쇠하겠어. 접대 받느라."

엘리베이터 문이 열리고 진현이 내렸고, 해주 역시 그를 따라 내렸다. 그는 가타부타 말이 없었다. 그러니 더 열이 뻗칠 수밖에. 입은 모터를 단 양 쉴 새 없이 나불거리는데, 그는 별다른 말이 없었다. 귓구멍에 솜을 처박았는지.

곧 제 집 앞으로 간 그가 그의 뒤에 바짝 붙어 있는 그녀를 돌아보았다. 그제야 근거도 없이 그를 색마로 매도하며 내몰던 해주의 입도 멎었다.

"어디까지 따라올 거야. 집에 안 가?"

평정심을 잃은 건 그녀뿐이었다. 이 남자에게도 질투란 감정이 있긴 할까. 그녀 자신은 그가 다른 여자와 웃음만 나누어도 신경이 바짝 곤두서는데, 일어나지도 않은 일로 척수마저 바싹 오한이 이는데 이 남자는 아무렇지도 않은 걸까.

"가요. 갈 건데요."

그를 못마땅하게 올려다보던 해주는 입술을 씰룩였다. 이건 조금 자존심이 상하지만, 집에 가서 잠 못 들 바에야 확실히 듣고 마는 게 나았다.

"……혹시 이 차까지 가거나 그러진 않죠?"

"아까부터 대체 무슨 소릴 하는 거야. 시끄러워."

너무해. 이 남자가 여자의 섬세한 감성을 이해할 수 있으리란 생각 따윈 하지도 않았다. 그래도 적어도 입 몇 번 달싹이는 게 힘든 것도 아닐진대, 그녀를 수다쟁이 취급하는 짜증 섞인 눈초리에 해주의 눈 끝이 매서워졌다.

"보통 연애엔 룰이라는 게 있는데요, 날 만나는 동안엔 다른 여자는 안 된다고 했어요. 그게 접대라도."

그녀는 정말이지 심각했다. 그런데 그의 눈초리에 문득 웃음이 스민다. 기가 막힌 듯 웃음을 흘린 그가 문에 등을 기대며 가슴 앞으로 팔짱을 꼈다. 마침내 그도 대화를 할 생각이지 싶어 해주는 일단 머릿속을 정리했다.

그래, 이 남자에게 여자 문제가 없으리라고는 생각하지 않았다. 제 입으로는 여자를 만날 주제가 못 되니 어쩌니 해도 감상용으로는 목이 휙휙 돌아갈 만큼 잘났으니까. 과거에 홍나희 뭐시기도 있었고. 정말로 제 목적을 위해서라면 그런 것도 마다하지 않는 사람이니. 전적이 있으니까 조바심이 나고 불안했다.

해주는 탄식했다. 점점 확인되어가는 자신의 마음이 감당하기 벅찰 정도로 큰 것이어서. 그냥 감동했고, 좋아졌고, 똑같은 마음을 바랐고 이제는 사랑이다. 이게 꽤 집요하고 사람을 한없이 치졸하게 만드는지라 난감했다. 자존심 있게 쿨하고 싶은데 말이다.

"나한테만 충실해요."

그녀가 눈도, 귀도 막고 이 남자만 보이는 것처럼 그도 그러길 원했다. 그런데 대답은커녕 남자의 입가에 어린 비틀어진 웃음만 더욱 진해졌다.

"나는 마진현 씨한테 꿀리는 거 없이 솔직하거든요? 다른 남자 없고, 과거도 지저분한 거 하나 없어요. 그러니까 내가 하는 만큼 나한테 충실하라는 말이에요. 다른 잡음 없이."

"연애의 룰?"

그가 그녀를 내려다보며 비웃듯 물었다. 그녀는 고개를 주억거렸다.

솔직히 물가에 내놓기도 불안하다, 이 남자.

"접대라도 귀찮아서 여자 같은 거 안 만져. 그런 분위기 별로 좋아하지 않는 거, 진즉에 파다하게 소문나서 룸에 여자 들여놓지도 않아. 됐나?"

뭐가 이리 짧고 명료한지. 쉴 새 없이 떠들어댄 제 입이 허탈할 정도로 그가 내준 대답은 간단했다. 오히려 그녀가 뭐 같아졌다. 끊임없이 남자를 의심하고 닦달하는 스토커 같은.

머쓱해진 그녀가 그 말도 백 퍼센트 신용 못 하겠다고 꿍얼거리는데 진현이 또다시 웃는다. 이 남자는 웃음이 드물진 않았는데 이처럼 목을 울리는 낮은 웃음소리는 그녀도 처음이라 조금 이색적이었다.

"요 며칠은 이래 본 적 없을 정도로 윤해주한테 충실한데, 난."

진현은 또 평소의 본인이 아닌 것처럼 나른한 웃음을 물고 유혹하듯 말했다. 이렇게 얼굴을 확확 뒤바꾸니 정작 중요한 진심은 알 수가 없다는 거다. 애초에 처음부터 작정하고 그녀를 꼬시려 한 남자다. 달콤한 사탕발림으로 상대가 원하는 거라면 뭐든 줄 것처럼 구는 이 얼굴이 그녀는 오히려 싫었다.

"빈말은 안 하는 것보다 낫거든요. 나빠도 진심이 더 나아요."

그녀가 퉁명스레 대꾸하자 진현이 짧은 침묵 후, 또다시 낮게 웃음을 토했다. 이번 건 조금 달랐다. 즐겁다기보다 뭔가 턱 막힌 듯이 답답한. 그런 웃음이란 게 있는지도 몰랐건만, 이 남자의 웃음이 그랬다.

생각을 잇던 해주는 이내 고개를 도리도리 흔들었다. 생각을 물고 또 물면 복잡해진다. 이 남자의 진심이 어떻건 간에 그녀는 자신의 진심에 충실하기로 했다. 이 남자의 진심이 그녀에겐 살을 도려내고 뼈를 깎아내는 아픔일지도 모른다는 생각이 늘 머리 한구석에 있기 때문이었다.

그녀는 늘 진심을 뱉었지만, 이 남자는 한 번도 그 속을 뱉은 적이 없다. 그녀가 요구하고 남자는 들어주었을 뿐이다. 늘 상황에 가려져 그렇게 지나왔지만 그것이 사실임을, 그녀 역시 모르지 않았다.

이런 걸 눈 가리고 아웅이라고 하는 걸까.

해주는 여우처럼 교활한 가면을 벗고 무심한 얼굴로 돌아간 진현을 눈끝으로 흘기며 돌아서려 했다. 그러나 순식간에 몸이 뒤로 끌려갔고 뭐가 어찌 된 건지 채 깨달을 새도 없이 등이 그의 집, 현관문에 내리꽂히듯 부딪쳤다.

"뭐……."

"키스하고 싶어서."

"지, 지금요?"

정신을 차린 순간, 그의 무저갱 같은 어둡고도 깊은 눈동자가 코앞에 자리해 있었다. 분명 그가 등을 기댄 채 서 있던 자리였는데 순식간에 판도가 뒤바뀌었다. 남들에 비해 월등한 운동신경을 가진 그녀지만, 이 남자도 분명 그녀만큼이나 운동신경이 좋았다.

"갑자기 왜요?"

코끝이 살짝 부딪쳐왔다. 해주는 호흡을 들이켰다.

"시끄러워."

낮게 속삭인 그가 조금 잠긴 음성으로 말하곤 곧바로 입술을 우악스럽게 덮쳐왔다. 탐색도 없이 곧바로 혀를 들이밀었고 여린 볼 안쪽 살이 거칠게 쓸렸다. 해주는 그녀의 목을 움켜쥐는 진현의 단단하게 못박인 손에 고개를 뒤로 젖히며 그의 가슴팍을 움켜쥐었다. 빳빳한 슈트에 구김이 생겼다. 다리 사이로 들어온 그의 다리가 뜨거워진 여성을 지그시 압박했다.

"저기, 나 오늘은 집에 들어가야 하는데요."

곧바로 밀고 들어올 것처럼 아랫배를 문지르는 단단한 남성의 상징에 해주는 그의 입술을 피해 가까스로 말을 토해냈다. 문지르고 얽으며 거칠게 맞부딪쳐오던 입술이 턱을 따라 목덜미로 내려갔다.

"깨물지 마요!"

아팠다. 집에 들어가야 한단 소리에 목덜미를 아프게 깨문 그가 살점을 잡아 뜯듯 당겼다. 그녀가 슈트 깃을 움켜잡고 목을 피하자 진현이 다시 그 목을 손 안에 담아 당기곤 축축한 혀로 핥았다.

따지듯 투덜대다가 갑자기 야릇하게 바뀐 분위기에 호흡이 가빠왔다. 사람을 비웃는 듯하더니 갑자기 덮치기라. 종잡을 수가 없다. 이 남자 머릿속엔 대체 뭐가 들어 있을까.

달래듯 목덜미를 핥은 그가 목선을 타고 올라와 귀 밑의 움푹 들어간 곳을 이로 간질이더니 이내 귓속으로 혀를 밀어 넣었다.

맙소사. 전신에 오싹하니 오르는 소름에 갑자기 다리 사이가 마구 조여왔다. 해주는 저도 모르게 허리를 움찔거리며 떨었다. 그러자 그녀의 다리 사이에 낀 그의 허벅지에 그녀의 여성이 자극적으로 쓸린다.

"흐웃!"

다시 얼굴을 타고 돌아온 그가 애매하게 벌어진 입술 사이로 혀를 할짝였다. 정말 다른 사람처럼 이런 순간에는 미치게 노골적이다. 그가 선사하는 본능적인 감각에 해주는 숨을 헐떡였다.
곧 깊이 파고들어온 혀가 그녀의 혀를 휘감고 얽으며 빨아들였
다. 혀의 돌기를 슥, 긁어내리는 자극에 저도 모르게 목구멍에
서 비명이 새어 나왔다.

"집에 가."

제 입안으로 그녀의 혀를 끌어들이며 그가 낮게 말했다. 하지
만 강하게 빨아들이는 혀를 도통 놓아줄 생각은 않는다. 어느새
옷 위로 가슴을 쥔 손은 리드미컬하게 움직였다.

"……놔줘야 가죠."

가까스로 고개를 돌리고 그녀가 말하자 그가 목덜미에서 큭큭
거린다. 그가 천천히 몸을 뗐고, 해주는 그제야 숨을 고를 수 있
었다. 사람 참 정신없게 만드는 데 일가견 있다. 그의 타액으로
축축해진 입가와 목덜미를 슥슥 문지른 해주는 그새 금욕적이
된 그의 얼굴을 못마땅한 듯 보고는 몸을 돌렸다.

"되게 실없이 웃는 거 알아요?"

혼자만 붉게 상기된 것이 못내 억울해 해주는 성질내듯 말했
다. 그러자 그가 눈썹을 살짝 치켜 올렸다.

"내가?"

"어쩌다 한 번씩이요. 되게 뜬금없이."

해주는 미간을 찌푸리는 그를 뒤로하곤 엘리베이터 앞으로 다
가가 버튼을 눌렀다. 심장이 튀어나올 듯 버둥거렸다. 그의 말
중 하나는 진심이었던 듯하다. 그녀에게는 꽤나 열정적인 타입
이라던 것. 그냥 서 있어도 좋은데, 몸으로 부딪쳐오면 정신이

안드로메다로 날아가버린다. 아직도 제 것이 아닌 듯 저 혼자 질주해대는 심장에 귓속이 둥둥거렸다.

엘리베이터에 올라탄 해주는 닫힘 버튼을 눌렀다. 그런데 막 닫히려는 문틈 사이로 손이 불쑥 끼어들었다. 문이 열렸고, 그 앞에는 진현이 조금 못마땅한 기색으로 서 있었다.

"왜요?"

진현은 말없이 엘리베이터에 올라 일 층 버튼을 눌렀다. 해주가 대답을 채근하듯 그를 내쳐 보았지만 그 역시 막 일어났던 열기를 가라앉히는 데 급급했다.

여자에게 키스한 건 충동이었다. 나빠도 진심이 낫다는 그 한마디에, 그의 가슴에 달린 철 덩어리가 우그러들었다. 까닭 없이 조바심이 일었고, 이 여자가 그의 앞에 있다는 걸, 그를 좋아해서 있다는 걸 확인해야 했다.

그의 한계를 상정한 지 채 하루도 지나지 않았는데, 여자는 시간이 무색하게 그의 안에서 자리를 넓혀갔다. 그 한계가 벌써 꽉 찼나 싶을 정도로.

진현은 묻기를 포기한 채 엘리베이터 한쪽에 기대 서 있는 해주를, 문에 어리는 실루엣을 통해 바라보았다. 굵게 웨이브 진 긴 머리는 대충 묶어 올려 여기저기 비어져 나왔고, 출근했다고 하기에 무색하게 편안한 옷차림새가 늘씬한 몸의 굴곡을 상상하게 했으며 아무것도 덧바르지 않은 입술은 붉었고 파리해 보이는 하얀 피부는 매끄러웠다.

그리고 터무니없는 상상을 해대며 질투하던 작은 머리는 그에 대한 애정으로 가득 차 있다. 그의 등을 빤히 바라보는 눈동자에 그 더없는 애정이, 열기가 읽혔다. 그래서 가슴에 든 철 덩어리가 또 한 번 우그러들었다.

엘리베이터가 열렸고, 해주는 갤러리 전시장을 통해 나가려 몸을 오른쪽으로 틀었다. 진현은 그녀의 손목을 잡아끌었다. 작고 가는 몸이 그에게 부딪쳐왔고, 그녀가 뭐냐는 듯 고개를 올려다보았다.

연애의 룰이니 어쩌니 따지면서 그가 이 늦은 시각, 그녀를 데려다줄 거라는 전제는 애초에 없는 건가 싶었다. 평소라면, 그가 먼저 나서서 여자를 집까지 바래다준다는 생각 따위는 하지 않겠지만 그녀가 흘리듯 스친 진심이라는 말에 그는 여자를 데려다줘야겠다는 생각이 들었다.

그가 함께 있지 않은 어느 순간, 혹시라도 그녀가 진실을 알게 될까 겁이 난 것은 아니다. 그는 그것까지 모두 머릿속에 넣고 이 여자를 만나는 것이었으니까. 그의 한계 상정에는 그것도 포함되어 있었다. 다만.

"데려다주게요?"

그를 신경 쓰이게 하는 여자의 얼굴 위로 설렘이 떠올랐다. 여자는 그가 정신없을 정도로 몰두하는 그 격애의 시간보다, 이러한 배려가 더 좋은 모양이었다.

"내 집, 성북동인 거 알죠?"

곧바로 그의 차가 있는 차고로 몸을 튼 해주가 신나서 말을 이었다.

"알아."

그는 강아지처럼 쪼르르 따르는 해주를 뒤로하고 차고 문을 열었다. 생각해보면 그의 람보르기니에 윤해주만큼 자주 탄 여자는 없었는데 말이다.

"이러고 나니 연애한다는 기분이 조금 들긴 든다. 알아요? 마사장님하고 연애는 굉장히 살벌쌈싸름하다는 거. 달콤함이란 건 간에 쓸래도 없어요."

조수석에 오르며 해주가 종알거렸다. 이 여자는 말이 참 많았다.

"그런데 그게 또 은근 중독성 있어요. 뭐, 달콤할 때도 있긴 있다. 아니, 달콤하진 않다. 그 순간에도 굉장히 살벌하다고요. 마 사장님."

해주가 조금 붉어진 얼굴로 장난스레 말한다. 진현이 시동을 걸며 돌아보자 그녀가 두 눈꺼풀을 가늘게 뜨며 목을 큼큼거렸다.

"날 잡아먹을 듯이 구는 때요."

"아."

"중간이 없어, 중간이. 키스도 그렇고 그 다음 단계도 그렇고 살벌에 매섭기까지 해. 상냥하다거나 다정한 게 뭔지는 알아요?"

안전벨트를 맨 해주가 물었다. 진현은 입매를 둥글게 휘었다. 모를 리가 있나. 그런 것만이 통하는 사람도 세상에 절반 이상인데. 다만 그의 성향이 그런 것과는 거리가 멀 뿐이었다. 윤해주를 대하는 자신은 평소 겹겹이 덧쓰고 있는 가면 속에 가려진 그의 본 모습이었고.

"이런 게 좋나?"

문득 눈 끝까지 둥글게 휜 그는 해주를 향해 입술을 내려 그로 인해 붉게 부어오른 윗입술을 슬쩍 빨아들이고 이어 아랫입술도 감질나게 취했다. 혀를 내밀어 입술을 쓸고 안으로 들어갈 듯 말듯 애를 태우자 해주가 끄응, 하며 앓는다.

"……살벌한 게 어울려요."

그가 끝내 혀를 넣지 않고 얼굴을 떼자 해주가 두 손으로 얼굴을 가리며 중얼거렸다. 진현은 웃었다. 미쳐, 하며 고개를 푹 숙이는 해주의 머리통을 쓸어주고 싶어 욱신거리는 손을 핸들 위로 얹어놓으며 천천히 개방되는 차고 문을 응시했다.

그는 여자가 언젠가 진실을 알고서 그에게서 학을 떼고 떠날 것까지 모두 계산을 하고 있었다. 다만, 그 순간이 늦게 오기를 원했다. 그를 위해 모든 것을 다 내어줄 듯이 구는 이 여자를 정말이지, 일찍 잃고 싶진 않았다.

해주는 망설였다. 스칠 듯이 손이 맞부딪치는 거리에도, 그와 그녀는 마치 남인 양 걷고 있었다. 더없이 다정한 연인인 척은 무리라도 닿을 듯 말 듯한 이 애매모호한 거리가 더없이 멀게 느껴졌다.

"뭐야?"

걸음을 걷던 그가 갑자기 멈춰 섰다. 해주는 그의 손에 슬쩍 끼워 넣었던 손을 빼는 대신, 더욱 힘주어 잡으며 모르쇠로 표정을 일관했다.

"더한 건 익숙하게 하면서 이건 어색해요?"

그의 손은 부드러운 구석이라고는 단 한 군데도 없었다. 마치 손의 주인이 그러하듯이. 단단했고 모났으며 또한 거칠었다. 진현이 맞잡은 그녀의 손을 떨궈내려 하자 해주는 그의 손에 깍지를 더 꽉 끼어 얽었다.

"내일 출장 간다면서요. 며칠은 못 볼 건데 아쉽잖아."

"이 박 삼 일이야."

"그런 말이 아니잖아요. 남들 하는 것처럼 하자고요."

따뜻했던 그의 손에 차츰 찬기가 어리기 시작했다. 슬쩍 올려다보니 그는 어딘지 모르게 불편해 보였다. 많이 발전했다. 이 표정 없는 남자의 얼굴에서 기분을 살필 수 있게 되다니. 그만큼 그녀가 내내 그만 바라보았기 때문에 익숙해진 탓일까.

해주는 점점 차가워지는 그의 손을 따뜻하게 덥히려는 듯이 꾹꾹 주물렀다. 재차 그의 시선이 느껴졌지만 역시 모르쇠로 일관했다. 하나하나 일일이 반응했다간 그녀는 숫제 불에 달궈진 재처럼 타 들어가야 하리라. 부끄러워서.

얼마 가지 않아 그녀의 집, 파란 대문 앞에 멈춰 선 해주는 아쉽게 그의 손을 놓았다. 차디찼던 손은 뻣뻣하기까지 했다. 어디 아프기라도 한가 싶어 그의 안색을 살폈지만 별다른 건 찾아볼 수가 없었다. 피곤해 보이지도, 그렇다고 창백해 보이지도 않았다.

"그럼 가요."

여자에게선 아쉬움이 뚝뚝 묻어났다. 인사를 마쳤음에도 불구하고 해주는 대문 안으로 들어가지 않았다. 왠지 모르게 그녀가 그의 눈치를 보는 것 같다는 생각을 할 찰나였다. 해주가 성큼 다가오더니 얼굴을 들이밀고, 순식간에 그의 아랫입술을 물어뜯어버렸다. 비릿한 피 맛이 훅 끼쳐왔다.

"뭐야?"

"내 거 표시요. 게이샤건 뭐건 입술 들이대면 죽어요. 피딱지 가라앉을 때까지는, 입술 간수하라고요. 가라앉으면 내가 일 번으로 또 할 테니까."

진현은 어이가 없어졌다. 해주는 이미 머리를 팔랑이며 대문 안으로 사라진 후다. 제대로 물어뜯었는지 혀끝에 갈라진 입술이 느껴졌다. 입술에서 흐르는 피를 닦아낸 진현은 해주가 내내 잡고 있던 손을 내려다보았다. 차가웠다. 익숙하지 않은 접촉에 경계를 세운 기감이, 아직까지 그 태세를 풀지 않고 있었다.

진현은 찬기가 돌아 저릿하기까지 한 손을 쥐었다 펴기를 반복했다.

"이래놓고 누가 살벌해?"

그가 입술을 다시 한 번 혀끝으로 쓸곤 자조적으로 중얼거리며 웃었다. 여자는 연애를 하자더니 무척이나 친숙하게 굴었다. 손을 잡는가 하면 질투를 드러내기도 하고 그를 향해 서슴없이 말을 던졌다. 하나는 확실했다. 그녀는 더 이상 그를 무서워하지도, 어려워하지도 않았다. 아니, 무서워하지 않는 건 처음부터 그랬다. 그와 엮이고 싶지 않아 도망만 치던 여자였으니까.

진현은 아직까지 찬기가 돌아 저릿한 손을 바지 주머니에 넣으며 몸을 돌렸다. 손 잡는 것보다 더한 짓에는 익숙한데, 고작 손이나 잡는 작은 접촉에는 뻣뻣하게 긴장하는 멍청함이란.

그는 웃을 듯 말 듯 얼굴을 일그러트렸다. 이런다고 키스를 못하는 것은 아닌데도. 그럼에도 여자의 저돌적인 방식이 마음에 들었다. 그를 상처 낸 입술을 도로 앗아 잘근잘근 씹어버리고 싶을 만큼.

열두 시가 훌쩍 넘어 인적 없는 비탈길을 얼마나 내려왔을까.

슈트 상의 안주머니에 있던 휴대전화가 진동음을 토해냈고, 조금 느슨해진 얼굴로 걷고 있던 진현이 얼굴을 굳히며 휴대전화를 귀에 가져다 댔다. 수신인은 현재 출장 중인 홍만이었다.

"뭐야."

전화 너머에서 묵직하지만 조금은 조심스런 기색의 목소리가 흘러들었다. 그리고 홍만의 음성이 계속될수록 검게 가라앉은 진현의 눈에 위험한 빛이 실렸다.

- 정달재가 사라졌습니다. 화련 상가에서 마지막으로 정달재를 목격한 것은 북한 측과 거래를 연결하는 조선족입니다만, 어딘가 다급해 보였답니다. 사무실은 엉망이고 돈도, 여권도 모두 사라졌습니다. 현재 확인해본 바로는 오늘 아침, 화련 상가에 일련의 남자들이 나타나 정달재에 대해 캐물었다고 합니다.

"남자?"

목소리가 스산하게 가라앉았다. 십 년을 내리 곁에서 진현을 보필한 홍만 역시 그것을 감지하곤 목소리가 더욱 조심스러워졌다.

- CCTV를 확인해보니, 그중에 황선호라는 사내가 있었습니다.

"황선호?"

- 홍나희 쪽 사람입니다.

진현은 걸음을 멈췄다. 조금은 유쾌하게 그를 감돌던 공기가 씻은 듯이 사라졌다.

"정달재는?"

- 현재 추적하고는 있습니다만, 행적이 모호합니다. 안전이 위협받자 그대로 단동을 튼 것 같습니다.

"그때까지 뭘 하고 있었나."

그의 어조는 지극히 평온했지만, 그 음성에 실린 힘은 결코 그렇지 못하다는 걸 홍만은 알 터였다.

- 죄송합니다.

"찾아내. 찾아내서 다른 짓 못 하게 감시해. 뭣하면 다리라도 하나 부러트려놔. 움직이지 못하게."

진현은 휴대전화를 가슴 상의에 집어넣으며 잠시 눈을 감았다가 떴다.

애초에 정달재는 그에게 있어 문제 그 이상도, 이하도 아니었다. 안고 가자니 필요가 없었고 버리자니 윤해주가 걸렸다. 아니, 윤해주가 걸린다기보다 그녀가 윤진이를 찾는 일을 전적으로 정달재에게 의존하고 있다는 게 문제였다.

정달재는 결코 쓸모없는 정보꾼은 아니었다. 그렇다고 그가 부릴 만큼의 그릇이 되는 것도 아니었다. 제 일신의 안위가 가장 중요해 언제라도 손바닥을 뒤집어버릴 수 있는 인물, 하지만 윤해주에게는 유일한 지푸라기.

"이렇게 나오시겠다."

홍나희가 정달재를 찾은 건 다른 이유가 있어서는 아닐 테다. 그의 의도를 알아보려 했든가, 아니면 정달재가 그에게 있어 중요한 인물인 걸로 착각하고 잘라내버리려 했든가, 혹은 지난번 귀거래도 건으로 해주의 존재를 알게 되고 그녀와 연결되는 고리가 정달재임을 파악했다는 것. 그 세 가지 중 하나일 것이었다.

진현은 다시 슈트에서 휴대전화를 꺼내 학도에게 전화를 걸었다. 이내 졸음에 겨운 퉁명한 목소리가 흘러나왔고 진현은 그런 학도는 말끔히 무시한 채 자신의 의견을 피력했다.

"약손 현재 상황 알아봐. 그리고 홍나희와 채무 관계 얽힌 곳도 빠삭하게 알아 와. 표면적인 것 말고 그 밑에 찌꺼기. 이 마녀가 아직 정신을 못 차린 것 같으니까 제대로 얼러줘야겠어."

전화 너머에서 늘 그랬듯 학도의 불평이 터져 나왔다. 그러나 진현은 그대로 전화를 끊고는 걷기 시작했다. 유난히 까맣고, 더없이 서늘한 밤이다. 슬슬 가을도 끝이려나 싶었다. 바람결에 실려 오는 내음이 더없이 차 폐부를 서늘하게 휘갈켰다.

"너무너무 수상해 보이는 거 알아요?"

옷을 갈아입고 마루로 나와 앉는 해주를 보며 평원이 미심쩍은 듯 말했다. 내내 콧노래다. 음정 하나 제대로 맞추지 못하는 주제에 어찌나 신명나게 불러대는지 누가 들으면 무슨 신(新) 타령이라도 나왔는 줄 알겠다.

"응? 뭐가?"

"좋은 일 있어요?"

"좋은 일은. 사는 게 똑같지."

그러면서 입은 왜 찢어지는데. 평원은 눈을 가늘게 뜨곤 해주를 살폈다. 어쩐지 피부도 더 광택이 나 보이고 입가에 은은하게 어린 웃음은 반짝반짝거렸다. 그리고 하얀 이 사이엔 붉은……, 붉은?

평원은 문득 눈을 동그랗게 뜨고 탁자 너머로 몸을 내밀어 해주의 얼굴에 제 얼굴을 바짝 갖다 댔다.

"이 사이에 빨간 거 뭐예요?"

"빨간 거? 무슨 빨……, 아."

무슨 생뚱맞은 소리냐는 듯 말을 이으려던 해주의 얼굴이 순식간에 붉게 달아올랐다. 그러더니 황급히 탁자 밑에 널브러져 있던 집기들 중 거울을 찾아 들어 제 얼굴을 살핀다.

"아무것도 아니야."

아무것도 아닌 게 아닌 것 같은데. 해주는 계속해서 목기침을 해댔다. 뭔가 찔리는 게 있긴 있는 모양인데.

"흐음. 아무것도 아닌 게 아닌 것 같은데요?"

한때 배웠던 기술은 몸에 익을 대로 익어버려, 생각을 하면

손이 나가는 경지였다. 순식간에 해주의 전화기를 탁자 옆에서
채 온 평원이 휴대전화의 배경화면을 들여다보았다. 몰래 찍은
게 분명한, 한 남자의 옆모습이 배경화면 가득 들어차 있었다.

"이 아저씨랑 만나요?"

평원에게도 익숙한 남자였다. 무릎이 절로 떨릴 정도로 무서
운 기운을 뿜어냈던 사람. 해주의 집에 들어오기 전에 마주쳤
던, 해주의 집으로 가 있으라며 사람 하나를 붙여 보내주었던
기가 질릴 정도로 잘생긴 아저씨.

"내 남자."

미치겠다. 거짓말을 할 생각 따윈 애초에 해주의 머릿속엔 없
는 거다. 입이 귀밑까지 걸린 해주가 느물거리는 웃음을 흘렸
다. 평원은 휴대전화를 해주의 앞으로 밀어놓고 인상을 구기며
뒤로 물러나 앉았다.

"그나저나 검정고시 학원은 어때? 진도 따라갈 만해? 어려운
건 없고?"

애잔하게 배경화면 액정을 쓸던 해주가 갑자기 눈초리를 세우
며 평원에게 으름장을 놓았다. 평원은 고개를 끄덕이며 웃고 말
았다. 지난 이 년간 윤해주라는 사람을 지하철에서 오고가는 인
연으로만 알았다면, 함께 사는 지금은 더욱 많은 걸 알게 됐다.

정이 헤픈 사람이라는 것, 웃음이 많은 사람이라는 것, 그리
고 그에 못지않게 외로운 사람이라는 것.

아직도 그녀와 해주가 쓰지 않는 건넛방에는 해주의 엄마가
실종 전 사용했었다는 서재가 그대로 보존이 되어 있었다. 이

따금씩 해주가 그 방에 들어가 오랜 시간을 보내고 나온다는 걸 평원은 알았다. 그런데 다행인지 불행인지 '내 남자'가 생겼단다.

"그 아저씨, 착하진 않을 것 같던데."

평원이 혼잣말처럼 중얼거리자 해주가 눈을 동그랗게 뜨며 박장대소했다.

"역시 애들 눈은 진실하구나! 맞아, 못된 사람이야."

"……못된 사람을 왜 좋아해요?"

이해할 수가 없었다. 못되고 나쁘면 보지를 말아야지. 평원이 얼굴을 구기자 해주가 다시 액정화면을 밝혀 배경화면 속의 진현을 눈꺼풀 아래 깊이 담았다.

"못된 사람이어도 좋아지는 덴 이유가 없더라고."

평원은 이해하지 못했다. 그녀에겐 너무 어려운 이야기였다.

"어, 무릎 다쳤네?"

해주가 문득 상체를 앞으로 쏟으며 쭉 뻗고 있던 평원의 다리를 매만졌다. 그냥 단순히 엎어져서 까진 것이 아닌, 어디 뾰족하게 솟은 돌에 콱 박은 것처럼 움푹 팬 상처였다. 해주의 손이 닿자 평원의 얼굴이 사색이 되었다.

"왜 다쳤어? 꿰매야 하는 거 아니야?"

자신의 무릎에 손도 대지 못하고 어찌할 바를 몰라 하는 해주에 평원은 아랫입술을 꾹 깨물었다. 기억나는 순간부터 자신은 늘 혼자였다. 외톨이. 부모도 없고 형제도 없고 앵벌이 조직 내에서도 자신 하나 입에 풀칠하고 살아가기 위해 늘 다른 애들을 견제하고 밀어내야 했다. 그런데 해주는 그런 외톨이인 자신에게 처음으로 살갑게 대해준 사람이었다.

돈이나 구걸하고 다닌다고 불쌍하게 보는 것도 아니고, 소매치기를 한다고 경멸하지도 않는다. 해주는 평원을 평원 자체로 봐주었다. 그래서 말하지 말아야지, 하고 더욱 생각했다.

"……학원에 지각을 해서 뛰다가 다리가 꼬여서 넘어졌어요. 하필이면 넘어진 데가 짱돌이 박힌 데라."

"뭘 그렇게 서두르다가? 늦을 수도 있는 거지. 아팠겠다. 병원 가야 하는 거 아니야?"

해주는 수선을 떨었다. 그 호들갑마저 고마워 평원은 붉어지는 눈시울을 어찌지 못하고 고개를 푹 숙였다. 사실 지각 때문에 다친 것이 아니었다. 이전에 있던 앵벌이 조직의 조직원 몇이 학원 근처를 지키고 있었다.

그때, 자신을 팔려 했던 그 남자도 있었다. 미친 듯이 도망쳤다. 자신을 잡으러 왔건 아니건 그 순간엔 아무런 생각도 들지 않았다. 평원은 달렸고 발이 꼬이는 바람에 정신없이 길에서 구르기도 했다. 그러다가 다쳤다.

지금도 그 섬뜩했던 순간을 생각하면 꿈이 아닌가 싶었다. 해주에게 빚을 지더라도 다시 그때로 돌아가고 싶지 않았다. 만약 해주가 그 남자들이 나타난 걸 알면, 혹시라도 자신을 이 집에서 내보낼지도 몰랐다. 해주의 성격이라면 그럴 리야 없겠지만, 사람이야 모르는 거 아닌가.

자신도 실장님들에게 맞지 않기 위해 저보다 다섯 살은 어린,

고작 여덟 살밖에 안 된 아이의 앵벌이 돈을 갈취했었다. 그날, 여덟 살 아이는 갈비뼈가 나가도록 맞았다. 그 아이를 보며 자신이 얼마나 울었던가. 그럼에도 불구하고 차라리 내가 맞자, 하는 생각은 들지 않았더랬다. 그러니 아무리 해주라도.

자신의 무릎에 대고 호호 바람을 불고 구급상자를 찾으며 한바탕 소란을 떨어대는 해주를 보며 평원은 고사리같이 작은 주먹을 꾹 움켜쥐었다. 말하지 않을 것이다. 절대로.

"……천이나 종이에 그린 회화나 얇은 금속판처럼 주위 환경이나 외부적 요인에 의해 상품이 변형됐을 때, 변형 조정이라는 게 필요해. 그런데 이 변형 조정이란 게 이차적으로 발생할 수 있는 상품의 피해 가능성 때문에 각별히 유의해야 하지. 야, 듣고 있어?"

화이트보드 판까지 가져다가 '복원이란?'이란 글씨까지 멋들어지게 휘갈겨 쓴 학도는 신나게 잇던 강의를 멈추고 테이블 앞에 앉아 있는 해주를 바라보았다. 필기구까지 가져다놓고 의욕만만이더니 그 의지는 채 한 시간이 지나기도 전에 희석되었다. 학도가 가까이 다가가 하얀 종이 위를 내려다보니 그 위에 깨알같이 가득 쓰인 것은 보기도 얄미운 마진현의 이름 석 자였다.

"야, 마 사장이 죽으러 간 것도 아닌데 뭐야? 복원에 대해서 말해달라고 한 것도 너잖아. 복원에 흥미 있다며."

학도의 툴툴거림에 해주는 멋쩍게 웃어 보이곤 자세를 바로 해 앉았다. 오늘은 진현이 돌아오는 날이었다. 어제야 제 일 잘

하고 있겠지, 하고 그녀도 붉은 실 사이를 열심히 누비느라 미처 신경 쓰지 못했던 것이 이렇게 몸 편히 앉아 있다 보니, 생각이 거침없이 질주했다.

꿈에도 그리운 내 남자. 마진현.

"흥미 있어요. 있는데 그래도 자꾸 딴 생각이 드는 걸 어떡해요."

학도는 입을 쩌억 벌렸다. 말은 그렇게 했어도 미안한 건 매한가지라 해주는 미안해요, 하고 작게 중얼거렸다. 그에 학도도 별달리 더는 뭐라고 하기가 애매했는지 한숨을 뱉어냈다.

"그런데 사부, 요새 얼굴이 까칠한데 무슨 일 있어요? 술 냄새도 진하고."

해주는 푸석한 기가 얼굴 그대로 드러나 보이는 학도에게 얼굴을 들이밀고 냄새를 킁킁 맡았다. 본래 알코올 냄새라는 게 그다지 좋은 건 아니지만, 사람의 몸에 들어가 섞였을 때의 악취란 장난이 아닌 법이다. 면도 자국이 있는 걸 보면 씻기는 한 모양이었지만 얼마나 고주망태가 됐었으면 아직까지도 술 냄새가 지워지지 않았다.

"내가 고민 좀 들어드릴까?"

해주가 익살스럽게 말하자 학도가 피식 웃었다. 그러고 보면, 진현의 주위에 있는 사람들은 죄다 베일에 싸여 있다. 학도야 이따금씩 진현이 뱉는 말에 아, 과거에 어떻게 살았겠구나, 하는 정도는 감이 잡혔지만 주란 역시 갤러리의 대표란 이름 하에 표면적으로 드러난 프로필 외에는 아무것도 아는 게 없었다.

진현 역시도.

거기까지 생각이 미치자 씁쓸해진 해주는 혀를 쯧, 차고는 학도에게 다시 집중했다.

"월요일엔 거사잖아요. 내 목숨 맡겨야 하는데 이렇게 비실해 보임 불안해서 같이 일 하겠어요?"

"이것 봐라? 야, 아직은 내가 발로 해도 너보다 더 낫거든?"

번데기 앞에서 주름 잡는다는 양 학도가 대꾸했고 해주 역시 마주 웃었다.

"허 대표님이 그렇게 좋아요?"

"……너도 내가 허 마담 좋아한다니까 우습냐?"

학도의 얼굴이 씁쓸해졌다. 해주는 고개를 가로저었다. 타인이 타인의 마음을 비웃을 권리는 없다. 하지만 누군가는 그랬던 모양이다. 학도의 얼굴에는 숨길 수 없는 자격지심이 노골적으로 드러났다. 해주는 박학다식은 해도 사회에선 보증수표처럼 통하는 대학 졸업장이란 게 학도에겐 없다는 사실을 떠올렸다. 더불어 젊은 시절, 신인작가상을 타며 신예 화가로 떠올랐던 주란에 대해 얼핏 들은 기억도.

"그 마음 나도 잘 알죠."

"넌 연애하잖냐."

학도가 지우개로 화이트보드의 글씨를 지우며 퉁명스레 말하자 해주는 조금 씁쓸하게 웃었다.

"일방적인 연애도 연애라면요. 그 남자는 자신이 연애한다는 자각이나 있는지 몰라요."

"그 녀석이라면…… 별다를 게 없겠지."

학도가 큭큭거렸다. 해주 역시 웃었다. 하지만 그렇다고 서운하진 않았다. 밤에 늦었다고 성북동까지 기꺼이 데려다주는 태도만으로도 그와 그녀가 조금은 서로 다가섰다는 사실을 여실히 느꼈으니까. 이제 시작이니, 갈 길은 멀었다.

"일 안 하고 농땡이 피우는 거야?"

혹여 진현이 돌아왔을 때, 그냥 지나칠까 싶어 복원실 문을 활짝 열어두었었다. 해주는 자리에서 용수철 튀듯 벌떡 일어나 뒤를 돌아보았다. 간단하게 서류 몇 장만 들어갈까 싶은 가방 하나만을 든 진현이 언제나 그랬듯 무심한 얼굴로 복원실 입구에 서 있었다.

"왔어요?"

해주의 얼굴에 단번에 화사한 웃음이 깃들었고 그것을 학도가 부러운 양 바라보았다.

12. 올가미

진현은 펜트하우스, 자신의 크림색 소파에 몸을 길게 늘여 앉은 채 금주부터 이 주 동안 갤러리에 전시될 예정인 '오구라 컬렉션'에 관한 자료를 보고 있었다. 테이블 위에는 그의 긴 다리가 걸쳐져 있었고 더불어 백과사전은 됨직한 양의 엄청난 종이뭉치들이 이리저리 흩어져 있었다.

들고 있던 종이를 다 읽어 내린 진현은 다음 장을 넘기려 하얀 종이를 잠시 밑으로 내렸다. 그러자 그의 시선 안에, 테이블 위에 턱을 댄 채 그를 보고 있는 여자가 들어왔다. 내내 그러고 있었는지 테이블 위로 굴러다니듯 동그마니 떠오른 얼굴은 조금 지루해 보였다.

"그러고 있을 시간 있으면 특훈인지 뭔지, 그거라도 더 하지? 놀면서 일하라고 월급 주는 거 아니야."

그가 말하자, 테이블에 턱을 괴고 있던 해주가 짙은 한숨을 내쉬었다. 그러면서도 비켜날 생각은 않는다.

"마 사장님은 프라이데이 나이트(Friday Night)라는 말도 몰라요?"

다음 장을 집중해서 읽어내려 가려던 진현이 해주의 뜬금없는 말에 다시 서류를 밑으로 내리고 그녀를 보았다.

"눈앞에 이렇게 시퍼렇게 눈 뜨고 앉아 있는 예쁜 애인도 있는데."

진현은 입술 끝을 비틀었다. 깜찍한 건지 뻔뻔한 건지 제 입으로 저가 예쁘단다.

"금요일 밤인 거 모르지는 않아."

"그러니까. 남들은 지긋지긋한 회사 끝나고 유흥의 밤을 즐기는데, 마 사장님은 뭐냐고요. 여기 틀어박혀서 일이나 하고. 나가서 놀지는 않더라도 쉴 수는 있잖아. 워커홀릭같이 생기진 않았는데 이상한 데서 티 내내요."

진현은 푸념을 늘어놓듯 툴툴거리는 해주를 힐끔 보고는 다시 종이에 시선을 박았다. 갤러리 안의 규정된 업무가 끝나고 다짜고짜 그를 따라 펜트하우스로 들어온 여자는 곧바로 슈트 상의와 타이를 벗어놓고 서류를 훑기 시작한 그를 두 시간 내내 뚱한 얼굴로 지켜보았다.

아마 그가 일만 해서가 아니라 그녀를 본 체 만 체 하는 태도 때문에 골이 난 듯싶었다. 처음에는 주방이며 복층을 왔다갔다 거리며 주변을 맴맴 돌더니 어느 순간부터는 저렇게 테이블 앞에 늘어져 있었던 것이다.

"뭐 하는 거야?"

컬렉션 목록을 검수하던 진현이 한쪽 눈썹을 일그러트리며 고개를 들었다. 그러자 그의 손에서 종이를 빼앗아 든 해주가 소파와 테이블 사이에 걸친 자신의 다리 위에 가볍게 걸터앉았다.

"차라리 내가 이 종이 쪼가리였으면 좋겠네."

짜증스럽게 중얼거린 해주가 종이를 팔랑팔랑 흔들며 그를 돌아보았다. 그리곤 생긋 웃더니 그가 앉은 자리 옆으로 종이를 자못 구겨지는 소리가 나도록 놓았다.

"가볼게요. 일 열심히 하세요."

가볍게 얹혔던 엉덩이가 무게를 게워내며 일어났다.

"간다고?"

순간 상체를 일으켜 해주의 손목을 잡아챈 진현이 다시 소파에 등을 기대며 그녀를 당겼다. 도로 그의 다리에 주저앉은 해주가 눈을 동그랗게 뜨곤 그가 잡은 자신의 손목을 내려다본다.

"갈 거예요."

그녀가 고집스레 입을 비죽였다. 진현은 입 꼬리를 끌어올리며 그의 다리 위가 불편한 듯 엉덩이를 슬그머니 떼는 해주의 허리를 당겨 그와 마주보고 앉도록 자세를 고쳤다. 그의 어깨를 잡은 해주가 그에게서 비켜 일어나려 했지만 진현은 그녀의 허리를 잡아 누르고 제 쪽으로 더욱 바싹 당겼다.

"난 일할 때 방해하는 걸 제일 싫어해."

"그러니까 가겠다고요."

해주가 허리를 움찔거렸지만 진현은 그녀를 놓아주지 않았다. 대신 서류를 훑느라 긴장했던 어깨를 누그러뜨리며 소파에 상체를 편안히 늘이고 고개도 젖혀 기댔다. 조금이나마 거리가 벌어졌다고 생각한 탓인지 그녀의 얼굴에 떠올랐던 긴장감이 약간 누그러지는 듯했다.

진현은 속으로 웃음을 삼켰다. 그는 그녀가 닿은 순간부터 열이 뻗치기 시작했는데, 여자는 모르는 모양이었다. 그리고 그것은 곧 여자가 남자를 잘 모른다는 뜻이기도 했으니 조금 더 유쾌해졌달까.

"늦었어."

"아직 열 시도 안 됐어요."

그런 뜻이 아닌데. 진현은 손에 잡히는 해주의 가는 허리를 느릿하게 기인 듯, 아닌 듯 주물렀다. 그러자 허리가 바짝 곧추섰다. 그의 다리 위에 벌려진 허벅지도 바짝 힘이 들어갔고.

"집에 있는 아이는 어쩌고 이 시간까지 여기 있나?"

한 손은 허리를, 한 손은 가늘지만 탄력적인 허벅지를 쓸며 진현이 덤덤하게 묻자 해주가 크게 심호흡을 한 후에 대답을 했다.

"친구 집에 가서 자고 온대요. 검정고시 학원에서 친구를 사귀었나 보더라고요."

진현은 낮게 실소를 흘렸다. 검정고시 학원 친구라. 어감이 꽤 이상하다.

진현은 무릎까지 내려오는 주름 스커트를 입은 해주의 치마 아래로 손을 넣어 둥근 무릎을 손끝으로 자극했다. 그러자 불편하게 바닥에 가 닿으려 기를 쓰던 그녀의 다리가 펄쩍 뛰어올라 소파 위로 접혀졌다. 그가 파고들기가 좀 더 쉬워졌다.

늘 활동성이 좋은 옷만 골라 입던 여자는 오늘따라 연노란색의 주름 스커트에 하얀색 블라우스를 꽤 여성스럽게 빼입었다. 집게머리로 땋아 내린 머리는 잔 머리가 자연스레 흘러내려 평소와 달리 차분하고 단아해 보였다.

"저기."

치마 속, 하얀 허벅지를 타고 오르는 그의 못박인 손이 못내 어색했던지 해주가 치마 위에서 그의 손을 붙잡아왔다. 팬티 라인까지 근접해 그녀의 허리선이며 힙 선을 감칠나게 쓸어내리던 진현이 방해받은 움직임에 미간을 슬쩍 찌푸렸다.

"혹시, 그럴 생각인 거예요?"

"그렇다면?"

진현은 여전히 그녀의 허리를 잡고 있던 손을 내려 소파 옆에 놓인 종이 뭉치들을 바닥으로 밀어버리고 상체를 세워 앉았다. 하얀 블라우스 아래 감춰진 봉긋한 가슴이 그의 입술 앞에 자리했고 가는 목덜미가 흐트러진 머리칼 사이로 눈부시게 드러났다.

"그러기에 앞서 우리 대화라는 걸 좀 해보면 어떨까 하는데요."

"대화?"

그녀의 팬티를 슬쩍 잡아당겼다가 놓으며 진현이 무심한 얼굴로 되물었다.

"생각해보니까 난 마 사장님에 대해서 너무 모르는 것 같아서

요."

"알아야 하나?"

"당연히 알고 싶죠. 마 사장님은 나에 대해서 궁금한 거 없어
요?"

진현은 잠시 해주를 보다 상체를 소파에 다시 기댔다. 그렇다
고 치마 속으로 들어가 늘씬한 다리며 허리 라인을 더듬어가던
손을 떼지는 않았다.

"없어요?"

해주가 재촉하듯 되물었다. 진현은 없는데, 하며 고개를 저었
다.

궁금한 게 있을 리 없었다. 이미 윤해주에 대한 것이라면 모
든 것을 알고 있으니까. 비록 그녀의 입에서 들은 게 아니라 보
고서를 읽고 알아낸 것이지만 모르는 것은 없었다. 그녀의 초등
학교, 중학교, 고등학교, 대학교 성적마저 꿰고 있으니 말 다했
다. 초등학교까지는 굉장히 내성적이라서 염려가 많다는 것과
중학교 때는 발군의 운동신경으로 체조선수로서 장래가 유망했
다는 것, 고등학교 때는 엄마를 여의고 난 후 많이 우울해했다
는 것까지.

"난 있어요. 우선 당신 형에 대해 말해봐요."

"……형?"

"네. 당신이 이렇게까지 해서 이름을 되돌려주고 싶어 하는
형이요."

"그게 왜 궁금하지?"

결착으로 노는 남자 2

"임 사부는 당신 형이 굉장히 착했대요. 간, 쓸개도 없는 것처럼 많이. 허 대표님도 무척이나 자상하고 따뜻한 사람이었다고 했어요. 하지만 자신이 한번 정한 길에 대해서는 돌아보는 법 없이 무척이나 단호한 사람이었다고. 그런 부분은 마 사장님과 많이 닮았다고 하던데요? 더군다나 마 사장님 유일한 혈육이었잖아요."

학도가 쓸데없이 나불댄 것이 분명했다. 진현은 동규에 대해 해주와는 그 어떤 말도 섞고 싶지 않았다. 그녀의 힙 부근을 감질나게 드나들던 손이 다짜고짜 손바닥만 한 천 쪼가리를 옆으로 밀치고 그녀의 습지로 파고들었다.

그가 주는 자극에 어느 정도 반응을 하고 있었는지 이미 조금 젖어든 여자의 숲이 익숙하지 않은 접촉에 움찔하며 경직하는 것이 느껴졌다.

"핫!"

해주가 그의 어깨를 잡으며 엉덩이를 펄쩍 뛰었으나 진현은 다시 해주의 허리를 잡아 눌렀다. 그리곤 까슬거리는 음모를 헤집고 여자의 정점을 손톱으로 긁고 단단한 손으로 누르며 자극했다.

순식간에 얼굴이 붉어지며 허리를 뒤튼 해주가 그의 손에서 벗어나려 안간힘을 쓴다. 그러나 그럴수록 진현은 더욱 집요하게 그녀를 만졌다. 동규, 라는 이름이 머릿속에서 하얗게 바랠 만큼.

"그만, 해요. 지금 말, 피하는 거 맞죠?"

까딱거리는 그의 손목을 꽉 잡아 누른 해주가 그녀의 안으로 들어온 그의 손가락을 생경하게, 노골적으로 느끼며 파르르 떨었다. 진현이 부드럽게 여성 속의 내벽을 문지르듯 자극했고 그때마다 시야가 까무룩 뒤집어졌다. 그래도 들어야 했다.

남자가 자신의 이야기를 하는 것을 즐기지 않는 것 정도는 안다. 그러니 더 듣고 싶었다. 이 남자에 대해서.

"기본적으로 내겐 좋은 형이었지."

진현이 손가락을 더욱 깊숙이, 거칠게 밀어 넣으며 중얼거렸다. 격렬한 손짓에 비해 그의 얼굴은 지나칠 정도로 무덤덤해 해주는 단전을 더욱 깊게 메워가는 뜨거운 열기에도 아이러니함을 느낄 수밖에 없었다.

"앵벌이 패에 있을 때도 늘 나 대신 방패막이가 돼주었고 거길 나왔을 때도 학교 보내주고 옷 사주고 먹을 거 챙겨주고 벽 있는 집 구해다 재워주고. 본인은 학교도 못 나와서 검정고시를 쳤는데도, 그렇게 그리고 싶은 그림을 포기하면서까지 뒷바라지에. 미련할 정도로 좋은, 형이었지."

숨이 점점 거칠어졌다. 손가락을 밀어 넣었다가 빼는 행위를 반복하던 그가 갑자기 그녀의 팬티를 벗기는 것도 아니고 찢어버렸다. 이음매 부분을 잡고 거칠게 잡아 뜯으니 북 하는 소리와 함께 쉽게도 찢어진다. 순간 살이 쓸려 많이 아팠지만, 그보다 그가 전해주는 감각이 더 크고 자극적이라 정신이 없었다.

해주는 상체를 숙여 그의 어깨 위로 고개를 묻었고 숨을 헐떡였다. 여성을 죄고 있던 팬티의 해방으로 조금 더 자유로워진 그의 손이 여성에서 빠져나와 애액으로 흠뻑 젖은 손을 여성 주위로 펴 바르듯 문질렀다.

"아앗!"

"형은 그림을 잘 그렸어. 늘 꼭 유명한 화가가 되고 싶다고 했지. 그림 한 점엔 몇십억도 아깝지 않은 걸작을 남기고 싶어 했고. 하지만 그럴 주제는 안 됐지."

진현의 표정이 조금 아련해졌다. 해주는 가까스로 그의 어깨에서 고개를 들어 허리를 세우고 진현의 얼굴을 보았다. 이 남자는 자신이 지금 어떤 표정을 짓고 있는지 알고 있을까. 자조적이면서도 원망스러움, 그리고 깊은 그리움이 남자의 얼굴에 다양하게 떠올랐다.

"훗!"

불시에, 여성의 정점을 아프도록 짜릿하게 긁어내린 그가 손을 빼내더니 그녀가 입고 있는 블라우스 단추를 하나씩 풀어 내리기 시작했다. 홍해가 갈라지듯 벌어지는 블라우스 사이로 흥분으로 달궈진 붉은 피부가 드러났고 브래지어 위로 부풀어 오른 젖가슴 살이 달싹거렸다.

진현은 그런 그녀를 눈으로 그리듯 바라보았다. 일견 무심하기 짝이 없는 얼굴이었으나 그 역시 욕망으로 차올랐다는 걸 해주는 느낄 수 있었다. 그녀의 허벅지 아래에 점점 단단하게 부풀어 오르는 그의 남성을 여실히 느꼈기 때문이다.

"모사본이나 그리고 위조품이나 만드는 졸자였으니까."

그의 다리 위에서 허리를 움찔거리던 해주는 망연자실한 얼굴로 비켜나려 했다. 그녀의 여성에서 흘러내린 흥분이 그의 바지를 여과 없이 적셨기 때문이다. 하지만 그는 상관이 없는 모양인지 그대로 그녀의 허리를 끌어 부푼 남성 위로 자신을 더욱 바짝 끌어당겼다. 거친 바지를 두고 노골적으로 느껴지는 단단한 남성의 상징에 해주가 숨을 흡 들이켰다.

"동생은 판검사 되라고 법대에 보내놓고 자신은 범죄나 저지르고."

그녀의 블라우스를 밀어 벗겨낸 진현은 적막한 공기에 닭살이 오소소 돋은 해주의 살결을 아프게 주무르듯 문질렀다.

"그래도 좋은 형이었죠? 만나, 보고 싶어요."

그녀가 헐떡이며 끊어지는 음성으로 말하자 진현이 손을 멈추고 잠시 그녀를 보았다.

"내겐 좋았지. 하지만 누군가에겐 죽이고 싶을 만큼 나쁜 놈이기도 했고."

"네?"

"사람에 대한 평가는 상대적이란 거야."

진현이 그녀의 소담한 가슴을 덮고 아프게 눌렀다. 해주는 인상을 찌푸리면서도 그의 손에 제 가슴을 밀어붙였다. 그와의 이런 행위가 놀랄 만큼 자연스럽다는 사실에 대해 놀랍고 이 남자가 이렇게 뜨겁다는 데 또 놀라웠다. 그의 바지 버클에 쓸린 음모가 따가웠지만 해주는 그가 그녀의 허리를 움직이는 대로 남성 위에 제 여성을 끊임없이 자극시켰다.

해주는 온몸이 녹아버릴 만큼 강렬한 자극 속에서도 희미하게 웃었다.

"내게도 마진현 씨, 좋은 사람이에요. 누군가에겐 죽이고 싶을 만큼 나쁠지는 몰라도."

그의 행위가 또 멈췄다. 해주는 달뜬 얼굴로 진현을 보았다. 의아하게도, 그는 등골이 서늘해질 만큼 무서운 눈으로 그녀를 보았다. 그러더니 갑자기 어딘가 아프기라도 한 듯 그의 얼굴이 일그러졌다.

"넌……."

"거짓말 아니에요. 나한텐 좋은 사람이에요."

그가 와락, 그녀의 목을 끌어당겼다. 어딘지 모르게 그의 몸짓은 절박했다. 그대로 그녀를 당겨 소파에 눕힌 진현이 입술을 아프도록 헤집어왔다. 타액이 흥건하게 흐를 만큼 혀를 얽고 문지르던 그가 입술을 거칠게 빨아 당기며 허리를 들썩였다. 허벅지에 살짝살짝 닿는 손짓으로 봐서 바지를 벗는 것 같았다.

다리 사이에 다급하게 닿아오는 단단하면서도 뜨거운 남성에 해주는 저도 모르게 몸을 위로 밀어 올렸다. 그것을 다시 잡아채 아래로 끌어내리며 진현이 그녀의 가슴을 다급하게 쥐어왔다. 브래지어를 밀어올리고 이미 오똑하게 곤추서 있는 유두를 세게 비틀었다.

"아얏!"

"너, 내게 왜 이래."

그가 혼잣말하듯 가슴 위에서 중얼거렸다. 가슴 끝을 빨아 짓씹고 배로 내려간 그가 언젠가 그랬던 것처럼, 그녀를 상처내기

로 작정한 사람처럼 강하게 깨물고 혀로 달래고 또 상흔을 남긴
다.

해주는 허리를 비틀었다. 하지만 움직일 수가 없다. 다리 사
이에 몸을 단단히 내린 그가 체중을 이용해 그녀를 무겁게 짓눌
렀다.

"윤해주."

그가 그녀의 이름 석 자를 씹듯이 내뱉더니 닿아선 안 될 곳
에 따스한 입김이 스몄다.

"하앗!"

허리 위로 말려간 치마 아래로 늘씬한 다리와 탄력적인 둔부
가 드러났고 그가 다리 사이에 얼굴을 파묻었다. 무성한 음모를
헤치고 발갛게 떨고 있는 여성 위로 물컹하고 축축한 것이 잇따
라 닿고 쓸어내렸다.

"윤해주. 명심해."

여린 그곳을 이로 잘근대더니 폭풍처럼 휘몰아쳐 올라온 그가
그녀의 입술 위에 위협하듯 속삭였다. 이미 여성의 입구에는 그
의 몸이 달싹이며 들러붙으려 했다. 해주는 여직까지 셔츠를 입
고 있는 그의 단단한 팔뚝을 꽉 움켜쥐었다. 머리가 하얘졌다.

"명심해."

그녀가 까무룩 눈을 감으려 하자 진현이 그녀의 얼굴을 잡아
저를 보게 만들었다. 흐릿한 시야에 초점을 잡아 해주는 진현을
바라보았다. 검붉게 달아오른 그의 얼굴은 이상하게 일그러져
있었다. 욕망을 참아내느라 그런 것 같기도 했고 또 어딘가 아

파 보이기도 했다.

"난 절대 좋은 놈 아니다."

"……정말 나쁜 사람은 자기가 나쁜지도 몰라요."

물론 진현 그도 몰랐다. 자기가 이토록 개새끼일 줄은. 살면서 자신이 나쁘단 생각은 해본 적이 없었다. 그런 말은 많이 들었을지라도 그가 생존하기 위해서 남을 밟는 것은 당연한 것이었다. 그것은 필수불가결한 생존의 방법이었지, 결코 나쁘다 착하다 평할 수 있는 기준의 것이 아니었다.

"나한테 잘해요. 거짓말도 말고, 꾸며내지도 말고."

그가 여성의 입구를 벌려오자 해주가 숨을 헉 들이켜곤 말을 이었다.

"개탄스럽게도 난 마 사장님 본연의 이 모습이 좋더라고……!"

해주의 동공이 크게 확장됐다. 진현은 그녀를 벌리고 몸을 깊이 묻었다. 그를 터트릴 듯 죄어오는 여성의 수축에 그 역시 복부에 바짝 힘을 주었다. 곧 깊이 묻었던 남성을 빼내고 다시 더 깊이 묻었다. 퍽, 하고 쳐 올리자 해주가 손으로 소파 등을 잡으며 상체를 들썩였다.

"너는, 말이 너무 많아."

진현은 비명으로 한껏 벌어진 해주의 입을 제 입으로 틀어막으며 허리를 강하게 쳐올렸다. 그녀와 그의 이음매 사이에서 흘러나온 액체가 수천을 호가하는 크림색 소파 위에 질펀하게 묻어났지만 아무런 생각도 들지 않았다.

"왜……!"

해주는 눈을 꽉 감고 있었다. 고운 이마는 한껏 찡그렸고 입술은 연신 교성을 토해냈다. 진현은 그녀의 다리 사이가 아리도록 자신을 문질렀다. 남성을 죄여오는 여성에 머릿속을 강타하는 희열은 그 크기를 점점 더해가기만 했다.

왜, 그에게 이러는지 알 수가 없었다. 사랑이라는 것이 그렇게 쉬운 것인가. 자신이 나쁜 놈이라고 생각해본 적은 없지만, 남들이 말하는 보편적인 '나쁘다'는 기준에 자신의 대개의 행동들이 포함되는 것은 안다. 하지만, 지금 그는 자신이 처음으로 나쁘게 느껴졌다. 처음으로 거지같은 놈이라고 생각됐다.

살아가는 방법이라곤 '진심'밖에 모르는 이 멍청한 여자를 속였다, 거짓을 말했다, 상처를 줄 것이다, 여자는 그를 떠날 것이다. 잇따라 떠오른 수학 공식 같은 생각에 마음이 다급해지고 허릿짓도 절박해졌다. 여자를 온전히 소유하고 나서야 그를 흔드는 불안이 누그러들 것 같았다.

"아학!"

해주의 교성이 그의 귀를 찢었다. 진현이 입고 있던 하얀 셔츠는 땀으로 젖었고 그녀의 치마는 엉망으로 구겨졌으며 아무렇게나 올라간 브래지어는 여자의 쇄골 위에 불편하게 엉겨 있었다.

진현은 상체를 세우고 해주의 허리를 잡아 끌어내렸다. 서로 맞닿아 교합하는 성기가 그의 눈에 아프도록 박혀들었다. 그가 쳐 올릴 때마다 흔들리는 젖가슴이나 땀으로 인해 얼굴에 들러붙은 머리칼까지 윤해주라는 여자 자체가 그를 날카롭게 휘저었다.

허릿짓이 점점 빨라지고 곧 파정이 다가왔다. 진현은 순간 갈등했다. 이 여자의 안에 그를 토해내고 싶었다. 그러나 그럴 순 없었다. 여자와는 언젠가 끝을 내야 했다. 그는 관자놀이에 힘줄을 발끈 세우며 허리를 그녀의 다리 사이에서 빼냈다. 그리고 동시에 우윳빛 액체가 그녀의 입구를 적시고 다리를 타고 흘러내렸다.

진현은 늘어지듯 해주의 몸 위로 제 몸을 뉘였다. 해주의 작은 손이 그의 머리칼을 조심스럽게 헤집고 들어왔다. 진현은 그를 감싸 안는 보드라운 젖가슴 위에서 눈을 감고 숨을 골랐다.

"사랑해요."

그녀가 감정을 참을 수 없다는 듯, 격앙된 목소리로 속삭였다. 진현은 얼굴을 찌푸렸다. 비밀은 덮어둘 수 없을 만큼 깊어졌고 여자는 그 비밀을, 꿈에도 모른다.

애초에 가진 게 없어서 그는 원래 미련이라는 걸 두고 산 적이 없었다. 현재 가지고 있는 갤러리도, 돈도, 고미술품들 역시 그런 일선 하에 대했기에 지금까지 올 수 있었던 것이다. 필요한 것은 밑에 두고 필요 없는 것은 미련 없이 버린다. 필요했던 것도 쓸모가 없어지면 그때도 미련 없이 버린다. 돈 역시 써야할 땐 미련 없이 쓰고 돌아보지 않는다.

그런데 처음으로, 잃어버리고 싶지 않은 게 생겼다. 형이 죽었을 때조차 살 만큼 살고 제 명이 다 돼 간 거라고 생각했던 자신이, 이 여자만큼은, 그를 안아주는 이 소담한 가슴만큼은 절대로 잃고 싶지 않았다.

귓가에 세게 고동치는 그녀의 심장 소리가 천둥처럼 울렸다.

"당신 형을 만나보고 싶어요. 당신처럼 미인(美人)이었겠죠?"

해주가 속삭이듯, 나직하게 말했다. 진현은 주먹을 움켜쥐고 해주를 일으켜 자신의 다리 위에 마주보고 앉혔다. 예고 없이 불쑥 여성 안으로 들어선 남성이 또다시 불쑥불쑥 크기를 키워 갔다.

"형은 미인은 아니었어. 오히려 선이 굵어 남자답게 생겼지."

"그래요?"

해주가 숨을 들이켜며 애써 웃었다. 진현은 해주의 등허리를 끌어안고 불편하게 걸쳐진 브래지어를 벗겼다. 그 역시 입고 있던 셔츠를 찢듯이 벗어버리고 해주의 허리를 잡아 움직이기 시작했다.

"형에 대한 얘긴 하지 말지."

"왜……요?"

"말 했어. 누군가에겐 죽여버리고 싶을 만큼 나쁜 놈이었다고."

진심이었다. 진현은 해주의 탄력적인 둔부를 두 손으로 움켜쥐고 바싹 끌어당겼다. 그의 목을 한껏 감싸오는 가는 팔에 가슴이 시큰거렸다. 이 여자를 얼마나 더 가져야 이 갈증이 가실까. 아니, 가시지 않을지도 모른다. 문득 어떤 예감이 그를 강타했다.

당분간만 여자를 잃지 않으면 된다고만 생각했다. 그런데 아닐지도 모른다. 이 여자를 받아들인 자신이 생각보다 더욱 진지했던 것이다. 진현은 해주의 입에서 비명이 터져 나오는 것도 무시하고 그녀를 위로 끌어올렸다 강하게 내려앉게 했다. 철썩이는 살 마찰음이 커지고 질척대는 소성도 귀를 찔렀다.

"흑!"

해주의 눈꼬리를 타고 눈물이 한 줄기 흘러내렸다. 온몸을 내달리는 쾌락을 감당하지 못한 탓이리라.

진현은 해주의 목을 잡아 끌어 깊이 키스를 퍼부으며 생각을 매듭지었다.

여자를 원한다. 가슴 끝이 시큰거렸다. 여자의 심장만큼이나 제 심장도 강하게 박자를 울리기 시작했다. 그에게도 심장이 있었다. 뛰고, 살아 있는 심장이 있었다. 어째서, 하필이면 왜 윤해주를.

이 여자를 잃지 않을 방법은 덮어두는 것뿐이다. 그것뿐이다.

그는 진심으로 절박해졌다. 뼈마디가 뻐근했다. 여자에 대한 정체 모를 소유욕으로 자신이 미쳐가는 것만 같았다.

"임학도?"

나희는 어둠이 내린 창 밖을 바라보며 전화를 받고 있었다. 단동에 가 정달재를 쫓고 있는 선호의 연락이었다. 그리고 뜬금없이 튀어나온 이름 석 자에 나희의 붉은 입술이 조악하게 비틀렸다.

팔 년 전, 그녀의 조부가 몸져눕고 얼마 안 되었을 때였다. 조

부는 당시 쓸 만한 보존 복원가를 찾고 있었고 그것은 아픈 조
부를 대신해 그녀의 대업이 되어 있었다. 애써 수소문한 끝에
학도를 찾아낼 수 있었고, 콧대 높을 것만 같았던 남자는 생각
보다 쉽게 거래에 응해 자신의 밑으로 들어왔다.

그런데 그자에게 그녀가 당했다. 복원을 맡겼던 시가 삼십칠
억짜리 미술품을 뒤로 빼돌리고 그녀에겐 모조품을 갖다 진품
이라고 속인 것이었다. 전문 감정가들마저도 꼴딱 넘어갈 만큼
섬세한 모조품을.

그 일로 그녀가 조부에게 신임을 잃은 것은 말할 필요도 없
다. 그때의 치욕이 되살아났고 나희는 입술을 파르르 떨었다.
땅으로 꺼졌는지 하늘로 솟았는지 알 수 없게 종적을 감춘 이가
마진현의 아래 팔 년을 있었다 한다.

마진현 그 새끼는 그녀를 교도소에 처넣은 걸로도 모자라 자
신에게 사랑을 속삭이던 그 순간마저 그녀를 조롱한 것이었다.

- 이쪽에서 마 사장과 거래를 트고 있는 조선족의 정보에 의하면
그렇답니다. 그리고 현재 한국에서 마 사장을 감시하고 있는 녀석이
보고해 온 바, 며칠 안으로 물건 회수가 있을 예정이라고 합니다. 목
표는 청우 갤러리라고 보고받았습니다.

선호의 보고는 간단했으나 나희에겐 그렇지 않았다. 그녀의
귀가 번쩍 뜨였다. 안 그래도 어디서부터 어떻게 진현을 건드려
야 잘했다는 소리를 들을까 고심했던 그녀였다. 진현 쪽에서 직
접적으로 움직일 사람이 정확히 파악되지는 않았지만, 정보는
확실하다고 했다.

"정달재는."

그녀의 음성이 스산하게 가라앉았다. 선호는 놓쳤다는 보고를 했으나, 주변 탐문 끝에 달재가 아무래도 홍콩 쪽으로 뜬 것 같다고 말했다. 나희는 잠시 고민했다. 모든 일에는 우선순위가 있어야 하는 법.

청우 갤러리에는 마동규의 모작으로 진사가 들어간 고려청자가 있었다. 멍청이 감정사들이 그것을 진품으로 판단해 국립미술관 이전을 앞두고 있는 상황이었다. 한국의 감정 실태라는 것이 안목에 의한 것이 대부분이라 진짜 같은 모사품도 진품으로 둔갑해 돈덩이가 되어 굴러다니는 것이 이 바닥이다.

"우선 들어와. 먼저 해야 할 일이 있어."

그녀의 지시에 선호는 별다른 의문도 없이 곧바로 대답하곤 전화를 끊었다. 건물이며 자동차 헤드라이트 등 현란한 빛이 쏟아지는 밤거리를 내려다보던 나희의 얼굴 위로 조악하기 그지없는 미소가 떠올랐다.

호랑이를 몰기 위해 칠 덫을 정했다.

진현은 텅 빈 침대를 보곤 미간을 찌푸렸다. 일을 마무리할 요량으로 밤샘을 하다가 소파에서 깜빡 잠이 들었고 조금 전에야 창을 통해 들어오는 따가운 햇빛에 눈을 뜬 참이었다.

분명 간밤, 그를 품은 채 실신하듯 늘어진 해주를 침대까지 옮겨놓았는데 그녀가 있었던 흔적은 감쪽같이 사라진 후였다. 침대 위를 말끔히 정리해놓고 간 건지 시트엔 구김 하나, 머리카락 한 올조차 남아 있지 않았다.

　진현은 불쾌해졌다. 그녀를 침대에 눕히고 쌕쌕거리며 뱉어지는 호흡에 멍하니 그 자리에 서 있길 수분, 평화롭게 잠든 여자의 얼굴에 가슴이 한없이 꺼져 들어가는 기이한 기분에 사로잡히기를 수분이었다.

　그런데 비어 있는 침대를 확인한 지금은 어이가 없을 정도로 허탈했다. 진현은 실소를 흘렸다. 타인이 그의 안에 이렇듯 자리를 차지하고 들어앉은 건 생소한 경험이었다. 그가 통제해간다고 생각했던 감정이 갈피를 잡지 못하고 흐느적거렸다. 지랄맞게도.

　진현은 곧바로 욕실로 들어가 샤워를 하고 나온 후 다시 일층의 소파로 다가왔다. 어제는 신경 쓰지 않고 그대로 두었었다. 그런데 창을 통해 들이치는 빛살에 환히 드러난 광경 때문에 진현은 얼굴을 당혹감에 쓸어내렸다.

　몇 번을 여자를 안았는지 모른다. 그녀는 끊임없이 그에 대해 물었고, 그는 뭐에 홀리기라도 한 듯 살면서 단 한 번도 남에게 내비치지 않았던 이야기를 풀어내려갔다. 끝 간 데 없는 감각에 미칠 것 같은 얼굴을 하고서도 여자는 그의 음성을 들으려 끝끝내 정신줄을 놓지 않았다.

　진현은 다시금 욱신거리는 하체에 얼굴을 딱딱하게 굳혔다. 소파에서 수차례 이어진 행위는 소파에 얼룩덜룩한 자국을 남겼다. 소파에, 바닥에, 쿠션에 어디고 말할 것 없이 여자가 그를 받아들인 곳곳에 흔적들이 묻어 있었다.

비릿하게 흘러들어오는 방사의 내음, 그리고 흔적을 따라 훑는 눈이 그의 아래에서 몸을 뒤틀던 해주의 나신을 떠올리게 했다. 진현은 다시 한 번 욕설을 중얼거리고는 테이블 위의 종이들을 한데로 뭉쳐놓고는 휴대전화를 꺼냈다.

그러나 상대는 전화를 받지 않고 애꿎은 신호음만을 계속 흘려댔다. 신경질적으로 휴대전화를 닫은 진현은 다시 한 번 소파 위를 훑고는 고개를 내저었다. 솟구치는 욕정에 눈이 멀었던 게 분명하다. 소파를 드라이클리닝 한다고 해도 저 흔적들이 깨끗하게 사라질까. 구입할 때만 해도 약 삼천만 원가량을 호가하던 소파는 아무래도 무용지물이 될 듯싶었다.

그때였다. 현관에서 벨이 울렸고 진현이 인터폰으로 다가가 수화기를 들자, 머리를 하나로 모아 단정하게 묶은 주란이 평소 그녀답지 않게 어두운 빛의 정장을 입은 채 서 있는 것이 보였다.

"오늘 동규 씨 기일이야, 마 사장."

문 너머에서 주란이 씁쓸하게 웃었다.

"……알아. 기다려."

주란이 고개를 끄덕였고 진현은 인터폰을 내려놓았다. 낮은 한숨을 뱉은 그는 다시 복층으로 올라가 재빨리 냉수 샤워를 했다. 소파를 보는 순간 훅 올라온 열기를 잠재우는 것이 먼저였다. 정상적으로 걷기 위해서는.

주란이 뒤를 돌아보았다. 평소 즐겨 입는 검정색 반소매 셔츠에 청바지를 벗고 검은 슈트를 차려 입은 학도가 조금 경직된 얼굴로 서 있었다.

"학도 씨는 안 가도 되는데."

"내 친구잖아. 어떻게 안 가."

투박하게 중얼거린 학도가 주란의 눈을 피했다. 며칠 전에 차이고 간만에 보는 얼굴이라 조금 어색한 기운이 그들 주위를 감돌았다.

"밥은 먹었나?"

학도가 물었고 주란은 그 실없는 물음에 웃음을 작게 흘렸다.

"내 얼굴 보면 밥 생각밖에 안 나? 걱정 마. 잘 먹고 다니니까."

"부러질 것처럼 비쩍 말랐으니까 그러지."

학도가 작게 중얼거렸다. 주란은 제 몸을 내려다보았다. 마른 편이긴 했지만 그에 못지않게 들어갈 데는 들어가고 나올 데는 나왔다. 이른바 항아리 몸매. 대체 이 남자의 눈에 자신이 어떻게 보이길래, 그는 그녀에게 늘 밥은 먹었냐는 물음을 던지곤 했다.

"그렇게 보는 건 학도 씨뿐이야."

"그래? 그럼 다행이고. 진현이 자식은 왜 이렇게 안 나와?"

학도가 어색한지 말을 급하게 돌렸다. 주란은 그런 그를 모른 체했다. 그녀에겐 학도를 받아들일 여유가 없었다. 지금 하고 있는 일이 좋았고, 다른 사람을 받아들이기엔 그녀 안에 자리한 동규의 그림자가 너무도 컸다. 학도가 괜찮은 남자임은 알지만 그녀의 짝은 아니었다.

"마 사장은 동규 씨에 관한 모든 일이 끝나면 어떻게 한대?"

"어떻게? 마 사장이 그런 걸 나한테 말을 하겠어?"

학도가 어깨를 으쓱였다. 그랬다. 당최 자신의 생각, 감정에 대해선 입을 여는 법이 없는 아이였다. 주란은 수긍하며 다시 현관을 보고 진현을 기다렸다.

"걱정 마. 진현이 잘 지켜보고 있으니까."

뜬금없는 말에 주란이 학도를 돌아보았다. 그러자 학도가 누런 이를 드러내며 씨익 웃었다.

"재수 없고 싸가지도 없지만 하도 징글징글맞게 봐서 미운 정이라도 들었는지 나도 저 녀석 남 같지 않아. 그래서 허 마담, 네가 말 안 해도 늘 지켜본다고."

주란은 웃고 말았다. 그녀가 마음 한 자락 내주지 않을 것을 알면서도 학도는 늘 이랬다. 그녀가 하는 말이라면 토씨 하나 틀리지 않고 기억해두고 있다 꼭 실천하려 했다. 정말이지, 사람 마음 흔들리게.

"그래. 고마워."

"……뭘."

광대가 슬쩍 붉어진 학도가 웃으며 머리를 긁적거렸다. 그리고 그 순간 현관이 열리고 진현이 평소처럼 깔끔하고 날카로운 기운을 풍기며 모습을 드러냈다.

"가지."

주란과 학도는 고개를 끄덕였다. 일 년에 한 번, 그들은 이렇게 나란히 동규를 모신 납골당을 찾아가곤 했다. 유골이 없는 빈 유골함은 을씨년스러웠지만 그들이 동규를 만날 수 있는 곳은 그곳뿐이었기에.

매년 동규의 기일이면 하는 방문 중 이번처럼 뒤끝이 찜찜하던 때가 없었다. 진현은 주란과 학도를 두고 건물 밖으로 나오며 타이를 느슨하게 당겼다. 그리고 다시 한 번 해주에게 전화를 걸었다. 평소의 그라면 그런 통화는 시도도 않았겠지만 어딜가면 간다고 가타부타 않고 사라진 해주 때문에 여간 신경이 곤두선 게 아니었다.

그리고 두 번째 전화를 걸고 한참의 시도 끝에 전화 너머에서 해주의 음성이 들려왔다.

"어디야?"

진현은 다급하게 튀어나간 자신의 어조 때문에 얼굴을 찌푸렸다. 이 여자, 취했다. 혀끝이 알싸하게 꼬부라진 음성이 그의 머리를 더없이 차갑게 만들었다.

"어디냐고, 했어."

한층 무거워진 그의 분위기를 감지한 탓인지 전화 너머에서 해주가 괜찮다며 뒤로 빼던 것을 그만두곤 모기 같은 목소리로 말했다. 해주에게서 원하는 대답을 얻어낸 그는, 지체할 것 없이 그대로 걸음을 돌려 차로 갔다. 멀리서 학도가 그를 부르는 소리가 들렸지만 그는 바로 성북동으로 차머리를 돌렸다. 그녀가 그곳에 있었다.

술을 먹고, 조금은 울먹이는 목소리로.

오늘은 동규의 기일이기도 했지만, 경찰이 윤진이의 실종을 사망으로 확정지은 날이기도 했다.

진현은 사람 두엇이나 겨우 지나다닐 법한 성북동의 골목길을 빠르게 올라갔다. 해주의 집을 지나, 만해 한용운의 집으로 알려진 심우장을 지나 더 높은 곳에 위치한 비둘기 공원으로 올라갔다. 관광객이 꽤 있는 편이기 때문에 곳곳에 설치된 표지판은 그의 걸음에 더욱 힘을 실어주었다.

진현은 작은 공원 안으로 들어섰다. 그의 눈이 날카롭게 주변을 훑었다. 해주의 그림자를 찾기 위해서였다. 그러다 어느 순간 그의 시선이 멈췄다. 위로 정신없이 뻗은 돌계단 근저에 앉아 있는 까만 그림자에 눈이 닿은 탓이다.

진현은 그 그림자를 향해 거침없이 다가갔다.

무릎 사이에 고개를 파묻은 채 한없이 작게 웅크린 몸뚱이.

눈에 익었다. 등 위로, 어깨 위로 숨길 수 없이 짙게 내려앉은 고독이 그에게도 여실히 전달되었다.

"무슨 청승이야."

어깨가 움찔하더니 고개가 들렸다. 진현은 해주의 주위를 확인하곤 더욱 살벌하게 그녀를 쏘아보았다. 검은 비닐봉지 안에는 이미 말끔하게 비운 막걸리 두 통이 들어 있었다. 볼이 조금 붉어진 해주가 제법 또랑또랑한 눈으로 그를 올려다보더니 방긋 웃었다.

"바람처럼 왔나 봐요. 정말 금방 왔네."

"어딜 가면 간다고 말을 해야 할 거 아냐."

"왜요?"

진현은 순간 말문이 막혔다. 왜냐니. 그녀는 그가 구태여 묻지 않아도 그에게 늘 일거수일투족을 나불거렸었다. 궁금하지도, 알고 싶지도 않은데 늘. 그런 게 어느새 버릇이라도 든 건가.

"여기요."

그가 아무 말이 없자 해주는 화제를 돌렸다. 그녀의 눈이 아련하게 비둘기 공원을 훑었다.

"마지막으로 엄마랑 함께한 곳이었어요."

진현은 해주의 시선을 따라 고개를 돌렸다. 공원은 을씨년스러웠다. 푸른 잎이 무성해야 할 나무는 가을의 끝을 알리기라도 하듯 슬슬 알몸을 드러내고 있었고, 꽤 높은 곳에 자리한 탓에 스쳐가는 바람은 무척이나 찼다. 한쪽에 레저를 위한 암벽등반 기구와 빨간색 아크릴 판에 시가 적혀 있긴 했으나 관광객의 발길이 적은 인적 없는 배경은 완벽한 고독, 그 자체였다.

"엄마를 본 마지막에, 여기서 싸웠었어요. 정말이지 머리털 나고 처음으로 막 대들면서 싸웠어요. 내 체조 인생에서 정말 중요한 대회에 엄마가 일 핑계로 오지 않았거든요. 마음에도 없는 말을, 엄마한테 상처 주는 말을 마구 했었어요. 엄마가 미혼모라서 사람들이 수군거리는 걸 아냐, 씨도둑은 못 한다고 유부남이랑 그렇고 그런 짓을 하다 내가 생겨서 버림받은 거라고 사람들이 그러더라. 사실이냐. 온갖 추잡한 소문을 다 달고 다니는 엄마 때문에 차라리 난 죽고 싶다, 엄마가 내 엄마가 아니었으면 좋겠다, 별말을 다 지껄였어요."

진현은 더 이상 해주의 시선을 좇아 다른 곳을 바라보지 않았다. 아마, 일 년에 한 번 그녀의 엄마가 죽었을지도 모른다는 사실을 상기해야 하는 오늘을, 그녀는 견디기 힘들어 보였다. 진현은 주먹을 으스러지도록 움켜쥐었다.

"그런데 엄마가 뿅, 하고 사라진 거예요. 아무 데도 없었어요. 집에도 없고, 밖에도 없고, 엄마 동료 교수님들도 모른다고 하고. 처음엔 엄마가 날 버리고 도망간 줄 알았어요. 나처럼 못된 애는 엄마가 더 키우고 싶지 않았을지도 모른다고. 그런데 실종이었어요. 엄마한테 사과도 못 했는데, 진심도 말하지 못했는데 그냥 사라진 거예요."

해주의 눈에 눈물이 아롱지더니 툭, 하고 흘러내렸다. 손끝이 저릿거렸다. 그녀에게 손을 뻗어 눈물을 닦아주고 싶었다. 손에 잡힐 듯 전해져오는 슬픔이 그에게도 전이돼 복부 언저리가 욱신거렸다.

"그래서 난 언제나 솔직하기로 했어요. 내 감정을 속이지 말자. 사람에겐 언제 어디서 무슨 일이 일어날지 모르니까 후회할 만한 일은 하지 말자. 내가 조금 다치고 까지고 아플지라도 그렇게 살자."

해주는 무릎 위로 턱을 괴었다. 분주하게 공원 안을 훑는 눈동자는 애처로워 보였다. 십 년을 한결같이 이 여자는 이날이 되면, 이곳을 찾아 윤진이의 흔적을 찾고 또한 상기했으리라. 그리고 제 잘못이라고 자위했겠지.

"찾아지지 않으면, 포기하는 게 빨랐을 텐데."

그렇게 말하면서 진현은 해주의 얼굴을 집요하게 보았다.

"포기가, 안 돼요. 미련이 많아서."

"미련?"

"마지막이 그랬기 때문에 용서를 받고 싶은가 봐요, 난. 솔직히 지금은 정말 엄마가 죽었을 수도 있겠다, 그래요. 하지만 그렇다면 엄마 시신만이라도 찾자, 대체 어떻게 된 건지 그거라도 알아야겠다, 그래요. 그래야 내가 앞으로 나아갈 수 있을 것 같아. 여기가 답답해서 죽을 것 같아요."

여자가 자신의 가슴을 툭탁툭탁 쳐댔다. 그 손짓이 제법 매섭고 인정이 없어 진현은 눈썹을 찌푸렸다. 막걸리 두 병에 취할 만한 여자가 아닌데, 해주는 본인이 취하고 싶었는지 조금은 흐느적거렸다. 하지만 영롱한 두 눈만큼은 그녀가 완벽하게 취하지 않았음을 보여주었다.

"그냥 잊어."

잊기를 바랐다. 윤해주는 윤진이를 잊어야 했다. 제 엄마를 찾는 걸 그만두어야 했다.

"말은 쉽죠. 그럼 내가 마 사장님한테 형 모작 찾는 거 잊어요, 이런 일도 그만둬요, 하면 그럴 수 있어요?"

없다. 진현은 입을 다물었다.

"거 봐요. 못 그런다니까."

진현은 계단에 앉아 있는 해주 앞으로 다가갔다. 바람결에 모래처럼 산산이 부서져 흩날릴 것 같은 위화감이 그를 그녀 곁으로 떠밀었다. 분명 지난 밤, 뼈가 녹아들 것처럼 안고 또 안았는데도, 여자가 신기루처럼 느껴졌다.

"우리 엄마, 살아 있을까요? 살아 있다면, 왜 날 찾아오지 않을까요? 날 정말 버린 걸까요?"

십 년 동안 하고 또 했던 자위를 그녀는 스스로 또다시 물었다.

해주는 더 이상 울지 않았다. 메마른 눈동자는 삭막했다. 발랄한 생기는 더 이상 그녀의 얼굴에 흐르지 않았다. 일 년에 단 한 번, 그녀가 슬픔을 게워내는 이날만이 윤해주를 발가벗겼다. 웃음과 풍만한 감정으로 얼버무린 슬픔이 온통 헐벗은 채 드러났다.

"윤해주."

"그래도 오늘은 마 사장님이 있어서 조금 다행이다 그래요."

해주가 그를 보며 웃었다. 가슴이 일그러졌다. 찢겼다. 그리고 또 너덜너덜하게 패대기쳐졌다. 진현은 해주의 어깨를 잡아 일으켰고, 거칠게 끌어안았다. 가슴에 안겨든 가는 몸을 멍이 들도록 꽉 그러안았다.

"잊으면 안 되나?"

"엄마를, 어떻게 잊어요. 날 낳아준 사람을 어떻게 잊어."

해주가 우습다는 듯 말했다. 진현은 그녀가 낮은 신음을 흘리는데도 아랑곳 않고 온 힘을 다해 여자를 껴안았다. 더럭 겁이 났다. 여자가 흩날리는 재가 되어 그의 눈앞에서 흔적도 없이 사라질까 봐.

맙소사. 여자에게 눈 녹듯 빠져버린 것은 그였나.

그가 통제하고 있다고 생각했던 상황이 사실은 그렇지 않은 거였나.

"잊어주면 안 되나?"

그를 위해서.

진현은 그의 심장을 생경하게 쳐대는 감각에 등골이 서늘해졌다. 미안했다. 누군가에게 처음으로 미안해졌다.

"후후. 나 때문에 마음이라도 아픈가?"

그녀가 공허한 웃음을 물었고 진현은 명치가 죄어 아무 말도 할 수가 없었다.

상황은 손도 댈 수 없을 만큼 떠밀려 왔다. 이제 와서 돌이킬 수도 없었다. 이 여자는, 가슴으로 살기 때문에 절대 그를 용서하지 못할 테다. 그러므로 그가 해야 할 일은, 해주가 영영 윤진이에 대한 것은 아무것도 찾지 못하게 하는 것뿐이다. 홍만에게 전화를 해야 했다. 지구 끝까지 쫓아가서라도 정달재를 잡아 오라고 해야 했다.

"마 사장님."

그의 단단한 등을 해주의 작은 팔이 감았다.

"당신도 내가 조금은 좋죠?"

여자의 진심이 그를 떨게 했다. 진현은 절망했다. 발밑부터 움푹 꺼지는 절망감에 머리마저 아득해졌다. 그저 팔 안에 있는 여자의 감각만이 그가 발 담그고 있는 현실이 지옥이라고 일러주었다.

어떡하나. 그에게 소중한 것이 생겼다는 것을, 그는 지금에서야 인지했다. 어리석게도.

이것은 그가 소중한 것 따위는 없다, 외면한다고 해서 외면되는 것이 아니었다. 그것을 지금에야 알았다. 멍청하게.

해주는 그녀의 손을 얼음처럼 짱짱하게 만드는 진현의 차가운 손을 잡고 성북동의 골목길을 걸었다. 보통 관광객들이 성북동 답사코스라고 부르는 길목을 말이다. 얼기설기 얽힌 좁은 골목길을 때로는 내려가고 때로는 올라가며, 낮은 기왓장이 얹힌 지붕을 보고, 한 시대를 풍미했던 문인이 남긴 발자취를 더듬으며 그렇게 오래토록 걸었다.

그녀와 그의 발이 다다른 곳은, 한때 소설가 상허(尙虛) 이태준이 살았던 '수연산방'이었다. 한때는 자택이었던 곳은 현재 전통 찻집으로 변해 많은 사람들이 발걸음을 하는 곳이었다. 토요일이라 그런지 수연산방은 사람들로 꽉 차 있었는데 그와 그녀는 그중에서도 바깥 마당공간에 자리한 테이블에 앉았다.

"맛이 어때요?"

해주는 이맛살을 조금 구기고 있는 진현을 보고 즐거운 듯이 물었다. 어느새 그녀의 얼굴에서 슬픔의 흔적은 말끔히 사라지고 없었다. 아니, 사라졌다기보다 속내 깊은 곳에 꾹꾹 개켜두었다는 게 옳을 것이다.

"써."

짧고 굵은 대답에 해주는 방싯 웃었다. 십 년 전, 주말이면 진이와 함께 자주 오곤 했던 곳이다. 집과 가깝기도 했고, 고고학자인 진이는 유독 한옥을 좋아했기에, 해주를 곧잘 이곳으로 이끌곤 했다. 그리고 진현과 함께해서 더없이 특별한 자리이기도 했다.

"맛있는데. 원래 전통 차는 깊은 맛이라는 게 있어서 대중으로 홀짝거리며 마시고는 모르는 법이에요. 게다가 인삼 마차를 시킨 건 마 사장님이에요."

해주가 조금 으쓱거리며 말했고 진현은 그저 입술 끝을 비틀어 올렸다. 그녀를 괴롭히느라 기력이 딸리지 않냐며 장난 반 권했던 인삼 마차를 그가 별다른 이견 없이 그냥 마시겠다고 했던 것이다.

"먹을 만은 해. 맛은 없지만."

무심하게 흘리듯 말한 그가 다기 잔을 들어 다시 한 번 차를 홀짝였다. 해주는 주변의 풍경과 그림같이 어우러지는 그를 보며 미소 지었다. 그와 마주앉아 차를 마시는 이 편안한 공기가 더없이 좋았다. 언제까지고 이렇게 있고 싶다면 그녀의 욕심일까.

해주는 자신의 앞으로 놓인 대추차를 가볍게 머금고 맛을 음미한 후 삼켰다. 조금 걸쭉한 것이 은근한 중독성이 있어 그녀가 수연산방을 올 때면 즐겨 찾는 것이 바로 대추차였다.

"우리 처음으로 데이트다운 데이트 해본 것 같아요."

주위를 둘러보던 진현이 그녀를 바라보았다.

"대낮에 같이 걷고 마주 앉아서 차 마시고. 보통 데이트는 그렇잖아요."

"그런가?"

보통이라는 것과는 거리가 멀게 살아왔다. 진현은 가볍게 수긍하고는 조금은 산만하기까지 한 주변의 잡음에 미간을 살짝 찌푸렸다. 윤해주에게는 익숙할지 몰라도, 사람이 꽉꽉 들어찬 전통 찻집은 정취 있기는커녕 시장판처럼 시끄러웠다. 더군다나 어딜 가든지 대번에 이목을 끄는 그와 해주가 마주보고 앉아 있으니 힐끔거리는 눈들이 워낙 따가운 것이 아니었다.

동물원 원숭이는 취미에 없는지라 진현은 기분이 그다지 좋지는 않았다. 그나마 자리를 지키고 앉아 있는 것은 해주 때문이었다. 누군가를 위한다는 게 꽤나 어색했지만, 마냥 방싯방싯 웃고 있는 여자를 보니, 한 번 정도는 하고 참기로 한 것이다.

"어, 이게 어디서 묻었지? 찻잔에서 흘렀나 봐요."

해주가 갑자기 그에게로 손을 뻗어왔다. 진현은 몸을 움찔 굳혔고 거리낌 없이 다가온 손이 그의 와이셔츠, 목깃을 가볍게 문질렀다. 불쑥 다가온 얼굴이 살짝 찌푸려졌고 혀를 쯧, 하고 찬다.

"얼룩질 것 같은데. 스타일 다 구겨졌다."

진현은 해주의 얼굴과 손이 다시 멀어지는 것에 왠지 안타까운 기분을 느꼈다. 생소하고 낯설었다. 소중한 게 생겨도 자신이 달라지는 일은 없으리라고 생각했다. 그런데 기본적으로 느끼는 감정부터가 달랐다. 어이없게도.

"그래도 괜찮아요. 워낙 미인이니까."

십 년 전에도 어린 윤해주가 그에게 했던 말이다. 진현은 낮게 웃음을 흘렸다. 그러자 그게 좋은 듯 해주의 얼굴에서 미소가, 햇살의 편린처럼 눈부시게 부서졌다. 심장이 지끈하고 조여온다. 진현은 손에 잡은 찻잔을 더욱 성마르게 움켜쥐었다. 자칫하면 자기로 만들어진 찻잔이 손 안에서 파삭 하고 부서져버릴지도 모를 일이었지만, 그것밖에 그는 감정을 통제할 길이 없었다.

우선, 그녀 때문에 치밀어 오르는 감정을 어떻게 해소해야 할지도 아직 알 수 없었으니까. 진심을 드러내는 것만큼 그에게 어려운 건 없었다.

"왜?"

해주가 갑자기 자리에서 일어나더니 의자를 옮겨 그의 옆에 나란히 앉았다. 그러더니 짓궂은 눈빛을 하고선 그의 목 뒤로 팔을 둘러 제게로 당기더니 볼에 입맞춤을 했다. 봄을 닮은 벚꽃이 사르륵 내려앉듯, 가볍지만 따스한 온기가 일렁이는 입술이 그의 볼에 잠시 머물곤 떠나갔다.

"주말이라 깜빡했어요. 주말엔 대학생 애들이 여기 많은데."

그가 빤히 보자 해주가 조금 붉어진 얼굴로 덧붙였다.

"자꾸 내 거에 눈독을 들이니까 임자 있다고 표시하는 거예요."

"……질투인가?"

그가 묻자 해주가 밉지 않게 눈을 흘겼다. 그리곤 그의 목에

둘렀던 팔을 풀고 다시 자리에서 일어나 제자리로 돌아갔다. 그 밑도 끝도 없는 짓거리의 저의를 알 수 없어 진현이 빤히 보는데 테이블 위에 턱을 괸 해주가 한숨을 폭 내쉬었다.

"이제 보니 완전 둔해요, 마 사장님."

진현은 픽 웃고 말았다. 그도 오늘 처음 알았다. 자신이 이렇게 둔한지.

"이상해요. 오늘 마 사장님이 마 사장님이 아닌 것 같아."

해주가 고개를 모로 기울이며 인삼 마차를 머금는 진현을 눈을 가늘게 뜨고 보았다.

"그냥 비꼬는 소리를 하지 않는 것뿐인데 왜 이렇게 착하게 느껴지는지. 내가 이상한 거예요, 마 사장님이 이상한 거예요?"

어이가 없다. 그가 착하단다. 그는 감정의 혼란에 빠져 그 정체성을 파악하는 중이었다. 그래서 조금 말이 없었기로서니 착하단다. 그러면 세상에 착하지 않은 사람은 그 폭이 아주 적어지겠다.

"네가 이상한 거야."

진현은 단호하게 잘랐고 해주는 그러면 그렇지, 하며 입술을 비죽였다. 지루하고 시끄럽기만 하던 이 장소가 윤해주에게 온전히 집중되기 시작했다. 다기 잔을 쓸어내리는 손끝이나 깜빡이는 눈꺼풀, 애정이 가득 담긴 눈길, 입술 끝에 초승달처럼 매달린 웃음, 그를 향해 하등 쓸데없이 재잘거리는 음성.

"내 말 듣고 있어요?"

학도에게 배우는 복원기술이 도둑질보다 조금 더 재미있다고 떠드는 중이었나 보다. 진현은 고개를 끄덕였다.

"진로를 바꿔볼까 봐요."

해주가 말했고 진현은 문득 떠오른 생각에 미간을 찌푸렸다. 안 그래도 그를 푹푹 찔러보며 깐족거리는 게 사는 낙인 학도다. 수위를 넘지 않아 그냥 두는 중이었지만 쿵짝이 맞아 꽤 잘 어울리는 둘을 상기하자니 기분이 썩 좋지는 않았다.

"그리고 요즘 평원이가 좀 이상한 거 있죠. 고민이 있는 것도 같고. 나한텐 통 말을 안 해요."

"사람 붙여."

그가 짧게 대꾸하자 해주가 두 눈을 휘둥그레 떴다. 그러더니 깔깔거리며 웃는다.

"보통은 안 그러잖아요."

"그게 제일 빠를 텐데."

그녀가 고개를 설레설레 저었다. 말도 안 된다는 듯이 말이다. 그러고도 여자는 끊임없이 재잘거렸다. 그리고 진현은 처음으로 신경을 팽팽하게 얽어놓은 긴장을 저도 모르게 스르륵 풀어 내렸다. 얼마 만에 느껴보는 평화인지 모를 노릇이었다. 아니, 이런 적이 있기는 했었나.

그의 냉랭했던 눈가에 조금씩 웃음기가 스며들었다. 꾸며낸 것이 아닌, 절로 흐르는.

시간이 흐른다. 대추차와 인삼 마차는 점점 줄어들었고, 잔이 모두 비워졌음에도 그녀와 그는 자리에서 일어나지 않았다. 그녀는 무척이나 수다스러웠다. 누군가의 이야기를 듣는다는 게 처음으로 그의 흥미를 돋웠다. 그리고 다시 한 번 놀랐다.

여자의 음성이 흘렀고, 시간이 흘렀고, 그렇게 안온한 날이
흘러갔다.

학도는 얼마 전, 진현이 늦은 밤 그에게 전화해서 시킨 일을
서류로 정리해 넘겨주고 나오는 길이었다. 이걸 짧은 시간에 알
아내느라, 예전에 알던 놈들에게 연락해 얼마나 지지고 볶고 쌌
는지 이루 말할 수가 없었다. 그가 나오자 복원실 앞에서는 상
하의 모두 검은색으로 무장한 해주가 자신을 기다리고 있었다.
청우 갤러리에 잠입하는 날이었다.

학도는 내심 한숨을 쉬었다. 해주에게 큰소리를 땅땅 쳤다지
만, 정작 스스로도 그 자신을 믿지 못하겠다. 한창 활동하던 때
에 비해 몸도 불었고 다소 둔해진 게 사실이었다. 이 넓고 우람
한 어깨로 환기구를 통과할 수나 있을지 걱정이었다. 그렇다고
해주를 혼자 보내면 마진현이 자신을 가만 두지 않을 테고 말이
다.

그나마 하루도 거르지 않는 강행군으로 해주의 특훈은 이어졌
고, 종내에 해주는 네 번을 시도하면 그중에 한 번만 딸랑거리
는 종소리를 울릴 정도로 빨간 실 사이를 물 흐르듯 빠져나가는
일에 익숙해져 있었다.

학도는 해주의 어깨를 툭툭 두드리고 가자는 뜻을 내비쳤다.
그런데 그 순간 진현의 펜트하우스 문이 열리며 음성이 들려왔
다.

"윤해주, 잠깐 와."

해주가 눈을 동그랗게 뜨고 학도를 봤고 학도 역시 어깨를 으쓱였다.

"와."

진현이 재차 종용하자 해주는 그제야 잠깐 다녀오겠다는 뜻을 내비치고 펜트하우스 안으로 들어갔다. 현재 시각은 열 시. 잠입을 해야 하는 시간까지는 아직 여유가 있었다. 그녀가 안으로 들어서자 현관 옆에 등을 기대고 서 있는 진현을 볼 수 있었다.

"왜요?"

그녀가 물었고 진현은 혀로 마른 입술을 축였다.

"하기 싫으면 말해."

해주가 미간을 찌푸렸다.

"지금이라도, 하고 싶지 않으면 말해."

"하지 말라는 것도 아니고 하기 싫으면이라니, 무슨 말이 그래요?"

해주는 진현의 저의를 알 수가 없어 고개를 갸웃거렸다. 그러나 그는 말없이 그녀를 무서운 시선으로 바라볼 뿐이었다. 이 남자는 대체 앞뒤가 없다. 해주는 이맛살을 구기곤 작은 한숨을 내쉬었다.

"해요. 난 할 거예요."

"……그러면."

그의 눈이 흔들렸다고 생각한 건 혼자만의 착각일까.

기대 있던 벽에서 몸을 뗀 그가 그녀 앞으로 바짝 다기왔다.

"걸리지 말고, 다치지 마. 물건은 반드시 회수하되, 무슨 일이 생기면 임학도한테 의지해. 내가, 근처에 있을 테니까."

이 남자가 왜 이러나. 심장이 팔딱팔딱 뛰었다. 그녀의 뒷목을 움켜잡고 저를 보게 만들더니, 살 떨리게 달콤한 말을 진지하게 읊어냈다. 해주는 두 눈을 깜빡였다.

"지켜보고 있을게."

그가 그녀의 이마에 제 이마를 맞대더니 새 부리를 쪼듯 입술을 가볍게 부딪쳤다.

"지켜보다니. 오려고요?"

"그래."

"왜요. 그냥 앉아서 기다려요. 나랑 임 사부 못 믿어요?"

"도둑을 내가 어떻게 믿나."

언젠가 했던 말처럼, 좀도둑을 내가 어떻게 믿냐, 했던 게 떠올랐다. 해주는 대번에 인상을 구겼고 그의 가슴팍을 밀어내려 했다. 그러나 밀리지 않는다. 벽처럼 단단히 버티고 선 그가 그녀의 눈을 깊숙이 들여다보았다.

"명심해. 걸리지 말고, 다치지 말고, 일 망치지도 마."

"알았다고요."

"윤해주."

얼굴을 내린 그가 그녀의 입술을 깊이 빨아들이고 잘근잘근 씹었다. 아프게. 그녀가 혀로 그의 입술을 밀어내려 하자, 그것을 또 제 입으로 냉큼 들인 그가 거칠게 빨아들였다. 그렇게 한참. 그녀가 고개를 돌리고서야 키스는 끝났다.

"하아."

해주가 숨을 길게 내쉬었고 진현은 손 안에 든 가는 목덜미를 욕심껏 문질렀다. 부드럽게, 다정하게 따위는 그의 사전에 없다. 그가 원하는 만큼 원초적으로 그렇게.

"……다."

"뭐라고요?"

너무 작아 들리지 않았다. 해주가 고개를 들자 진현은 말없이 그녀를 돌려세워 등을 밀었다. 그러자 그녀가 그를 못마땅한 듯 흘겨보고는 발을 탁탁 차며 집을 나갔다. 시야에서 해주가 사라지고 진현의 얼굴에 찬기가 서렸다. 날카롭고 매섭게 살기를 풍기는 그가 다시 한 번 자조적으로 말했다.

"……미안하다."

학도는 얼굴을 마구 일그러뜨렸다. 옷을 한 겹 덧대 입었음에도 불구하고 좁은 환기구를 몸을 한껏 움츠린 채 기어가는 그는 뼈가 분쇄되는 아픔에 얼굴이 시뻘겋게 달아올랐다. 해주가 그냥 밖에서 기다리라고 종용했지만, 기어코 우겨 같이 들어오더니 어깨가 끼인다며 연신 크흑, 윽, 하며 뒤따르는 중이었다.

앞에서 기어가던 해주는 어쩔 수 없이 터져 나오는 웃음과 함께 예상보다 더딘 진도에 결국 멈추고 뒤를 돌아보았다.

"그러다가 옷 찢어지겠어요. 임 스승은 그냥 여기 있어요. 내가 빨리 갔다 올게요."

"안 돼, 마 사장이 너 절대 혼자 보내지 말랬어."

"원래 이 지점을 지날 땐 오 분 내외로 하기로 했잖아요. 근데 벌써 오 분이야. 이 상태면 또 새벽까지 기다려야 하잖아요. 오케이?"

해주가 단호하게 말하자 학도는 얼굴을 일그러뜨렸다. 해주의 말이 맞았다. 그 때문에 시간이 지체되고 있었다. 제한 시간은 십오 분.

"……사실, 이미 옷은 찢어졌고, 어깨 가죽이 벗겨지는 줄 알았다."

학도는 먼지가 켜켜이 쌓인 환기구 통로에 그대로 누워버리고 말았다. 해주는 고개를 설레설레 내저었다. 이론으론 빠삭한 것 같은데 나이 때문인지 몸이 따라주지 않는 것을 보니, 실소밖에 흘러나오지 않았다.

"걱정 마요. 누구 제자인데."

학도의 자격지심을 풀어주려는 듯 재게 말한 해주는 그대로 몸을 돌려 머릿속에 외워뒀던 지도대로 환기구를 기어나갔다. 바닥을 짚은 손이나 쓸리는 무릎엔 이미 먼지가 한 무더기 엉겨붙었고 통로를 흐르는 공기는 탁하고 건조하기만 했다.

얼마나 기었을까. 머리를 하나로 모아 질끈 묶은 해주는 얼굴에 흐르는 땀을 닦아내고 어느 한 지점에 멈춰 서더니, 색에 넣어두었던 초소형 드릴을 꺼내 전시실과 연결된 환기구 문을 뜯어냈다.

천장과 가까운 환기구 입구에서 어렵지 않게 뛰어내린 해주는 잠시 몸을 낮춰 주위를 살폈다. 불이 온통 꺼진 와중에도 그림을 비추는 은은한 조명에 주변을 구분할 빛은 충분했다. 학도의 정보가 정확했는지, 그녀는 CCTV의 사각지대에 안착해 있었고 그녀의 목표물은 전시실 한가운데에 보였다.

벽으로 몸을 바짝 붙여 CCTV에 주의를 기울이며 해주는 움직이기 시작했다. 지금부터 육 분. 그것이 그녀에게 주어진 시간이었다.

진현은 차 안에 앉아 측면의 청우 갤러리를 바라보고 있었다. 앉아 있는 삼십 분 내내, 그는 단 한순간도 해주와 학도가 들어간 환기구 통로에서 눈을 뗀 적이 없었다. 그의 손가락은 초조한 듯 연신 핸들 위를 일정한 속도로 두드리고 있었는데 그것을 인지한 그가 매번 손가락의 움직임을 멈추어보았지만, 그저 한순간뿐이었다.

낯설기만 한, 걱정이라는 감정이 계속해서 수면 위로 올라와 그의 머리를 툭툭, 쳐댔다. 아무 일도 없을 것이 분명하지만 이상하게도 그의 기감이 계속해서 촉각을 곤두세웠다. 이상하게 예감이 좋지 않았다. 별다른 징조가 없음에도 불구하고.

그때였다. 그가 앉아 있는 차장 창문에 사람 그림자가 어렸다. 진현은 눈을 들었고 곧 차창어림을 통해 비치는 그림자에 예견이나 한 듯 가슴이 싸늘해졌다.

"잠시 검문 좀 하겠습니다."

검정색 바람막이용 점퍼를 입은 남자가 가슴팍에서 경찰 배지를 꺼내 보이더니 손가락을 까닥였다. 진현은 핸들 위에서 손을

결혼으뢰 노는 남자 2

내리고 천천히 창문을 내렸다.

"무슨 일이십니까?"

진현이 물었고, 경찰은 차창 쪽으로 고개를 숙여 얼굴을 내보였다. 진현은 미세하게 눈썹을 꿈틀거렸다. 낯이 익었다. 그와 연이 있는 자는 아니었다. 하지만 결코 낯설진 않았다.

"갤러리에 도둑이 들었다는 신고가 있어서요. 안으로도 사람을 들여보냈지만, 일단 주변도 살펴보는 와중에, 선생님이 계시기에 말입니다."

진현은 주먹을 으스러지도록 쥐었다. 뭔가 잘못됐다.

"몇 가지 질문 좀 하겠습니다."

진현은 차에서 내렸다. 그보다 한참은 작지만 유도라도 한 듯 체격이 다부진 경찰이 그와 마주섰다.

"이 야심한 시각에, 여기에 차를 대놓고 뭘 하고 계셨습니까?"

"운전을 하다 잠시 졸려서 세운 것뿐입니다. 졸음운전을 하다가 사고라도 나면, 큰일이잖습니까."

진현은 태연하게 대답했다. 어깨를 으쓱이며 둘러대는 몸짓은 무척이나 자연스러워 의심할 여지도 없었다. 그러나 경찰은 뭔가 걸리는 게 있는지 시종일관 뱁새같이 눈을 뜬 채 진현을 살폈다. 그 와중에도 진현의 시선이 스치듯 해주와 학도가 들어간 환기구를 지나갔다.

해주는 눈이 아릴 정도로 아름다운 비취색 빛을 흘리는 청자를 한 손으로 들어올렸다. 쉽지만은 않은 잠입 탓에 온몸이 땀으로 축축했지만 어쨌건 간에, 레이저 산을 간신히 뛰어넘을 수 있었다. 레이저가 영화에서 보는 것처럼 제 머리를 마구 돌려대는 유동적인 시스템이었다면 낭패를 보았겠지만, 청우 갤러리의 레이저 선들은 한자리에 고정되어 있었다.

해주는 청자를 손에 들고 씩 웃고는 천장을 향해 고개를 들었다. 역시나 학도의 말대로 또 다른 환기구가 있었다. 해주는 우선 허리에 메고 있던 색에서 개켜진 폭신한 감촉의 천을 꺼내 청자를 감싸고 그 외관을 얇은 로프로 강하지 않게, 하지만 빠져나갈 수 없게 촘촘히 꼬아 묶었다. 그리고 그것을 약 오십 센티미터의 길이를 두고 그녀의 허리에 묶어 연결시켰다.

청자의 크기가 꽤 되니 화통에 넣어 갈 수도 없는 노릇이고 깨지기도 쉬우니 등에 멜 수도 없다. 그녀와 연결하여 질질 끌고 가는 수밖에.

해주는 청자가 올라가 있던 전시대 위로 올라가 천장과의 거리를 가늠했다. 갤러리라는 특성 탓에 천장이 꽤 높아 아슬아슬할 것 같았다. 그렇다고 이 청자를 매고 레이저 사이를 다시 지날 수는 없는 노릇. 난관은 지금부터였다.

해주는 제 양 손바닥에 퉤, 하며 적은 양의 침을 뱉었고 그 위로 손바닥 면이 우둘투둘한 장갑을 꼈다. 그리곤 가슴 앞에 달린 지퍼를 열어 끝에 가는 갈고리가 달린 얇은 로프를 꺼냈다. 중간 즈음을 잡아 허공에 휘휘 돌리다 천장을 향해 던졌다. 몇 번 했다고 그새 숙련된 건지 로프는 한 번에 환기구 입구에 걸쳐졌다. 해주는 줄을 당겨 고리가 단단히 걸렸는지 확인하고 크게 심호흡을 했다. 이어 입에 드릴을 꽉 물고는 손에 줄을 잡았다.

이러다 정말 줄타기의 달인이 되지는 않을까 싶다. 곧 줄을 잡고 몸을 실은 해주는 자신의 다리로 줄을 감으며 조금씩 위로 타고 올라갔다. 정말 체조를 하지 않았으면 어쩔 뻔했나.

해주는 이를 악물고 올라가 환기구 틈새로 손을 넣어 매달렸다. 이젠 온몸이 팔 하나에 의지해 천장에 대롱대롱 매달린 상태다. 허리 아래로는 줄에 연결된 항아리가 허공에 위태롭게 매달려 있었다.

참 위험천만한 방법을 구상한 학도다. 해주는 입에 물고 있던 드릴을 한 손으로 잡아 환기구를 고정하고 있는 나사를 풀기 시작했다. 떨어지는 나사는 드릴을 쥔 손바닥으로 받아냈다. 그리고 두 번째 나사를 풀었을 때, 덜컹 하는 소리가 나며 그녀의 몸이 밑으로 쑥 꺼졌다. 한쪽이 벌어진 환기구가 밑으로 입을 벌렸기 때문이다.

잠시 간이 철렁했다. 그러나 일정선 이상 더 이상 벌어지지 않는 튼튼함에 가슴을 쓸어내린 그녀는 벌어진 틈 사이로 손을 넣어 머리를 집어넣고 팔을 걸쳤다. 틈이 좁아 가슴까지 겨우 들어가고 잠시 숨을 돌렸다. 시간이 없다.

그런데 그 순간이었다. 그녀의 팔이 불쑥 잡히더니 위로 당겨졌고 좁은 틈새로 끼인 엉덩이가 무자비하게 짓눌리더니 환기구 사이로 쑥 딸려 올라갔다. 도자기가 환기구 문과 부딪쳐 가볍게 텅, 하는 소리가 나서야 그녀를 끌어올리는 손의 힘이 꺼졌다.

그녀가 급히 지퍼를 열어 소형 손전등을 꺼내 불빛으로 비추고 나서야, 어깨가 걸레쪽이 된 학도의 시뻘건 얼굴을 확인할 수 있었다.

"임 스승……."

"삼십 초 남았어. 빨리 청자나 끌어올려."

"알겠어요."

해주는 몸을 틀어 그녀의 허리와 연결된 줄을 당겼다. 좁게 벌어진 환기구 입구에 걸린 청자는 뚜껑을 발로 밀어 끌어올렸다. 학도가 씨익 웃으며 손을 들어올렸다. 그의 손에는 손바닥만 한 검은 테이프가 들려 있었는데, 곧 그것의 정체를 파악한 해주 역시 씨익 웃었다.

애초에 얘기했던 대로, 학도는 보안실로 들어가 해주가 찍혔어야 할 보안 테이프를 꺼내 온 모양이었다. 컴퓨터에 입력되는 영상 역시 통째로 지운 채.

"정말 한가닥 하는 도둑이었나 봐요."

"전설이었다니까."

으쓱이듯 코밑을 문지른 학도가 해주에 앞서 들어왔던 환기구로 다시 기어가기 시작했다. 해주 역시 그를 뒤따랐다. 허리에 매달린 청자가 그녀의 움직임을 따라 슥슥, 하는 소리를 내며 따라왔고 그들은 곧 처음 청우 갤러리로 들어올 때 이용한 환기구 통로로 들어설 수 있었다.

이제 나가는 일만 남았다.

"그런데 한 가지 궁금한 게 있어요."

해주가 속살거리듯 물었다. 학도가 뭔데, 하고 말하자 해주는 내내 궁금했던 점을 풀어 내렸다.

"도굴꾼 시절 때요, 그렇게 유물을 파대서 팔았으면 진즉에 백만장자 됐었어야 하는 거 아니에요?"

일반적인 정론 아닌가. 그러자 학도가 비웃듯 웃음을 흘렸다. 소리가 울려 크진 않았지만 충분히 해주의 귀에도 그 의도가 빤히 보이는 웃음이었다.

"말 마라. 그 시절에 머리에 든 것 있는 놈들이 노가다를 깠겠냐? 나도 그땐 뭘 모르고 시작한 일이라 쇠못 들고 망치 들고 전국을 후비고 다녔었지. 그런데 낫 놓고 기역자나 내가 알았겠냐고. 그저 열심히 파다가 거간꾼들에게 갖다 주면 그치들이 싸게 쳐서 받아먹고 또 그치들은 화상한테 가서 비싼 값에 팔아먹고 화상들은 더 비싼 값에 해외로 빼돌리거나 컬렉터들에게 파는 게 일상이었어. 아마 그때 내가 지금처럼 머리가 꽉 차진 놈이었다면 그런 멍청한 짓은 안 했겠지."

해주는 애매하게 고개를 끄덕였다. 결국은 그 가치를 몰라 제 값을 못 받았다는 얘기 아닌가. 온갖 잘난 척은 다 하더니, 처음 시작할 땐 맹탕이었나 보다.

"쉿!"

해주가 낮게 웃음을 삼키는 때였다. 갑자기 앞서 기어가던 학도가 그녀에게 손을 내저었다. 해주 역시 숨을 죽이고 몸을 더

욱 낮췄다. 학도의 앞에는 청우 갤러리 외벽으로 나가는 통로가
있을 터였다.

"뭐예요?"

"……씨발, 좆됐다. 경찰이야."

"네?"

순간 알아들을 수가 없었다. 해주가 멍하니 학도를 보았고,
학도는 환기구의 틈새로 밖을 주시했다. 사방에서 헤드라이트
빛을 쏘아대고 건물 주위를 포위하고 있는 것은 파란색과 하얀
색이 때깔 난, 경찰차량이었다.

"씨발 것들, 사이렌도 안 켜고 들어와? 비겁하게."

학도가 주먹으로 가볍게 통로 안쪽을 내리쳤다. 해주는 주먹
을 꽉 움켜쥐었다. 언제고 오고야 말겠지, 했던 것이 드디어 왔
나 싶었다. 불현듯 진현이 떠올랐다. 하고 싶지 않으면 하지 말
라던.

해주의 다갈색 눈동자에 처음 당면한 상황으로 인한 짙은 불
안이 스며들었다. 자신이 이렇게 간이 좁쌀만 했나, 싶어 해주
는 제 스스로를 진정시키려 입술 안쪽 살을 꽉 깨물었다.

13. 전야

　해주와 학도는 몸을 낮춰 왔던 방향을 되짚어 올라갔다. 그러나 갈수록 속도는 느려졌고, 더욱 조심스러워졌다. 해주는 천에 둘둘 말아 묶은 청자가 환기구 통로에 부딪쳐 큰 소리가 나지 않도록 주의하며 뒤를 돌아보았다. 그녀의 뒤를 땀 뻘뻘 흘리며 따라와야 할 학도의 기척이 없어졌기 때문이다.

　"안 와요?"

　"쉿."

　학도의 얼굴에서는 더 이상 일말의 장난기마저 찾아볼 수 없었다. 해주에게 잠깐 멈춰보라는 제스처를 취한 학도가 이내 옆으로 연결된 환기구 쪽으로 상체를 들이밀었고 이내 다시 몸을 빼냈다.

　"안 되겠다."

　"뭐가요?"

　학도는 말없이 뒤로 물러나 자신이 상체를 들이밀었던 방향을 손가락으로 가리켰다.

"아......!"

학도를 따라 상체를 들이밀었던 해주는 낭패한 얼굴로 학도를 돌아보았다. 그곳은 갤러리 내부와 연결된 환기구였는데 벽 위쪽에 위치해 내부를 일정공간이기는 해도 내려다볼 수 있었다. 그런데 그 환기구를 통해 둘씩 짝 지은 경찰들이 순찰을 돌 듯, 내부를 오가는 게 보였다.

"다시 입구로 가야겠다."

소리를 한껏 죽인 학도가 말했고 해주 역시 멍하니 고개를 끄덕이며 다시 학도를 따라 이동하기 시작했다. 혹여 만약의 경우가 생기게 될 때엔, 무조건 학도에게 의지하라던 진현의 말, 하나만 머릿속에 담았다. 학도가 있고 진현이 있으니 늘 그랬듯 아슬아슬하게라도 무사히 이 상황이 끝날 수 있을 것만 같았다.

그리고 다시 오 분쯤 기어갔을까. 학도가 건물 외벽으로 나가는 환기구 앞에 몸을 납작 엎드린 채 길게 호흡을 뱉어냈다.

"......해주야."

학도의 음성은 평소처럼 경망스럽지 않았다. 진지했고 위엄 있었으며 의미 모를 각오마저 단호하게 실려 있었다. 해주는 저도 모르게 침을 꼴깍 삼키며 학도를 응시했다. 그러자 학도가 누런 이를 드러내며 씨익 웃었다.

"내가, 허 마담한테 하나 약속한 게 있다."

"네?"

"이건 네 탓이 아니야."

"뭐……가요?"

그가 하려는 말이 뭔지 알 것 같아, 가슴이 철렁 내려앉았다. 학도는 얼굴을 찡그리며 어깨를 꿈틀거렸다. 좁은 통로에 의해 발갛게 까진 어깨에 입 바람을 후후 분 그가 크게 한숨을 내쉬었다.

"나 전과 3범이야. 한 번 더 들어가서 4범 된다고 해도 크게 달라질 건 없다."

"무슨 말이냐고요, 그게."

따지고 싶었지만 좁은 통로가 여건을 주지 않았다. 호흡이 가빠졌다.

"내가 원래 남 위해 희생하고 그런 얼빠진 놈은 아니거든. 그런데 허 마담 때문에 한다, 씨발."

해주는 반사적으로 손을 뻗어 학도의 발목을 움켜쥐었다. 그러자 그가 조금은 쓸쓸한 얼굴로, 땀이 뒤범벅된 얼굴로 그녀를 보았다. 그리곤 주머니에서 그가 꺼냈던 검은 테이프를 그녀의 앞으로 밀었다.

"허 마담이 마 사장이 이 바닥 벗어나길 바라. 지켜봐달라고 했다. 그리고 마 사장한테 영양가 있고 좋은 건, 너뿐이라더라. 그게 무슨 소리겠냐."

"안 돼요. 기다려봐요. 마 사장님이 무슨 수 내주겠죠. 기다려요, 우리!"

학도가 드릴로 환기구를 열기 시작했다. 열고 나면, 혼자 나갈 셈이다. 해주는 테이프도 무시하고 두 손으로 그의 다리를 움켜잡았다. 하지만 그 정도 몸짓 따위는 상관없다는 태도로 학도는 하나, 두 개를 이미 풀어냈다.

"임학도!"

해주가 그를 불렀다. 학도는 낮은 한숨을 쉬었다. 예전의 그였다면 이럴 생각은 못 했을 것이다. 예전에 해주를 알았더라도, 그 자신이 살려고 해주를 경찰 앞으로 밀어 넣었을 테다. 하지만 이젠 못 그런다. 그를 면박 주는 게 일상인 마진현 그 자식에게 미운 정, 고운 정 다 들어버렸고, 그보다 더 목숨 같은 허주란이 진현을 지키길 원했다.

그도 바보가 아니었다. 진현과 해주 사이에 흐르는 감정이 뭔지 모를 만큼 둔하지도 않았다. 최근, 진현의 행동이 알 듯 모르듯 변한 부분이 있다는 것도 안다. 여기 오기 전, 해주를 불러내 지금이라도 하고 싶지 않다면 그만두라고 했던 말, 그 자식이라면 절대 하지 않을 말이었다.

그만큼, 이 윤해주라는 아이가 진현에게 중요하다는 거였다. 사랑이건 아니건, 그것 하나로 자신이 앞으로 나서야 할 이유는 충분했다. 3범이든 4범이든, 사회의 차가운 눈길은 똑같았고 감방에서 몇 년 살다 나오면 다시 이 바닥으로 숨어들면 된다.

학도는 그를 애처롭게 잡고 있는 해주를 발로 확 밀쳐냈다. 그의 발에 맞은 가는 팔이 통로에 부딪쳐 텅 울린다.

씨발, 마 사장이 이거 알면 그의 목을 조를지도 모르겠다.

학도는 킥킥 웃었다. 자신이 생각해도 어이가 없게, 당연하게도 그가 나서서 이 상황을 끝내야겠다는 생각을 했다.

머리에 총이라도 맞았냐, 임학도. 너 하나만 잘 살면 될 걸 어울리지도 않게 착한 짓거리야. 자위해보아도 주란의 부탁이 그의 머릿속에서 떠나지 않는다. 썅, 여자에 홀리면 부모도 뵈지 않는다더니.

학도는 세 번째 나사를 풀고 다시 눈물이 그렁거리는 해주를 내려다보았다.

"안 보이는 곳까지 다시 기어가. 가서 숨어 있어. 다 정리될 때까지."

"싫어요."

"같이 죽자는 소리야! 상황파악이 안 돼? 저 짭새 새끼들이 밑에만 수색하고 끝낼 것 같아!"

학도는 다시 한 번 발길질을 했다. 그의 발에 어깨를 맞은 해주가 큭, 하는 신음성을 토해냈다.

"가라고!"

"싫어요!"

고집불통 같으니. 누군 사지로 들어가는 게 좋은 줄 아나!

"마 사장한테, 청자 줘야 할 거 아니야. 이대로 둘 다 잡히면, 마 사장 숙원도 끝이라는 거 몰라? 너 마 사장 좋다며. 그런 마 사장 물건이잖아."

학도가 짓씹듯 말했다. 해주의 눈이 일렁거렸다.

"해주야, 제발 부탁이다. 나 죽으러 가는 거 아니거든."

"그래도."

"넌 나 같은 놈이 아니잖냐. 너 도둑부렁 아니라며! 내가 도둑이니까 내가 가겠다고! 왜 말귀를 못 알아들어!"

해주가 그를 따갑게 쏘아보았다. 제까짓 게 그래봤자다.

"마 사장님, 근처에 있는댔어요. 필요하면 도움 줄 거예요, 그러니까 여기 조금만 있어요. 무슨 수, 내줄 거예요."

어리석은 계집애. 해주는 진현을 너무 몰랐다. 진현이 혹여 살신성인을 발휘한다 해도, 그건 윤해주에게만 국한되겠지, 자신은 아니었다. 팔 년 동안, 아주 잘 알고 있는 사실이다. 뼈로 삭이고 피부로 느끼는 진실. 마진현은 개새끼다.

"면회 꼬박꼬박 와라."

학도가 누런 이를 드러내며 웃었다.

"너 때문 아니다. 허 마담이, 나한테 부탁했다."

"안 돼요!"

학도가 환기구를 뜯어냈다. 해주에게도 보였다. 환기구 통로를 통해 쏟아져 드는 헤드라이트 빛이.

"씨발, 가."

해주는 고개를 내저었다. 그러자 학도가 곧바로 환기구 밖으로 몸을 던지고 통로를 다시 막아버렸다. 해주가 재빠르게 기어갔으나 학도가 등으로 막고 있는 바람에 나갈 수가 없었다.

"임학도!"

"진현이가 나한테 부탁했다. 혹시 무슨 일 생기면, 나더러 죽으라더라. 내가 너 버리고 튀면 지구 끝까지 쫓아와서 나 죽여버린다고 했다. 널 최선으로 해달라고 했다."

"……네?"

"그 자식, 나한텐 개새끼지만, 너한테는 좋은 개새끼라고."

해주는 순간 멍해졌다. 학도는 몸으로 입구를 눌러 다시 환기구 뚜껑을 끼워 맞춘 후, 두 손을 머리 위로 들고 앞으로 천천히 걸어갔다.

"자수한다! 자수해!"

쏟아지는 헤드라이트 불빛과 총구에 학도가 소리를 내질렀다. 그가 나희의 자금줄을 보고하러 갔을 때, 진현이 그렇게 말했었다. 반드시 모든 것엔 윤해주가 최우선이어야 한다고. 서운함을 느낄 새도 없었다. 단지, 진현이 그렇게 감정을 내비친 것이 처음이라 그냥 얼떨결에 고개를 끄덕이고 나왔다. 그런데 녀석의 감이 좋은 건지, 사전에 무슨 얘기가 있었던 건지 기가 막히게 위기가 치고 들어왔다.

"씨발, 인생 한번 다이나믹하게 지랄같네."

안 해본 것 없이 바닥을 굴러다녔다. 남의 뒤나 닦아주고, 뒤통수치며 살았다. 그러다 감히 보기만 해도 겁이 날 만큼 멋있는 여자를 만났고 사랑했다. 제 인생을 교도소에 처박으러 걸어가는 지금도 정말 정신이 나갔는지, 후회가 되지 않는다. 다만, 당분간 주란의 얼굴을 보지 못할 걸 떠올리니, 그것만이 심장을 왈칵 움켜쥐어 그를 아프게 했다.

"무장 해제!"

"없어, 아무것도 없다고!"

경찰차 지척까지 걸어간 학도는 양 손을 내저었다. 그에게 총구를 겨눈 경찰들 사이로 사복 차림의 형사들이 나와 그의 어깨

153

를 꺾고 손에 수갑을 채웠다. 그의 머리를 차 보닛에 처박은 형사 하나가 비웃듯 비아냥거렸다.

"지가 헐크야? 옷은 왜 찢었어?"

"거 살살 좀 합시다."

"너 혼자야?"

"혼자니 기어 나와서 이렇게 깔끔하게 자수했지."

학도가 중얼거리자 형사가 그의 머리통을 소리 나게 때렸다. 그리곤 경찰차 뒷좌석에 머리를 잡아 거칠게 밀어 넣곤 뒤를 향해 지시한다.

"뒤져!"

손에 총을 든 경찰들이 환기구 입구를 향해 우르르 뛰어간다. 바로 자세를 잡아 앉은 학도는 차창에 들러붙어 환기구를 바라보았다. 그리고 고개를 돌리는 순간, 경찰들에 섞여 감시받듯 서 있는 진현의 모습이 보였다. 학도는 고개를 끄덕였다.

진현의 무심한 시선이 그를 향해 꽂혔다.

씨발, 미안하긴 하냐. 개자식아.

학도는 고개를 숙였다. 그가 자수한 보람이 있게, 해주가 자리를 잘 피했으면 했다.

경찰의 수확은 절도 전과 3범의 임학도뿐이었다. 진현은 줄지어 대로를 빠져나가는 경찰차들을 바라보며 얼굴을 굳혔다. 그의 머리는 빠르게 굴러가고 있었다. 어떻게 경찰이 이렇게 사전에 짜기라도 한 듯 이 자리에 나타날 수 있었는지, 어째서 작정하고 건물의 환기구란 환기구는 다 지키고 있었는지.

"재미있지?"

해주를 찾기 위해 환기구 앞으로 걸어가던 진현은 고개를 돌렸다. 그저 주차되어 있는 줄 알았던 한 검은 세단의 문이 열리더니, 익숙한 얼굴이 모습을 드러냈다. 짧게 커트한 머리와 몸라인을 여실히 드러내주는 짙은 남색의 시스루 펜슬 원피스를 입은 나희가 입가에 고혹적인 미소를 띠었다.

"너였나."

"임학도를, 데리고 있었는지는 미처 몰랐는걸."

나희가 짧게 웃음을 터트렸고 진현의 시선은 더없이 냉랭하게 얼어붙었다. 어느새 운전석에서 내려 나희의 뒤에 그림자처럼 붙은 남자도 그의 시선을 끌었다. 황선호라고 했었나.

진현은 그의 차창을 두드렸던 형사가, 나희와 연이 닿은 인물임을 떠올렸다. 그가 김홍도의 '산수화'를 얻기 위해 나희에게 작업을 걸었을 때, 두어 번 본 적이 있었다. 경찰이라고 다 양심적인 게 아니었다. 그는 나희에게 뒷돈을 받고, 나희가 부두에서 행하는 암거래를 수차례 눈감아주기도 했던 작자였다.

"나는 약손이 수중에서 떨어져 나갔고, 자기는 임학도가 잘렸네. 서로 한 대씩 주고받은 셈이야. 그렇지?"

발목이 꺾이는 킬 힐을 신은 나희가 진현을 보고 바로 걸어왔다. 그의 앞에 멈춰 선 나희가 눈꺼풀을 깜빡이며 입가를 둥글게 휘었다.

"알지? 내가 임학도랑은 은원이 좀 있어."

155

"그랬나."

"몰랐던 것처럼 말하니까 웃긴데. 알고, 그 새끼 자기 밑에 숨겨준 거 아니었어?"

"글쎄."

짙은 남색의 매니큐어가 칠해진 가는 손가락이 그의 가슴팍을 더듬고 올라와 타이 부근을 지나 턱 어림을 매만졌다.

"빨래터와 팔상도, 기억해?"

"그게 내가 찾는 물건이라고 장담하나."

진현의 음성은 기이할 정도로 스산했다. 학도는 그가 꽤 중요하게 취급하는 말이다. 그리고 홍나희는 그의 말을 건드렸다, 감히. 게다가 윤해주가 저 안에 있었다. 당장 눈앞의 가는 목덜미를 꺾어버리고 싶은 격렬한 충동이 그의 가슴을 타고 돌았다.

"장담해. 내 목을 걸어."

"꽤 거창한데."

그가 입 꼬리만 비틀었다. 그것을 잠시 바라본 나희가 진현의 얼굴을 더듬던 손을 떼어냈다.

"자기 밑에 있는 그 좀도둑은 어떻게 잘라낼지 고민 중이야. 한 번에 두 명을 잘라버릴 수 있을지 알았는데, 임학도가 개과천선이라도 한 모양이지? 답지 않게."

눈꺼풀을 내리깐 나희가 나직하게 중얼거렸다. 하지만 진현에게선 별다른 반응이 없었다.

그래, 임학도 정도로 그가 흔들릴 리가 없었다.

그때였다. 어디선가 파삭, 하고 뭔가가 깨지는 소리가 들려왔다. 이어 아스팔트 바닥을 거침없이 긁는 소리도.

나희와 선호, 그리고 진현의 시선이 소리를 향해 고개를 돌렸다. 지척이었다. 나희의 세단 옆으로 주변엔 너댓 대의 차량이 주차되어 있었는데 그중 트럭 차량 부근에서 난 소리였다. 차량 밑에서부터 검은 뭔가가 어기적거리며 기어 나왔다.

처음엔 개나 고양이인가 싶었지만 머리로 보이는 곳의 희끄무레한 피부와 바닥을 성큼 짚는 손으로 보아 사람임을 짐작할 수 있었다. 곧 그림자는 트럭 밑에서 기어 나와 벌떡 일어서고 두 손을 탁탁 턴 후 얼굴을 들었다.

검은 옷 군데군데 뿌연 먼지가 엉겨 붙은 해주였다. 그녀가 허리춤에 연결한 밧줄 아래, 검은 천으로 돌돌 만 무엇을 대롱 대롱 매단 채 서 있었다.

"저게, 그 좀도둑이야?"

나희가 물었고 진현은 내색은 안 했지만 주먹을 꽉 움켜쥐었다. 해주의 표정은 딱딱하게 굳어 있었다. 먼지로 엉망인 얼굴에, 땀으로 젖어 내린 머리는 조금 전까지의 시간이 그녀에게 얼마나 고단했는지를 보여주었다.

나희가 가슴 앞으로 팔짱을 끼며 해주를 보았고 해주는 곧바로 다가왔다. 진현은 궁리했다. 이 자리에서 해주를 빼돌려야 했다. 하지만 이 마녀가 해주를 보고야 말았다. 생각은 오래지 않아 끊겼다.

해주는 그에게 온 것이 아니었다. 홍나희의 앞으로 다가간 그녀는 누구도 예상 못 한 행동을 저질렀다. 나희의 뺨을 세게 올려붙였다. 그리고 홍나희가 작은 비명과 함께 옆으로 비틀대는 순간 발을 들어 그녀의 배를 강하게 차버렸다.

그런데 그것이 끝이 아니었다. 나희의 뒤에 서 있던 선호가 빠르게 반응해 해주의 발에 맞은 나희를 잡아 세웠고 곧바로 허리에서 단도를 꺼내 해주를 향해 찔러 들어갔다. 시간이 멈추고, 공기가 멎고, 숨이 멎었다.

선호의 단도는 해주의 목울대에 아슬아슬하게 닿아 있었고 붉은 피를 흘려냈다. 그리고 그 손을 진현이 잡아 멈추게 하고 선호의 관자놀이 부근에 끝이 뾰족한 펜촉을 들이대고 있었다.

"치워."

해주가 목울대를 꿀렁거릴 때마다, 단도가 슬쩍 박혔다 빠지며 더 많은 피를 게워냈다. 해주의 눈꺼풀이 파르르 떨렸다. 나희는 한쪽으로 비켜서 배를 움켜잡은 채 컥컥거렸다. 선호의 팔이 부르르 떨렸다. 진현이 힘으로 그의 팔을 밀어내려 했기 때문이다.

"머리에 구멍 나고 싶지 않으면 치우라고."

진현이 다시 한 번 이를 짓씹은 채 말했다. 그리고 선호의 관자놀이를 향해 펜촉을 더욱 가까이 밀어붙였다. 그러자 선호의 얼굴이 일그러졌다. 날카로운 펜 끝이 그의 살에 파고들었기 때문이다. 그리고 그 순간, 힘이 약해진 선호의 팔을 꺾은 진현이 해주를 뒤로 밀고 몸이 꺾인 선호를 발로 차 넘어뜨렸다.

"콜록! 콜록!"

등 뒤에서 해주의 기침소리가 들려왔다. 진현은 뒤로 나앉듯 넘어진 선호를 발로 차 밀어뜨리고 목 위를 구둣발로 짓눌렀다. 그러자 선호가 손에 쥐고 있던 단도를 그의 다리를 향해 찔러 넣으려 팔을 휘둘렀다.

"선호야!"

홍나희가 비명처럼 외쳤다. 진현의 다리 근저에서, 선호의 손이 멈췄다. 하지만 그의 바지자락에 바람을 일으키는 칼날은 상관도 없이, 진현의 신경은 오로지 선호에게 집중되어 있었다. 이 남자를 죽여버리고 싶었다. 한 번도 없었던 격렬한 살심이 솟구쳤다. 남자의 얼굴이 검붉어졌다. 진현은 턱을 악물었다.

이 바닥에서 온갖 짓을 하며 구르면서도 그가 지킨 단 하나의 불문율이 있다. 살인은 않는다.

하지만 그 철옹성같이 굳건했던 다짐이 허물어지려 했다. 그때였다. 그의 뒤로 검은 그림자가 뛰어들며 바닥에 뻗어 있는 선호의 손을 낚아 눌러버렸다. 무릎을 꿇어 온 체중을 실어 그에게 위해를 가하려는 선호를 억눌렀다.

"너······!"

진현의 눈가가 파르르 떨렸다. 해주였다. 그녀가 고개를 돌려 그를 보았다. 그리고 그녀의 목에서 한 줄로 되어 흐르는 핏줄기가 그의 눈에 크게 확대되어 들어왔다. 선호의 목을 밟은 그의 다리에 힘이 더욱 가해졌다.

"······마요."

해주가 중얼거렸다. 선호가 버둥거렸고, 그것을 온몸으로 누르며 해주가 다시 말했다.

"마진현 씨!"

그 순간이었다. 해주가 소리를 지르는 틈을 타, 그녀의 몸이 들썩거리자 무릎 아래서 팔을 빼낸 선호가 다시 반격을 노리듯 손을 머리 위로 높이 치켜들었다. 더는 생각할 것도 없었다. 해주의 팔뚝을 잡고 거칠게 끌어올리며 진현이 뒤로 물러났고, 선호 역시 재빠르게 일어나 곧바로 나희에게 다가가 그녀를 보호하듯 앞을 막아섰다. 남자의 얼굴에서는 짙은 살기가 풍겼다. 진현 자신이 그랬던 것처럼, 남자도 그를 죽이고 싶은 마음이 굴뚝같아 보였다.

"홍나희. 너 정말 죽고 싶나."

해주를 뒤에 숨기듯 세운 진현은 이를 아득 씹었다. 그리고 나희가 그 너머, 해주를 죽일 듯이 쏘아본다.

"그때 그 계집애네."

바자회를 떠올린 나희가 얼굴에서 웃음을 지웠다. 그녀처럼 이용할 뿐이라고 했다. 그러나 마진현의 태도는 그게 아니었다. 마치 여자를 보호하듯, 손목을 움켜쥐고 자신의 시야에서 차단한다. 나희의 눈이 더욱 짙게, 깊게, 그리고 차갑게 표독스러워졌다.

"당신이, 당신이 임 사부, 잡혀 가게 만든 거지!"

해주 역시 나희를 기억하고 있었다. 그녀에게 질투를 불러 일으켰던, 그녀가 사랑하는 남자가 한때나마 연인으로 지냈다던.

해주는 진현의 손을 뿌리치고 나와 나희를 향해 소리를 질렀다. 목을 타고 흘러내린 피가 옷깃 안으로 흘러내리고 있음에도 불구하고 상처를 돌볼 생각도 하지 않았다. 면회나 꼬박꼬박 오라며 씁쓸하게 웃던 학도가 그녀의 머릿속을 잠식했다.

"이, 이……!"

해주가 나희를 향해 달려들려 했고, 진현은 재빨리 해주의 허리를 감아 당겼다. 그녀가 그럴 수 없도록. 또다시 저 남자와 부딪쳤다간 유혈사태를 감당해야 했다. 해주가 그의 팔을 떨쳐내려 했지만 진현은 더욱 강하게 해주를 잡았다.

"이용, 할 말이라고 했었잖아."

나희가 그를 보며 짓씹듯 물었다. 진현은 대답하지 않았다. 해주는 더 이상, 그에게 이용가치 그 이하의 것이 아니었으므로.

"……기대, 할게. 당신이 어떻게 나올지."

나희가 뒤돌아서려다 잊은 듯 다시 고개만 돌려 그를 보았다.

"임학도, 절대 쉽게 나가게 두지 않아."

"그 임학도, 정작 훔친 건 없어. 고작해야 무단 침입이야, 증거도 없고. 그걸로 얼마나 잡아둘 수 있을까?"

"……손 써도 소용없을 거야. 그 새끼랑 나 사이에, 풀어야 할게 있다는 거 모르지 않잖아?"

세단에 오르며 나희가 웃었다. 진현은 그저 서 있었다. 품 안에서 바르작거리는 해주를 더욱 강하게 결박하며.

선호가 그를 뱀 같은 눈으로 바라본 후 운전석에 올랐고, 차는 도로를 타고 사라졌다.

해주는 흥분을 숨기지 못했다. 들썩이는 가슴이, 배가, 어깨가 그녀가 느끼고 있는 감정을 고스란히 그에게 전달해주었다.

"왜 도와주지 않았어요!"

진현이 손에 힘을 풀기가 무섭게 그를 돌아보며 해주가 소리를 질렀다. 엉망인 얼굴에 또, 운다. 이 여자. 진현은 턱에 불끈 힘을 주었다.

"잡혀가는데, 어째서 거기 멍청히 서 있기만 했냐고! 어떻게든 했어야지!"

해주가 눈물을 훔치곤 발을 동동 굴렸다.

"왜 말이 없어요! 그냥 볼 게 아니라, 돈을 쥐여줘서라도 못 잡아 가게 했어야지!"

해주 본인도 스스로 말도 안 되는 일이라는 걸 안다. 하지만 그렇게 억지를 부려서라도 누군가를 원망해야 했다. 갑자기 들이닥친 상황이 엄청나서, 그녀 스스로가 감당할 수가 없었다.

"……내가 손쓸 수 있는 선이 아니었어."

진현은 그를 사납게 노려보는 해주 때문에, 가슴이 짓쳐들었다. 그의 말이 끝나기가 무섭게 해주가 허탈한 듯 웃음을 흘렸다. 그리곤 제 허리에 묶인 줄을 풀어 당기더니, 검은 천에 싸인 것을 내민다.

"깨진 거라도 필요하죠. 사부보다 이게 중요하잖아."

온통 깨져 덜그럭거리는 소리가 나는 청자를 해주가 그의 품에 던지듯 내놓았다. 이 순간까지도 냉랭해 보이는 남자에 갑자기 숨이 턱 막혀왔다.

해주는 돌아섰다. 씩씩하게도 걸어가는 해주를 바라보던 진현은 서둘러 해주를 쫓아갔다. 그녀는 도로가로 나아갔고, 택시를 잡으려 했다. 그런데 그 방향이, 경찰차가 사라진 쪽이었다. 그녀가 돌아가야 할 곳은 반대 방향임에도 불구하고.

"뭐 하는 거야?"

진현이 그녀를 잡아 돌려세웠고 해주가 그를 매섭게 보았다.

"경찰서 가야죠. 사부 데리러."

"이거, 송치되면 형사사건이야. 몰라? 민사가 아니야. 서로 고소하고 고소당하는 그런 게 아니라고!"

"그럼 어떡해요! 혼자 갔는데! 사부가 혼자 갔는데! 보석이든 뭐든 빼내 와야지!"

그녀의 어깨를 잡는 그를 온몸을 들썩여 뿌리치는 해주다. 그럴수록 진현은 해주를 더욱 거세게 다잡았다. 해주는 흥분해 있었다. 그녀의 목을 타고 흘러내린 피가 이젠 굳어 가는데도, 여자는 제 걱정보다 학도 걱정뿐이다.

"못 알아들어!"

진현은 해주를 잡아 머리가 덜컹거리도록 세게 흔들었다. 그러자 몸부림을 치던 해주가 깜짝 놀란 듯 그를 보았다.

"형이 잡혀 가는 게 최선이었어. 너보단, 형이 잡혀 가는 게 더 나았다고!"

"잡혀 가서 더 나은 사람이 어디 있어요."

한결 진정된 해주가 말했다. 그래, 잡혀 가서 더 나은 사람이 어디 있겠나. 진현은 그녀의 어깨를 꽉 그러쥐었다.

"지켜달라고 했잖나. 너. 무슨 일이 생겨도 지켜달라고 했던 건 너잖아."

해주가 눈꺼풀을 파르르 떨었다. 촉촉하게 젖어 있는 눈가에 금세 물기가 차올랐다. 가슴뼈가 메어왔다. 진현은 해주의 얼굴을 깊이 들여다보았다.

"사부 말이, 무슨 일 생기면 나를 최선으로 하라고 했다고, 마 사장님이 지시했대요. 맞아요?"

"맞아."

"왜요? 나도 그냥 당신한테 쓸모 있는 말일 뿐이잖아. 나 같은 거보다 저 도자기가 더 중요한 거잖아. 나라는 말보다 사부라는 말이 더 쓸모가 있잖아."

진현은 아무 말도 할 수가 없었다. 대신 온통 먼지투성이에, 땀범벅에 감정적으로 흥분한 그녀를 가슴 안으로 껴안았다. 그리고 그가 할 수 있는 최선의 말을 토해냈다.

"그냥 두지 않아. 형도 내 말이야. 내 말은 내가 어떻게든 해. 너는 좀 닥치고! ……그냥 있어."

해주는 그의 어깨에 묻혀, 두 눈을 끔뻑거렸다. 그런데 눈꺼풀을 팔락일 때마다 눈물이 흘러내렸다. 남자는 말을 하지 않는다. 그런데, 왜 그녀를 최선으로 하라고 했다는 말이, 그녀가 더없이 소중하다는 말로 들리는지 모를 노릇이었다. 이것도 어쩌면 그녀가 이 남자에게 사랑받고 싶은 마음에서 파생한 콩깍지일까.

"당연하죠. 당연히, 내 사부 구해 와야지."

해주는 늘어져 있던 팔을 들어 진현을 끌어안았다.

"……청자 깨서 미안해요."

해주가 조용히 말했고, 그러자 진현이 그녀를 제 안에 가둬버리기라도 하듯 더욱 깊이 그러안았다.

"마 사장님."

해주가 다시 입술을 달싹이자, 진현이 그녀를 밀어내듯 품에서 떨쳐냈다. 두 눈을 휘둥그레 뜬 그녀를 진현이 잠시 살피듯 바라보았다. 그의 검게 꺼진 두 눈에 암울함이 담겼다. 해주는 그렇게 생각해놓고도 저 스스로가 이상해 고개를 갸웃거렸다.

"이리 와."

그녀를 잡아 끈 진현은 자신의 차가 있는 곳으로 해주를 이끌었다. 그리고 그녀를 당겨 차에 기대 서게 했다. 그녀의 몸 양옆으로 두 손을 댄 채, 그녀를 가두듯이 선 진현이 피곤한 기색으로 짙은 한숨을 내쉬었다.

진현은 한 손으로 그녀가 입은 옷의 상의 지퍼를 천천히 내렸다. 깜짝 놀란 해주가 어깨를 움츠리며 몸을 피하려 했지만, 그마저 그는 간단하게 제압한 뒤 지퍼를 내렸다. 속에 간단하게 받쳐 입은 검은색 끈 민소매 티가 하얀 피부와 대조되며 드러났다.

그의 손끝이 그녀의 목을 타고 가슴골 사이까지 들어갔다. 해주는 숨을 들이켰다. 그가 고개를 숙이고 있는 탓에 그의 얼굴을 볼 수가 없었다.

"……다."

"……뭐라고요?"

미안하다……. 또 속으로 삼켰다. 진현은 해주의 하얀 피부를 가로지른 붉은 핏자국을 아리게 보았다. 눈이 따가웠다.

"뭐라고 한 거예요?"

해주는 재촉했고 진현이 고개를 들었다. 그는 여전히 무심한 눈빛으로 그녀를 보았지만 조금 일그러진 그의 눈썹이 이상하게 아프게, 눈에 들어왔다. 해주는 고개를 숙였다. 목을 타고 흘러내린 피가 가슴골 사이로 흘러 있었다. 그는 그것을 살핀 모양이었다. 아프지도 않다. 그저 피부만 베였을 뿐이니까.

그가 고개를 숙여 티의 가슴 부분을 잡아 늘였다. 브래지어 끈까지 흘러가다 천에 스며든 핏자국을 바라보던 그가 입술을 내렸다. 가슴골을 타고 올라와 목까지 할짝이며 핥은 그가 다시 감질나게 핥으며 내려갔다.

그의 몸짓 어느 곳에서도 성적인 야릇함은 없었다. 그저 상처를 달래주듯 조심스러웠다. 해주는 가슴을 들썩였고, 부푼 가슴살이 그의 볼을 가볍게 밀쳤다. 그제야 고개를 든 그가 잡아 벌렸던 천을 놓고, 그녀를 마주했다.

해주는 웃었다. 웃는 수밖에 도리가 없었다.

"별로 안 아파요."

진현의 입 꼬리가 희미하게 말려 올라갔다. 해주는 그의 목을 당겨 안았다.

"……그러지 말아요."

"뭐가."

해주는 그의 목을 안았던 손을 풀고 서늘하기만 한 남자의 얼굴을 바로 앞에서 물끄러미 바라보았다. 나희의 옆에 있던 남자가 진현의 다리에 단도를 들이댔을 때의 기분 따위는 다시 떠올리고 싶지 않았다. 그 순간, 온몸을 내달리는 소름과 두려움에 무릎이 달달 떨려 풀썩 꺾일 뻔했다.

"다른 사람한테, 다치지 말아요."

진현은 대답이 없었다. 다만, 조금 의아한 듯 그녀를 내려다보았다. 해주는 손으로 그의 턱을 슬며시 손끝으로 쓸었다. 차 밑에 숨어서 다 보았다. 그 미친 여자가, 내 남자의 얼굴을 손으로 쓸고 가슴 위를 손가락으로 더듬었다. 그러나 그딴 건 아무 상관없다.

가슴이 뛰었다. 그가 다칠지도 모른다는 두려움이 상기되자 심장이 불안하게 맥동했다. 이 남자는 그녀의 숨이었다. 공기고, 물이고, 그냥 당연해야 하는 사람.

"불안하게 하지 말라고, 당신. 아무리 무서울 게 없어도, 강해도 내 앞에서는 그러지 말라고."

조금은 떨리는 그녀의 말이 끝나기 무섭게, 그가 맥이 빠진 듯 웃는다. 그녀는 진지한데 남자는 웃는다. 그리곤 그녀의 뒷덜미를 한 손으로 가볍게 쥐어왔다.

"미치겠군."

뭘 미치겠다는 건지.

그는 구태여 그 단어의 의미를 덧붙여 설명할 기색은 없었다. 그런 남자다. 해주는 작게 한숨을 쉬곤 그의 어깨에 이마를 댔다. 그의 손끝이, 가는 목덜미를 주무르듯 가볍게 어른다. 눈물이 핑 돌았다. 욕을 하면서도, 발로 밀어내면서도, 너는 도둑 나부랭이가 아니지 않냐며 혼자 나선 학도의 뒷모습이 아직도 눈에 선했다.

"앞으로 어떡해요?"

"……넌 그냥 가만히 있으라고."

진현이 낮게 읊조렸다. 해주는 눈가를 훔쳤다. 차 문을 열고 그녀를 조수석에 태운 남자는 깨진 청자를 감싼 천을 들고 와 운전석에 올랐다. 해주는 시동을 걸고 핸들을 돌리는 그를 보며 생각했다.

이 남자에게도 진심은 있었다. 아마, 그녀를 향해 뛸 심장도 있는 것 같다. 목적을 위해서가 아닌, 그녀를 위한 진심이 느껴졌다. 남자는 단 한마디도 하지 않았음에도 불구하고 스스로가 느꼈다. 정말 손해다. 그녀는 정말 미치게, 이 남자를 사랑했다.

해주는 텅 빈 복원실을 허탈한 심정으로 바라보았다. 학도는 여기서 사는 것 같았다. 늘 그녀가 출근하면 먼저 와 있다가 누런 이를 드러내며 맞아주는 게 바로 학도였다. 평소보다 유독 일찍 나온 해주는 힘없이 복원실 의자에 늘어지듯 앉았다.

"해주 씨."

열려 있던 복원실 문틈으로 주란이 들어섰다.

"허 대표님."

"학도 씨 얘기, 사실이에요?"

주란의 얼굴은 조금 굳어 있었다. 해주는 천천히 고개를 끄덕였다. 그러자 주란의 눈이 혼란스럽게 흔들렸다.

"혼자 짊어졌어요. 그래도 마 사장님이 방법을 찾아본다고 했어요."

해주는 목에 붙인 반창고를 어루만지며 중얼거렸다. 그를 믿지만, 일견 자신은 없었다. 그녀도 상식이라는 게 있다. 형사사건으로 법정에 설 사람을 무슨 수로 빼내나.

해주는 차마 주란을 볼 수가 없어 고개를 숙였다. 주란이 돌아서는 기척이 느껴졌고, 해주는 순간 고개를 들어 목청을 높였다.

"허 대표님 부탁을 들어준다고 했어요."

"네?"

주란이 그녀를 돌아보았다.

"허 대표님이 부탁했다고 했어요. 그래서 자기가 가는 거라고."

주란의 얼굴이 묘해졌다. 한동안 자신을 멍하니 보더니 곧 등을 돌린다. 왜인지 모르게, 돌아서는 주란의 등이 가늘게 떨리는 것 같다고 해주는 생각했다.

"대표님, 저기."

"……알았어요. 전시실에 내려가봐야 해요. 오구라 컬렉션 때문에 손이 딸려요."

주란은 해주의 말을 부러 피하곤 복원실을 나왔다.

이 남자를 정말 어떻게 해야 하나. 주란은 아랫입술을 짓씹었다. 그를 받아들일 순 없다. 동규의 친구였고, 그를 받아들일 자리도 없었다. 그런데 칠 년을 한결같이, 남자는 그녀가 좋단다. 이해할 수 없을 만큼. 그녀가 부탁했다고 경찰에게 제 발로 가다니.

학도의 밋밋한 얼굴이 떠올랐고, 그녀를 볼 때면 광대가 붉어져 유독 말을 많이 했던 것도 떠올랐다. 주란은 학도가 편했다. 아이 같은 투덜거림도, 자신의 일에 대한 근거 없는 자신감도, 그리고 동규의 그림자를 인정하면서도 그녀에게 들이대는 뚝심도.

"대표님, 서보진 의원님 오셨어요."

그녀가 삼 층에 모습을 드러내자, 내내 찾았던 듯 직원 하나가 헐레벌떡 뛰어왔다. 주란은 고개를 끄덕였다. 비즈니스의 기본은 미소다. 웃어야 하는데, 왠지 입술이 불편하게 씰룩이는 것 같다는 생각이 들었다.

주란은 손을 들어 제 얼굴을 더듬어보았다. 어떡하지. 지금은 웃을 수가 없다. 웃어지지가 않았다.

홍만은 진현의 서늘한 시선을 온몸으로 받고 있었다. 그는 정달재를 놓쳤다. 홍콩, 구룡반도에서 달재의 흔적을 기어이 놓치고야 말았다. 그곳엔 다른 놈을 남겨 어떻게든 달재를 찾으라는 지시를 내리고 왔지만, 그렇다고 당당한 건 아니었다. 그는 현재 자신이 모시고 있는 진현의 명을 충실히 수행하지 못했다는 사실에 그 어떤 벌도 달게 받을 준비가 되어 있었다.

그런데 정작 진현은 그를 무심한 얼굴로 보기만 할 뿐, 어떤 언질도 없었다. 홍만의 거구가 진현이 내뿜는 위압감에 조금씩 위축되어갈 즈음, 절대 열릴 것 같지 않던 진현의 입에서 조금은 무거운 음성이 새어나왔다.

"임학도가 붙들렸다. 무단침입밖에 더 씌울 수 있는 건 없을 거야. 임 경정한테 연락 넣어."

"알겠습니다."

"허 마담한테 고려청자 하나 받아서 직접 넣어주고 밑작업 해놔."

"알겠습니다."

"처음엔 거절할 거야. 하지만 세 번 청하는 게 본디 선인의 예라고 생각하는 인사니, 세 번은 청을 넣어야 해. 세 번째는, 못 이기는 척 받을 테니 임학도 얘기 흘려 넣고."

"알겠습니다."

진현은 홍만에게서 등을 돌려 창 밖이 보이는 베란다를 향해 천천히 걸으며 덧붙였다.

"홍나희가 중국에서 들여오는 북한 모작들, 풀어놓은 창고 알아봐. 테이블 위에 있는 파일도 가져가. 내가 운용할 수 있는 현금은 모두 풀어서 그 리스트에 있는 인간들 빠듯하게 주물러봐. 돈이 안 되면 어떤 수를 써서든, 그 작자들이 내 말을 들어 처먹게. 두 번 실수는 안 돼, 최홍만."

"알겠습니다."

그 혼자 실행하기엔 꽤 많은 일이었지만 홍만은 단 한마디도 불평하는 법 없이 허리를 꺾어 인사를 했다. 그의 상사는 대개

질문을 허락하지 않았고, 홍만에게는 진현에 대한 절대적인 믿음이 있었다. 홍만은 더 이상 진현에게서 별다른 지시가 없자 다시 한 번 허리를 깊게 꺾어 보이고는 등을 돌렸다.

"홍콩, 구룡반도라고 했나."

"그렇습니다."

바로 자세를 고친 홍만이 간결하게 대답했다. 혹여 다른 지시가 있을까 잠시 진현의 뒷모습을 바라보던 홍만은 다시 허리를 숙여 인사를 하곤 등을 돌렸다.

"구룡반도……."

진현이 낮게 중얼거렸지만 이미 현관 앞으로 다가간 홍만에게는 들리지 않았다. 진현은 눈썹을 낮게 내리깔았다.

구룡반도. 익숙한 지명이었다. 여러 개로 이루어진 홍콩 섬. 중국 대륙과 이어진 끝머리에 자리한 작은 지명. 그리고 그가 구 년 전, 화각합죽선을 얻었던 곳.

눈꺼풀을 가늘게 내리뜬 채 생각에 잠겨 있던 진현은 시선을 돌렸다. 진즉에 나갔어야 했을 홍만이 현관문을 연 채 그 앞에서 머뭇거리고 있는 게 보였다. 홍만이 그의 눈치를 보며 머뭇거리는 사이, 현관 안으로 얼굴을 쏙 들이민 해주가 그를 보고 배시시 웃었다.

"나가봐."

홍만은 해주가 들어올 수 있도록 몸을 비켜준 후 문 밖으로 사라졌다.

"바…… 쁘죠?"

"아니."

진현은 미간을 슬쩍 문지르곤 해주를 돌아보았다. 간밤에 자고 있던 주 박사를 깨워 응급처치를 시켰던 터라 그녀의 목엔 손바닥만 한 반창고 하나가 붙어 있었다.

손을 뻗어 상처를 확인하는 진현의 행동에 해주는 마른 입술을 축였다. 친절하거나 자상하진 않은데, 왠지 그에게서 온기가 느껴졌다.

"그, 내 힙 플라스크 당신한테 있다고 했죠? 어디 있어요?"

정적이 흐르자 괜스레 멋쩍어진 해주가 말을 돌렸다. 천천히 그의 손이 떨어져 나갔고, 그는 대답 대신 그녀를 물끄러미 바라봤다. 해주는 그가 어루만졌던 목덜미를 손끝으로 쓸며 다시 말했다.

"내 힙 플라스크요."

"술, 마시려고?"

그의 눈빛이 자못 날카롭다. 못마땅한 듯했다. 아니다. 설마. 그녀가 술을 먹든 말든 이 남자가 언제 관심을 둬봤다고.

"그런 거 아니에요. 늘 손에 두고 있다가 없으니까 조금 그래서요. 어디 있어요?"

그녀가 변명했지만 그는 믿지 않는 모양이었다.

"계속 잊어먹고 있던 게 이제 생각나서 찾는다고?"

진현이 조금 비아냥거리듯 물었고 해주는 할 말이 궁해 입술을 삐죽였다. 마음이 심란하니, 안정될 게 필요했고 힙 플라스크가 생각났다. 그녀의 긴장 이완제. 한동안 마실 일이 없어 잊고 있었는데, 상황이 이리 돌아가다 보니 입이 말라왔다.

"됐어요. 내가 알아서 찾아 가죠, 뭐."

해주는 그가 찾아주는 걸 기다리는 대신 스스로 찾기 위해 등을 돌렸다. 소파를 쓸어보고 테이블 위도 보고 복층 위로 올라가서 찾아도 보고, 또다시 내려와서 주방을 기웃거리다 벽면 한쪽, 벽 색깔과 똑같은 문양의 문이 있는 곳으로 다가가 손잡이를 잡았다.

주의를 기울이지 않았던 탓인지, 미처 이 넓은 집 안에 이런 문이 있다는 걸 인지하지 못했었는데, 힙 플라스크를 찾고자 신경을 곤두세우니 보인 문이었다.

그녀가 막 손잡이를 돌리고 달칵, 하며 문이 열렸을 때였다.

"여긴 출입금지야."

등 뒤로 뜨거운 체온이 훅 끼쳐왔다. 손잡이를 잡은 그녀의 손 위로 못이 박인 커다란 손이 얹혔고 문은 타의에 의해 다시 닫혔다. 동그란 뒤통수에 남자의 단단한 가슴이 가볍게 부딪쳤고 낮은 저음이 머리 위에서 부서졌다.

"출입금지요?"

한쪽 입매를 비튼 진현은 문손잡이에서 그녀의 손을 떼어냈다.

"출입금지. 이해 안 되나? 나를 제외한 그 누구도 들어가서는 안 되는 공간."

"……얼핏 보니 청소도구 있고 그런 거 보니까 다용도실인 것 같던데, 무슨 출입금지요?"

해주가 뚱하니 되묻자 진현이 양쪽 입 꼬리를 둥그렇게 말아 올렸다. 이건 또 무슨 수작인지. 해주가 미간을 찌푸리는데 그녀를 밀어 문에 기대 서게 만든 진현이 그녀의 얼굴 위로 바짝 고개를 내렸다.

"내가 할 수 있는 데까지는 해. 임학도, 그냥 쉽게 버릴 만큼 어디나 널려 있는 말 아니야. 아직 쓸모가 많아. 그러니까 내가, 한다고."

"……알아요. 그러니까 아무 말도 안 하잖아요."

"아는데 왜 남의 집을 그렇게 뒤지고 다니나."

"그냥 내 힙 플라스크를."

"술 먹지 마."

해주는 눈을 동그랗게 떴다. 주절주절 늘어놓는 그녀의 말을 단호하게 자른 진현이 몸을 더욱 낮게 숙이곤 고압적인 태도로 말했다.

"먹지 마."

"그 맛있는 걸 어떻게 안 먹어요?"

따갑게 쏟아지는 눈초리에 해주가 시선을 조금 비끼며 대꾸하자 진현이 그녀의 턱을 잡아 다시 그를 보게 만들었다.

"먹지 마."

해주는 입술을 안쪽으로 말아 넣어 꾹 다물었다. 얼굴 바로 앞에서 쏟아지는 눈길에, 숨에, 체온에 가슴이 설렁이는 걸 이 남자도 알까. 술을 먹고 안 먹고를 떠나서, 사고 자체가 점점 희미해지려 했다.

"앞뒤 자르고 다짜고짜 먹지 말래. 이유를 말해요. 내가 왜 술 먹지 말아야 하는지. 그럼 한번 생각해볼게요."

부담스럽게 쏟아지는 눈을 가까스로 마주하고 말하자, 진현이 눈꺼풀을 가늘게 내리떴다. 얇은 붓으로 그린 듯 선명한 남자의 입술을 해주는 홀린 듯 바라보았다.

"……내가 싫으니까."

입 꼬리가 짓궂게 말려 올라간다. 그녀가 눈살을 찌푸리자 진현이 상체를 세우며 그녀를 가두듯 짚고 있던 팔을 가져갔다.

"이유 한번 참 논리 없네요."

해주는 그와 문 사이에서 몸을 빼 빠져나오며 괜스레 옷을 탁탁 털었다. 그 순간, 그녀와 그 사이를 감쌌던 묘한 기류에 저도 모르게 다른 것을 기대했었나 보다. 그가 손쉽게 비켜나자 왠지 맥이 탁 풀려버렸다.

"나 오늘 조퇴할게요. 임 사부도 없고, 할 일도 있고."

"할 일?"

그새 얼굴을 무심하게 굳힌 진현이 현관으로 탁탁, 걸어가는 그녀에게 물었다.

"사람 쓸 돈은 없고, 내가 평원이 뒤 좀 밟아보려고요. 오늘 아침에도 이상하더라고요. 평소에 두 그릇씩 먹어치우는 애가 반 그릇도 안 먹고, 다른 생각을 하는지 말귀도 못 알아듣고, 학원 가방에 보물단지라도 숨겨놓은 것처럼 내가 손만 대려고 하면 소리 버럭 지르고."

해주는 푸념하듯 말을 늘어놓았다. 새벽, 집으로 돌아가 세

시간 정도 겨우 눈을 붙이고 평원에게 아침을 차려주기 위해 눈을 떴다. 그런데 이미 진즉에 일어나 있던 평원이 그녀와 눈이 마주치자 화들짝 놀라며 일어났냐고 말을 더듬었다. 수상한 것투성이였다.

"……사람 시켜."

잠시 그녀를 보던 진현이 조금 가라앉은 음성으로 말했다.

"자꾸 이래라 저래라 하는데, 싫어요."

"윤해주."

"평원이 일이에요. 내 보호 하에 있는. 평원이가 혹시 학원에서 적응을 못 하나 싶어요. 검정고시 학원이잖아요. 제 또래도 아니고 다양한 연령층이 섞여 있으니까 힘든가 싶기도 하고. 그래서 요즘 그렇게 넋을 놓고 있었던 건지."

해주는 제멋대로 생각해버렸다. 평원이 또래의 아이들이 고민할 만한 것이 친구관계 말고 또 무엇이 있을까, 아무리 생각해도 답이 나오지 않았다.

"평원이를 내가 좀 더 살폈어야 했는데. 어휴."

해주는 진현의 말은 듣지도 않고 중얼거리며 몸을 돌렸다. 그러나 채 몇 발도 떼기 전에 몸이 거칠게 돌려세워졌다.

"애 일이면, 저가 알아서 해결하게 해. 네가 나서서 뭘 어쩔 건데."

"……아파요."

해주는 그녀의 어깨를 아프게 그러쥔 진현의 손에서 용을 쓰며 벗어났다. 뼈마디마저 저릿해지려 했다. 이 남자가 왜 이러

177

나 싶었다. 기껴해야 꼬맹이 뒤를 밟아본다는 건데, 이렇게 과민반응할 것까지야.

"말 듣지. 피곤하면 그냥 집에 가서 잠이나 자라고. 여기저기 들쑤시고 다니지 말고."

"내가 언제 뭘 들쑤시고 다녔다 그래요?"

"지금."

해주는 기가 막혔다. 누가 들으면 그녀가 천방지축에 자리도 구분 못하는 얼간이인 줄 알겠다. 하지 말라면, 뭘 설명이나 해주고 그러든가. 다짜고짜 결론만 말하니 그녀가 쉽게 수긍하기도 어렵다. 해주는 콧잔등을 찡긋거렸다. 얄밉게도 그는 여전히 흔들림 없는 얼굴로 그녀를 내려다보았다.

"됐어요."

해주가 토라진 듯 팽하니 돌아섰고 진현은 그녀가 자신의 말을 알아먹지 못한 것 같아 다시 손을 뻗었다. 그런데 이번엔 방비하고 있었는지 쉽게 몸을 틀어 쉽게 벗어난 해주가 검지손가락을 세워 삿대질을 해댔다.

"어어, 또 힘으로 그래봐요. 콱 물어줄 테니까."

"물어?"

"내 치아, 엄청 단단해요."

"윤해주."

"걱정 마요. 혹시 무슨 일 생기더라도 내 몸은 내가 챙길 수 있어요. 호신술도 배웠었는데."

그가 무슨 걱정을 하는지는 몰라도 해주는 그를 설득했다. 왜 그를 이해시켜야 하는지도 모른 채 말이다. 그가 미덥지 못한 표정으로 다가오려 하자 그녀는 불현듯 히죽 웃어 보였다.

"마 사장님, 난 됐고요. 임 사부 일이나 해결해주세요. 알았죠?"

진현은 얼굴에 인상을 그었다. 그는 해주가 그 꼬맹이의 뒤를 밟는다는 게 내키지 않았다. 뭔가 석연치 않았다. 해주에게 얼핏 들은 꼬맹이의 행동으로 봐서 심히 뭔가 켕기는 짓거리를 하는가 본데, 좋은 일은 아닐 것이었다.

게다가 꼬맹이는 앵벌이 패거리에서 나온 지 얼마 되지도 않았다. 거기에 길들여지듯 자란 녀석이다. 쉽게 그 그늘을 지우기도 힘드리라. 자신의 과거에서 우러나온 경험이었다. 그와 동규 역시, 앵벌이 패거리에서 빠져나오긴 했어도 향후 오 년간은 혹여 녀석들이 자신들의 뒷덜미를 잡아채 다시 패거리로 데려갈까 봐 늘 노심초사했었으니까.

"알았죠?"

해주가 재차 확인하듯 물었다. 진현은 대답하지 않았다. 대답 대신 부러 방긋대는 여자의 얼굴을 물끄러미 바라보았다.

"피곤해?"

뜬금없는 말에 여자의 미간이 의문을 담고 이지러졌다. 진현은 그 우스꽝스런 얼굴을 뒤로하고 등을 돌렸다. 거실 테이블까지 성큼성큼 걸어가 꺼내놓았던 차 키를 챙겼다.

"저녁이나 같이 해."

"방금 말했잖아요. 나 평원이⋯⋯."

"집어치우라고 했을 텐데."

해주는 합죽이가 되었다. 복장이 꽉 막혔다. 이렇게 독선적일 수가 있나, 인간이. 어떻게 제 말이 진리고 다 옳아. 이렇게까지 확신하고 살기도 힘들 텐데.

"윤해주, 저녁."

얄미워 죽겠다. 해주는 이를 박박 갈며 현관까지 다소 거친 동작으로 나아갔다. 그런 그녀의 뒤통수에 진현이 한 마디를 더 했다.

"비즈니스니까 튈 생각 하지 마. 밑에서 기다려."

현관문이 쾅, 닫혔다. 진현은 낮게 한숨을 쉬었다. 어떻게 저렇게 말을 들어먹지 않을 수 있는지. 함께 하자는 저녁은 충동적으로 튀어나온 말이었다. 여자는 말은 않았지만 무척이나 불안한 듯했다. 힙 플라스크를 찾는 이유로 조잡하게 주워 담던 변명은 진실이었다.

윤해주니까. 윤해주는 거짓말 따위는 할 줄 모르니까. 이 여자는 그를 만나고 단 한 번도 거짓을 말한 적이 없었으니까. 진심, 그 하나만으로 다치고 까이면서 부딪쳐온 여자니까.

진현은 차 키를 바지 주머니에 넣고 슈트 상의 안에서 휴대전화를 꺼내들었다. 그리곤 저도 모르게 그악스럽게 구겨졌던 인상을 폈다. 마침 신호 끝에 홍만의 전화를 받았기 때문이었다.

"홍나희 쪽 물류 창고……."

진현은 와락 치미는 감정을 내리누르며 걸음을 옮겼다. 그러다 문득 멈춰 섰다. 해주가 아무런 생각도 없이 힙 플라스크를 찾느니 마니 하며 열었던 다용도실 문이 그의 시선에 닿았다. 머리와 입이 따로 놀듯, 군더더기 없는 지시를 내리던 진현의 입에서 스스로 머리를 거치지 못한 말 하나가 불쑥 튀어나왔다.

"……그리고 금고를 옮겨야겠다. 쓸 만한 장소 좀 찾아봐."

전화 너머에서 홍만이 제대로 알아듣지 못한 듯 송구해하며 재차 물었다.

"내 집 금고. 이 집은 안 돼. 최대한 빨리."

안 된다. 윤해주가 들락거리는 이상, 이 집은 안 됐다.

전화를 끊은 진현은 엘리베이터 버튼을 눌렀다. 손끝이 얼음장처럼 차갑다. 그가 긴장했을 때, 나타나는 증상이었다. 진현은 손끝을 덥히듯, 다른 손으로 제 손을 덮었다. 그럼에도 불구하고 뻣뻣해진 손가락은 나아질 기미를 보이지 않는다.

그녀가 다용도실 문을 열었을 때, 가슴이 차갑게 내려앉았고 발밑마저 휘청거릴 지경이었다. 진현은 저가 실없었다. 윤해주라는 타인이 언제 이렇게 깊게 그의 안으로 성큼 들어왔는지. 말도 안 될 정도로 당혹감에 흔들리던 자신이라니.

"후우."

진현은 낮게 웃었다. 미처 게워내지 못한 자조가 그의 목을 울렸다. 그가 필요해서 윤해주를 선택했고, 끝내 밀어내지 못해 그녀를 안았다. 그리고 그가 여자를 가지고 싶어 하는 이상, 이 살얼음판 가시밭길은 계속될 테다.

그는 진실을 덮어야 하고, 그녀는 계속 캐려 덤벼들겠지.

……뭐든 한다. 윤해주를 옆에 묶어두기 위해서라면. 가시밭

길이라도, 칼날이 파르라니 선 단두대 위라도 어쩔 수 없다.

진현의 얼굴 위에 어려 있던 웃음이 서서히 사라졌다. 그의 가슴판이 크게 들썩였다. 얼마 전, 그의 아래에서 버거운 듯 그를 받아내던 윤해주가 떠올랐다. 그녀의 향이, 그의 코 아래에 짙게 떠돌았다. 심장이 욱신거렸다. 가슴뼈가 아플 정도로.

비즈니스는 얼어죽을. 돌이켜보면, 그와 제대로 된 식사라는 것을 해본 적은 없었다. 그리고 진현의 제안은 그녀로서는 의외였다. 이 남자, 무슨 생각인지 모르겠다. 해주는 진현의 서늘한 시선을, 가자미처럼 좁혀 뜬 눈으로 맞부딪쳤다.

"정말 내 마음대로 정해요?"

진현은 가타부타 말없이 핸들 위를 손가락으로 툭툭 두들겼다. 대답을 재촉하는 것처럼.

해주는 빙그레 웃었다. 그렇다면 먹고 싶은 것보다, 해보고 싶은 게 있었다.

"그럼, 우리 바다 갈까요?"

핸들 위를 툭툭 두드려대던 진현의 손이 뚝 멎었다. 이례적으로 그녀를 보는 눈에는 짙은 불신이 섞여 있는 듯도 했다. 그래서 해주는 장난이 아니라는 걸 보여주기 위해 얼굴에서 웃음기를 말끔히 지운 채 고개를 끄덕였다.

"바다요. 모래사장과 파도가 있는."

"왜."

"십 년 동안 한 번도 가본 적이 없거든요."

해주가 불쑥 웃었다. 그는 이내 고개를 돌리더니 차에 시동을 걸었다. 해주는 그가 목적지를 묻기 위해 차를 세운 동안 잠시 다녀온 편의점에서 사 온 봉지를 뒤적였다. 그리곤 은박지에 둘둘 말려 있는 김밥을 하나 들어서 운전을 하고 있는 진현의 얼굴 앞으로 불쑥 내밀었다.

"먹어요. 저녁이에요."

진현은 해주의 손가락에 들려 있는 김밥을 못마땅한 듯 바라보았다. 그가 먹을 생각을 않자 신호에 맞춰 차가 멈춘 틈을 타해주가 그의 입술에 김밥을 짓뭉개듯 눌러왔다. 그러곤 저 혼자쿡쿡거리며 웃었다. 마치 소풍을 가는 것처럼 들뜬 얼굴이었다.

"맛있죠."

"없어."

그가 어쩔 수 없이 입에 김밥을 물기가 무섭게 해주가 묻자진현은 무뚝뚝하게 대답했다. 그러나 그의 반응은 아랑곳 않고여자는 계속해서 뭔가를 우물우물 먹어댔다. 김밥, 빵, 우유. 저런 것들이 간에 기별이나 가는지.

배가 두둑해졌는지 기분 좋은 신음을 흘리며 시트에 편안히기댄 해주는 더 이상의 부스럭거림 없이 조용했다. 해가 진 지는 오래였고 밤은 까마득하게 깊어가는 중이었다. 이따금씩 곁을 스쳐가는 차 소리를 제외하곤 속절없는 정적이 고요하게 내려앉았다.

진현은 눈 끝으로 해주를 바라보았다. 그녀는 창틀에 손을 얹은 채, 창 밖으로 얼굴을 돌리고 있었다.

"알아요?"

얼마나 달렸을까. 그가 그녀를 살피는 것을 그만둘 무렵, 해주가 불쑥 입을 열었다. 그녀는 여전히 창 밖으로 시선을 고정하고 있었다. 진현은 까닭 없이 쓸쓸해졌다. 여자에게서 외면받고 있다는 생각이 들었다.

"지금이 십 년간, 내 인생 중 가장 행복한 때예요."

저 조막만 한 머리로 무슨 생각을 하고 있는 걸까.

진현은 핸들을 꽉 움켜잡았다.

"당신이 기분 깨는 소리만 안 한다면요."

단서를 덧붙이며 해주가 어깨를 작게 들썩였다. 넘실거리는 파도 소리가 가까이 들려왔다. 도심에서 멀리 떨어지지 않은 해안가지만, 추워지는 날씨와 부적절한 시간 탓에 인적은 드물었다.

"지금도 나랑 그냥 자고 싶은 것뿐이에요?"

차를 주차했을 때, 해주가 또다시 기습적으로 물었다. 진현은 안전벨트를 풀다 그녀를 돌아보았다. 이미 안전벨트를 푼 여자의 얼굴은 해변가를 듬성듬성 밝힌 가로등에 가려 잘 보이지 않았다. 진현은 눈꺼풀을 가늘게 떴다. 그럼에도 그녀의 얼굴 윤곽만 희미하게 잡힐 뿐, 뚜렷한 실체는 손가락 사이로 스르륵 빠져나간다.

"나는 당신이 더 좋아졌는데."

진현은 입술을 달싹였다. 그런데 차마, 아무런 소리도 새어나오지 않았다. 그 사이 차 문을 연 해주가 차에서 내리기 전, 한

마디를 더 던졌다.

"적어도 나한테 일찍 싫증내진 말아요. 나는 아직 계속, 계속 당신이 좋아지는 중이니까. 사랑이 자꾸 커져가는 중이니까."

"윤해주."

"솔직히 내 성격에 당신이 나 싫다고 해도 그대로 나가떨어지진 않겠죠. 그래도 가라고 그러면 많이 아플 것 같아. 죽을 만큼."

저 할 말만 뱉어내곤 해주가 차문을 닫았다. 진현은 인상을 구기곤 서둘러 차에서 내렸다. 해주는 이미 모래사장 안쪽을 거닐고 있었다. 올 때만 두 시간이 걸렸다. 돌아가는 시간까지 따져본다면 장거리 운전으로 인해 적지 않은 피로가 쌓일 테다. 당장 내일 일정만 해도 종일 외부로 돌아다녀야 하는데 자신이 지금 여기서 뭐 하는 건지 모르겠다.

곧 해변 위를 정신없이 오고가던 윤해주가 해맑은 얼굴로 그에게 다가왔다. 진현은 눈썹을 찌푸렸다. 해주가 등 뒤로 뭔가를 숨기고 있었기 때문이다. 그리고 그의 앞에 다다른 순간 뭔가 길고 검은 것을 그의 가슴 섶으로 던져 넣었다. 보닛에 기대 있던 그가 반사적으로 몸을 일으켜 옆으로 피하자 여자가 배를 잡고 까르르 웃었다.

"겁내는 것 좀 봐."

여자의 깔깔거리는 웃음소리가 파도와 함께 부서졌다. 진현은 바닥에 떨어진 것을 살벌하게 내려다보았다. 미역이었다. 미끈거리고 냄새 나고 젖은. 부러 그것을 주워 갖고 와 그를 놀리는

데 쓴 것이다. 이 여자는 나이를 어디로 처먹었나.

허리를 숙여 미역을 집어든 윤해주가 여전히 웃겨 죽겠다는 듯 웃음을 물었다. 서늘하고, 짭짤한 소금기가 섞인 푸석푸석한 바람에 머리칼을 아무렇게나 휘날리며 코끝이 빨개져서는 아이처럼 웃었다.

"지금이 십 년간, 내 인생 중 가장 행복한 때예요."

여자는 정말 행복해 보였다. 그럴수록 진현은 기분이 진창이 되었다. 바로 두 시간 전, 여자가 그토록 원하는 화각합죽선을 숨기기 위해 금고를 옮길 것을 지시했다. 그런 그였다. 그는 행복하지 않았다. 하나도. 여자가 느끼는 행복이 그의 심정을 엉망으로 헤집었다.

"화났어요?"

한참 만에야 웃음을 멈춘 여자가 그의 시선 아래 얼굴을 슬쩍 들이밀었다. 눈꼬리가 치켜 올라간 앙큼한 두 눈이 반짝였다. 진현은 보닛에 기대앉으며 해주의 팔을 잡아 다리 사이로 이끌었다.

"바다를 본 게 너무 오랜만이라 들떠서 그랬어요. 미역도 정말 오랜만에 보고. 이것 봐요. 엄청 길죠. 내 머리카락보다 더 길겠다."

여자는 계속해서 딴청을 부렸다. 그와 그녀 사이에 부러 미역을 끼워 넣어 만지작거렸다.

"치워. 냄새 나."

입술을 삐죽거렸다. 참새 부리 같다. 진현은 서서히 밤을 게

워내는 동쪽 하늘을 바라보았다. 윤해주의 등 뒤로부터 해가 떠올랐다. 눈이 부셔서 뜰 수 없도록.

"싫증이, 날 수가 없다."

"네?"

진현이 나직하게 중얼거리자 미역을 바닥에 던지곤 손을 털던 해주의 고개가 들렸다.

"눈부셔."

"아. 해가 내 뒤에서 뜨죠?"

여자가 햇살의 편린처럼 웃었다. 그의 기분은 정말이지 진창이었다. 윤해주는 그저 이용하기 위해 선택한 말이었다.

진현은 해주의 가는 턱선을 손끝으로 어루만졌다. 여자가 자연스럽게 그에게 상체를 비스듬히 숙여왔다. 바람에 서늘해져 찬기가 도는 입술이 부딪치고, 시린 코끝도 비벼졌다. 여자의 입술을 강하게 빨아들이며 진현은 눈을 떴다.

그를 위해 지그시 감긴 눈꺼풀, 조심조심 기어 올라와 목을 감는 가는 두 손, 그리고 당연하게 벌어지는 입술, 딸려오는 가슴.

해를 마주한 그의 검은 눈이 투명하게 일그러졌다. 진현은 인상을 찌푸렸다. 여자의 입술이, 손짓이, 표정이 말한다. 행복해 죽겠다고. 네가 있어 행복하다고. 숨길 생각도 없이 그의 앞에 바쳐지듯 한껏 드러난 애정이 그의 목을 메어오게 했다.

여자는 그가 가라고 하면, 많이 아플 것 같다고 했다. 그는 여자를 아프게 하고 싶지 않았다. 하지만 언젠가는 그로 인해 반드시 아플 터였다. 죽고 싶을 만큼.

진현은 여자의 목을 잡아 강하게 당기고 벌어진 입술 사이를 거칠게 파고들어갔다. 여자의 목에서 갸르랑거리는 신음이 흘렀다. 뒤엉키는 혀가 노골적이었고 비벼지는 입술은 아프게 부어올랐으며 강하게 잡힌 목에는 손자국이 날 만큼 격해진 감정이 휘몰아쳤다.

"하, 숨 좀 쉬고요."

흡착기처럼 붙으려는 그를 가까스로 떼어낸 여자가 숨을 헐떡였다. 타액으로 흥건한 입술을 손등으로 닦더니 하얀 이를 드러내며 씨익 웃는다.

"싫증 날 일, 분명 오랫동안 없겠어요."

싫증이 날 리가 있나. 여자에 대한 갈증은 아무리 채워 넣어도 해갈이 되지 않았다. 더욱 성마르고, 조급해질 뿐이었다.

"그래도 좋죠, 바다 보니까."

해주가 그의 옆에 앉아 어깨에 머리를 기대며 말했다. 진현은 눈을 들었다. 바다 너머로 슬며시 주홍빛이 비쳐오고 있었다.

"일출이군."

"일출이네요."

진현이 고개를 돌리자 해주가 그를 물끄러미 보고 있었다. 그와 눈이 마주치자 방긋 웃은 여자가 새부리처럼 그의 입술을 가볍게 쪼아왔다. 그리곤 그의 머리를 잡아 제 이마를 맞대더니 작게 부벼댔다.

"사랑해요, 마진현 사장님."

"난……."

"대답은 필요 없고요."

여자가 그의 입을 막았다. 진현은 주먹을 왈칵 움켜쥐었다. 여자는 끝끝내 제 감정을 그에게 밀어붙이고 떠넘기기만 했다. 정말 언젠가 말했던 것처럼 다 비워내면 뒤도 돌아보지 않고 떠날 것처럼. 그게, 진현은 싫었다.

"윤해주."

그녀의 손을 입에서 치워낸 진현이 그의 가슴에 각인되기 시작한 여자의 이름을 낮게 불렀다. 해주가 그를 보았다. 그를 몰아붙이고, 안달 나게 하는 이 감정을 설명하고 싶었다. 그런데 설명이 안 된다. 그래서 아무 말도 할 수가 없었다.

그의 눈에 인 복잡한 감정을 읽기라도 한 듯 해주가 그의 볼을 감싸 저를 보게 만들었다. 마치 말을 하지 않아도 안다는 듯이 다정하게. 평소의 망아지답지 않게, 상냥하게.

"난 지금 행복해요. 난 그걸로 됐어요. 너무 일찍 싫증내지만 말아요."

"……안 내."

그가 지금 할 수 있는 건 이 말이 전부였다. 여자가 웃는다. 눈부시게. 그래서 진현은 눈이 아팠다. 눈이 아프니 머리도 아팠고 가슴도 지끈거렸다. 그가 할 수 있는 건, 여자의 차가워진 입술을 머금고서 바람이 쓸고 지나간 찬 피부를 덥혀주는 것뿐이었다.

그날 본 바다는 무척이나 적막했고 찬란했으며 또한 아팠다.

진현은 그렇게 기억했다.

그날의 새벽 바다는 윤해주였다.

평원은 확실히 수상했다. 아니, 불안해 보였다. 그리고 수상하기도 했다.

해주는 전봇대 뒤에 몸을 바짝 붙이고 주위를 두리번거리는 평원을 지켜보고 있었다. 평원은 집과는 전혀 다른 방향으로 걸어가고 있었다. 늘 생기에 가득 차 있던 평소와 달리, 축축 늘어지는 발걸음과 불안한 듯 주위를 살피는 눈은 겁을 집어먹은 아이의 그것이었다.

처음엔, 평원을 잡고 도대체 어디를 가느냐고 물을 참이었다. 그러나 보면 볼수록 괴이쩍기 그지없는 평원의 행동에 해주는 일단 평원을 지켜보기로 했다.

평원은 꽤 오래, 빙빙 돌아 걸었다. 한 시간 남짓 걸었을까. 인사동으로 들어선 평원은 등에 멘 가방 끈을 더욱 힘주어 꽉 잡은 채, 어딘가로 재게 종종 걸어갔다. 인적 없는 골목길을 이리저리 휘돌아 일반 주택으로 보이는 곳까지 간 평원은 어느 집의 대문 앞에 서더니 조심스럽게 벨을 눌렀고, 문이 열리자 그 안으로 들어갔다.

해주는 멀찍이 옷 수거함 뒤쪽에서 몸을 감추고 서 있다가 평원의 모습이 보이지 않자 평원이 들어간 주택 앞으로 다가갔다. 이제야 왜 진현이 그녀를 움직이지 못하게 했는지 어렴풋이 납득이 갔다. 그냥 보기엔 일반 주택이지만, 평범해서 오히려 더

결혼으로
노는 남자 2

위화감을 풍겼다.

해주는 까치발을 들고 담벼락 너머를 들여다보려 했지만 여의치 않았다. 잠시 고민했지만 생각은 짧았다. 다른 누구도 아니고 평원의 일이었다. 뒤로 물러서서 달음질을 쳐, 바로 담벼락을 짚고 뛰어 넘은 해주는 담벼락 안쪽에 안정적으로 착지했다. 다행히 안쪽에선 아무런 기척도 느끼지 못했는지, 기별이 없었다.

해주는 발뒤꿈치를 세운 채 주택의 전면에 난 커다란 창으로 다가가 안쪽을 살펴보았다. 평원의 작은 등이 보였고 그 앞으로 인상이 험악한 사내가 둘, 말끔한 사내가 셋이 평원이 메고 있던 가방을 앞에 놓아둔 채 에두르고 있었다.

해주는 이맛살을 구겼다. 불길한 예감에 등줄기가 싸늘하게 얼어붙었다. 해주는 심호흡을 한 후 소리가 나지 않도록, 아주 느리게 창문을 조금 열어 틈을 만들었다. 안에서 하는 얘기를 듣기 위함이었다.

"이것뿐이야?"

"그, 그것만 주셨는데요. 이제 제가 할 일은 없는 거죠?"

적잖이 떨리는 평원의 음성이 들려왔다.

"이, 이제 저 찾아오지 않는 거죠? 이것만, 이것만 하면 저 같은 애는 잊는다고 하셨잖아요."

"홍 사장이 보낸 게 달랑 이거라고? 그 미친년이 돈이 아직 덜 궁했나. 약손이 하던 짓 흔쾌히 넘겨받는다고 했을 때부터 뭔가 뒤끝이 찝찝하다 했는데, 겨우 요거?"

해주는 다시 얼굴을 슬쩍 들어 안을 빠르게 살펴보고 다시 내려와 창문 밑에 몸을 바짝 붙였다. 심장이 벌렁벌렁 뛰었다. 가방 안에서 나온 것은 금불조각상이었다. 팔뚝만 한. 그런데 그것은 온통 깨져 있었다. 험상궂은 사내 중 한 명의 손에 망치가 들려 있었다. 아마도 금불조각상을 깬 듯했다.

그리고 평원을 벌세우듯 세운 남자의 손아귀엔 하얀 가루가 가득 든 투명한 비닐 주머니가 들려 있었다. 굳이 확인하지 않아도 그것이 무엇인지 알겠다. 왜, 진현이 그녀를 붙들었는지 알겠다. 이건 그녀가 개입할 만한 상황이 아니었다. 어째서 평원이 이런 상황에 엮이게 된 건지도 알 수 없어 그저 머리가 하얘졌다.

"이거 갖곤 안 되지. 더 보내라고 해."

"시, 실장님!"

"야야, 안 할 거냐? 그러면 너랑 같이 사는 그 계집애 갈아버린다. 그래도 되겠냐?"

듣고 있던 해주의 아랫입술이 분노로 파들파들 떨렸다.

"아님 다 불어. 네가 어떤 짓 하고 다니는지. 그러면 그 계집애가 너 데리고 살 것 같냐? 여기도 버려지고 저기도 버려지고, 오갈 데 없는 너 받아주는 게 우리 말고 또 있을 것 같아? 얘가 분수를 몰라도 너무 모르네."

어르듯, 어조는 부드러웠지만 내용은 결코 그러지 못했다. 해주는 두 눈이 시큰거렸다.

"야야, 너랑 같이 사는 계집애가 마 사장이랑 무슨 관계인지는 상관없어. 그냥 시멘트로 엎어버리면 남는 건 없거든. 알겠냐."

"하, 한 번만 하면 된다고 했잖아요! 왜 하필 저예요! 왜요!"

평원의 목소리엔 울음이 그득했다. 해주는 아랫입술을 자근자근 씹어댔다. 냉정하게 생각해야 했다. 자신이 끼어들게 되면, 모든 게 틀어진다. 진현에게도 폐가 될 것이고, 평원은 더 더욱이 그녀를 멀리하게 될지도 몰랐다. 일단 돌아가서 진현에게 조언을 구해야 했다. 자신은 이런 데 경험이 미천했으니까, 그래야 했다.

그런데 다음 순간, 공기를 가르고 악, 하는 소리와 기물이 우당탕, 쓰러지는 소리가 들렸다. 해주는 벽에서 몸을 떼 안을 들여다보았다. 누가 그랬는지는 모르겠지만 평원이 바닥에 널브러져 있었고 그 옆에 식탁 의자 두 개가 볼썽사납게 쓰러져 있었다.

곧바로 몸을 일으킨 평원이 배를 잡고 컥컥거리며 앞을 쏘아본다. 그리고 다음 순간, 평원의 두 눈이 동그래졌다가 곧바로 눈을 깔았다. 해주는 주먹을 움켜쥐었다. 평원이 자신을 보았다. 창 밖에서 두 눈만 빠끔히 내밀고 기웃거리는 자신을.

이어서 또 다른 한 놈이 평원의 머리칼을 휘어잡고 고개를 들게 만든 뒤 손끝으로 뺨을 툭툭 건드렸다.

"할 거지?"

기억이 났다. 낯이 익다 했는데 기억이 났다. 앵벌이 패거리가 평원을 술집에 팔아넘기려 했던 그날, 그 자리에 있던 놈들 중 하나였다.

"왜 너냐고? 너 말고 일할 애들이 많긴 하지만 넌 특별하지. 너 도망갔던 날, 상황 수습한 게 누구였더라. 아, 마진현이었지. 처음엔 날 좆으로 만든 원인 제공자가 너라서 널 찾은 거였지 분명. 그런데 그 마진현을 죽여버리고 싶은 우리의 거래자님께서 여기저기 좀 쑤셔봤나 봐. 널 원하더라고. 특별하게도 널 지정하셨어. 자, 그럼 이제……."

남자는 평원 앞에 얼굴을 들이대고 이를 드러내며 웃었다.

"할 거지?"

놈이 평원의 야들야들한 볼을 가볍게 철썩철썩 쳤다. 여린 살이 금세 빨갛게 부어올랐고 평원의 눈에선 눈물이 봇물 터지듯 쏟아졌다. 아파서, 그래서 흘리는 눈물이었다. 그리고 그녀 역시 눈물이 핑 돌았다. 냉정해지려 했다. 생각이란 걸 하고 움직이려 했다.

그런데, 이런 걸 보고 어떻게 생각이란 걸 하고, 냉정이란 걸 유지할 수 있을까.

해주는 자리에서 일어났다. 놈들이 눈만 돌리면 바로 창 밖에 있는 그녀를 확인할 수 있을 만큼, 그녀의 몸이 노출됐다. 그런 그녀를 보고, 평원이 눈물을 쏟아내며 고개를 흔들었다. 평원의 머리칼을 쥐고 있는 놈은, 아마도 그의 손아귀에서 평원이 빠져나가려 애를 쓰는가 보다, 생각했는지 더욱 강하게 평원의 머리를 그러쥐었다.

"네가 나서서 어쩌려고."

막 창문을 깨부술 듯 문을 내리치려던 해주의 손목이 강하게 휘어 잡혔다. 뒤에서 훅 다가온 그림자가 그녀의 허리를 지나 배를 감아 뒤로 당기고 손목 역시 힘으로 내리눌렀다. 돌아보자 진현이 무표정한 얼굴로 그곳에 서 있었다.

어째서.

"평, 평원이가⋯⋯."

망할. 스스로도 당황스럽게도 진현을 확인한 순간 닭똥 같은 눈물이 뚝뚝 흘러내렸다. 진현이 이맛살을 찌푸리며 손을 들어 올렸다. 그리곤 빨개진 그녀의 눈가를 꾹 눌렀다가 떼었다.

"내가 해."

"윽⋯⋯!"

해주가 눈물을 참으려는 듯 이를 악물자 진현이 그런 그녀의 입술을 손끝으로 자못 부드럽게 쓸었다. 하지만 표정만은 차갑게 굳어 있어, 속내를 모르겠다. 그러는 사이, 그가 그녀의 팔을 당겨 뒤로 떠밀었고, 그의 뒤에 서 있던 홍만과 이름 모를 사내 둘이 그녀를 보호하듯 둘러쌌다. 집 안에서 벌어지는 짓거리를 잠시 싸늘하게 바라보던 진현이 몸을 돌려 현관으로 저벅저벅 걸어가기 시작했다.

"저기⋯⋯?"

해주가 따라가려 했지만, 그녀를 둘러싼 남자들이 길을 막았다. 그녀도 몇 번 봐 익숙한 홍만이 고개를 살짝 숙여 보이며 말을 이었다.

"여기 있으십시오."

"하지만!"

"여기 계십시오."

"비켜봐요. 안에 다섯 명이나 있다고요. 저 사람 혼자 들어갔 잖아요."

"여기 계십시오."

융통성이라곤 좁쌀만큼도 없는 남자 아닌가. 눈물이 쏙 들어 갔다. 마음이 급해진 해주가 사내들을 밀며 빠져나오려 했지만, 여의치가 않았다.

"비켜보라니까!"

"여기 계십시오. 사장님 명령입니다."

"아, 글쎄! 그럼 당신들이라도 들어가보든가요! 저 사람 혼자 들어갔잖아요!"

"지키라고 하셨습니다."

"네?"

"다른 짓 못 하게."

송구하다는 듯 다시 고개를 숙여 보인 홍만이 해주를 제 뒤에 세운 뒤 정면을 응시했다. 진즉에 해주의 뒤를 밟도록 시킨 진 현이었다. 뭔가 분위기가 심상치 않게 돌아간다고 부하에게 연 락을 받은 홍만은 곧바로 진현에게 연락을 취했고, 진현은 어떻 게 그렇게 빠르게 왔을까 싶을 만큼 바람처럼 나타났다. 그의 상관인 마 사장은 사람이 살 떨리도록 차고 매몰차긴 해도 불가 능한 게 없는 사람이었다.

홍만은 다소 동경하는 눈빛으로 창 너머, 진현을 바라보았다.

그의 삼십오 년 인생에, 진현처럼 외적으로나, 내적으로나 이렇듯 강한 사람은 본 적이 없었다. 그것이 그가 진현을 따르는 이유였다. 강한 자에의 순수한 동경.

"일반 가정집에서 아이를 핍박하는 깍두기들이 다섯이라. 좋은 고발감이네."

진현이 낮게 웃으며 나타나자 주저앉은 평원의 머리를 움켜잡고 있던 남자가 몸을 벌떡 일으켜 세우며 뒤로 물러났다. 그대로 구둣발로 집 안으로 들어선 진현은 거실로 들어가 잠시 주변을 천천히 돌아보았다.

"또 보네."

가장 윗사람인 듯 보였던 사내의 얼굴이 일그러졌다.

"이 아이, 내가 데려가야겠는데."

사내의 눈이 살기등등하게 진현을 쏘아보았다. 하지만 진현은 언제라도 그를 덮칠 기세로 사납게 쏘아보는 사내들 사이를 비집고 들어가 바닥에 주저앉아 있던 평원의 팔을 잡아 일으켜 세웠다.

"자꾸 이런 식으로 우리 일에 끼어들면 보스께서도 심기가 불편하실 텐데."

"불편하라고 해."

"뭐?"

"내 돈 필요 없으면 얼마든지 불편하라고 해."

남자는 어이가 없었다. 마진현은 어느 날 갑자기 고미술품계에 나타나더니 한국 고미술품이란 고미술품은 죄다 휩쓸어버리고, 온갖 수단으로 현금을 긁어모으더니 업계에서 가장 큰 액수의 현금을 융통할 수 있는 큰손이 되어버렸다. 고미술 시장에서 돈이 되는 건 카드도, 물건도 아닌 바로 현금이었다. 그리고 현금이란 건 어느 바닥에서든 가장 비싼 값에 융통되기 마련이었다. 흔적이 남지 않으니까.

"마약 밀매라. 누가 브로커지?"

평원을 자신의 뒤로 돌려 세운 채, 여유롭게 테이블 위를 바라보던 진현이 물었다. 남자의 눈썹이 움찔거렸고, 남자의 일거수일투족을 날카롭게 살피던 진현은 한쪽 입매를 비틀었다.

"늬들이 마약을 훔쳐 먹든, 돈으로 사 먹든, 시장에 융통을 시키든 나랑은 관계없어. 하지만 이 아이는 안 돼. 그러고 보니 아이를 운반책으로 사용하는 건, 홍나희 수법인데."

그가 슬쩍 떠보자 남자의 눈가가 미세하게 떨렸다. 기대도 않았던 수확인데, 재미있게 됐다. 진현의 입가에 어린 웃음이 더욱 진해졌고 남자의 얼굴은 더욱 무섭게 굳어졌다.

"그러고 보니 소문이 있긴 했지. 한국에서도 앵벌이 애들로 가끔 물건 돌린다고."

정확했다. 남자의 뺨에 잔 경련이 일었다.

"그런데 이 짓, 예전엔 약손이 했던 걸로 알고 있는데 홍 사장이 넘겨받았나 보지?"

"주둥아리 함부로 놀리다간, 어떻게 되는지 모르지 않을 텐데."

"죽이려고?"

진현이 농담 따먹기라도 하듯 되묻자 남자가 자리에서 벌떡 일어났다. 시종일관 여유작작한 태도를 내비치는 진현에 열이 치받았다. 솔직히 그처럼 밑대가리에서 굴러먹는 놈들 중에 인내라는 걸 아는 놈은 무척이나 적었다. 그나마 그도 주먹패들 중에서는 인내심 좀 있다고 하는 편인데, 이 마진현이라는 새끼는 사람을 슬슬 긁어먹는 데 탁월한 재주가 있었다.

"금동불상에 마약이라. 알아서 제 목을 조여대는군."

진현이 혼잣말하듯 중얼거렸고 남자는 비닐 포에 담긴 하얀 가루를 들어 옆에 있던 장바구니 가방에 넣은 후 다른 녀석 하나에게 던지듯 밀어 넣었다.

"넌 그거 가지고 돌아가."

"형님."

"그리고 보스에게 전화해. 이 상황을, 내가, 어쨌으면, 하겠냐고."

한 음절, 한 음절이 아득아득 갈렸다. 남자가 소리가 나도록 목을 꺾으며 소매 단추를 풀고 재킷을 벗어 소파 위로 던졌다.

그때였다.

"아는가 모르겠네. 늬들 보스가 내게 오십억이라는 빚을 졌고 나는 그 담보로, 그 보스가 설악산에 가지고 있는 고급 저택을 받기로 했다는 거."

"씨발, 네가 죽으면 그 빚도 없어지는 거지."

"이게 말이야. 법의 공증이라는 걸 받아서 효력이 사라지진 않아. 나와 가장 가까운 누군가가 대신 받게 되지. 내가, 죽더라도."

곧이라도 달려들듯 자세를 낮추던 남자의 움직임이 더럭 멈췄다.

"모르는가 본데, 내가 S대 법대를 나왔어. 법에 대해선 빠삭하지. 어떻게 사용해야 가장 유용한지, 어떻게 해야 가장 교묘하게 빠져나갈 수 있는지. 그걸 알기 때문에 늬들 보스가, 나한테 어쩌는지 정말 모르는 건가?"

진현의 말이 끝나기가 무섭게 장바구니를 들고 나갔던 사내가 얼굴이 하얗게 질린 채 들어왔다. 잠시간 속닥이는 소리가 오갔고 진현은 혹시의 사태에 대비해 바짝 긴장시켰던 근육을 이완시켰다. 상대의 얼굴이 썩은 똥 빛으로 일그러졌기 때문이었다.

"목 간수 잘해. 언제든 네 목 따버릴 준비 돼 있으니까."

"얼마든지."

진현은 입 꼬리를 늘여 웃었고, 그런 그를 살기등등하게 쏘아보던 남자는 욕설을 내뱉으며 자리를 떴다. 그리고 그의 부하로 보이던 나머지 넷도 남자를 따라 자리를 떠났다. 그때까지도 자리에 꼿꼿하게 서서 웃음을 머금고 있던 진현은 그들이 집 안에서 모두 사라지고 나서야 얼굴을 서늘하게 가라앉혔다.

"꼬맹이."

평원은 거친 손길에 무방비로 노출된 탓에 얼굴이 빨갛게 부은 데다, 넘어지는 통에 옷가지까지 엉망으로 흐트러져 있었다. 그 모습에 연민이 들 법도 하련만 진현은 시종일관 냉랭했다.

"윤해주 끌어들인 거 두 번째야, 너."

"그건! 저 사람들이, 저 사람들이 이렇게 하지 않으면……!"

"세 번은 없어. 네가 저놈들 손에 묻히든, 인생 썩히든 내 알 바 아니야. 실제로 앵벌이로 밥 벌어먹는 애들은 죄다 조직으로 흡수되든, 미리 죽든 둘 중 하나니까. 그중에 인생 개척하고 번듯하게 사는 놈들이 몇이나 될 것 같아?"

"그, 그걸 아저씨가 어떻게 알아요!"

몸을 낮춘 진현은 사색이 된 평원의 말간 눈동자를 들여다보았다.

"나도 그 바닥에서 굴러먹던 인생이었으니까 아주, 잘 알지."

그는 어딘가 정상이 아니었다. 윤해주에게는 격렬하게 반응하는 심장이, 이 작고 여린 짐승을 대할 때는 기이할 정도로 고요하고 차분했다.

"너 때문에 저 여자가 다치는 일 생기면 그땐 내가 너 가만 안 둬."

"지, 지금 어린애를 상대로 혀, 협박하시는 거예요?"

처음엔 제법 당차게 대꾸하던 평원이었지만, 그의 압박에 눌린 탓에 종내에는 목소리가 들리지도 않았다.

"협박? 네 멋대로 받아들여. 난 지금 사람 대 사람으로 말하는 거다. 너까지…… 저 여자 건들지 말라고. 아프게."

아프게 하지 마라. 그게 자신의 본심이었나.

진현은 곧바로 상체를 다시 세운 채 창 밖을 향해 고개를 끄덕였다. 그러자 줄곧 그를 주시하고 있던 홍만이 비켜섰고 해주가 곧바로 집 안으로 튀어 들어오는 게 보였다.

"꼬맹이, 지금 나한테 중요한 건 저 여자 하나야. 그 외엔 아무것도 없어. 알아듣나?"

진현이 다시금 서슬 퍼런 목소리로 경고하듯 말하자, 얼굴에 범벅이 된 눈물을 쓱쓱 닦아 내린 평원이 입술을 우물대다 결심한 듯 말했다.

"물론 전 안 그럴 거예요. 그래도 애를 상대로 협박이나 하고. 정말 나쁜 사람이네요, 아저씨."

"애초에 착한 적도 없어."

그가 낮게 웃는 동시에 집 안으로 들어선 해주가 한달음에 뛰어와 평원을 와락 끌어안았다. 가는 어깨가 들썩이고 얼굴은 설움을 토해냈다. 그 모습을 바라보던 진현은 고개를 돌렸다. 생소함을 매일, 윤해주 때문에 느끼고 있는 중이긴 했지만 이것이 가장 불편하게 느껴졌다.

여자가 울 때마다, 가슴이 펄떡댔다. 어찌할 바를 모르게, 그를 당황스럽게 했다. 그는 모든 것에 대한 답을 항상 알고 있음에도 불구하고, 여자가 울 때만큼은 손쓸 도리가 없어 당황스러웠다. 언제부터 그랬는지도 이젠 모르겠다.

"미안해, 미안해."

여자는 계속해서 미안하다는 말을 토해냈다. 진현은 인상을 구겼다.

"내가 알아채지 못해서 미안해, 평원아. 많이 아팠지, 미안해. 너무 미안해."

결착으로 노는 남자 2

미안해야 할 건 저 꼬맹이였다. 진현은 아이를 붙들고 눈물을 짜내는 해주를 벌떡 일으켜 세워 손목을 잡아끌었다. 짜증이 났다.

"마 사장님?"

마음에 들지 않았다. 아이건, 어른이건, 남자건, 여자건 이 여자에게 닿는 것은 그게 어떤 것이라도 불쾌했다. 이건 병이었다. 스스로 생각해도 어이가 없을 만큼 무서운 집착이었다. 뭔가에 대한 소유욕구가 이렇게 강렬했던 적이 있던가.

"놔봐요, 평원이……!"

집을 빠져나와, 자신의 차까지 해주를 끌고 온 진현은 그녀의 팔을 당겨 차 옆에 거칠게 세웠다. 반탄력에 몸이 휘청한 해주가 그를 쏘아보았고 진현은 그런 해주의 가는 어깨를 양손으로 잡아 고정했다.

"내 말이 그렇게 우스웠어? 여기가 어디라고 와."

"마 사장님."

"가만히 있으라고 했잖아. 저놈들, 조폭이야. 조폭 몰라? 사람 하나쯤 우습지 않게 죽이는 그런 놈들이라고. 그런데 거기가 어디라고 나서, 네가!"

꾹꾹 내리누르고 있던 분노가 소용돌이쳤다. 입을 여니, 마구 터져 나왔다. 기억하는 한, 그는 이렇게 누군가에게 감정적으로 소리를 친 적이 없었다. 그런데 지금 그보다 한참은 작고 여린 여자를 아프게 붙들고 소리친다.

제어할 수가 없었다. 미치게도, 머리끝이 달아올랐다. 그를 안달 나게 하는 이 여자 때문에.

"마 사장님."

"나대지 말라고, 시키는 것만 얌전히 하라고, 그게 그렇게 어려웠나? 네가 뭐가 미안한데. 저 꼬맹이가 잘못한 건데 네가 뭐가 미안한데! 넌 대체!"

왜 이렇게 그의 예측을 넘나들고, 통통거리며 뛰어다니고, 눈을 못 떼게 만드는데.

진현은 채 뱉지 못한 말을 삼켰다. 해주가 그의 양 귀를 잡더니 와락 끌어내려 입을 맞추었기 때문이다. 마주 닿은 입술에서 거친 숨결이 섞였고, 채 삼켜내지 못한 분노가 그의 손아귀에 득달같이 들러붙어 윤해주를 꽉 죄었다.

"미안해요. 미안하니까 화내지 마요."

그의 입술 위에 자잘하게 입을 맞추며 해주가 말했다.

"날, 이렇게 걱정할 줄은 몰랐어요. 그냥 내가 당신 말이라서 그러는 줄 알았어요. 미안해요. 화내지 마요."

그의 귀를 아프게 잡아당기던 손에서 힘을 뺀 그녀가, 그대로 손을 움직여 그의 볼 언저리를 살며시 어루만졌다.

"진현 씨, 미안해요. 앞으로 다신 안 그럴게요. 당신이 하라는 것만 할게요. 미안해요."

진현 씨 하며, 그를 달래듯 간간이 입을 맞추며 속삭이는 소리에 진현의 속이 움푹 꺼졌다. 진현은 그때까지도 가는 어깨가 아프도록 그러쥐었던 손을 내려 해주를 품안 가득 그러당겼다.

"화내지 마요. 내가 잘못했어요. 그래도 나 세 번은 생각했다고요. 당신이 가르쳐준 대로."

"윤해주."

그가 속살거렸고 해주가 네, 하며 순종적으로 대답했다. 이 여자가 이렇게 순종적이었던 적이 있었던가. 심장인지, 간인지, 쓸개인지 모를 어딘가가 뻐근하게 조였다. 여자는 여전히 그의 입술에 닿을 듯 말 듯 입술을 마주 댄 채 사과를 했다. 진현은 크게 호흡을 들이켰고, 광기로 휘돌던 감정을 가라앉히려 숨을 골랐다.

"화 안 냈어."

"냈어요."

"안 냈어."

"소리 질렀잖아요."

"그건 네가."

또다시 입술을 막아온다. 입술 새를 부드럽게 혀로 핥은 해주가 그의 이를 툭툭 건드리며 놀리듯 움직였다.

"큰일 났네. 이렇게 거칠고 못된 남자가 자꾸 좋아지니까."

여자의 고백.

이제는 절대로 덤덤하지 않았다. 텅 비었던 가슴이 조용하고 뜨겁게 차올랐다. 장난치듯이 그의 입술 새를 간질이며 두 눈매를 둥글게 휜 여자가 그를 머리부터 발끝까지 온데 간질인다.

진현은 곧바로 차 문을 열어 운전석을 뒤로 젖힌 후 해주를 밀어 넣었다. 그리고 그녀의 몸 위를 덮으며 차 문을 닫았다. 열린 공간에서, 온전히 둘뿐인 밀폐공간에 갇힌 것이다.

"평원이는…….."

"홍만이."

짧게 대꾸한 진현이 곧바로 해주의 입술을 덮었다. 정념이 들끓었다. 그를 향해 끝없이 마음을 속삭이는 여자가 빠듯해, 가져야 했다. 진현은 다른 과정은 온통 생략한 채, 곧바로 해주의 바지 버클을 풀고 그 속으로 손을 비집어 넣었다. 팬티의 얇은 천이 손끝에 걸렸고, 거침없이 팬티를 밀친 손이 여자의 습지를 향해 가감 없이 기어들었다.

"학!"

그의 거침없는 행동에 놀란 해주가 그의 손을 잡고서 상체를 벌떡 일으키며 두 눈을 동그랗게 떴다.

"여기……서는."

손끝을 까닥여 여성의 입구를 자극하는 손짓에 해주의 눈에 당혹스런 물기가 차올랐다.

"나도 때와 장소는 가려. 끝까지 안 해. 맛만 볼 거야."

해주가 앉은 좌석의 헤드 시트를 잡고 몸을 지탱한 진현은 손을 길게 아래로 내려 여성의 습지를 본격적으로 자극하기 시작했다. 찔러 넣고, 문지르고, 그를 향해 터지는 맑은 애액에 제 손을 옴팡 담근 채, 그렇게 탐했다.

그의 손목을 힘껏 움켜쥔 해주의 얼굴이 붉게 달아오르기 시작했고, 거친 호흡과 섞여 앓듯 흘러나오는 신음에는 색기가 가득했다. 그에게 길들여진 몸이 그의 손아래 춤추기 시작했다. 그의 남성 역시 흥분으로 뜨겁게 달궈지기 시작했지만, 그의 차례는 없었다.

지금은 그저, 자신의 손길로 인해 흥분에 들떠 있는 여자를 보는 게 좋았다. 여자가 그의 손끝에 닿아 있어야 낙낙한 안도감이 들었다. 미쳐가는가 보다, 그는.

"핫!"

진현은 얼굴을 내려 해주의 입술에 깊게 혀를 섞으며 손을 움직였다. 그의 손가락을 조이는 여성이 길게 수축과 이완을 반복했고, 손은 그녀가 흘리는 애액으로 흥건해졌다. 곧 그녀가 절정을 느낀 듯 허리를 작게 떨며 그의 손을 꽉 물었고 진현은 내내 탐하던 해주의 입술에서 입술을 떼어냈다. 그를 올려다보는 눈에 원망스런 빛이 얼핏 비쳤다.

그러더니 기진맥진해 있던 해주는 여직까지 따스한 곳에 머물러 있는 그의 손을 제 아래서 힘껏 빼냈다.

"뭐예요, 이게."

"뭐기는."

진현은 그녀가 일어날 수 있도록 제 손을 휴지로 닦아내곤 차에서 내렸다. 해주 역시 옷을 추스른 후 차에서 나왔다.

"어디 가나."

해주가 그에게 가타부타 말도 않고 몸을 돌리자 진현이 물었고 해주가 그를 흘기듯 보며 툴툴거렸다.

"평원이랑 집에 갈 거예요."

두 걸음을 앞으로 뗀 해주가 못내 할 말이 남았던지 그를 돌아보았다.

"한 번만 더 이래봐요. 정말 사람이 못됐어."

어깨를 움츠리며 걷는 해주의 뒷모습을 보며 진현은 피식 웃음을 흘렸다. 그를 달뜨게 하는 여자의 안으로 들어가고 싶었지만 참았다. 이런 주택가에서, 그것도 차에서 그녀를 마음껏 가지기에는 여건이 안 됐다. 불편한 아래가 아우성을 쳤지만 무시하곤 차에 올랐다.

한동안 운전석에 앉아 있던 그는 이내 큭큭거리며 웃기 시작했다. 한 번도 이성을 잃고, 차에서 여자를 안을 생각을 해본 적은 없었다. 그런데 윤해주에게만은 그의 뛰어난 통제력이 통하질 않는다.

"정말, 미쳐가나 보군."

낮게 중얼거린 진현은 그러고도 한참을 큭큭거리며 웃었다. 어이가 없는 듯, 또는 즐겁다는 듯, 그리고 괴로운 듯.

해주는 평원과 손을 맞잡고 버스를 탔다. 얻어터진 게 뻔한 평원의 얼굴이 사람들의 시선을 끌었지만, 한층 더 끈끈하게 보이는 해주와 평원의 모습에 고개를 갸웃거리곤 제 갈 길을 가곤 했다.

물론 홍만이 차로 데려다준다고 했지만 해주는 거절했다. 차에서 그녀에게 양해도 구하지 않고 멋대로 군 진현 때문에 약간 골이 난 상태였다. 뭐, 그런 그에게 흥분해버린 것 역시 자신이었지만 말이다.

버스에 나란히 앉은 해주와 평원은 말이 없었다. 다만 접착제라도 붙여놓은 듯 서로 맞잡은 손을 절대 풀지 않았다.

해주는 별다른 말 없이도 마음이 통했을 거라고 믿었고, 평원은 자신이 내처 해주를 위험하게 만들었단 생각에, 그러고도 해주가 자신을 내치지 않았다는 확신에 목울대까지 설움이 복받쳐 아무 말도 못하는 상황이었다. 한 마디라도 꺼내면 있는 곳이 어디건 간에 상관없이 마구 울 것 같았다. 오는 길에 약국에 들러 연고를 사서 바르고 쿨 패드도 양 볼짝에 붙여놔, 우습기 그지없는 몰골이었지만 마음만은 태어나서 처음으로 행복했다. 해주는 절대 자신을 버리지 않을 것이다.

그때였다. 평원의 손을 꼭 잡은 채 버스에 몸을 싣고 있던 해주가 평원에게 양해를 구해왔다.

"잠깐만."

평원이 멀뚱히 보자 방긋 웃은 해주가 주머니에서 휴대전화를 꺼냈고 잠시 액정을 뚫어져라 바라보았다. 발신자 번호 표시제한이라는 문구가 전화로 하여금 받고 싶은 마음이 사그라지게 해서 전화를 받지 않았다. 그러나 아무리 종료 버튼을 눌러도 연이어 세 번이나 전화가 다시 걸려오자 결국 그녀는 미간을 찌푸린 채 휴대전화에 귀를 가져갔다.

- 해주냐?

"아…… 저씨? 달재 아저씨죠?"

- 내 말 들어라. 내가 시간이 없다.

"아저씨, 어디예요? 잘 있는 거예요?"

진현에게서 들은 바가 없었기에 그녀는 달재가 단동에 잘 있을 거라고 생각했다. 그래서 편안히 안부를 물었다. 그런데 이어진 달재의 대답은 그녀를 혼란스럽게 만들었다.

- 내가 지금 쫓기고 있다. 홍콩이야.

"홍콩이요? 누구한테 쫓기는데요?"

- 시간이 없어. 내 말 들어. 화각합죽선 출처를 찾았다.

"……네?"

가슴이 덜컥였다. 해주가 휴대전화를 꽉 그러쥐었고 그런 그녀를 평원이 이상한 눈초리로 바라보았다.

- 여기, 홍콩에서 화각합죽선이 나왔어.

"아저씨! 그게……!"

- 내 말이나 들어. 해주야, 기억하냐. 내가 마 사장 믿지 말라고 했지.

"……네?"

- 여기서 나온 게 분명해. 십 년 전, 라마 섬으로 향하는 페리 중 하나가 난파됐다. 당시 사고 원인을 조사하던 와중에 화각합죽선이 발견됐고, 이런저런 루트를 통해 홍콩 여기저기에 나돌았다고 해. 그리고 구룡반도로 흘러들어간 화각합죽선은 한 화상에 의해 한국으로 팔렸다고 한다.

해주는 목구멍으로 침을 꼴깍 삼켰다. 이상하게 불길한 예감이 스멀스멀 피어올랐다. 마 사장 믿지 말라고 했던 달재의 음성만이 계속해서 고장 난 라디오가 돌아가듯 귀에 들러붙어 떨어지지 않았다.

- 그 화각합죽선을 가져간 게, 한국의 마진현이라는 사람이라고

하더라. 구 년 전 일이야. 갑자기 나타난 마진현이 화각합죽선을 가져갔다고 했다. 내가 마 사장, 믿지 말라고 했잖냐. 이 멍청한 것아!

해주는 두 눈만 끔뻑였다. 자신이 방금 무슨 소릴 들은 건지 알 수가 없었다.

- 해주야, 듣고 있냐? 아, 젠장할! 가야겠다. 내가 더 알아보고 연락하마. 내가 연락했다는 건, 그 누구에게도 말하면 안 돼. 여기저기서 쫓기고 있……!

그녀가 뭘 물어볼 틈도 없었다. 전화는 다급하게 끊겼고 해주는 멍하니 휴대전화를 든 채 앉아 있었다. 한참이 지나고 평원이 그녀를 툭툭 치고 나서야 자신이 버스에 앉아 있다는 사실을 자각했다.

"왜 그래요?"

양 볼에 쿨 패드를 붙인 평원이 자못 걱정스러운 듯 물었고 해주의 아랫입술이 달달 떨리기 시작했다.

"……그럴 리가 없는데."

"뭐가요?"

해주는 휴대전화를 꼭 움켜쥐었다. 그럴 리가 없었다. 달재가 뭔가 잘못 안 것이다. 손끝에서, 발끝에서 핏기가 싹 가셨다. 피가 돌지 않아 뼈마디가 시려왔다. 머리가 멍해졌다.

"그럴 리가 없잖아."

해주가 자조하듯 중얼거렸다. 꼭 움켜쥔 주먹이 애처롭게도 하얘졌다가 파란 핏줄을 투명한 살갗 위로 드러냈다. 그녀를 가지기 위해 열을 올리던, 이따금씩 드문 웃음을 보여주던, 그녀

를 걱정해 감정적으로 소리를 내지르던 사랑하는 남자의 얼굴
이 까매졌다가 하얘지기를 거듭 반복했다.

　남자의 얼굴이 생각이 나지 않았다. 갑자기.

14. 개와 늑대의 시간

　진현은 눈탱이가 밤탱이가 된 학도의 모습에 입매를 비틀었다.

　"꼴 한번 볼 만하군."

　"말도 마라. 하루가 멀다 하고 덤벼든다. 홍나희가 무슨 수작을 부린 게 틀림없어. 오늘 아침에는 젓가락 갖고 찌르려고 하더라니까. 빌어먹을 새끼들. 대체 얼마를 처받았는지 살인 교사도 마다 안 해. 썅."

　학을 뗐다는 듯 투덜거리는 음성은 기죽지 않았다. 투명한 벽을 두고 학도와 마주보고 앉은 진현은 잡히기 전이나 후나 전혀 다를 것 없는 학도의 모습에, 괜스레 속을 태우는 해주만 손해를 보는 것 같아 미간을 찌푸렸다.

　"조금만 있어. 곧 꺼내줄 테니까."

　"됐다."

　대뜸 손사래를 치는 학도에 진현이 고개를 꼬았다. 그러자 학도가 질렸다는 듯 고개를 내젓는다.

"지금 나가서 칼침 맞을 일 있냐. 홍나희가 내가 네 수중에 있는 거 알 텐데 날 가만히 내버려두겠어? 차라리 여기서 한 명씩 상대하는 게 낫지, 나가서 밤거리 활보하다 비명횡사 하라고? 새꺄, 네가 여기 처넣었으니까 일 다 해결하고 꺼내."

약삭빠르다고 해야 하나. 진현은 진심인 양 열변을 토하는 학도를 물끄러미 바라보았다. 진심이다. 그 어디에도 그를 속이려는 짓거리는 보이지 않았다. 진현은 실소를 흘렸다. 맞다. 임학도는 이런 놈이었지. 꽤 오랜 시간을 함께 지내다 보니 잠깐 잊었었다.

"살 만한가 봐. 죽이겠다고 젓가락으로 찔러대는 놈이 있어도."

"지랄한다."

학도가 투정부리듯 퉁명스럽게 대꾸했고 진현은 서늘하게 웃었다.

"나와야 해. 나오게 될 거고, 곧."

"가만히 두지를 않네. 뭐 해야 할 일 있어? 급하게?"

그 여자가 너 때문에 의기소침해하더라고, 그래서 네가 나와서 홍나희에게 칼침을 맞아 죽든 말든 일단은 나와야겠다고 어떻게 설명을 할까.

진현은 머릿속에서 둥둥 떠다니는 이유들을 몇 가지 끄집어내 봤지만, 입을 통해 나갈 만한 것은 없었다. 그렇게 그가 잠시 생각을 하는 사이 학도가 그의 시선을 비껴 내리며 작게 물었다.

"허 마담은 잘 있지?"

"그렇지 않으면."

"잘 있으면 다행이고."

진현은 학도를 물끄러미 바라보았다. 칠 년 동안 저를 봐주지 않는 여자를 내내 지켜보는 순정이라. 예전에는 우습기만 했던 것이, 지금은 우습게도 우습지가 않다. 진현은 머쓱한 듯 머리통을 손바닥으로 벅벅 문지르는 학도를 일별하곤 자리에서 일어났다. 앉느라 슈트에 자잘한 구김이 진 것을 손으로 탁탁 털어낸 그는 늘씬한 몸을 틀어 돌아섰다.

"해주, 아직 아무것도 모르지?"

막 걸음을 떼려던 그의 몸이 멈칫했다.

"마진현, 너 그렇게 살다 정말 후회한다."

상체를 앞으로 들이민 학도의 음성은 자못 진지했다.

"걔는 너 좋아 죽더라. 그런 애한테, 거짓말 하는 건 좀 아니잖냐. 화각합죽선 네가 갖고 있다고 그냥 얼른 불고 정리해. 너도 해주, 싫진 않은 거잖냐."

"언제부터 심리상담가로 전업했어. 십 년쯤 복원가로 썩었더니 싫증이 났어?"

학도를 돌아본 진현이 삐딱하게 물었다. 학도는 미간을 찌푸렸다. 그를 바라보는 진현의 눈에는 짜증 그 이상의 것이 가감 없이 실려 있었다.

"네가 화각합죽선 갖고 있는데도 아닌 것처럼 속이고 이용한 거 해주가 알면 어떻게 될 거 같냐."

진현은 입매를 비틀었다. 차라리 그것뿐이라면 조금 더 쉬웠을지도 모르겠다. 동규의 일기 내용은 아무도 모른다. 때문에 임학도도 저리 속 편한 소리를 훈수랍시고 주절주절 떠들어대고 있는 걸 테지.

　"네 혀를 **빼물고** 죽고 싶을 만큼, 심장이 온통 헐어버릴 만큼, 차라리 죽었으면 좋을 만큼 무기력해지고 텅 비어버려."

　학도의 표정과 음성은 무척이나 진지했다. 진현은 이를 악물었다. 감정을 참아내느라 턱이 불끈거렸다. 한동안 학도를 서늘하게 바라보던 진현은 그를 시커멓게 죄어오는 감정을 꾹꾹 내리누른 후에야, 겨우 입을 열 수 있었다.

　"……여기서 정신 나간 놈들이랑 엮여 있다 보니, 머리가 돌았어?"

　학도의 얼굴이 안타깝게 흐려졌다. 학도처럼 마구잡이로 생을 산 남자에게서도 연민이라는 감정이 흘러나올 수 있다는 게 진현은 색다르게 느껴졌다. 이 임학도라는 사내가 언제부터 이렇게 인간적이었나 싶어 비소가 흘러 나왔다.

　"처음부터 끝까지 모르게 하면 되는 거야. 애초에 진실이 하나였던 것처럼. 화각합죽선의 소재는 나도 모르고 형도 몰라. 난 윤해주를 위해 그걸 찾을 거야. 그게 진실이지. 알겠어?"

　그의 생각은 확고했다. 진현은 뒤돌아섰다. 투명한 벽 안쪽에 수감되어, 한쪽 눈에 파랗게 멍이 든 학도가 돌아서는 진현의 단단한 등을 보며 쓸쓸하게 중얼거렸다.

　"허 마담이랑 그러기로 했단 말이다. 너 이 바닥에서 발 **빼게**,

정상적으로 살아갈 수 있게, 그럴 수 있게 돕기로."

안 들을 수가 없었다. 학도의 목청은 유별났으니까.

학도의 중얼거림을 한 귀로 흘려들으며 진현은 얼굴을 차갑게 굳혔다. 빌어먹게도 십 년이라는 시간 동안 처음으로, 이 길을 선택한 자신이 후회스러운 요즘이었다. 윤해주, 그 여자의 얼굴이 시도 때도 없이 떠오를 때마다 송곳으로, 대못으로 제 목을 콱콱 찍어대는 통증이 그를 엄습했다. 숨이 갈래갈래 찢기는 것 같은 압박이었다. 그 여자 때문에 안온하고, 즐겁기도 했지만 또한 그 여자 때문에 아팠다.

지체 없이 빠른 걸음으로 건물을 빠져 나가는 진현의 반듯한 미간 사이에 주름이 깊게 파였다. 다른 건 몰라도 심장이 헐어 버린다는 말, 그건 조금 알 것 같았다. 진현은 마치 황산을 들이 부은 것처럼 연신 쓰라림을 호소하는 가슴 위를 짜증스럽게 쓸고는 자신의 차로 다가갔다.

홍만으로부터 연락이 있었다. 금고 이전 때문에 기술자가 오기로 했다는 것이 골자였다. 조금 앓는 소리를 하더니 진즉에 땅굴을 파고 기어들어간, 그 별난 전문가를 다시 끌어내는 데 성공한 모양이었다.

해주는 조금 정신이 없었다. 걸작 갤러리까지 어떻게 출근을 하긴 했으나, 내내 귓가에서 떨어질 줄을 모르는 달재의 긴박한 목소리가 그녀의 혼을 반쯤은 빼놓았다.

그럴 리가 없다. 그에게 물어보면 된다. 그걸로 이야기는 간단해진다. 언제나 그랬듯 간단하고 단순한 방법으로 묻고, 대답을 듣기로 그녀는 결정했다.

갤러리의 유리문을 열고 들어간 해주는 곧바로 몸을 틀어 사층으로 직행하는 엘리베이터를 타기 위해 재게 걸음을 놀렸다.

"저기, 잠깐만요."

따각따각, 구두 굽이 전시장 바닥에 다급하게 부딪치는 소리에 해주는 저도 모르게 고개를 들었다. 이름은 모르지만 안면이 익은 갤러리 직원이었다. 목표는 그녀였던 듯, 옅은 물빛의 정장을 말끔히 차려 입은 여직원은 조금 난처한 얼굴로 다가왔다.

이 여직원, 큐레이터였던 것 같은데. 뭐 아니어도 무슨 상관인가.

"저쪽 출입카드 갖고 있는 거 맞죠?"

"네?"

"저기, 허 대표님이랑 사장님만 드나드는 저 출입구 카드요."

해주는 한 번에 알아듣지 못하고 멍하니 있다가 고개를 천천히 끄덕였다.

"하나만 부탁할게요. 사장님 밑에 계시는 최홍만 실장님 아시죠?"

홍만은 알지만 실장님은 모른다. 자꾸 생각의 고리가 가닥가닥 끊겼다. 여자의 말을 이해하기가 힘들었다. 아니, 평소라면 어렵지 않았을 테지만, 현재로서는 여자의 말에 귀를 기울일 만한 여력이 없었다. 그러나 그녀의 대답은 상관없었는지 여자는 대뜸 데스크 앞의 소파를 가리키며 목소리를 낮춰 속삭이듯 말했다.

"최홍만 실장님 소개로 오신 분인데, 사장님한테 볼일이 있으시대요. 사장님께서 직접 부르셨다니까 들어가게 부탁 좀 드려도 될까요? 웬만하면 오실 때까지 그냥 두겠는데, 갤러리 이미지 상 좀……."

말꼬리를 어정쩡하게 흐린 여직원은 언제부터 친했다고 두 손까지 맞잡아가며 애교 아닌 애교를 부려댔다. 해주는 짙은 피곤함을 느끼며 그녀의 손끝을 따라 고개를 돌렸다. 한눈에 보기에도 거렁뱅이처럼 지저분해 보이는 남자는 수염이 덥수룩했고 구김이 성한 트렌치코트에 더불어 가을도 완숙한 이 시점에, 앞이 뻥 뚫린 슬리퍼를 신고 있었다. 분명 고급스러움이 물씬 풍기는 갤러리와는 많이 대조되는 사람이었다.

"중요한 고객께서 오셔서 그래요. I그룹 아시죠? 그 그룹 사장님 댁 사모님이 오셨는데, 오늘 거래가 있거든요. 이 거래 망치면 저도 모가지란 말이에요."

"……그럴게요."

어려운 일도 아니었다. 해주는 여직원이 진주로 몸을 두른 중년 여인에게 날듯이 다가가는 모습을 일별하고는 발길을 돌려 거렁뱅이 남자의 앞에 섰다. 그녀가 시야를 가로막자 꼴에 영자 신문을 읽어내리던 남자가 뭐냐는 듯, 얇은 안경테 너머로 그녀를 올려다보았다.

"마진현 사장님 찾아오셨다고요."

남자는 대답이 없었다. 그녀의 뒤를 흘깃거리는 것을 본 해주는 왜 이런 남자가 진현을 찾아왔을까, 생각을 이으며 말을 덧붙였다.

"홍만 씨는 지금 외부에 나가 있을 거예요. 갤러리에서 일하는 사람은 아니거든요. 그런데 무슨 일로 오셨어요?"

"······그것까지 말을 해야 합니까?"

남자의 목소리는 여자의 것처럼 무척이나 얇았다. 아무래도 콤플렉스를 갖고 있는지, 부러 낮게 깔려는 노력이 보였지만 하나마나였다. 얇은 목소리 때문에 부러 거칠어 보이려고 턱수염을 기른 건가, 하는 실없는 생각이 머리를 스쳐갔다.

"목적을 분명하게 밝히지 않으면 만나실 수 없어요."

바로 얼마 전, 나희 때문에 칼부림까지 있었던 상황이었다. 해주는 일단 상대의 신분을 확인하고자 했다. 그러자 곤란한 듯, 제 턱수염을 뽑듯 손을 꼼질거리던 남자는 자리에서 일어나며 입매를 둥글게 그렸다.

"뭐 국가기밀도 아니고 이 바닥에서 알 만한 사람들은 다 알지. 소자춘이요. 금고 전문가지."

"금고 전문가요?"

해주가 의아한 듯 묻자 자신을 자춘이라 소개한 중년 남자가 익숙한 양, 그녀를 엘리베이터가 있는 방향으로 쭉쭉 밀어내며 말했다.

"해주 씨?"

자춘의 막무가내에 해주가 당황한 사이, 그들 사이를 가르고 익숙한 음성이 날아들었다. 마침 외부 일을 보고 들어오는지,

입구에 나타난 주란이 그녀와 남자를 보고 눈을 동그랗게 떴다.

"어이, 허 마담."

자춘을 발견한 주란의 얼굴이 놀라움으로 변했다. 자춘이 밀어대는 손짓에서 벗어난 해주가 자춘을 째려보며 다가오는 주란을 마주했다.

"금고 전문가시라는데, 마 사장님을 찾아오셨대요."

주란이 묻기 전, 먼저 자춘의 목적을 밝힌 해주가 낮게 한숨을 쉬었다. 별난 남자였다. 키는 그녀와 눈높이가 맞을 정도로 작은데, 얇은 목소리나 부리부리한 턱수염, 그리고 더러워 보이는 행색에 더해 느물거리는 뻔뻔함까지 엿보였다.

"아세요?"

아무래도 조금 수상해 보여 해주가 소리를 작게 낮춰 주란에게 물었다. 그러자 그녀의 저의를 눈치 챘는지 주란이 웃으며 고개를 끄덕였다.

"마 사장 금고 맞춰준 사람이야. 뒷골목에선 꽤 유명해. 기술이 좋거든."

"그런 거 막 나불대도 돼?"

자춘이 나무라듯 끼어들었고 주란이 아무렴 어떠냐는 듯 입매를 끌어올렸다.

"왜, 해주 씨도 마 사장 집 오가면서 봤을 거 아냐. 마 사장 다용도실 뒤에 있는 금고."

"금……고요?"

해주가 의아하다는 듯 되묻자 주란이 되레 눈을 동그랗게 떴다. 해주는 도둑이다. 그리고 그것을 진현도 알고 있다. 그런데 제 집에 안방 드나들듯 오가는 것을 묵인한다. 주란은 오히려 해주가 모르는 것에 대해 놀랐다. 더군다나 둘의 사이가 깊어진 마당에야.

"동규 씨 모작들 모아놓은 금고 말이야."

자춘이 들을 수 없도록 그녀의 귓가에 입술을 댄 주란이 나직하게 속삭였다. 해주는 눈을 굴려 주란을 보았다. 주란은 이미 그녀에게서 관심을 끈 채 자춘과 이야기를 나누고 있었다. 홍만이 연락을 취해 온 이야기, 그동안의 근황 등 소소한 것들이 주를 이루었다. 곧 어깨를 나란히 한 자춘과 주란이 엘리베이터 방향을 향해 움직이기 시작했다. 하지만 해주는 움직일 수가 없었다.

머리부터 얼음물을 동이째 뒤집어쓴 기분이었다. 등골이 서늘하고, 상상되는 불길한 생각에 치아마저 시큰거리는 것 같았다.

금고라니. 그간 진현이 모은 마동규의 모작이 든 금고라니.

지난 날, 어떤 기억이 스쳐갔다. 그녀가 평원의 일로 무릎이 꺾여 다쳤을 때, 진현이 구해줬었다. 눈을 떠보니 이곳이었고, 그녀는 침대 시트를 하반신에 둘둘 만 채 집으로 갔었던 웃기지도 않은 기억이었다. 그때, 진현이 이 집은 너 같은 도둑이 함부로 돌아다니면 안 된다고 했던 것이 생각났다. 그리고 얼마 전, 다용도실 문을 열지 못하게 그녀를 막았던 것도.

왜 발밑이 어지러울까.

해주는 뒤돌아섰다. 정면으로 갤러리의 입구가 보였다. 그리고 멀리서 나타난 그림자에 심장이 덜컥 내려앉았다. 그림자만 봐도 알겠다. 실루엣만 봐도 알겠다. 걷는 걸음걸이만 봐도 그 남자인지 알겠다. 그만큼, 자신에게 깊게 새겨진 남자가 다가오는 게 보였다.

해주는 저도 모르게, 진현을 피해 몸을 숨겼다. 비상구 계단으로 황급히 뛰어든 그녀는 진현이 혹시라도 그녀를 보았을까, 그녀를 찾을까 미친 듯이 계단을 올라갔다. 뛰어가다 보니 굳게 닫힌 철제문이 보였고 '출입금지'라는 명패를 무시한 채 손잡이를 당겼다. 덜컹거리며 열리지 않는 문을 발로 차고 주먹으로 때렸다. 까닭 없이 초조해졌다.

곧바로 가방에서 작은 가죽지갑을 꺼내 가늘고 긴 침을 구멍에 넣고, 손목을 몇 번 까닥여 잠긴 문을 열었다. 그 안쪽으로 또 계단이 보였다. 해주는 뭔가에 쫓기는 사람처럼 그 계단도 정신없이 올라갔다. 또 꽉 닫힌 철제문이 나타났다. 조금 전에 한 것처럼 문을 따고 옥상문을 벌컥 열었다. 그리고 그녀는 순식간에 눈 안으로 쏟아져 들어온 환한 빛에 눈을 질끈 감았다.

그에게 물으려 했다. 달재 아저씨가 당신이 화각합죽선을 갖고 있다던데, 그런 거냐. 왜 나에게 말하지 않았냐. 그걸 찾으려고 사방팔방 뛰어다니던 내가 얼마나 우습게 보였냐. 그렇게 묻고 답을 들으려 했다.

그런데 그러고 나면. 그러고 나면 어떡하나.

그게 정말이어도 어떡하고 아니면 또 어쩌나.

무서워졌다. 불안해졌다. 맘 같아선 아닐 거라고, 이대로 덮어두고 싶었다. 해주는 두 눈을 감은 채 걸었다. 채 스무 걸음이나 걸었을까. 그녀의 배에 철제로 된 난간이 닿았고 그녀는 걸음을 멈출 수밖에 없었다. 두 눈을 떴다. 눈 아래, 걸작 갤러리 건물 옆으로 난 잔디밭이 누런빛을 일렁이며 바람에 이리저리 몸을 흔들어대는 것이 보였다.

그가 화각합죽선을 가지고 있는 걸 속이고 그녀를 기만한 거라면, 자신은 그에게 더 이상 관여하지 말아야 하는 걸까. 일로도, 감정으로도. 그게 그렇게 쉽게 끊어내질까.

그리고 혹여 다 거짓이라면, 아니라면? 남자는 자신의 말대로만 움직이라고 했다. 하라는 것만 하고 그 외엔 가만히 있으라고. 즉 그를 믿으라는 소리나 마찬가지였다. 그런데 사랑하는 그를 의심했다. 상상만으로도 가슴이 먹먹해졌다. 유일하게 믿어도 모자란 사람을, 가장 처음 의심하다니.

해주는 숨을 깊게 들이마셨다. 상처받아도, 할퀴어져도 후회 없이 진심으로 부딪쳐 살아가겠다는 다짐이 속절없이 흔들렸다. 혹여 달재의 정보가 사실이라면 그녀가 떠안아야 하는 상처가 목을 조일 것 같아 무서웠고, 혹여 아니라면 그를 의심했다는 자체만으로도 자신은 그의 옆에 있을 자격이 없을 것 같았다.

파랗게 질린 입술이 파들파들 떨렸다. 아랫입술을 질끈 깨물었다. 깨문 힘이 생각보다 강해 입술이 찢어져 핏방울이 맺혔다. 참담했다. 암담했다. 그리고 답도 없었다. 해주는 기절할 것처럼 난간을 붙잡고 고개를 깊이 숙였다.

그녀가 있는 옥상에선 진현의 펜트하우스 밖으로 난 테라스가 보이지 않는다. 하지만 해주는 건물을 꿰뚫어볼 듯, 회빛 콘크리트 외벽을 집요하게 쏘아보았다. 휴대전화가 울린다. 수신인은 진현이었다. 해주는 그대로 휴대전화를 가방에 넣어버렸다. 지금은, 그의 전화를 받을 수가 없다.

도대체 이 많은 사람들이 다 어디서 와서 어디로 흘러가나 싶게 정신없는 대학가를 그녀는 별로 좋아하는 편은 아니었다. 대개가 아침부터 술 냄새를 폴폴 풍기고 다니거나 되도 않는 연애놀음을 한다고 모텔 방인지 착각하고 다니는 연놈들이 눈에 꾹꾹 밟히는 경우가 일상다반사였기 때문이다.

하지만 해주는 근 몇 달 만에 스스로 학교를 찾았다. 갤러리로 출근할 엄두가 도저히 나지 않아, 리포트 제출을 핑계로 일을 제친 것이었다. 하지만 그도 슬슬 위험 수위였다. 벌써 나흘째였다. 피하는 데는 한계라는 게 있기 마련이고, 이젠 그 남자도 슬슬 이상하게 생각하겠구나, 싶을 찰나였다.

예상은 여지없이 들어맞았다. 인턴 생활은 어떤지, 졸업 후 진로는 어떻게 할 것인지 예의 모두가 거쳐가는 상담을 허 교수와 마친 해주는 건물을 나오다 눈앞에 펼쳐진 진풍경에 맥이 탁 풀려버렸다.

사회대학 건물을 나오면 그 아래로 오십 개는 될 법한 계단이 있다. 사회대는 그리 사람이 많은 건물은 아니었다. 때문에 이렇게 사람이 득실거릴 이유도, 또한 이동 방향도 없이 그 자리

225

에 머물러 있을 이유도 없었다.

해주는 계단 위에 망연히 서 있었다. 무척이나 익숙한 람보르기니 차종이나 그 차를 둘러싼 채 일정 거리를 두고 구경하듯 몰려선 학생들 때문은 아니었다. 차체에 기댄 채 그녀가 서 있는 계단 위를, 무심하게 바라보고 있는 남자가 대번에 눈에 박혀들었다.

주변의 소란에 심기가 불편했던 탓인지 인상을 조금 쓰고 있던 진현은 그녀를 발견한 후, 차체에 비스듬히 기대 서 있던 몸을 일으켜 앞으로 걸어 나왔다. 어디론가 도망가고 싶었다. 눈앞의 남자가 보고 싶었지만 볼 수가 없었다.

그녀의 내부는 지난 나흘간 치열하지 않은 적이 없었다. 그를 믿고 싶었지만, 의심은 끊임없이 일어났으며 그와 담판을 지어야겠다는 생각을 하면서도 그 후 여파가 무서워 이러지도 저러지도 못하고 있었다. 정말 사랑 하나가 단순 무식이었던 윤해주를 할 말도 제대로 못하는 얼간이로 만들어버렸다.

"네가 그렇게 성실한 학생일 줄은 몰랐군."

오십 개의 계단을 별 힘도 들이지 않고 성큼성큼 올라온 진현이 그녀의 앞에 섰다. 나흘 전에 봤을 때보다 조금 마른 것도 같고, 얼굴이 날카로워진 것도 같고, 더 멋있어진 것도 같고, 똑같은 것 같기도 하고, 뭔가 달라진 것 같기도 했다.

확실한 건 이 남자가 사무치게 그리웠다는 것. 눈만 마주쳐도 가슴이 풀썩 꺾여 눈물이 날 것처럼 이 남자가 좋다는 것. 그럼에도 불구하고 끔찍하게도 나를 속였어요, 하고 의심하는 여자가 제 안에 있다는 것. 그래서 그의 얼굴을 바로 볼 수 없다는 것.

"······여기는 어떻게 왔어요?"

목소리가 가라앉았다. 눈치가 빠른 사람이니, 그녀를 이상하게 여길 수도 있겠다. 그의 눈은 보지도 않은 채 낮게 뇌까리자 그가 빼입은 고급 슈트의 가슴팍이 조금 크게 들썩이는 게 보였다.

"자리가 별로야. 옮기지."

진현이 서슴없이 그녀의 팔을 잡고 등을 돌렸다. 반사적으로 비틀어 빼내려 하자, 그의 아귀힘이 거세졌다. 무언의 압력이었다. 그리고 그 순간 그녀는 깨달았다. 이 사람이 화가 났다는 것을. 얼굴만으로는 읽을 수가 없었는데, 그녀의 팔을 절도 있게 당기며, 조금의 느슨함도 허락하지 않는 손은 그의 심경이 결코 편치 않다는 것을 알게 해주었다.

람보르기니를 에워싼 채 수군거리는 학생들 사이를 지나 조수석 문을 열어 그녀를 태운 진현은 보닛을 돌아 운전석에 올랐다. 해주는 무릎 위에 올려놓은 가방을 꽉 움켜쥔 채 고개를 숙였다. 진현이 그녀를 돌아보는 게 느껴졌지만 별다른 내색 없이 그는 곧바로 차를 출발시켰다.

복잡한 대학가를 빠져나와 어디로 가는지도 모르게 차는 복작한 건물들 사이를 비집고 도로를 달렸다. 해주는 머리 위로 시외로 빠지는 간판을 확인하고 나서야 조금 당혹스런 얼굴로 진현을 바라보았다.

그리고 그 순간, 가방 안에 든 휴대전화가 짧은 진동음을 토해냈다. 해주는 얼굴을 찌푸리며 가방을 열어 휴대전화를 확인했다. 고고학과 내에서 그녀와 조금 친분이 있는 같은 학번 동생이었다.

- 언니, 그 남자 완전 쩔어요. 대박!

요즘 세대답게 간결한 언어 구사였다. 평소라면 입을 쭉 짼 채 웃었겠지만 그럴 만한 상황이 아니었다. 해주는 곧바로 휴대전화를 다시 가방에 넣은 채 진현을 향해 물었다.

"우리, 어디 가는 거예요?"

내내 정면만 보고 핸들을 조정한 탓에 어딘지 조금 무섭게까지 보였던 그가 입 꼬리를 조금 스산하게 말아 올렸다.

"일 하러."

그가 짧게 대꾸했다. 그게 전부였다.

그 일이라는 것은 구태여 그녀가 반드시 동석해야 할 자리는 아니었다. 혼자든, 파트너를 대동하든 상관이 없는 장소였다. 그럼에도 불구하고 그녀는 저녁 내내 계속된 오찬에서 마진현이 거느린 부속품 인형 같은 연기를 해야 했다.

초대받은 한정적인 사람만이 들어갈 수 있는 경매장은 품격이 있었고 교양이 있었다.

대체 이 사람에게는 얼굴이 몇 개나 되는 걸까.

무슨 외교관이라는 남자와 정치 관련 화제를 유려하게 이끌고 있는 진현의 입가에는 그답지 않은 부드러운 미소가 걸려 있었다. 해주는 화이트 와인을 입안으로 머금으며 입술을 삐죽였다. 저 얼굴은 다 꾸며진, 과장된 연기일 뿐이다. 오로지 자신만이 진짜 마진현이라는 남자를 알고 있다는 생각이 심술궂게 일었다.

"마 사장, 얼굴 보기가 이렇게 힘들어서야 쓰겠나."

"문화재청 부청장님, 그간 별고 없으셨습니까?"

"오구라 컬렉션, 한번 보러 가야지 했는데 말이야. 자네 이야기가 근래 자자해. 자네 덕에 해외에서 회수해 온 문화재도 늘었고. 정말 고맙네."

"별말씀을요. 늘 문화재 회수에 앞장서 노력을 기울이시는 건 문화재청 측 아닙니까. 제가 할 수 있는 건 미흡한 수준입니다."

사회생활 한번 기가 막히게 잘 한다. 조폭들에게는 조폭보다 더 살벌하게 굴고, 필요한 사람에게는 예의를 적절히 차려가며 자신을 치하하는 것도 잊지 않는다. 그것도 상대를 적절히 치켜세우며. 남자의 유려한 치세에 해주는 쓰게 웃었다. 이 남자는, 마치 기계 같았다.

"그게 다 돈 덕 아니겠어. 마 사장 재력이야 자자하지 않은가."

비꼬는 음성이 사람들 사이로 툭 던져졌다. 해주는 소리 난 곳을 향해 고개를 돌렸다. 그녀도 아는 사람이었다. 고미술품에 관한 TV 쇼의 고문위원이자 유명한 고고학자였다. 넉넉하게 술이 들어갔는지 약간 취기가 오른 남자는 흰머리가 꽤 성성한데도 불구하고 진현을 아니꼬운 눈으로 바라보았다.

"술이 좀 과하신 것 같습니다."

"아직 시작도 안 했는데. 마 사장, 오구라 컬렉션도 좋고, 동양 고미술품 살리는 것도 좋아. 그런데 진품만 취급해? 그거야말로 돈 많은 컬렉터들만 몸보시하고 떨어지라는 소리 아닌가. 당연히 고미술품이란 건 가짜를 만들어서라도 더 많이, 싼값에 유통되어야 이 시장이 사는 거라는 것, 모르는가?"

해주는 실소를 머금었다. 이 남자가 진현에게 품은 악감정은 명백했다. 위작을 좋아하지 않는 진현과는 반대되는 생각을 가진 사람인 듯 보였다. 그래서 이러는 것이고.

해주는 숨을 들이켰다. 진현의 온도가 서늘하게 내려가는 것이 느껴졌다.

"설마, 제게 값싼 위작들을 시장에 유통시키라는 말씀은 아니시지요?"

"그게 다 우리나라 경제를 살리는……!"

"너무 거창하십니다. 경제요? 거기까지 생각하면 한낱 화상이랄 수 있겠습니까. 저는 솔직히 그림에 대해 잘 모릅니다. 그래서 문화재청 쪽과 긴밀한 연을 가지고 조언도 많이 얻습니다. 그래서 한낱 장사치임에도 불구하고 하나는 압니다. 진품이란 것의 가치. 그것에 대한 존엄성."

열을 내는 남자와 달리 진현의 음성은 느긋하고 태연했다. 가치와 존엄성이라. 학도가 들으면 땅을 치고 통탄할 것이었다. 잠시 뜸을 들인 그는 와인 잔을 입술에 대며 고고학자를 흘깃 보았다.

"하지만 위작이란 건 진품의 가치를 해하죠. 왜 진품이라는 말이 있는 거겠습니까. 그 시대의 모든 것을 담은 당대의 미술품이라서 진품 아니겠습니까. 너도 나도 기계처럼 똑같은 위작들을 기계처럼 찍어내면, 그게 과연 고미술품이라 불릴 수 있겠습니까?"

"그렇지."

진현의 근저에서 너도나도 수긍하는 목소리들이 들려왔다. 고고학자의 얼굴이 푸르르 떨렸다. 술을 마신 탓에 감정을 제어하지 못하는 모양이었다. 반면 진현은 여유로운 태도로 남자를 압도했다.

"얼마 전, 북한산에서 작업하던 위작 화가들을 대거 체포했다고 들었는데, 전 정말이지 우리나라 경찰들이 대단하다고 생각합니다."

진현이 빙긋 웃었다. 그리고 고고학자의 얼굴은 납처럼 파리해졌다. 공공연하게 아는 사실은 아니었지만 눈앞의 고고학자는 그 위작 화가들과 관련이 있었다. 그것을 진현이 은연중에 대놓고 말한 것이다. 남자는 분한 듯 볼을 씰룩이더니 이내 휙 돌아서서 오찬회장을 나가버렸다.

아무렇지도 않은, 신사적인 얼굴로 불청객을 내쫓아버린 진현은 해주에게 와인 잔을 하나 건넸다. 해주의 눈이 속절없이 흔들렸다.

이렇게 아무렇지 않은 얼굴로 다른 사람들을 속이는 것처럼, 나를 속였어요?

가슴이, 죄어왔다.

"이거 마 사장 아닌가. 자네 얼굴은 금칠을 한 것 같으이."

"아, 문화부 장관님."

"전(前) 장관이라 해야지. 자네 너스레도 여전하구만."

진현이 또 다른 사람에게 붙들린 사이, 해주는 사람들 사이를 헤쳐 테라스로 빠져나왔다. 경매와 오찬이 열린 이곳은 서울 시외의 한 호화 리조트였다. 유럽풍의 건물은 웅장했고 위엄 있었으며 또한 낯설고 이질감이 느껴졌다.

손아래 느껴지는 차가우면서도 매끄러운 돌난간의 표면을 멍하니 손끝으로 쓸던 해주는 깊게 한숨을 내쉬었다. 이곳에 도착한 이래, 진현이 준비한 사람들에 의해 옷이 갈아입혀지고 머리가 만져지고 화장도 새로 했다.

그리고 그와 다른 어떤 이야기를 할 새도 없이 끌려왔다. 생각을 이어갈 여지도 없었다. 해주는 슬쩍 고개를 돌려 사람들 사이에 섞인 진현을 응시했다. 언제 어디서 누가 됐든 사람들의 관심을 끌고, 센스 있는 화술로 사람들을 매료시키는 저 남자는 실상 아주 잔혹한 독불장군이다. 몇 달을 그를 알고 몸도 섞었지만 저렇게 타인과 어울리는 마진현은 낯설기만 했다. 그이되 그가 아닌 것 같은. 비록 연기라 할지라도.

필요에 의해서라면 얼굴에 쓴 가면을 몇 개씩 탈피하는 사람이다. 그러니까 그녀를 속이는 데 주저함이 없었을지도 모른다.

생각을 잇던 해주는 두 눈을 꾹 감으며 다시 한숨을 토해냈다. 달재의 전화가 있은 뒤로, 그를 생각할 때면 끝은 늘 똑같았다. 그를 향한 의심. 그게 아프고 괴로웠다. 그를 믿어야지, 아닐 거야 생각을 하면서도 뫼비우스의 띠처럼 생각은 원점으로 돌아왔다. 의심. 물어볼 용기도 없으면서.

"날이 춥죠?"

돌난간을 붙잡고 멍하니 서 있던 해주는 낯선 음성에 고개를 돌렸다. 처음 보는 남자가 그녀를 향해 미소 짓고 있었다.

"어디 아프십니까? 보니까 조금 힘들어 보이시던데."

해주는 두 눈을 끔뻑거렸다. 남자는 그녀를 향해 친근한 미소를 짓고 있었다. 그녀가 아무런 대답을 하지 않자 한 걸음 더 앞으로 다가온 남자가 손에 들고 있던 두 개의 와인 잔 중 하나를 그녀에게 내밀었다.

"저는 현재 국가기관에서 일하고 있습니다. 신분은 확실하죠. 성함을 여쭤봐도 되겠습니까?"

"실례합니다만, 이 여자는 제 파트너입니다."

그녀가 입을 열 틈도 없었다. 언제 온 건지, 테라스 입구에서 훌쩍 모습을 드러낸 진현이 그녀의 앞을 가로막으며 대꾸했다. 시야가 진현의 등에 가로막혔다. 그 너머에서 조금 멋쩍은 웃음이 들리더니 그녀에게 와인을 권했던 남자가 다시금 오찬회장으로 사라졌다. 찍 소리도 못 하고.

틀림없이 살벌하게 바라보든가, 그랬을 테다, 이 남자.

"……내가 필요한 자리는 아니었던 것 같은데요."

짧은 침묵이 흘렀고 그녀는 그 몇 초의 시간조차에서도 어색함을 느꼈다. 그녀의 마음에 균열이 하나 생겼다고 해서, 그가 이토록 불편하게 느껴질 줄은 몰랐다. 그녀가 그를 피해 안으로 들어가려 하자, 몸을 튼 진현이 그녀를 다시 돌난간에 기대게 만들고 그 앞을 막았다.

"무슨 문제라도 있나."

"없어요."

"윤해주."

"나 화장실 가고 싶은데요."

그녀가 재차 빠져나가려 하자, 잡아 세우는 진현의 손길이 조금 거칠어졌다. 허리가 돌난간에 부딪쳤고, 그녀가 얼굴을 찌푸리는 사이 진현이 그녀의 앞으로 바싹 다가서며 빠져나갈 길을 막았다.

"나, 여기 왜 데려왔어요?"

그가 채 무슨 말을 꺼내기도 전에 해주는 먼저 입을 열었다. 그가 계속해서 캐물으면, 아무렇게나 다 털어버릴 것 같은 자신이 두려워서였다. 두려운 대답이 돌아올지도 모르기에 더욱 무서웠고.

"보니까 혼자 온 사람도 많고, 파트너가 굳이 있어야 할 것 같지도 않은데 왜 데려왔냐고요. 일이라는 건 뭐예요. 앞뒤 설명도 없이. 당신이 자꾸 이렇게 제멋대로, 아무런 설명도 않고 사람을 휘두르니까 화나요, 난."

무슨 말을 하는지 모르겠다. 그가 그녀를 수상하게 여길까봐, 되는 대로 뱉어냈다.

"당최 자기가 원하는 걸 시킬 때에는 부연설명이 있어야지.

맨날 그냥 이래라, 저래라. 평원이 일도 그래요. 애한테 무슨 협박을 해요, 하길? 나보고 뭐라는지 알아요? 평원이가 당신 나쁜 사람이니까 헤어지래. 연애는 해도 미래는 없대. 그 조그만 게 뭘 안다고 충고랍시고 떠들더라고요. 마 사장님은…….."

쉴 새 없이 떠들어대던 새 부리 같던 입술이 앙다물렸다. 진현이 뜬금없이 웃음을 터트렸기 때문이다. 조소하는 게 아닌, 그냥 다른 평범한 사람들처럼 웃겨서 웃는 것 같은.

해주는 고막을 간질이는 그의 낮은 웃음소리를 멍하니 들었다. 그도 이런 식으로 웃을 수 있는, 평범한 남자였다. 드물어서 더 값지게 느껴지는 웃음이, 그녀의 가슴을 사정없이 조여들게 만들었다. 게다가 그를 의심하고 있는 자신이 미안해서 더 아팠다.

"당분간 많이 바빠. 벌여놓은 일이 많아서. 그러니까 데려왔어."

곧 웃음을 가라앉힌 진현이 짧게 말했다.

"설명이 부족해요."

"시간이 없어. 너랑 놀아줄."

"……그래서 다짜고짜 끌고 왔다는 말이에요?"

어이가 없었다. 다른 좋은 표현 다 내버려두고 놀아준다니.

"윤해주."

그녀가 허탈하다는 듯 바람 빠지는 소리를 내자, 그가 그녀의 이름을 부르며 몸을 더욱 바짝 붙여왔다. 이제는 아주 자동버튼이다. 그가 닿는 순간 단전부터 피어오르기 시작한 열이 그녀의 머릿속을 장악했다. 기분이 들뜨기 시작했고 얼굴을 더듬듯, 혹은 파헤칠 듯 집요하게 훑는 시선에 고개가 절로 쳐들렸다. 키스를 바라듯이.

"단지 그것 때문에 그렇게 꽁했던 건가?"

"뭐요? 누가 꽁해요?"

얼굴을 내린 그가 입술 위에서 말했다. 아직, 저 안에서 사람들을 대할 때의 비즈니스식 마진현인가 보다. 웃음이 잦았고, 음성은 장난기가 어스름하게 묻어 있었다.

"아니, 됐어."

그의 입술이 가볍게 부딪쳐왔다. 허리를 감아 품 안으로 강하게 당기는 손에는 숨길 수 없는 소유욕이 묻어 있었다. 곧바로 그의 혀가 입술 새를 뚫고 들어왔고 조금은 딱딱하게 느껴지는 손이 뒷덜미를 받쳐왔다.

혀가 그녀의 혀를 쓸고 치아를 간질이고 볼 안쪽을 집요하게 문지르다, 제 혀를 얽어 그의 입안으로 끌고 들어간다. 해주는 가슴을 헐떡였다. 그와의 키스가 계속될수록, 머리가 지끈거리듯이 아파왔다.

계속해서, 머리가 가슴에게 묻는다.

나를 속였어요, 화각합죽선을 가지고 있어요, 우리 엄마에 대해 뭔가 아는 게 있어요?

해주는 눈을 질끈 감았다. 그녀의 머리가 따로 노는 것을 눈치 챘는지 그가 아랫입술을 아프게 물어뜯었다.

"집중해."

늘씬한 복부를, 그의 하체가 단단하게 압박해왔다. 이미 성이 나 일어나 있는 남성이 아랫배를 야릇하게 문질러왔다.

"……궁금한 게 있어요."

그의 슈트를 손끝으로 잡았다. 진현은 그녀의 귓불을 이로 짓씹다가 혀로 쓸고 귓바퀴를 빨아 당겼다. 기감이 파르라니 섰다. 그가 주는 감각들이 미치게 좋았다. 그런데 또 온전히 받아들일 수가 없었다. 그래서 입이 열렸다.

"난 당신을 사랑하는데, 당신은요?"

그가 귀밑 여린 살을 지분댔다. 분명 흔적이 남을 것이라 하지 말라고 해야 했지만, 그보다 더 중요한 것이 있었다. 해주는 절박했다. 그에게서 대답을 들어야 했다.

"내가, 좋기는 해요?"

"관심도 없는데, 시간 들여 이럴 만큼 한가롭지 않아."

훤히 드러난 목덜미를 빨아 당기며 그가 말했다. 해주는 고개를 가로저었다.

"사랑은 아니어도, 내가 아프면 걱정할 만큼은 좋아해요? 안 보이면 궁금할 만큼은 돼요? 행동 말고, 나 혼자 이럴 거야, 추론하는 거 말고, 말로 듣고 싶어."

목에서 얼핏 울음기가 묻어났나 보다. 그녀를 지분대던 진현이 고개를 들고 그녀를 보았다. 그는 조금 의아해하는 것 같았다. 해주는 울컥 치받는 감정 덩어리를 최대한 억누른 채 그를 집요하게 응시했다.

열기로 조금 흐릿해졌던 그의 눈자위가 그녀를 날카롭게 살폈다.

해주는 구명줄처럼 진현의 옷깃을 틀어쥐었다. 이젠 모르겠다. 머리가 터질 것 같았다. 그저, 그녀를 욕심내는 남자를 기쁘게 받아들이고 싶은데, 그것조차 순수하게 집중하지 못하는 자신이 싫었다.

진현의 입술이 달싹거렸다. 긴장으로 온몸이 저릿저릿할 지경이었다. 뒷목이 뻣뻣하게 당겨왔다. 제발.

"……지금은 네가 내 주변에 있는 사람들 중 그 누구보다 우선순위기는 해."

"그래…… 요."

"그게 왜 중요하지?"

마치 그가 그녀를 안고 있다는 사실만이 중요하다는 듯 그가 원피스 어깨 끈을 슬쩍 내려 그 위를 이로 깨물고 혀로 얼러준 후 다시 끈을 올려주었다.

"나도 내 주변에 있는 사람들 중 그 누구보다 우선순위인 사람이 있어요."

해주는 그의 슈트에서 손을 내렸다.

"당신하고 우리 엄마."

그의 눈을 볼 수가 없었다. 정적이 이어졌다. 왠지 호흡조차 버겁다 느껴졌다.

누구를 우선으로 매길 수 없을 만큼 중요한 사람들인데, 당신이 날 속였다면 나는 어째야 하죠. 그래도 당신을 사랑하니까 그럴 수도 있죠, 하며 웃어넘겨야 하나요. 정말 나사 하나 빠져서 정신 나간 계집애처럼.

"윤해주."

그녀가 그를 보지 못하고, 그의 목에 매인 타이 언저리 부근만 멍하니 바라볼 때였다. 그가 뜬금없이 그녀의 얼굴을 잡아 저를 보게 만들었다.

"너랑 자야겠다, 당장."

그는 그녀의 대답을 기다리지도 않았다. 그녀의 손을 휘어잡고 오찬회장을 빠져나온 그는 곧바로 주최 측에서 리조트에 배정해준 객실로 향했다. 거의 달리듯이 문 앞에 다다랐고, 이어 등 뒤로 문이 닫히자 그가 그녀의 양 어깨에 걸쳐진 원피스의 가는 어깨끈을 잡고 그대로 밑으로 쭉 내려버렸다. 옷감이 찢어지는지 북, 하는 소리가 들린 것도 같았다.

"화각합죽선…… 정보는 없어요?"

곧바로 다리 사이를 찔러 들어오는 거친 손길에 숨을 들이키며 여린 음성으로 물었다. 그의 손끝이 멈칫했다. 그녀의 심장이 있는 왼쪽 가슴을 덮으며 그가 눈을 맞췄다.

"찾아준다고, 약속해."

당신이 아닌 거죠?

옷을 벗지도 않고 그대로 바지와 속옷만 내려 남성을 드러낸 진현이 성급하게 그녀를 채워왔다. 그의 허리에 둘러진 다리가 아렸고, 그가 집요하게 매만지는 가슴 끝도 쓰라렸다. 우악스럽게 움켜쥔 둔부는 따가웠고, 그의 입술이 닿아 있는 가슴 둔덕은 치아가 내는 거친 흔적에 비명을 질렀다.

하지만 무엇보다 아픈 건, 이 순간에도 끊임없이 그를 의심해야 하는 자신이었다. 해주는 나머지 다리도 들어 그녀를 아프도록 파고드는 진현에게 매달렸다. 물어볼 용기는 없다. 그렇다고 이 의심이라는 마음을 지닌 채, 이 남자를 사랑하는 일을 계속할 수는 없었다.

진현은 눈앞에서 활활 타들어가고 있는 컨테이너 창고를 무감정한 얼굴로 응시했다. 멀리서 소방차의 사이렌 소리가 들려오는 듯도 했지만, 그는 좀처럼 자리를 떠날 기색이 없어 보였다. 그의 옆에 시립해 있던 홍만이 도리어 불안한 듯 그를 연신 살폈지만, 진현은 검은 밤하늘을 화려하게 수놓는 불길을 눈을 가늘게 내리뜬 채 감상했다.

"피해액이 얼마 정도 될 거라고 했지?"

"이 정도 화재면 백억은 족히 될 겁니다. 이 창고에 있던 건 북한 미술관에 소장되어 있던 진본이니까요."

진현은 가볍게 고개를 끄덕였다. 그를 건드린 게 실수였다. 그는 그래도 홍나희에게 자비를 베풀었었다. 그녀의 조부를 죽음으로 내몬 것이 자신이었기에, 홍나희는 그저 감옥행에 그치게 한 것이었다.

그런데 앞뒤 분간 못 하고 감정에 내몰린 채 오로지 그가 파멸하기만을 원하는 홍나희는 그를 제대로 건드렸다. 그 여자는 이미 망가진 수레바퀴나 마찬가지다. 기사회생할 구석도 없다. 벼랑 끝으로 내몰린 여자는 아마 그를 죽여버리겠다, 정도의 발악이 전부일 테다. 그가 준비가 다 되었기에, 더 이상 홍나희가 이 바닥에서 설칠 날은 없다고 봐도 무방했다.

"정말 잘 타는군."

낮게 웃으며 말한 진현은 몸을 돌려 홍만이 운전하는 세단에 올랐다.

십 년 전, 그는 동규의 죽음에 연루된 배후의 H가 홍나희의 조부인 것을 손쉽게 알아낼 수 있었다. 당시 홍나희의 조부는 막 이 업계에 발을 담그기 시작한 손녀에게 쉽게 길을 터주고 싶어 했고, 그 수단으로 화각합죽선을 이용하려 했었다.

그런데 말아먹은 것이었다. 해주의 엄마와 동규가.

물증은 없지만 심증은 충분했다. 진현은 동규가 남긴 재산에 빚까지 얻어가며 홍나희의 조부가 심혈을 기울이던 서양화 거래를 망쳐버렸고, 어디서 뭐가 잘못됐는지도 모르게 일을 망친 홍나희의 조부는 서양화를 그에게 건네주기 위해 한국 땅을 밟았던 러시아 마피아들로부터 신뢰를 잃어야 했다.

한국에서 난다 긴다 하는 화상이라 하더라도, 세계에서까지 그런 법은 아니다. 러시아 마피아들은 배신자를 처단하는 그네들의 방법으로 칠순이 훌쩍 넘은 홍나희의 조부에게 대가를 치르게 했다. 심장 부근을 아슬아슬하게 스치고 간 총알은 그를 병석에 누워 있게 했고 홍 갤러리 사업의 전면에는 홍나희가 나서게 되었다.

이것은 실제로 알려지지 않은 것이지만, 러시아 마피아들은 단번에 홍나희의 조부를 처단하지 못했다는 사실을 알고 집요하게 쫓았다. 그리고 그가 제공한 정보로 홍나희의 조부는 기어코 목숨줄이 끊어지고야 말았다.

"다른 창고로 불이 옮겨가지는 않겠습니까."

운전석에 오른 홍만이 룸미러를 통해 진현을 보며 물었다. 과거를 떠올리던 진현은 스산하게 물고 있던 입가의 미소를 지웠다.

"그 전에 소방서에서 도착할 거야."

홍나희는 세간에서 평가하는 것보다 부족한 사람이었다. 자만심이 지나치게 강했고, 또한 스스로가 무척이나 똑똑하다고 생각했다. 허를 찌른답시고, 북에서 중국을 통해 한국으로 들여오는 북한의 미술작품들을 모두 한곳에 모아둔 것이다. 대개 은신처를 마련해놓고 여러 군데 분산해놓는 장물장이들과의 방법과는 다르게.

뭐 덕분에 일만 편해졌다. 이번 화재로 인해 홍나희는 백억에 달하는 자산을 잃게 될 테고 그러면 현금이 급하게 필요해질 것이었다. 홍나희에게 돈을 빌려줄 만한 채무자들은 모두 그의 아래에 엮어놨으니, 이제는 홍나희가 그물에 걸려 살기 위해 발버둥치는 우스운 꼴을 느긋하게 관전하면 되는 거였다.

홍만이 곧 차를 출발시켰고, 진현은 뒷좌석에 몸을 기댔다. 얼마 지나지 않아 슈트 상의 안쪽에서 휴대전화가 울리기 시작했다. 급격히 몰려오는 피로에 전화를 무시하려 했던 진현은 전화가 끊길 생각을 앉자 미간을 찌푸리며 휴대전화를 꺼내 귀에 가져다 댔다.

"뭐야."

- 경보가 울렸습니다.

갤러리에 상주하고 있는 상황실 안전요원이었다.

활짝 열려 있는 현관문, 그 앞을 개미떼처럼 매우고 있는 기동대 경찰들, 손에 든 총구는 한곳을 향해 겨눠져 있었고 주위에서는 기이한 정적이 흘렀다.

연락을 받고 급히 온 것인지, 편안한 플레어스커트에 니트를 입은 주란이 보였다. 그리고 그를 돌아보는 주란의 얼굴이 하얗게 질려간다. 어떤 예감에 진현은 목구멍이 칼칼함을 느끼며 현관으로 다가갔다.

금고는 아직 옮기지 못했다. 지시는 내렸지만 소자춘, 그 작자가 거드름을 피우며 옮길 장소에 대해 이것저것 토를 달았기 때문이었다. 그런데, 지금 그는 그 소자춘이 눈앞에 있다면 목을 졸라 죽여버리고 싶은 심정이었다.

그는 그를 제지하는 경찰 인력을 헤집고서 안으로 들어갔고 널찍한 거실 한가운데에 있는 그림자를 확인하곤 걸음을 우뚝 멈췄다. 그리고 주란처럼 그의 얼굴 역시 밀랍처럼 굳어갔다. 본인 스스로도 인지하지 못한 채.

거실 가운데, 새로 바꾼 시스 디자인의 남색 소파에 앉아 있는, 온통 검은색 일색인 실루엣이 보였다. 아니, 실루엣이 아니었다. 해주였다. 그녀의 손으로 시선을 옮긴 진현의 얼굴이 어찌해볼 여력도 없이 참담하게 일그러졌다.

화각합죽선. 그리고 다 해진 갈색 다이어리.

동규의 일기였다. 그리고 왜 경찰들과 해주의 대치 상황이 지금까지 이어졌는지도 깨달았다. 그녀의 옆에는 이 나라, 한국에서는 좀처럼 볼 수 없는 검은 묵빛의 총이 놓여 있었다. 하지만 진현은 확신했다. 저건 진짜 총이 아니다. 복원실, 학도의 서랍 속에 있는 라이터 총이었다. 진짜와 구별이 가지 않을 정도로 정교하게 생긴.

곧 해주가 고개를 들어 그를 보았고, 그 안에 담긴, 차마 해석할 수 없는 수많은 감정들에 그의 가슴은 마치 담벼락이 무너지듯 풀썩 스러졌다. 손끝부터 시작해 온몸의 힘이란 힘은 모두 빠져 나갔다. 그녀가 그에게서 시선을 돌렸다. 손 안의 화각합죽선을 물끄러미 바라본다. 여자는 더 이상 그를 보지 않았다. 조금도.

"됐습니다."

"네?"

기동대를 끌고 온 책임자가 못 들었다는 듯 되물었고 진현은 다시 한 번 말했다.

"경보가 잘못 울린 겁니다. 죄송하지만 그냥 가보셔야겠습니다."

"하지만……."

남자의 시선이 테이블 위의 총에 머물렀고 진현은 허탈하게 웃었다.

"라이터입니다."

"에? 하지만 저 여자는……."

"잘못 울린 거라고, 그렇게 말씀드렸습니다만."

진현이 재차 이를 사려 물고 말하자 남자는 그제야 물러났다. 남자는 곧 기동대원들을 수습해 건물을 빠져나갔고, 남은 주란이 진현의 뒤로 조심스레 다가왔다.

"어떻게 된 거야, 마 사장. 화각합죽선도 네가 갖고 있었던 거니?"

주란과는 비즈니스 파트너일 뿐이다. 그의 일거수일투족을, 그가 동규의 물건 중 어떤 걸 회수했는지 모두 말해줄 필요는 없었다. 그런데 주란은 일말의 배신을 당했다는 듯한 얼굴로 그를 보고 있다. 하지만 주란이 그를 어떻게 보건 상관없다. 주란이 형에게는 하나뿐인 소중한 연인이었을지는 몰라도 그에게는 유용한 직원에 지나지 않았으니까.

서로를 아는 과거를 공유했다고는 하나, 단지 그뿐이었다.

하지만 윤해주는.

그가 주란을 무시한 채 오로지 해주만 바라보자 주란은 이내 몸을 돌려 집에서 나갔다. 이제 단둘만 남았다. 해주의 얼굴이 그를 향해 들렸다.

핏발 선 붉은 눈동자. 파랗게 질린 입술. 오들오들 떨리는 어깨.

발밑이 무너진다, 까마득하게.

머리가 하얘진다, 아득하게.

진현은 숨도 제대로 쉬지 못한 채, 해주를 응시했다. 긴장으로 차게 언 손끝은 감각이 사라진 지 오래였다. 입안이 바싹 타들어갔다. 심장이 납덩이처럼 무거워졌다. 온몸의, 그를 움직이게 하는 기관들이 녹슨 쇳소리를 내며 둔해졌다. 그리고 그때, 윤해주가 움직였다.

한 걸음, 한 걸음 옮길수록 그와 그녀의 사이가 좁혀졌다. 그에게서 단 일 초도 떨어지지 않는 시선에, 그 역시 온 곳에 윤해주만이 존재하는 것처럼, 그렇게 그녀를 보았다.

아직 일말의 여지가 있다. 화각합죽선은 몰라도, 그녀가 일기를 보지 않았을 수도 있다.

그를 향한 해주의 시선에 복잡다단한 감정이 너울지고, 그 위로 짙게 떠오르는 실망과 체념, 분노 같은 부정적 감정들을 읽었음에도 불구하고 진현은 단 0.01퍼센트의 가능성이 있다면 거기에 무게를 실어두고 싶었다.

늘 그를 위한 애정으로 반짝이던 두 눈이, 속살거리던 입술이, 그를 위해 만개하던 몸이 더 이상 없을 수도 있다는 사실이 그의 신경을 갈기갈기 찢었으므로. 폐부를 옴팡 헤집었으므로. 그래서 벌써부터 속이 찌부러졌으므로.

아직은. 그래, 아직은이었다.

진현은 불과 두 걸음 앞으로 다가온 해주를 보며 주먹을 으스러지게 쥐었다. 그리고 다시 한 걸음. 잠시 그를 스쳐가듯 머문 그녀의 시선이 신기루처럼 공허하게 돌아갔다. 다시 한 걸음, 그의 옆으로 선 해주가 숨을 들이켜는 소리가 천둥처럼 들렸고, 그의 발밑에 동규의 갈색 가죽 다이어리가 툭, 떨어졌다.

이어 그에게 어떤 말도 없이, 해주가 또 한 걸음, 그를 스쳐갔
다. 진현은 반사적으로 손을 뻗어 그녀의 팔을 잡아 돌렸다. 거
칠게 돌려진 몸이 그의 앞으로 끌려왔고, 해주가 그를 보았다.

가슴이, 버스러져 내렸다. 오래된 시멘트가 떨어지듯, 바람이
한 번 훑고 지나갈 때마다 우수수, 그렇게 뜯겨져 내렸다. 하지
만 진현은 그 아픔을 느낄 수가 없었다.

내내 누르고 있었던 듯, 빨갛게 변한 해주의 흰자위가 그를
향한 순간, 오른쪽 눈에서 툭 하고 투명한 물줄기가 흘러내렸
다. 얼굴은 무감정하기 그지없는데, 어떻게 그렇게 서럽게 떨어
져 내리는지 모를 노릇이었다.

"……놔."

낮게 갈라진 목소리가 서늘하게 흘러들었다. 이어 왼쪽 눈가
에서도 물줄기 흐르듯 떨어져 내린다, 눈물이.

해주의 다갈색 동공이 그를 향했다. 눈물이 많을 것 같은 눈
이라고 예전에 한 번, 생각했었다. 그런데 여자는 생각보다 강
했고, 우는 법도 많지 않았다. 그런데 그를 향한 동공은 그가 본
여자의 눈물 중 가장 서러운 것이었다.

"……놔."

다시 한 번, 팔에 바짝 힘을 주며 해주가 말했다. 진현은 손에
힘을 넣어 더욱 옥죄었다.

이렇게 우는 너를, 어떻게 혼자 보내나. 단지 그 생각뿐이었
다.

그러나 다음 순간, 그는 해주의 팔을 놓을 수밖에 없었다. 그

를 쏘아보는 날카로운 눈엔 미움이 가득했고 원망이 넘쳤으며 애정이 사라진 빈터뿐이었다.

그가 손을 놓자 해주가 다시 기계처럼 터벅터벅 걸어갔다. 한 손에는 화각합죽선을 부술 듯이 꽉 그러쥔 채, 조금은 위태롭게 걸어 나갔다. 진현은 해주를 따라 돌아섰다. 그녀를 쫓아 나가려다, 발에 뭔가가 꾹 밟히는 바람에 고개를 숙였다. 동규의 다이어리였다.

고개를 들었을 땐 이미 해주는 없었다. 진현은 허리를 숙여 다이어리를 주워들었다. 팔랑이며, 낱장으로 넘어가는 종이를 훑었다. 그러다 그의 손이 멈췄다. 동규의 일기가 끝나는 3분의 2 지점 즈음, 주먹으로 움켜쥔 듯, 왈칵 구겨진 자국이 칼날처럼 눈을 아프게 채우고 들어왔다.

본 것이다. 그가 그렇게 덮어두려 했던 사실을 그녀가 본 것이다. 어떻게 안 것일까. 내색 한 번 없었는데, 거짓말이라곤 재주가 도통 없는 여자인데 어떻게.

……이제 와서 과정이 어떻게 됐건 중요하지 않다. 중요한 것은 여자가 모든 것을 알았다는 것.

발밑이 균형을 잃었다. 삐걱거렸다. 머리가 아득했다. 어지러웠다. 까마득하게 꺼져갔다. 그리고 여자를 향해 질주하던 심장이, 절망으로 부스러져갔다. 그래서 숨을 쉴 수가 없었다.

여자에게 가는 길은 무저갱 같았다. 누군가 돌팔매질로 장난질이라도 친 것인지, 가로등이 깨진 골목은 온통 어둠에 잠겨 있었다. 하지만 진현은 묵묵히 걸었다. 길은 익숙했다. 그가 여자에게 오기 위해 꽤 여러 번 짚어 걸었던 곳이니까.

불과 몇 주 전에는 이곳에서 여자와 손을 잡고, 데이트라는 것을 했었다. 여자는 차가워진 손끝을 연신 제 손으로 덮혀주며 원래 손이 차냐고 물었다. 그가 대답을 않자 여자는 그 작은 입술을 삐죽대며 그의 손에 옅은 숨 바람을 불어주었다.

하지만 낯설기 그지없는 접촉에 긴장으로 차가워진 손이 그 바람 하나에 덮혀질 리 없었다. 그럼에도 불구하고 여자는 열심이었다. 그리고 그는 그의 손아래 고물거리는 여자의 손을 뜨겁게 인식해야 했다. 더불어 타인을 향해 처음 피어난 생소한 애정에 가슴 끝이 간질거리는 희귀한 경험도.

감정은 무럭무럭 자라났다. 하루 중 해가 뜨고 중천을 지나, 달이 뜰 때쯤이면 여자에 대한 생각은 저 밑바닥부터 머리끝까지 차올랐다. 어이가 없을 정도로 빨랐고, 당혹스러울 만큼 깊었다.

하지만 지금은 후회한다. 여자의 집이 다가올 때마다, 가슴이 저며들었다. 뼈마디가 휑휑했다. 눅눅하기 그지없는 검은 먹이 그를 에워싸고 끈적하게 짓눌렀다. 일어서고 싶은 마음조차 들지 않게, 무기력하게 만들었다.

여자와 대화를 해야 했다. 돌려놔야 했다. 무슨 말을 해서든, 여자를 그의 곁으로 되돌아오게 해야 했다. 그래야, 그를 옭아맨 이 바닥없는 구덩이에서 헤어 나올 수 있을 테니까. 숨이 목 끝까지 막혔다. 심장은 뛰는데, 피는 돌아가는데 살고 있는 것 같은 실감이 들지 않았다. 그는 죽어 있는 거나 마찬가지였다.

진현은 걸음을 빨리했다. 차가 골목까지 들어올 수 있었다면, 그녀를 만날 시간을 조금 더 단축할 수 있었을 텐데 골목은 무척이나 좁았다. 그는 곧 파란 대문 앞에 섰다. 그의 가슴팍에 겨우 닿는 낮은 담벼락 너머로 불이 켜진 아담한 한옥이 보였다. 진현은 대문 옆에 있는 벨을 누르려 했다. 그러나, 누를 수가 없었다.

"왜 그러냐니까, 정말!"

아이의 초조한 목소리가 담벼락 너머에서 슬그머니 기어 나왔다. 그리고 마치 소중한 무엇을 영영 빼앗겨버린 아이처럼 서러운 울음소리도.

"무슨 일인지 말 좀 해봐요. 왜 이렇게 우는데. 애도 아니고 이게 뭐예요! 술 마셨어요? 술도 안 마셨는데 맨 정신에 왜 이런대, 진짜!"

진현은 담벼락 너머, 집 안이 보이는 곳으로 몸을 움직였다. 가슴 끝이 아렸다. 평원의 성난 목소리 사이사이로 들려오는 그 서러운 소리가 누구의 것인지 알기 때문에, 담벼락 위를 짚어 안쪽을 주시하는 그의 손끝이 미세하게 떨렸다.

"어어어어어엉!"

한옥 마당 앞으로 난, 작은 평상 위에 그가 그토록 원하는 여자의 모습이 보였다. 그런데 운다. 그를 보고서는 단 한마디도 없이 서늘하게 노려만 보던 여자가, 저렇게 온몸을 꼬아대며 운다. 꺾인 허리는 평상 바닥과 붙어 있었고, 흘러내린 머리칼 사이로 드문드문 보이는 하얀 얼굴은 상처로 짓이겨져 있었다.

"정말 왜 이래요, 무슨 일인데요!"

평상 옆에 트레이닝복 차림으로 서서 해주의 주위를 빙빙 도는 평원의 목에도 울음기가 섞여들었다. 진현은 담벼락을 부술 듯, 아귀에 힘을 가득 실었다. 온 골목을 울릴 정도로 여자의 울음은 점점 커졌다. 가슴이 답답한 듯 제 가슴팍을 쳐대는 주먹에 탕탕, 뼈가 울렸고 미치겠다는 듯 뒤채는 머리는 처절했다. 해주의 얼굴 가득 얼룩진 눈물에 그의 폐부가 조각났다.

그가, 울린 것이다. 그가 아프게 한 것이다.

여자를 만나서 얘기할 생각이었다. 처음엔 얘기할 필요를 느끼지 못했고, 그 다음엔 화각합죽선을 볼모로 너를 이용하려 했고, 또 그 다음엔 네게 싫증이 날 때까지만 덮어두려 했고 이제는 자신이 네가 없어선 안 돼서 진실을 지우려 했다고.

그런데 그에 대한 배신으로, 상처로, 슬픔으로 저렇게 온몸을 들썩이는 여자에게 어디서부터 어떻게 무슨 말을 꺼내야 할지 머리가 아득해졌다. 여자의 울음소리가 고막을 파고들 때마다 진현은 저가 미치겠는 심정이 되었다.

그가 아프게 해놓고, 그가 울게 해놓고 머리를, 가슴을 들쑤셔대는 여자의 울음소리에 화가 차올랐고, 또 그를 아프게 울리는 여자의 상처에 그럴 수만 있다면 제 속을 갈기갈기 찢어놓고 싶었다.

"……하다."

담벼락 너머로, 아이처럼 소리 내며 목 놓아 우는 여자에게 진현은 차마 나오지 않는 말을 겨우 담아냈다.

"미안하다."

미안하지만, 네가 나 싫다 해도 이젠 내가 못 놓는다.

"아아, 하아, 아윽! 아아아아!"

목이 쉬었다. 여자는 목소리가 갈라지는데도, 탈진할 것처럼 울어댔다. 그의 앞에선 그렇게 멀쩡하고선 이렇게 운다.

평원이 휴지를 한 움큼 집어 해주의 얼굴에 마구 밀어댔다. 머리를 쓸어 올려 온전히 드러난 여자의 얼굴이 그의 시야에 드러났다. 코가 빨갛고 눈이 빨갛고, 피부도 붉어졌다. 그렇게 울고서도 여자는 또 운다. 고장 난 수도꼭지처럼 끊임없이 물을 흘려냈다.

"허억, 허억, 아아아……!"

휴지에 얼굴을 묻고 숨 넘어갈 것처럼 울었다. 지켜보는 진현의 눈시울이 발개졌다. 형, 동규가 죽었을 때조차 단 한 방울의 눈물도 흘리지 않았던 그인데, 그를 밀어내려, 그를 게워내려 준비하는 여자의 눈물에 가슴이 치받았다.

"나는 안 돼, 윤해주."

미안하다. 속여서, 기만해서.

하지만 그는 윤해주처럼 끝을 준비할 수가 없었다. 살얼음판을 걷는 그의 일상에 처음으로 안온함을 준 여자를, 그 본연의 웃음을 돌려준 여자를, 그도 살아 숨 쉬는 심장이 있음을 깨닫게 해준 여자를 미안함 하나로, 죄책감 하나로 놓을 수는 없었다.

원래부터 정(正)이고 도(道)고 그에게는 없는 기준이었다. 그가
사는 기준은 '목표'뿐이다. 더군다나 여자에게 착한 남자이고 싶
었던 적도 없었다. 그러니까 그는 못 놓는다. 그녀를 놓는 순간
에는 죽는 거다.

학도의 말이 맞았다. 심장이 온통 헐고, 가슴이 텅 비고, 목구
멍이 꽉 막혔다. 빌어먹게도 학도의 말처럼 그는 온통 헐어지는
자신을 느꼈다.

진현은 서럽게 우는 해주를 지켜보며 그 자리에 오래도록 서
있었다. 지켜보는 게, 발목이 풀썩 꺾일 것처럼 힘들었지만 지
켰다. 핏줄이 튀어오를 정도로 주먹을 꽉 쥔 채, 얼음장처럼 차
가워진 손끝이 얼얼할 정도로 긴장한 채, 새벽의 미명이 그의
머리를 비추도록 그렇게 오래.

나희는 머리가 깨질 것처럼 아팠다. 새벽, 뜬금없이 들려온
서울 외곽, 폐공장에 마련해놓은 컨테이너 창고의 화재는 그녀
의 기반을 송두리째 흔드는 것이었다. 서둘러 화재를 진압했지
만 이미 늦었다. 안에서부터 피어난 불길은 그녀의 재산을 모두
검은 재로 만들어버렸다.

중국을 통해 들여오는 북한 작품들이 모두 그 창고 안에 있었
다. 절대 알려질 리가 없는 장소인데 노출되었다. 작정하고 노
린 것이었다. 삽시간에 한 남자의 얼굴이 머릿속을 스쳐갔고,
이제는 남은 애정인지 까닭 없는 분노인지 모를 감정이 그녀를
좀먹었다.

한두 푼이 아니었고, 한두 점이 아니었다. 그녀의 비밀스런 사업에 대해 알고 있는 작자들조차도 그것들이 그저 모작 기술이 뛰어난 북한의 꾼들이 잘 그려낸 위조 작품인 정도로만 알고 있다.

그러나 아니었다. 그것들은 북한의 박물관, 미술관에 소장되어 있는 진품이었다. 한국의 고미술품 시장을 장악하고 있는 결작 갤러리에 대항하여, 그녀가 교도소에 복역하고 있던 와중에도 선호를 통해 꾸준히 모아온 재산이었다.

그런데 그 모든 것이 말 그대로 한 줌의 재로 돌아갔다.

"이 미친 새끼!"

마진현이라면, 그것을 알고서도 저질렀으리라. 그 남자에게 있는 거라곤 미술품을 취급하는 화상의 양심이 아니라, 제 형인 동규의 모작뿐이니까. 애초에 고미술품에 대한 애착과 예의라는 것은 눈곱만큼도 없는 작자니까.

똑똑.

붉게 칠한 손톱을 초조하게 물어뜯으며, 잃은 돈을 어떻게 회복해야 할지, 그 고미술품들을 들여오기 위해 돌린 채권을 어떻게 막아야 할지 쉼 없이 머리를 굴리던 나희가 문 두드리는 소리에 고개를 돌렸다.

그녀가 대답이 없음에도 곧 문고리가 돌아갔고, 날카로운 인상의 선호가 사무실 안으로 들어왔다.

"뭐야."

상황이 상황이니만큼 목소리가 다소 날카롭게 나왔다. 그러나 그런 것은 안중에도 없는 양, 선호가 책상 앞으로 다가와 품에서 뭔가를 꺼내 그녀의 앞에 내려놓았다. 그것을 힐끔 응시한 나희가 눈썹을 사납게 찌푸리며 선호를 올려다보았다.

"테이프입니다."

"누군 눈 없어? 무슨 테이프냐고 묻는 거잖아!"

책상을 내리친 나희가 선호를 앙칼지게 바라보았다. 그러자 선호가 나희의 앞에 내려놓은 테이프를 응시하곤 무표정한 얼굴로 대답했다.

"그날, 임학도와 함께 갤러리 안으로 들어갔던 여자의 영상입니다."

"뭐?"

"최 형사가 전했습니다. 임학도가 자수를 하고 다음 날 사건 정리를 위해 갤러리를 다시 방문했을 때, 증거 확보를 위해 재수색이 이루어졌다고 합니다. 그 와중에 통풍구 한쪽에서 이 테이프가 발견됐습니다. 아마 마 사장의 옆에 있던 그 여자가, 미처 챙기지 못한 것으로 판단됩니다."

"……최 형사가 원하는 건 뭐야."

"요트가 하나 생기면 동해로 휴가나 떠나고 싶은데 말이야, 라고 하더군요."

"좆 같은 새끼."

거침없는 욕설이 튀어나갔다. 하지만 나희는 이미 선호가 최 형사에게 요트를 지급해주었을 것을 알았다. 그 썩고 썩은 형사 놈은 제가 원하는 걸 받아먹기 전에는 결코 물건 먼저 넘겨줄

위인이 아니었으니까.

"그 계집애라고?"

나희가 테이프를 손끝으로 건드리며 묻자 선호가 고개를 끄덕였다.

"영상은 확인했습니다. 들고 날 때야, 사각지대를 이용해 흔적이 없습니다만, 여자를 엮기엔 충분한 증거가 됩니다."

"……그래."

나희의 입 꼬리가 조악하게 비틀렸다. 그러나 선호의 눈에는 나희의 웃음이 웃음 같아 보이지 않았다. 그 밤, 진현과 한바탕 접전이 있고 난 후 돌아온 나희는 밤새 술을 먹었다. 얼마간 끊었던 담배도 줄기차게 피워댔다.

화장이 번져 검게 얼룩진 얼굴은 나약한 여자의 얼굴을 드러냈고, 그것은 채 갈무리하지 못한 진현에 대한 감정이 손톱만큼이라도 남아 있다는 것을 알게 했다. 그래서 선호 역시 거지같은 기분에 휩싸여야만 했다.

"선호야."

테이프를 손끝으로 쓸던 나희가 그를 불렀다.

"열 개쯤, 복사해놔."

"네."

선호는 고개를 숙였다. 화재도 화재였지만, 마진현이 그렇게 감싸고 돌았다는 것만 해도, 나희가 그 여자를 죽일 이유는 충분했다.

"하나는 마진현에게 보내. 이젠 알겠지. 화재든 뭐든, 누가 우위에 있는지."

나희가 소리를 죽여 웃었다. 선호는 고개를 끄덕이고는 품에 넣고 있던 파일 철 하나를 더 꺼내 나희 앞으로 밀었다. 그녀가 뭐냐는 듯 바라보자 선호가 재차 말했다.

"지시하신, 여자에 대한 조사 보고서입니다."

얼굴을 알았겠다, 뒤는 쉬웠다. 선호는 지난 며칠간, 윤해주에 대해 최대한 알아보았고 더불어 그녀와 마진현이 꽤 심각한 사이인 것을 잡아냈다. 또 나희의 밤은 길어질 테다. 그 남자의 차가운 심장을 움직인 것이 한낱 좀도둑 계집애인 것을 알게 되면, 그리고 그녀의 화려한 데뷔를 망친 고고학자 윤진이의 딸자식인 것을 알게 되면.

십 년 전, 나희가 조부의 뒤를 이어 갤러리 일에 나서기 위한 준비를 할 때였다. 당시 홍 회장은 하나뿐인 손녀, 나희를 위해 꽤 성대한 일을 준비하고 있었고 그를 위해 윤진이라는 고고학자를 이용했었다.

당시 홍 회장은 돌아가는 대략적인 상황만 알려줄 뿐, 나희의 개입을 허락하지 않았다. 나희는 뒤늦게 그 원대한 계획이 고고학자 윤진이의 꼼수로 망가진 것을 알고 무척이나 분개했었다. 찾아내 뼈마디를 다 부숴버리겠다며 날뛰는 나희를 홍 회장이 되레 달래야 했었다.

그런데 그 윤진이의 딸이다. 이번에는 나희의 표독스런 눈동자가 어디까지 더 망가지게 될까.

선호는 고개를 숙였다. 그는 나희의 수족이었다. 그녀가 하라는 대로 움직이고 생각하라는 대로 생각한다. 스러져가고 있는 갤러리의 가계는 생각지 않은 채 복수만을 위해 저 자신을 좀먹어가는 나희가 아프기는 해도 멈추게 하고 싶지는 않았다.

이대로라면, 나희는 분명 마진현 때문에 부서지게 될 테다. 정신적, 물질적으로 모두.

냉정하게 사태를 파고 본다면, 분명 나희는 마진현의 상대가 아니었다. 나희가 멀쩡했다면 모르지만 그녀는 현재 편협한 사고밖에 행할 수 없는 상태였다.

그렇게 되면 선호는 나희를 데리고 국내를 뜰 생각이었다. 아무것도 남지 않은 채, 빈껍데기가 되어버린 여자가 믿을 것이라곤 그뿐이리라. 선호는 그렇게 해서라도 그를 일 벌레로밖에 취급하지 않는 이 오만한 여자를 가지고 싶었다. 그렇게 그의 사랑 또한, 처절했다.

"이모, 여기 얼마예요?"

아무리 마셔도 취하지가 않았다. 해주는 텅 빈 소주 네 병을 탁자 끝머리로 밀고는 자리에서 일어났다. 포차의 파란색 테이블은 한쪽으로 치우친 소주의 무게를 위태롭게 지탱했고, 골뱅이를 무치던 포차의 주인이 기겁하며 날 듯이 다가와 소주 네 병을 품으로 그러안고는 혀를 찼다.

"삼만 팔천 원."

테이블 위, 해주가 혼자 먹어치운 빈 접시들을 일별한 여자가 짜증스럽게 말하자 해주는 주머니를 주섬주섬 뒤져 꼬깃꼬깃한만 원짜리 네 장을 꺼내 탁자 위에 올려놨다.

"거스름돈은 필요 없어요."

생각 없이 고개를 돌리던 해주의 얼굴에 올라 있던 취기가 사라진 것은 순간이었다. 포차의 한쪽, 그녀가 앉은 자리가 무척이나 잘 보이는 테이블에 앉은 검은 슈트의 남자 때문이었다.

남자가 마치 먼지라도 되는 양, 눈길을 스윽 돌린 해주는 가방을 챙겨 포차를 나왔다. 밤바람은 스산했다. 겨울을 채비하는 날씨는 무척이나 냉랭했다. 껴입은 거라곤 두께가 조금 있는 후드 집업뿐이라, 해주는 어깨를 오소소 떨었다.

빌어먹을 일교차.

취하라고 먹는 술인데 이렇게 깨는 날씨 탓에 정신만 더욱 번쩍 드는 거 아닌가.

조금은 느른하게 늘어지는 걸음걸이로 해주는 곧바로 성북동의 비탈길을 오르기 시작했다. 그런데 혼자 걷던 걸음 소리가 곧 두 개가 되어 섞여들기 시작했다. 해주는 뒤를 돌아보지 않으려 목에 힘을 바짝 주었다.

그녀의 등 뒤, 열 걸음쯤 뒤처진 채 따라오는 남자는 벌써 일주일째 저러고 있었다. 말 한마디도 건네지 않은 채, 마치 그녀를 지켜주듯 저렇게 뒤만 밟다가 사라지곤 했다.

일주일째 술, 술, 또 술이었다. 그런데 술만 먹으면 세상을 다 가진 것처럼 포만해지던 가슴이 이번엔 도무지 반응할 줄을 몰랐다. 뭐든 아득한 저편으로 밀어 넣던 몽롱함도 찾아들지가 않았다. 그녀를 갉퀴는 기억이 더욱 선명하게 떠오르고, 끊임없이 떠올라서 아프게 했다.

"하아."

해주는 등 뒤를 좇는 발걸음을 무시한 채 터벅터벅 걸었다. 그럼에도 불구하고 오감은 등 뒤의 남자를 향해 서 있다. 제 스스로가 경멸스럽게 느껴질 만큼, 그녀는 아직도 감정을 끊어내지 못했다.

진현을 의심하면서 사랑하는 것 따위는 도저히 할 수가 없어서, 실패를 각오하고 진현의 집에 들어갔었던 것이 일주일 전이었다. 주란의 말처럼 다용도실 뒤에는 금고가 있었고 그녀의 가슴은 튀어나올 것처럼 뛰어대기 시작했었다.

문을 어떻게 여는지를 몰라서, 떨리는 손끝으로 지문 인식 장치를 공구를 이용해 아예 뜯어내버렸다. 예고한 수순처럼 경보가 시끄럽게 집 안을 울리기 시작했고, 다른 의미로 조급해진 그녀는 금고로 급히 몸을 들여놓았다.

사방을 점유한 고미술품들. 그중, 그녀는 자석에 끌리기라도 한 것처럼 화각합죽선을 대번에 찾아낼 수 있었다. 그가, 정말 가지고 있었다. 그가 그녀를 속였다, 그 하나만으로도 가슴이 울컥거리고, 차오르는 배신감으로 발밑이 휘청거렸다.

밖에서 문이 탕탕거리며 울렸다. 해주는 돌아섰다. 그러다, 유리관 위에 펼쳐져 있는 갈색 가죽 다이어리를 보게 되었다. 진현이 보다 그대로 놓아둔 것인지 펼쳐져 있는 페이지를 스치듯 보았다. 그런데, 익숙한 이름이 씌어 있어 그것을 들여다보았다.

윤진이. 윤 교수. 화각합죽선.

그 남자의 형의 일기였다. 문 밖에서 경찰들의 성난 음성이 들려왔다. 하지만 그녀는 그 자리에서 못 박힌 듯 움직일 수가 없었다. 엄마가, 그녀가 그토록 찾아 헤맨 엄마가, 그 남자의 형 때문에 사라졌단다. 그 남자의 형이 부린 욕심 때문에, 엄마가 애걸을 했단다. 그 남자가 친 사기 때문에, 엄마가 무릎을 꿇었다고 한다.

다이어리의 한 귀퉁이가 왈칵 구겨졌다. 그녀가 힘을 통제하지 못하고 구겨버린 것이었다. 그녀를 향해 총구를 겨눈 경찰들이 현관문을 따고 눈앞에 짓쳐들었다. 그렇다고 이대로 순순히 끌려갈 순 없었다. 그를, 봐야 했다. 사랑이 무너지고, 가슴이 부서지고, 믿음이 깨졌지만 그래도 그를 봐야 했다.

그런데 학도의 라이터 총으로 시간을 번 사이에 들이닥친 그는, 납덩이처럼 굳어서, 백지장처럼 질려서는 굳었다.

아, 이 남자. 작정했었구나.

내가 필요하다더니, 그래서 나를 속였구나.

그 자리에서 눈물은 참았다. 아무 생각도 들지 않았다. 그저 모든 게 다 끝이라는, 그 생각 하나만이 그녀를 움직이게 했다. 남자가 그녀를 잡았고, 그녀가 할 수 있는 말은 놓으라는 게 전부였다. 그 와중에도 남자에게 반응하는 심장이 끔찍해, 스스로를 칼로 저미고 싶을 정도로, 그녀는 무너지고 있었다.

"하아."

해주는 다시 한 번 숨을 크게 내쉬었다. 악몽처럼 반복되는 그날이 그녀의 목을 졸랐다. 계속해서 뒤따라오는 터벅이는 발걸음에 짜증이 일었다. 상황 파악이 안 될 정도로 머저리도 아니면서, 그녀를 쫓아온다. 뻔뻔스럽게, 이기적이게.

발밑이 또 흔들린다. 잠시 비틀거리다 넘어질 뻔했다. 남자의 걸음이 조금 다급해졌지만, 그녀는 어렵지 않게 손으로 바닥을 짚어 지탱하곤 다시 몸을 세워 걷기 시작했다. 조금 흐트러졌던 남자의 걸음도 일정해졌다. 그게 참을 수가 없다. 해주는 두 눈을 질끈 감았다. 포차에서 얼핏 보았던 남자의 실루엣이 선명하게 떠올라 심장이 해졌다.

그날, 집에 돌아와 숨이 넘어갈 것처럼 울면서 남자를 놓으려 했다. 남자의 형 때문에 엄마가 사라졌다는 사실을 알고서도, 그가 그녀를 손바닥 위에 놓고 갖고 놀았다는 것을 알면서도 그를 사랑하는 일을 계속할 순 없었다.

울면서, 가슴에 담아냈던 남자에 대한 애정을 모두 털어버리고자 했다. 그런데 아무리 울어도 애정이 줄지를 않는 거다. 남자 때문에 배신감에 머리가 돌 것 같은데도 그를 생각하면 저릿해지는 뼈마디가 비명을 질러댔다.

그래서 보지 않기로 했다. 남자를 몰랐던 때로, 처음으로 돌아가고자 했다. 그런데 남자는 여지를 주지 않았다. 저렇게 자꾸, 그녀의 뒤를 지키고, 쫓고, 바라보고, 사라지지 않는다.

욱신거리는 가슴 끝이 기어이 눈물을 찔끔찔끔 짜냈다. 해주는 고개를 숙이고 눈물을 삼켰다. 그리고 걸음을 멈췄다.

"그만해요."

뒤쫓는 걸음도 멈췄다.

"……우리, 끝인 건가? 네가 하자던 연애 말이야."

남자의 음성은 무심했다. 기가 막히게도. 그는 일말의 동요도 없는 걸까.

나쁜 놈인 건 알았지만, 이렇게까지 양심이 없는 걸까.

"끝이 아니면요."

"난 그렇게 못 해. 시작은 네가 했어도, 끝은 내가 내."

"이만큼…… 갖고 놀았으면 됐잖아요. 다 알고서도 속아줄 만큼, 웃을 만큼 내가 병신 같아 보여요? 아, 병신 같겠구나. 다 알고서도 그냥 도망치듯 달아난 내가 병신처럼 보였겠구나. 그래서 사람을 이렇게 물로 보는……."

"날 사랑하는 거 아니었나."

그녀의 말을 자르고, 그의 음성이 끼어들었다.

"개새끼."

돌아보지 않았다. 남자의 발소리가 들렸다. 늘 규칙처럼 유지하던 열 걸음의 거리를 줄인 것 같았다.

"개새끼든, 미친 새끼든."

조금은 자조적인 웃음소리가 들려왔다. 돌아보고 싶었다. 그가 대체 어떤 얼굴로 그녀 앞에 나타난 건지. 그러나 그럴 수 없다. 그녀의 마음도 함께 돌아보게 될 것 같았으니까.

"더는 당신 손에서 놀아나고픈 생각 없어. 지금도 당신 죽이고 싶을 만큼 끔찍한데, 생각대로면 당신한테 칼이라도 들이대고 싶은데……!"

그럴 수가 없어서 미치겠는 게 누군데.

해주는 이를 악물었다. 이 미친놈의 사랑은 어째서 이 지경이 되어서까지도 기승을 부리는가. 이렇게 지독한 것이었나. 이제는 이 사랑이란 게 경멸스럽기까지 했다. 미움과, 경멸과 애정과 마음이 뒤섞여 모든 게 엉망진창이었다. 단 하나 분명한 건 그와는 안 된다는 것.

"데리고 논 적 없어."

가슴이 들썩였다.

"죽이고 싶으면 그냥 죽이면 돼."

"그걸 말이라고……!"

기어이 돌아보고야 말았다. 발칵 성이 나 몸을 반쯤 비틀었다. 그러자 다섯 걸음쯤 그녀의 뒤에 서 있던 남자가 눈에 들어왔다.

"날, 어떻게 죽여야 하는지 가르쳐줄까?"

어둠에 가려진 그의 얼굴이 보이지가 않았다. 검은 실루엣만이 그녀의 눈에 여실히 박혀들었다.

"네가 내 옆에 있으면 돼."

그가 한 걸음 앞으로 다가왔고, 그녀는 그만큼 몸을 뒤로 물렸다. 그러자 그의 걸음이 멈췄다.

"하루는 미워하고, 하루는 경멸하고, 하루는 증오해."

"그게 무슨……!"

"지금으로선 유일하게 날 죽이는 방법은 그것뿐이야. 정말 죽는 것쯤이야 무섭지 않게 된 지 오래거든. 시장 좌판에 널린 목숨처럼 언제든 버려도 아쉽지 않은 거였어. 이 목은. 그런데 살아 있는 심장이 죽은 적은 없어서, 많이 아플 것 같다. 네가 내목 같은 것보다 더, 아주 많이 아쉽거든. 아깝고."

마치, 세상의 끝을 바라보는 사람처럼, 미련이 한 톨도 없는 사람처럼 덤덤해서 무서웠다. 정말 당장 내일 죽을 사람처럼 보여서 가슴이 얼어붙었다. 미운데도. 끔찍해 죽겠는데도.

"그래도 이 숨을 끊어버리고 싶은 거라면 기꺼이 그래줄게. 미련 같은 거 없거든."

진심, 같았다. 순간 등골을 달리는 오싹함에 해주는 뒤로 걸음을 물렀다.

"술, 먹지 마. 지방간 생겨."

그가 한 걸음 더 다가오자 천천히 얼굴이 드러났다. 그의 얼굴선은 조금 더 날카로워졌다. 그리고 피곤해 보였다.

"늦게 돌아다니지 마. 요즘엔 여자면 누구든 안 가리는 세상이야."

그녀를 살피듯 동공을 천천히 움직이며 그가 입술을 달싹였다.

"……미안하지도, 않아요? 어떻게 한 마디를 안 해요?"

기어코 뱉고야 말았다. 술기운이라고 치부하자. 머리가 몽롱해지고 가슴이 뜨겁고 붉게 달아오른 얼굴은 모두 술 때문이라고, 그렇게 생각하자.

"미안하다고 하면, 다 끝나는 건가?"

그가 낮게 웃음을 흘렸다.

"그래서 되는 거면 백 번이고, 천 번이고 더 했어. 네 손에 그 일기가 들린 걸 본 순간부터 매 순간, 매 초 미안하다고 말했어. 그런데 그만큼 가볍게 미안하다고 할 말, 아니지 않나. 난 그렇게 생각하는데."

남자를 모르겠다. 해주는 몸을 돌렸다. 더 말을 섞어봤자 답도 없고, 나아질 관계도 아니었다. 진실은 그와 그녀 사이에 자리해 있었고 그것은 좁힐 수 없는 간극이었다.

"윤해주."

몸을 돌려 터벅터벅 올라가는 그녀를, 그가 등 뒤에서 불렀다.

"처음에는 몰라도 그 다음에는, 너 데리고 논 적 없어."

심장이 밑으로 푹 꺼졌다. 뭍이 없는 늪에 빠진 것처럼 쑥 내려앉았다.

"널 사랑하게 돼서, 그래서 더 숨길 수밖에 없었다는 생각은 안 드나?"

발목을 잡아당긴다. 굵은 쇠사슬이 설설 기어와 그녀의 팔목에 감기려 했다. 걸음을 빨리했다. 그러나 다음 순간이었다. 그녀의 몸이 뒤에서 꽉 붙들렸다. 등 뒤로 익숙한 체향이 훅 끼쳐왔고 이어 단단한 가슴이 그녀의 등에 닿았다. 가슴 앞을 휘감은 든든한 팔은 꿈에서도 알아볼 수 있는 그의 것이었다. 진현의 커다란 고동소리가 그녀의 등을 통해 전해져왔다.

"……흐윽! 나한테 왜 이러냐고. 나 말이라며. 그럼 이젠 됐다고. 네 말 안 한다고. 왜 여기까지 쫓아와서 이러냐고. 그만하라고!"

"……사랑하게 됐으니까, 너를."

억누른 소리가 힘겹게 흘렀다. 말에 반응한 심장이 순식간에 눈물을 툭, 흘려냈다. 해주는 가슴 앞을 가로지른 그의 손을 냉담하게 떼어냈다. 그리고 다시 앞을 향해 걸었다.

"날 죽이고 싶으면 내 옆에 있어. 경멸하고 미워하면서 그렇게. 그냥, 보이는 데 있어. 그렇게 해서 죽여. 칼 들고 찌를 용기 없으면, 그렇게 내 심장을 죽이라고."

절제된 목소리가 그녀의 등에 와서 아프게 박혔다. 고저도 없고, 흥분도 없었다. 그런데 평이하기만 그 음성이 머리에 득달같이 달라붙었다. 그를 미워하면서 옆에 있으면, 엄마한테 덜 미안할까. 그건 양심에 위배되지 않는 걸까.

그리고 그렇게 해서라도 그의 옆에 있고 싶은 저를 발견하고 해주는 주저앉고 말았다.

어쩌면 사랑이 이렇게 이기적일까. 어떻게 이렇게 제 욕심만 채우려 간사할까.

무릎 사이로 고개를 묻었다. 또다시 등 뒤로 발걸음이 붙었다. 그일 것이다. 소리 내서 울었다. 그를 원망하며, 왜 속였냐며, 애초에 그의 형이 관계돼 있다고 말이라도 했으면 시작도 않았을 텐데, 왜 이렇게 그녀를 간사하게 만드냐며 울었다.

진현은 다가오지 않았다. 그녀가 울음을 그치고 자리에서 일어날 때까지 그 자리에 서 있었다. 그리고 파란 대문 앞, 그녀가 대문을 열고 들어가려 했을 때, 진현이 긴 침묵 끝에 다시 입을 열었다.

"내일, 학도 형 나와."

반사적으로 돌아보았다.

"이제야, 눈을 마주쳐주는 건가."

그가 아프게, 웃었다.

"이 약속은, 지켰어."

뻔뻔한 사람. 못된 사람, 나쁜 사람. 어떻게 그녀 앞에서 웃을 수가 있을까.

약속. 지랄한다. 제게 필요한 말이라서 학도를 끄집어낸 거면서.

"……꺼져요."

아프다. 온몸이 욱신거렸다. 대문 안으로 들어선 그녀는 자리에 털퍼덕 앉아버렸다. 파란 대문에 머리를 기댔다. 왜 그냥 미운 감정 하나만으로 그를 대할 수 없는 걸까.

미운데, 아팠고 경멸스러운데 그리웠다.

"윤해주."

눈을 왈칵 감았다. 남자는 그를 미친 것처럼 괴롭혔다. 꺼지라는데도 저런다. 그녀가 그를 바라볼 때나 이렇게 좀 해주지. 조금이라도 행복한 기억, 더 쌓아주지. 이제 와서 저런다. 사람 미치게.

"개새끼 같은 거 때문에 울지 마라. 그게 진짜 병신 짓이다."

그녀가 여기 있다는 것을 알고 한 소리인지 모르겠다. 눈물이 더 쏟아져 내렸다. 일주일 동안 매일 울어서 눈자위가 따끔거려 아플 지경이었다. 그런데 자꾸 눈앞에서 저렇게 얼쩡거리니 덜 울 수도 없지 않은가.

정말, 죽을 것 같은 건 그녀였다.

15. So Bad

　두꺼운 철문을 나오는 학도의 표정은 그리 밝지만은 않았다. 마진현이 구태여 자신을 끄집어낼까 싶었던 의심은 이젠 확신이 됐다. 밝은 세상으로 나왔다고 해도 그리 좋은 것만은 아니었다. 이제부턴 정말 밤길 조심해야 했으니까. 그 홍 마녀가 언제 어디서 그의 뒷덜미를 낚아챌지 모른다.

　텁텁한 얼굴로 한숨을 나부끼며 고개를 돌리던 학도는 문득 두 눈을 어벙하게 깜빡거렸다. 제가 잘못 본 것이지 싶어 솥뚜껑 같은 손으로 눈꺼풀을 쓱쓱 비비고 다시 바라보았다. 주란의 차량인 은색 에쿠스가 보인다. 그리고 그 옆에 서 있는 주란까지.

　"어……."

　학도는 미처 예상하지 못한 상황에 당황했다. 마땅히 할 말도 찾지 못하고 주란을 멍하니 바라보았다. 그가 나오는 걸 누가 반긴다고, 마중 나와봤자 홍만이나 오겠거니 했건만 뜻밖에 나타난 주란에 그의 가슴이 때 아닌 펌프질을 해댔다.

"허, 허 마……!"

멍청이 같은 입이 그새 긴장으로 도색해 말을 더듬는다. 학도는 제 마른 입술을 손으로 쓱쓱 닦고는 다가오는 주란을 보았다. 그리고 그때였다. 그가 넋을 놓은 사이, 그와 주란의 사이로 끼어든 검정색 벤츠의 문이 활짝 열렸다.

순식간에 시야를 방해받은 학도가 얼굴을 험상궂게 일그러뜨렸다. 활짝 열린 벤츠 안에는 동네 양아치처럼 청바지에 티셔츠를 아무렇게나 걸친 건장한 사내 둘이 타고 있었는데 그들이 갑자기 손을 뻗어 그의 어깨를 꽉 잡았다.

"씨발, 늬들 뭐야!"

학도가 돌덩어리 같은 주먹을 휘둘렀지만, 남자들 역시 보기만 그럴듯해 보였던 건 아닌지 엄청난 힘으로 학도를 차 안으로 끌어들였다. 학도가 몸이 내팽개쳐지기 무섭게 돌아 일어나 덤벼들었지만 그것을 재빠르게 피해낸 남자가 비아냥거리듯 하는 말에 얌전해질 수밖에 없었다.

"저 여자도 골로 보내줄까? 저 예쁜 언니 말이야."

또 다른 남자의 손에서 기름칠을 한 듯 반질거리는 검은 총구 하나가 슬쩍 모습을 드러냈다. 학도는 창가로 고개를 돌려 룸미러를 통해 멀어지는 주란의 모습을 보았다. 이가 아득 갈렸다. 주란의 모습이 하나의 점이 되어 사라질 때까지 룸미러를 노려보았다. 녀석들이 허튼 수작을 부리기라도 하면 늬들 죽고 나 죽자, 해볼 셈이었다. 그리고 주란이 점이 되고 그가 막 고개를 돌려 남자들을 살피려 했을 무렵, 그의 눈이 다시 뒤로 돌아갔다.

"……!"

검정 오토바이. 헬멧 아래 나부끼는 검은 머리. 검정 진에 검정 집업 후드를 늘씬하게 빼입은 가는 몸.

학도는 고개를 다시 기계적으로 꺾고는 속으로 욕설을 뱉어냈다.

그가 탄 검은 벤츠 차량을, 차 사이를 이리저리 헤집으며 곡예하듯 쫓아오는 오토바이가 하나 있었다. 해주의 것이었다.

마진현, 이 새끼는 뭐 하는 거야!

소리 없는 절규가 메아리쳤다.

해주는 몸을 옆으로 꺾어 오토바이 머리를 회전시켰다. 부아앙, 도로를 가로지르며 울리는 시원한 소리가 그녀의 귀를 긁어댔지만 몸을 스쳐가는 바람을 즐길 새 따위는 없었다. 그녀의 온 신경은 바로 눈앞에서 코너를 돌아 사라진 검은 벤츠를 쫓는데 급급했다.

학도가 나온다던 진현의 말을 듣고 그가 무사한지 그저 멀리서 얼굴이라도 보려고 찾은 자리였다. 뜻밖에 주란의 모습을 확인하고 학도에게도 잘하면 봄이 올 수도 있겠구나 하는 생각에 오래간만에 마음이 조금 훈훈하게 덥혀지려던 차였다.

갑작스레 나타난 검정색 벤츠가 학도를 태웠고 남겨진 주란이 황망한 얼굴로 벤츠를 쫓아 뛰려 했다. 해주는 그 찰나처럼 짧앉던 순간, 몸을 싣고 있던 오토바이의 머리를 돌려 주란의 앞을 막아섰다. 주란이 그녀를 보고 놀라자 헬멧을 벗어 얼굴을 확인시켰다. 주란이 당황한 얼굴로 학도의 이름을 불렀고 해주는 자신이 쫓아가볼 테니, 뒤를 부탁하겠다고 말했다.

그리고 줄곧이었다. 꽁지에 불이라도 붙은 양 급하게 차선을 이리저리 오가며 빠져나가는 벤츠를 일정한 거리를 두고 쫓았다. 왜 그들이 검찰에 송치되기 직전, 증거 불충분을 이유로 풀려난 학도를 납치하듯 데려갔는지는 알 수 없었다. 하지만 좋지 않은 의도라는 것만은 알겠다.

문제는 학도를 태운 검정색 벤츠 차량이 하늘로 솟았는지 땅으로 꺼졌는지 모르게 눈앞에서 사라졌다는 것이었다. 일정한 구획으로 나뉘어 정갈하게 정리된 이차선 도로를 이리저리 돌던 해주는 문득 오토바이를 멈췄다.

오른쪽으로 펼쳐진 너른 공터는 컨테이너 판으로 벽이 세워져 있었고 그 안쪽은 반쯤 짓다 만 콘크리트 건물이 있었다. 훤히 드러난 뼈대와 초록색 그물로 안전망을 쳐놓은 공사현장은 인적이 없어 을씨년스러웠다.

해주는 오토바이 시동을 끄고 내렸다. 발아래 밟히는 돌의 부스럭거림마저 커다랗게 들려오는 적막이 주변을 에워쌌다. 컨테이너 벽을 돌아 안쪽으로 들어간 그녀는 곧 학도를 태웠던 검정 벤츠를 목격했다. 콘크리트 건물 안쪽으로 비스듬히 세워진 차량이 그것이었다.

"홍 사장한테 연락 넣어. 밥값은 했다고."

건물 가장자리를 따라 주변을 살피던 해주는 갑작스레 들리는 목소리에 모래가 쌓여 있는 뒤쪽으로 몸을 날렸다. 슬쩍 고개를 빼 주위를 살피자 건물 깊은 곳에 어른거리는 검은 실루엣들이 보였다.

발소리를 내지 않도록 조심하며 최대한 가까이 접근하자 바닥에 꿇어앉아 묶여 있는 학도가 보였다.

"이 새끼가 그렇게 기술이 좋답니까? 그러면 홍 사장한테 넘기기보다 우리 선에서 적당히 처리하는 것도 괜찮을 것도 같은데 말입니다."

"적당한 악연이 있었던 모양이야. 그것까진 상관할 바 아니지. 그건 그렇고 넙새, 너 자꾸 저쪽 시장에 관심 갖는 게 영 수상하다? 우리 나와바리는 이쪽이야. 이번 일은 보스랑 홍 사장 사이 거래고. 자꾸 뻘짓 해라, 응?"

라이터로 담배에 불을 붙인 사내가 그보다 아래로 보이는 남자에게 말했다. 해주는 눈을 가늘게 좁혀 떴다. 담배를 피우는 사내의 얼굴이 눈에 익었다. 평원을 때렸던 그 거지같은 놈이었다. 금동불상 안에 마약을 넣었던.

해주는 상대편을 살피던 것을 멈추고 철근으로 덧댄 기둥 뒤에 몸을 숨겼다. 모두 일곱 명이었다. 담배를 피우는 낯익은 사내와 사내의 부하로 보이는 떨거지들이 여섯. 하나는 사내의 옆에 붙어 있었고 나머지 다섯은 이쪽저쪽 흩어져 동향을 살피는 듯했다.

이제 어떻게 해야 하나. 당황해서 냅다 쫓아왔고, 학도의 무사안위도 확인했는데 지금부터가 문제였다. 주란이 경찰에 신고했을지 아니면 그 사람을 불렀을지는 알 수 없다. 신중해져야 했다. 그녀가 겁도 없이 뛰어들어 헤집고 다녀도 될 만큼, 남자들은 아마추어가 아니었다. 언젠가 그 사람이 말했던 것처럼 사람 목숨 하나 정도는 쥐도 새도 모르게 묻어버릴 수 있는 조폭들이었다.

"지키고 있어."

전화가 울린 것인지 낯익은 사내가 휴대전화를 거머쥐고 등을 돌렸다. 내내 철근 기둥 뒤에 숨어서 동향을 주시하던 해주는 사내가 사라지는 방향을 따라 고개를 돌리다 학도와 남자 하나만 남은 풍경을 바라보았다. 경찰 사이렌이 울릴 기미도 없고, 그렇다고 언제까지고 기다릴 수도 없는 노릇이었다.

확실하진 않지만 대략 이십 분 정도 시간이 지난 것 같았다.

해주는 다시 한 번 고개를 빼 주변을 확인했다. 학도와 저 남자, 그리고 자신뿐이었다. 학도만 빼내면 된다. 학도도 힘깨나 쓴다고, 웬만한 어깨들에게는 뒤지지 않는다고 자랑질을 했었으니 한 번이면 될 것이다.

해주는 심호흡을 크게 하고는 철근 뒤에서 허리를 곧게 뻗고 두 손을 하늘 위로 쳐들어 몸을 쭉 늘였다. 목을 한 바퀴 돌려 꺾고 손마디에서 우두둑 소리가 나게끔 풀었다. 그리고 그런 후에야 철근 뒤를 돌아 나와 학도와 남자가 보이는 곳 정면에 마주섰다.

"에? 저건 뭐야?"

곧바로 그녀를 확인한 남자가 인상을 찌푸렸고 학도의 머리도 쳐들렸다. 그녀를 확인한 학도의 눈이 찢어질 듯 부릅뜨였고 해주는 침착을 가장한 웃음을 입가로 머금었다.

"간다."

낮게 중얼거린 해주는 그대로 허리를 앞으로 꺾어 바닥을 두 손으로 짚고 돌았다. 손을 축으로 발이 허공을 돌아 땅에 닿고 다시 한 바퀴. 두 바퀴. 갈수록 앞돌기에 속력이 가해졌고, 해주는 자신의 몸이 바람처럼 가벼워짐을 느꼈다. 그리고 어느 순간 발끝에 뭔가가 걸리는가 싶더니 육중한 것이 거세게 부딪쳐왔다.

해주는 이를 악물었고 뜬금없이 나타나 앞돌기를 하는 자신을 멍청하게 바라보던 남자의 머리를 발끝으로 가격했다. 소리도 지르지 못하고 옆으로 쓰러진 남자가 바닥을 짚으며 다시 일어서려 하자 그녀는 남자의 머리를 잡고 바닥에 강하게 찧게 했다. 남자는 뇌가 흔들린 듯 고개를 좌우로 털었고, 이렇게까지 해도 쓰러지지 않는 남자에 그녀의 얼굴이 살짝 굳었다.

살면서 남을 때려본 적은 손에 꼽힐 정도로 적은 그녀였다. 마음 강하게 먹고 들이치긴 했으나, 이 정도쯤 되면 어디를 어떻게 쳐야 할지 난감해지려 했다. 그때였다. 무릎의 탄력을 이용해 벌떡 일어난 학도가 머리로 남자의 안면을 들이박으며 쓰러졌고 그제야 꿈틀거리던 남자가 움직임을 멈췄다.

"뭐 해, 풀어!"

발과 손이 뒤로 묶여, 남자의 위에서 일어나지 못하고 버둥거리던 학도가 해주를 돌아보며 짜증스럽게 소리쳤다. 해주는 상황에 어울리지 않게 터지려는 웃음을 사려 물고 학도의 손을 풀었다. 손이 자유로워진 학도는 이어 발목을 묶은 줄을 풀려 했고 그 모습을 바라보던 해주가 어느 순간, 갑작스레 드는 이상한 느낌에 몸을 재빨리 옆으로 돌렸다.

돌도 부술 듯 지나가는 주먹이 그녀의 머리 옆을 스치고 지나갔다. 목구멍으로 침을 꼴깍 삼킨 해주가 상대의 사정권에서 벗어나려 몸을 트는데 그보다는 싸움에 단련된 상대가 더욱 빨랐다. 오른손으로 날렸던 주먹을 도로 가져가기가 무섭게 남자의 왼 주먹이 그녀의 가슴 앞으로 날아왔다. 피한다고 피했지만 어깨를 빗맞았다.

"악!"

그녀가 아무리 운동신경이 좋고 반사신경이 뛰어나다 하더라도 기본적인 근력부터가 차이가 난다. 해주는 남자가 내지른 주먹에 뒤로 밀려 넘어졌고, 팔이 빠지는 것 같은 고통에 입술을 악물었다. 고개를 들자 그새 발을 다 푼 학도가 남자에게 달려들어 넘어뜨리고는 얼굴에 주먹세례를 퍼붓고 있었다. 말 그대로 개싸움이었다.

"잡아!"

어깨의 통증을 완화시키려 고개를 숙였던 그녀는 텅 빈 건물을 쩌렁쩌렁 울리는 소리에 얼굴을 들었다. 전화를 받으러 나갔던 사내가 뛰어오며 소리를 질렀고, 사방에 흩어졌던 남자들이 모습을 드러냈다.

"괜찮냐!"

남자의 얼굴이 파랗고 빨갛게 될 때까지 주먹을 퍼붓던 학도도 상황을 인식했는지 곁으로 다가와 다급하게 물어왔다. 해주는 고개를 끄덕였다.

"아, 홍나희 이 쌍!"

목을 우두둑 돌리며 학도가 주먹을 다잡았다. 해주는 제대로 자세를 잡고 싸우려 하는 학도에 깜짝 놀랐다. 얼른 그의 팔을 잡으며 매달리듯 말했다.

"싸우려고요? 도망가야죠!"

"이거 안 보여? 씨발, 다 죽었어. 아작 내놓고 간다. 고깟해야 일곱인데 뭐. 둘은 나자빠졌고."

학도가 그의 목깃에 난 상처를 가리키며 흥분했고 해주는 어이가 없어졌다. 그래, 그는 싸운다 치자. 충분히 게임이 된다 치자. 그러면 그녀는? 어디 올라가서 구경하고 있을 만한 마땅한 곳도 없었다.

"도망가자고요!"

학도가 그녀의 팔을 치우고 덤벼들 태세를 취하자 해주는 막무가내로 학도를 끌어당겼다. 그리고 그 순간, 제일 처음 그들에게 당도한 사내가 어디서 주워 왔는지 각목 하나를 머리 위로 높게 쳐들려 그어 내렸다. 그러나 그 손목을 빠르게 잡아낸 학도가 남자의 팔을 꺾고 배를 발로 찼다. 남자는 쓰러지기가 무섭게 오뚝이처럼 벌떡 일어나 다시 달려들려 했다.

해주는 말 그대로 숨이 멎을 것 같았다. 이 난장판에서 상처

하나 없이 살아나갈 수 있을까. 머리가 하얘졌다. 그녀는 싸움 꾼이 아니었다. 마침 그녀를 향해 달려드는 남자에 해주는 상체를 뒤로 젖혀 주먹을 피했고 이어 남자가 발을 쳐들었다. 꼼짝 없이 맞겠구나, 하는 생각을 했다.

그리고 다음 순간, 그녀의 다리를 부러트릴 듯이 날아들던 다리가 뒤로 쑥 빠진다. 가까스로 몸을 세우고 중심을 유지한 해주는 뒤로 널브러진 남자에 아연해졌다. 그리고 남자의 뒤에 서 있는 그림자를 확인한 순간, 동공이 속절없이 흔들렸다.

"마 사장, 너 이 새끼! 정신 나갔냐! 딸려 보낼 인간이 없어서 윤해주를 딸려 보내! 너 정신 나갔어!"

연신 주먹을 휘두르고 발을 날려대며 학도가 비명 지르듯이 소리쳤다. 진현이 다시 일어나려는 남자의 어깨를 으스러지듯이 밟고 선 채 그녀를 보았다.

"……여기서 뭐 하는 거야, 너."

그녀를 바라보는 눈동자가 살얼음처럼 차갑다. 그런데 한편으로는 그 저변에 짓눌린 억센 감정이 잡힐 듯이 느껴졌다.

해주는 숨을 들이켰다. 진현의 뒤로 한 남자가 쇠파이프를 들고 머리를 치려 했기 때문이었다. 그러나 진현의 뒤로 낮도깨비처럼 훌쩍 나타난 홍만이 쇠파이프를 든 사내의 옆으로 밀치고 발로 찼다.

"겁대가리를 상실했어?"

"앗!"

진현의 발아래 밟혀 누워 있던 남자가 어디서 꺼낸 것인지 모르게 검지손가락만 한 얇은 칼을 진현의 다리를 향해 휘둘렀다. 그것을 본 해주가 저도 모르게 소리를 질렀고 찰나의 순간, 발을 빼 칼을 피한 진현이 남자의 머리채를 잡아 끌어올렸다. 칼이 다시금 그를 노리고 날아들자 그 팔을 잡아 사람의 손이 도저히 향할 수 없는 방향으로 꺾어버린다.

해주는 숨도 쉴 수 없었다. 칼이 바닥에 떨어지고, 남자의 팔이 너덜거리고, 그런 남자의 뒷덜미를 잡아 철근 기둥에 갖다 박는 진현이 낯설었다. 그리고 그의 등을 노리고 각목이며 파이프며 칼이며 가릴 것 없이 들고 부나방처럼 뛰어드는 남자들의 서슬이 무서웠다. 각목 아래, 파이프 아래, 칼 아래 그가 다칠까 봐, 스러질까 봐, 그가 그를 향해 덤벼드는 사내들 사이를 누빌 때마다 가슴이 천길 아래로 떨어졌다.

진현은 잔인했다. 그의 손은 상대의 상처에서 난 피로 붉어졌고, 단정하고 세련됐던 옷차림은 거칠게 흐트러졌다. 진현은 홍만과 단둘이었다. 학도도 선전하기는 했지만, 아래 눕히고 그 위에 올라타 주먹을 퍼붓는 것을 좋아하는지 한 명을 끝장낼 때까지는 다른 놈은 안중에도 없는 것처럼 굴어 없는 셈치는 게 나았다.

처음 그녀가 안면을 가격해 쓰러트렸던 놈도, 처음 학도의 주먹세례를 받고 쓰러졌던 놈도 어느새 정신을 차리고 일어나 진현을 향해 달려들었다. 발로 차 허리를 꺾은 상대의 등을 팔꿈치로 내려찍고 손날을 세워 상대의 목을 가격하고 중심을 잃은 상대의 뒷덜미를 잡아 벽에 찧고 가슴뼈를 무릎으로 올려 차고.

모든 게 영화 같았다. 그는 숙련된 싸움꾼이었다. 칼이 곳곳에서 번쩍이긴 했지만 누구 하나 죽지 않는 이상 탈진할 때까지 계속될 싸움 같았다.

그러나 해주는 곧 왜 이렇게 싸움이 시간을 오래 끄는지 알 수 있었다. 중구난방 뛰어다니는 홍만이나 학도에 비해 진현은 그녀의 앞에서 달려드는 놈만 곤죽이 될 정도로 상대하고 있었다. 그래서 가슴이 죄어들었다. 그녀는 안전했다. 진현의 뒤에서.

"하아, 하아!"

싸움은 소강상태에 접어들었다. 상대들 중 다섯은 바닥에 뻗어 신음을 뱉고 있었고 나머지 둘은 각각 학도와 홍만이 상대 중이었다. 진현이 슈트의 소매를 이용해 땀에 젖은 얼굴을 스윽 닦아낸 후 그녀를 돌아보았다.

"다친 덴?"

그가 짧게 물었고 해주는 아무런 대답도 할 수 없었다. 그녀의 눈은, 저도 모르게 그가 혹여 다친 곳이 없는지 그의 몸을 온통 누비고 다니느라 정신이 없었다. 멀쩡해 보였다. 다소 숨은 차 보였지만, 다친 곳은 없어 보였다.

그런데, 그가 문득 그녀의 시선을 피해 고개를 숙이곤 제 피 묻은 손을 뒤로 감춰 바지에 슥슥 문질렀다. 그러나 이내 제 모양이 웃겼던지 피식 웃음을 흘리곤 피에 젖은 제 손을 그녀가 잘 볼 수 있도록 펴 보였다.

"무섭나."

무섭다? 그런 생각은 해본 적 없다. 낯설긴 했지만 무섭진 않았다. 그로 인해 그녀가 안전할 수 있었으니까. 도리어 간결하고 단순한 동작만으로 상대를 제압해가는 그의 유려한 몸놀림에 넋이 나갔었다. 넋이 나간 정신이 또 그를 향해 설레려 했다. 미치게도.

"……깡패 같아요."

"……그런가."

그가 자조적으로 웃었다. 그 아래 어린 상처가 언뜻 보일 것도 같았는데 귀신처럼 숨긴 남자는 곧 그녀에게 걸음을 옮겨왔다.

"이게 내가 사는 방식이야."

해주는 뒷걸음질쳤다. 그는 그녀에게 이런 식으로 다가오면 안 됐다. 그러나 순식간에 그녀에게 가까이 접근한 그가 그녀의 머리를 쓸고 목덜미를 간질이듯 어루만지고 주먹으로 맞았던 어깨를 달래듯 손끝으로 쓸었다.

그는, 그녀를 이런 식으로 만지면 안 됐다.

해주는 목젖으로 침을 꼴깍 삼키곤 그의 손을 냉랭하게 밀어냈다. 그러나 밀어낸다고 가만히 있을 남자가 아니었다. 그는 그녀가 입은 후드 집업 지퍼를 내려 목이 느슨한 티셔츠를 잡아당겨 어깨를 드러나게 했다.

"뭐 하는 거예요!"

"……병원에 가는 게 좋겠어."

그녀가 소리를 지르든, 어떤 얼굴을 하든 그에게는 매양 상관이 없는 모양이었다. 붉게 부어오른 어깨를 미간을 찌푸린 채 바라본 진현이 어깨 위로 손을 배회하게 두다 차마 만질 수 없었는지 손끝을 동그랗게 오므렸다.

그리곤 깃을 올려주고 지퍼를 채워준 후 그녀에게서 한 걸음 떨어졌다. 침묵이 흘렀다. 그녀는 그녀가 낼 수 있는 온갖 부정적인 감정을 긁어 눈에 담아 그를 쏘아보았고, 그는 무심한 얼굴로, 깊게 가라앉은 눈동자로 그녀를 보았다.

"밖에 오토바이가 있던데, 왜 그랬지?"

그가 침묵의 끝에, 무겁게 말했다. 하지만 그녀는 대답할 생각이 없었다.

"그렇게 경험해놓고도 학습이 안 돼? 기다렸어야지. 어디라고 나대."

"이래라 저래라 하지 마요. 그쪽이 뭔데."

차갑게 말했다. 그를 게워내려면, 태도부터 그래야 했다. 이렇게 미워하는 감정을 담아내고, 몹쓸 놈이라고 생각하고 나쁘게 대하다 보면, 그가 정말 싫어지는 순간이 올 것이라고 믿어야 했다, 지금은. 그게 맞았다.

"형은 왜 보러 갔냐고. 내가 나온다고 했던 말이 믿기질 않았나."

"누가 누구 말을 믿으라는 거예요, 지금. 내가 당신을? 날 처음부터 조롱하고 속였던 당신을?"

그의 얼굴이 차갑게 굳어갔다. 그녀를 압도시키는 살벌한 기운이 그로부터 뭉글뭉글 피어올랐다. 하지만 멈출 수 없었다.

그를 상처주고 싶었다. 그녀가 받은 상처만큼, 그에 대한 미움과 애정이 격렬하게 싸우고 있는 지금도 미치게 힘든 만큼 그도 아프길 바랐다. 왜냐면 그는 그녀에 비해 너무 정상적으로 보였으니까.

"차라리 지나가는 개를 믿겠네. 믿어? 당신은 그 말 쉽게 하면 안 돼요."

그를 철천지원수를 보는 것처럼 쏘아보았다. 이 남자에게 남은 건 미움뿐이어야 했다. 그녀는 몸을 틀었다. 그 따위는 냉랭히 무시한 채 자리를 뜨려 했다. 그러나 그녀를 휘어잡은 그가 감정을 억누른 채, 이를 악물고 낮게 소리 질렀다.

"네가, 다쳤잖아!"

"이까짓 게 다친 거라고요?"

그를 밀어냈다.

"이런 게, 다친 거라고. 그럼 당신이 한 짓은?"

성나게 일그러지던 그의 얼굴이 딱딱하게 굳었다.

"당신이 한 짓은, 뭐예요."

그가 한 짓이 그녀를 더 다치게 했다. 변명 한 마디 없는 것이 더 그녀를 힘들게 했다. 거짓말이라도 좋으니까 그는 이렇게 뻔뻔하면 안 됐다. 무릎을 꿇고 우는 한이 있더라도 잘못을 빌어야 했다. 그런데 남자는 여전히 못됐다. 나빴고 개 같았다.

어쩔 수도 없이 또 물이 차오르려 했다. 해주는 시큰하게 달아오르는 눈가를 꾹 감고 식혔다. 감정이 조금 가라앉자 다시 그를 향해 고개를 쳐들었다.

"당신이 뭔데. 내가 개밭에 가 구르든, 똥밭을 기어 다니든 당신이 무슨 상관이야. 댁이랑 나랑 무슨 상관인데. 우리, 남보다도 못한 사이란 거 몰라요? 아니, 남보다는 낫겠네. 미워 죽겠는 감정이 있으니까. 난 댁 꼴도 보기 싫다고. 그 뻔뻔한 낯짝 치우고 당장 내 앞에서 사라지라고!"

독기가 차올랐다. 그를 미워해야 한다는 일념으로, 가슴이 똘똘 뭉쳤다. 그 저변에 흐르는 애정이란 물살은 외면했다. 소리를 질렀다. 그와의 해결점은 보이지 않는다. 그저 미워하고, 미워하는 수밖에. 그렇게 밀쳐내야 했다. 믿음은 깨졌고, 그녀는 지쳤다.

"……이러지 않으면."

한 걸음, 두 걸음, 세 걸음 걸었을 때, 잔뜩 가라앉은 음성이 그녀의 등을 찔렀다.

"뻔뻔하지 않으면."

그가 그녀의 손목을 끈질기게도 잡아챘다. 아프게 손목을 죄는 힘에 그녀의 미간이 일그러졌지만, 그는 놓아줄 의지 따윈 없어 보였다.

"내가 어떻게 해야 돼? 뻔뻔하지 않고선 널 볼 수가 없잖아. 네가 네 발로 내 앞으로 올 것도 아니잖아. 그러니까 뻔뻔해도 내가 내 발로 너한테 가는 게 맞겠지. 안 그래?"

무심하기만 했던 그의 얼굴이, 감정으로 흔들렸다. 해주는 이를 악물었다. 이 남자 앞에선 울지 않을 것이다. 어젯밤으로 충분했다. 그의 앞에서 더는 감정적으로 동요하는 모습을 보여주지 않을 것이다.

"욕해. 양심적으로 살자고 정도(正道) 지키면서 산 적 없어. 네 정도(正道)라는 게 날 보지 않는 거면 보지 마. 그런데 난 널 봐야 돼. 네가 뛰게 했으니까, 책임지고 죽여놔야지."

손목이 끊어질 것 같았다. 그런데 그는 그 아귀에 힘을 더욱 주며 그녀를 바짝 끌어당겼다. 벗어날 수 없게 강하게 속박하 며.

"갈 거면 내 옆에서, 내 심장 죽이고, 그러고 가라고."

그녀가 박살이 나든 말든, 제 감정을 책임지고, 죽이라고 한 다. 거지같다. 그의 절박함이 손에 잡힐 듯 아리면서도, 아프면 서도 끔찍했다. 나쁜 사람.

"……그게 언제 죽는데."

"몰라."

어이가 없다. 해주는 손에 힘을 바짝 줘 그녀를 잡은 그의 손 을 들어 올렸다. 그리고 그가 바라보는 시선을 의식하며, 천천 히 입가로 그의 손을 가져갔다. 그가 눈꺼풀을 낮게 내리깐 채 그녀를 집요하게 응시했다. 해주는 입을 크게 벌려 그녀의 손목 을 잡고 있는 그의 손등에 이를 박았다. 놓으라고. 그만 괴롭히 라고. 놓으라고. 너도 좀 아파보라고.

그의 단단한 살갗에 그녀의 이가 파고들었고, 그의 손목이 움 찔거리는 게 느껴졌다. 그녀는 이를 더욱 세게 박았다. 그러나 그녀의 손목을 잡은 손은 요지부동이었다. 이를 더욱 세게 박자 비릿한 맛이 입가에 흘러들었다. 그의 살갗이 그녀의 이에 의해

찢어진 탓이었다. 눈물이 나려 했다. 아플 테니까 그만 놓으라
고.

"……읏!"

진현은 미간을 찌푸렸다. 그의 손등을 악물고 손까지 오돌오
돌 떨어가며 그를 떨쳐내려 하는 해주가 안쓰러웠다. 피부를 찌
르는 통증 따위는 별거 아니었다. 여자에게서 느껴지는 분노가
돌이킬 여지가 없을 것만 같아서 그게 더 아팠다.

진현은 그의 손목을 파고드는 해주의 손톱을 바라보았다. 떨
고 있었다. 그의 손등 위를 타고 내리는 피를 확인한 여자의 눈
꺼풀이 파르르 떨렸다. 그래서 놓았다. 여자가 제가 저지른 일
에 지레 겁에 질렸으니까.

자신에게도 이런 절박함이 있는지 몰랐었다. 평생 그의 입에
서 나올까 싶었던 말은 여자를 향해서라면 주저 없이 튀어나갔
다. 이젠 수시로 가슴뼈를, 빗장을 긁어대는 아픔 따위는 일상
같았다. 고작해야 열흘도 채 지나지 않았는데, 여자로 인한 고
통은 그의 일상이 되었다.

피가 뚝뚝, 흐르는 그의 손등을 흔들리는 눈동자로 보던 여자
가 두 눈을 질끈 감고 등을 돌렸다. 또다시 잡아 끌고 싶었지만,
그렇게 하기엔, 여자의 가는 등이 곧 가루가 되어 부서져 내릴
것처럼 위태로워 보였다. 그가 그렇게 만들었다. 제기랄.

용서를 구하는 법 따윈 모른다. 그러니 뻔뻔스럽대도 그가 살
아야겠으니까 여자를 되돌려놔야 했다. 정말 이기적으로라면,

여자가 그의 옆에서 부서지든, 박살이 나든 상관없었다. 빈껍데기라도 끌어안고 있어야 하는 게 그의 솔직한 속내였다. 여자에겐 그의 심장을 죽이라고 말했지만, 아마 윤해주만 옆에 있다면, 평생을 가도 멈추지 않을 심장이었다.

"야, 뒤!"

막 나머지 한 명을 처리하고 손을 털고 오던 학도가 버럭 소리를 질렀다. 진현은 몸을 틀어 그를 향해 내리치는 쇠파이프를, 해주가 물었던 손으로 막아냈다. 둔탁한 통증이 뼛속을 타고 저르르 울렸다. 머리까지 멍해질 만큼 강력한 타격이었다.

"인마! 뭐 하는 짓이야! 그걸 왜 손으로 막아!"

학도가 소리를 질렀다.

진현은 뒤에서 급습한 사내의 명치를 가격하고 발로 차냈고, 너덜거리는 것처럼 느껴지는 팔의 통증에 그대로 무릎을 꿇었다. 이어 그의 오른쪽에서 각목이 날아와 머리를 둔탁하게 내리쳤다. 땅이 흔들렸다.

"이 개새끼들이!"

학도가 성난 황소처럼 날뛰는 게 흔들리는 시야 사이로 얼핏 보였다. 눈가를 타고 진득한 게 흘러내렸다. 머리가 찢어졌나 보다. 그런데 그 와중에 타박타박, 다급히 다가오는 작은 발소리가 천둥처럼 들렸다. 진현은 어디서 그런 힘이 났는지도 모르게 자리에서 일어나 그를 내려친 남자에게 달려드는 작은 그림자의 허리를 휘어잡았다.

다행히 홍만이 먼저 남자를 제압했고 작은 그림자는 그에게 허리를 붙들린 채 거친 숨으로 몸을 들썩거렸다.

"윤해주."

여자가 품에서 움찔 굳었다. 풍성하게 흘러내린 머리칼이, 안타깝고도 그리운 향기를 흘렸다. 그녀의 정수리에 이마를 대고 진현이 말했다.

"내 옆에 있어. 미워해도 어째도 상관없으니까. 시키는 것만 하고 나대지 말고."

"……이젠 당신이 날 사랑하니까, 그렇게라도 옆에 있으면 된다는 거예요?"

"아니."

해주가 그의 품에서 몸을 비틀며 말했고 진현은 손에 힘을 풀고 해주를 보았다. 그를 바라보는 해주의 얼굴이 딱딱하게 굳었다. 그를 향해 조금 들리던 조막만 한 손이 풀썩 내려앉았다. 아마, 피를 닦아주고 싶었던 모양인 것 같았다.

"……내가 살아야겠으니까. 네가 부서지든, 미워서 죽을 것 같든 상관없이 내가 살아야겠어."

"……병원이나, 가요."

여자가 싸늘하게 돌아섰다. 치가 떨릴 테다. 끝까지 이기적인 그에게 정나미가 떨어졌을지도 몰랐다. 하지만 이건 그의 진심이었다.

"나는, 죽어도, 안 되나."

가슴이 무너진다. 흩어진다. 사라진다. 진현은 그렇게 느꼈다. 여자가 한 번, 두 번, 세 번 그렇게 그를 거부할 때마다 숨이 멎었다.

몇 걸음쯤 그를 뒤로하고 걸어가던 해주가 호흡을 되새기는 것처럼 보였다. 그러더니 그를 향해 돌아섰다. 한결 차분하고, 한결 더 냉랭한 얼굴로.

"마진현 사장님."

해주가 그와 시선을 맞췄다.

"십 년 전, 홍콩 라마 섬행 배 난파 때 화각합죽선이 발견됐다 죠. 그걸 마진현 사장님이 가졌고요. 그때, 화각합죽선을 들고 그 배를 탄 승객요. 그 사람이 누군지 알아봐줘요. 배가 난파된 후 공개된 승객 명단이 있고, 그중 무명으로 처리된 실종자가 여섯 명 있어요. 그 안에 우리 엄마가 있는지 알아봐줘요. 달재 아저씨가 현지에서 물어준 정보니까 정확할 거예요. 난 그 여섯 명 안에 우리 엄마가 있다고 생각해요."

"……정달재."

모든 화의 근원을 알겠다. 그 염소수염 새끼. 진현은 주먹을 악 틀어쥐었다.

"마진현 사장님이 응한다면, 그럼 난 팔상도와 빨래터를 훔쳐 다 줄게요."

"필요 없어."

생각도 하기 전에 가슴을 뚫고 말이 튀어나갔다. 그러나 해주 는 입가를 억지로 끌어올려 웃었다.

"모르겠어요? 이렇게만이, 당신과 내가 대면할 수 있는 구실 이라는 것."

"윤해주!"

"······병원, 꼭 가요."

해주는 돌아섰다. 남은 진현은 감정을 추스르느라 미동이 없었다. 해주는 두 눈을 꾹 감은 채, 공사현장 외부에 세워두었던 오토바이로 갔다. 그녀가 깨물어 피가 흘러내리던 손, 파랗게 질렸던 손, 가만히 있어도 눈에 띄게 바들바들 떨리던 팔. 아파 보였다. 하지만 그녀와 상관없기도 했다.

"해주야!"

헬멧을 쓰고 오토바이를 출발시키려던 해주가 돌아보았다. 학도가 땀범벅에 먼지를 옴팡 뒤집어쓴 채 뛰어나왔다.

"뭐야, 너랑 마 사장 무슨 일 있었어?"

"······사부도 그 사람이 화각합죽선 가지고 있는 거 알았어요?"

"어······? 그게."

"그 사람 형이, 우리 엄마 실종 원인이라는 것도 알고 있었어요?"

"뭐? 그게 뭐야?"

해주는 헬멧을 내리고 시동을 걸었다.

"사부도 사람 되게 못됐네요. 누가 적이고 누가 아군인지."

"야."

"그 사람, 병원 꼭 데리고 가줘요."

학도가 채 무슨 말을 하기도 전에, 해주는 오토바이를 출발시켰다. 깜짝 놀란 학도가 바퀴에 발이 깔릴까 뒤로 펄쩍 물러났

291

고 해주는 곧바로 도로로 달려들 듯 진입했다. 가슴이 터져나갈 것 같았다. 답답해서. 아랫입술을 윗니로 짓깨물던 해주의 얼굴이 문득 굳었다. 여직까지 비릿하게 느껴지는 이 맛은 진현의 피였다. 눈물이 핑 돌았다.

어째서 그녀가 그에게서 받은 상처보다, 그녀가 그를 상처 냈다는 사실에 더 가슴이 저미는지 모르겠다.

진현은 조금 불편한 얼굴로 깁스를 한 자신의 팔을 만지작거렸다. 딱히 뼈가 부러지거나 인대가 늘어난 건 아니었지만, 근육이 많이 놀랐다는 주 박사의 말에, 무식이 일자인 학도가 깁스를 해달라고 주 박사를 졸랐기 때문이다.

펜트하우스 입구에 당도하자 내내 그러고 있었던 듯, 창백한 낯의 주란이 그와 학도, 홍만을 보고 숨을 크게 들이쉬었다.

"괜……찮은 거야?"

"난리를 쳐서. 다음 주에 풀 거야."

진현이 대충 대꾸하자 학도가 과장된 웃음을 터트리며 말꼬리를 잡았다.

"이 자식이 뼈 하나는 엄청 튼튼하더라고. 강골이야, 강골."

"강골, 그럴 때 쓰는 말 아니야."

"아, 자식. 그냥 좀 설렁설렁 넘어가지."

그의 타박에 얼굴이 붉어진 학도가 마른 입술을 축였다. 진현은 고개를 내저었다. 어째 자기가 전문가인 분야만 빠삭하지, 다른 데는 백치미가 훌훌 넘쳐주시는지.

"홍만이, 넌 들어와."

진현은 뒤에 붙어 있는 홍만에게 지시하고 펜트하우스의 문을 열었다. 뒤를 흘깃 보자, 주란이 학도를 걱정하는 양 괜찮냐고 말을 건넸고 학도가 간만에 본 주란에 긴장이 됐는지 다소 **뻣뻣**하게 대꾸하는 게 시야에 들어왔다.

지랄들 한다.

"소자춘이 채근하던데, 금고 어떻게 할까요?"

소파에 앉는 그에게 홍만이 조심스러운 기색으로 물었다. 진현은 소파 등에 기대 두 눈을 감다가 다시 떴다.

"엎어."

"알겠습니다."

소자춘을 찾기 위해 땅끝 해남까지 내려갔던 홍만이다. 엎으라는 한 마디에 열을 받을 법도 했지만 내색하지 않았다. 지난 팔 일간, 진현의 오후 일과 중 하나가 해주의 뒤를 밟는 것임을 알기 때문이리라. 그래서 해주에겐 늘 사람 하나를 붙여놓은 참이었다. 자신이 아무리 진현의 수족이라고는 해도, 돌아가는 상황을 모를 만치 머리가 없는 건 아니었다.

홍만은 자신의 품에서 아까 공사 현장에서 녀석들이 집어던지듯이 흘리고 간 서류봉투를 꺼내 진현의 앞으로 올려두었다.

"홍콩 라마 섬, 십 년 전에 있었던 배 난파 건에 대해서 알아오고. 실종된 여섯 명 중 윤진이라는 한국인이 있었는지 찾아봐."

"알겠습니다."

"서 검사에게도 파일 넘겨놔. 언제든 대비할 수 있게."

"예."

진현은 다시 소파 등에 목을 기대고 눈을 감았다. 저도 모르게 끄응, 하는 신음소리가 낮게 흘러나왔다. 피로했다. 살면서 이렇게 피로한 적이 있을까 싶었다.

"서 검사님에게는 사장님 이름으로 보내면 되겠습니까?"

"내가 선배에게 따로 전화 넣어놓지."

"알겠습니다. 쉬십시오."

더 이상 진현에게서 지시가 없자 홍만이 깊게 허리를 숙여 인사하곤 뒤로 물러났다.

진현은 현관문이 닫히는 소리가 들리고 나서야 눈을 떴다. 소파 앞 테이블 위로 다리를 올리다가 홍만이 두고 간 서류 봉투를 툭 쳐서, 그제야 그것에 시선이 닿았다.

진현은 조금 짜증스런 얼굴로 서류봉투를 잡아 아무렇게나 찢어 뜯고는 그 안에 있는 내용물을 꺼냈다. 비닐에 싸인 그것은 손바닥만 한 CCTV용 테이프였다.

그것을 앞뒤로 뒤집어본 진현은 테이블 위에 던지듯 놓아두고 소파에 길게 몸을 늘여 누웠다. 하루하루, 죽어가는 것 같다. 윤해주가 더 이상 없는 집은 적막했고 쓸쓸했다. 마치, 무덤 같았다. 가슴이 서걱거렸다. 바람이 불 때마다 불로 지지듯, 칼로 저며내듯 살점이 떨어져가는 것 같은 고통이 그를 갉아먹는다.

"이런 게 다친 거라고? 그럼 당신이 한 짓은?"

냉랭하게, 서럽게 토해내던 해주의 음성이 그의 머리를 휘저었다. 그는 언제나 이런 놈이었다. 목적을 위해서라면 수단 따위는 크게 개의치 않았다. 그런데 윤해주를 온전히 가지기 위해 행했던 편법이라는 게, 속임수라는 게, 처음으로 후회되었다.

그는, 정말, 죽어도, 안 되나.

그러면 차라리 죽는 게 나을지도 모른다. 혼자 있는 순간순간이 무기력해졌다. 그를 움직이게 하는 건, 윤해주를 그의 옆에 다시 묶어놓고야 말리라는 의지였다. 형의 모작도 한구석으로 밀려났다. 그에게 값진 가치, 그것이 온통 윤해주를 기준으로 돌아갔다.

얼마나 그러고 있었을까. 진현은 부스스 몸을 일으켰다. 홍만이 해주 뒤에 붙여둔 녀석에게 알람이 울리듯 문자가 들어왔다. 해주의 위치였다.

진현은 자리에서 일어났다. 복층 계단으로 올라가 깁스를 풀어내고 옷을 갈아입었다. 붕대를 감은 팔이 검은 슈트 안으로 사라졌다. 학도가 본다면 깁스를 안 했다고 길길이 날뛸 테지만 그런 것 따위야 무슨 소용이라고.

진현은 계단을 내려와 현관을 나섰다. 그녀를 괴롭히러 갈 시간이었다. 누가 먼저 두 손 두 발을 다 들진 모른다. 확실한 건 그는 아니라는 것이다. 정말이지, 스스로 생각해도 미친놈처럼 윤해주여야 했다. 이 마음의 끝이 있을까, 라는 의심 따위는 할 수도 없었다.

일상으로 돌아가야 했다. 그녀는 전에 없이 학교를 열심히 다녔다. 기껏해야 일주일밖에 되지 않았지만, 수업도 전공과목 외에 교양과목까지 충실하게 출석했다. 다른 생각이 파고들 틈조차 아예 없게끔.

하지만 해질녘이면 어김없이 그녀의 뒤를 밟는 진현 때문에 고문 아닌 고문도 계속되었다. 해주는 멍하니 창 밖을 바라보다 곧 버스에서 내렸다. 버스에서 내리자 곧바로 드러난 쌈지 길은 관광명소답게 외국인들이 무척 눈에 많이 띄었다.

인사동이라고 하면, 늘 야밤을 틈타서나 오갔던 곳이므로 이렇게 사람이 많이 돌아다니는 활력 있는 거리라는 사실을 잠시 잊었다. 해주는 정신없이 돌아다니는 사람들을 구경하며 걸음을 옮겼다. 얼마 가지 않아 사람들의 왁자함은 사라졌다.

쌈지 길의 샛길로 빠진 그녀는 곧바로 전통찻집이 늘어진 거리 가운데, 한쪽 구석, 천막을 쳐놓고 점사를 보는 점집으로 들어갔다. 파리만 날리는 탁자 위에는 누가 먹다 흘렸는지 모를 음식물 자국이 눌어붙어 있었고, 그 앞에 꽤 깐깐하게 생긴 중년 여자가 턱을 괴고 앉아 있다 막 들어선 그녀를 위아래로 훑어보았다.

"윤해주예요."

"아."

그녀를 수상쩍게 보던 여자는 이내 고개를 주억거리곤 몸을 바로 해 앉았다. 허리를 숙여 탁자 밑에서 쌀알이 가득 담긴 구리 그릇을 꺼내 탁자 가운데 올려놨다.

"빨래터와 팔상도?"

점사를 보는 양, 쌀알을 탁자 위로 흩뿌린 여자가 복화술을 하듯 입안에서 웅얼거렸다. 여자는 달재가 다리를 놓아준 또 다른 정보꾼이었다. 보통은 꽤 비싼 값의 정보료를 받고 정보를 유통해주는 일을 하지만, 달재의 부탁으로 인해 이처럼 해주와 접선을 하게 된 것이다.

"홍 마녀 손에 있는 건 알고 있댔고."

탁자 위에 흩어진 쌀알을 검지손가락으로 한 알 한 알 고르며 여자는 이맛살을 찌푸렸다.

"집에 갖고 있진 않아. 창고에 있는 것도 아니고 갤러리는 더더욱 아니야."

해주는 상체를 앞으로 숙였다. 여자가 피식 웃으며 한 알씩 세던 쌀을 손으로 쓸어 모아 다시 구리 그릇에 담고는 쌀알 속에 감춰져 있던 새끼손톱 크기의 작은 종이를 그녀 앞으로 슬쩍 밀어주었다.

"내가 보기에 홍 마녀도 죽었어. 감이 죽었다고. 이쪽에서 오래 못 버텨. 사장님 사모님들이 갤러리 운영하는 건 90년대 얘기지, 요즘엔 돈이 되니까 별 거지 같은 것들이 다 판을 친단 말이야."

어쩌면 이렇게 말이 빠를 수 있을까 싶게 속사포로 뱉어낸 여자는 해주를 힐끔 보았다.

"악귀, 그놈도 마찬가지야. 이 판이 이렇게 더러워진 데는 그놈도 한몫했다고."

여자가 밀어준 종이를 손아래 꾹 눌러 쥔 해주는 어색하게 웃었다. 그러자 가소롭다는 듯 코웃음을 친 여자가 구리 그릇을 다시 탁자 아래로 내리고는 턱 아래로 손을 괴었다.

"네 운수, 앞으로 몇 년은 황이야."

"네?"

"점괘가 그렇게 나왔다고."

여자가 처음으로 입을 크게 열어 말을 했다. 그녀는 조금 짓궂어 보였다.

"뭐 해, 복비 안 내?"

앞으로 몇 년 운수가 황이라더니 돈을 내란다. 어이가 없어 실소를 흘리면서도 해주는 가방에서 하얀 봉투를 꺼내 여자 앞으로 밀어주었다. 삼백만 원이었다. 여자가 받는 정보료치고는 무척이나 싼 것이었다. 달재에게 고마워해야 하나.

"그럼 수고하세요."

자리에서 일어나 등을 돌리자 여자의 복화술이 나지막하게 들려왔다.

"걔 미친년이야. 물건을 그런 데 놓을 줄이야. 그리고 알아? 뒤에 사람 붙은 거. 몸 사려."

"네?"

해주가 순간 돌아보았고 눈이 마주친 여자가 오른쪽을 향해 눈을 또르라니 굴렸다. 해주는 그녀가 가리킨 방향을 보았다. 진현이 붙인 사람이야 뻔했다. 그런데 흘깃 그쪽을 응시한 해주의 얼굴이 어찌할 수 없이 딱딱해졌다. 진현이 붙인 사람이 아니었다.

해주는 사색이 되었다. 일주일 전, 학도 때문에 갔던 공사현장에서 본 남자 중에 한 명이었다. 회색 돌담 사이로 보이는 검은 양복과 투박한 생김새가 낯익었다.

해주는 몸을 돌렸다. 달재에게 약속했다. 여자는 절대로 노출시키지 않기로.

아무렇지 않은 척하며 부러 골목을 찾아 굽이돌아 걷는 그녀의 걸음걸이가 점차 다급해졌다. 사람 두 명 정도만 간신히 오갈 수 있는 좁은 골목으로 빠진 그녀는 이내 냅다 뛰기 시작했다. 등에 멘 가방이 덜그럭거리고, 운동화를 신은 발은 바닥을 박찼다. 뒤에서 그녀를 밟던 남자가 뛰는지 양복이 벽에 스치는 소리가 유독 크게 들려왔다.

좁은 골목 중에 또 굽이친 골목이 눈에 들어오자 바로 몸을 꺾은 그녀는 옆으로 난 담으로 단번에 기어 올라갔다. 그 담을 밟고 옆쪽으로 난 더 높은 담 위로 기어 올라갔다. 이젠 더 이상 숨지 않기로 했는지 남자는 몸을 드러내고 그녀처럼 단번에 담 위로 기어 올라왔다. 이 미터는 족히 될 담에서 더 높이 올라갈 곳이 없자, 해주는 조금 큰 골목 쪽으로 몸을 틀어 뛰어내렸다. 사람이 적지 않게 오가는 곳이라 상대도 허튼 짓은 못 하리란 생각 때문이었다.

갑자기 담벼락 위에서 뛰어내린 그녀 때문에 오가던 사람이 자못 놀랐지만 신경 쓸 틈 따위야 없었다. 해주는 뒤를 인식하며 사람들 사이로 몸을 섞었다. 뒤에서 그녀를 찾는 양 고개를 두리번거리는 남자가 보였다. 가슴이 두근거렸다.

왜 그녀를 쫓는 걸까. 그날 일 때문일까. 홍나희, 그 여자가 시킨 걸까.

갖가지 물음이 그녀의 머릿속을 장악했다. 등줄기에 땀이 흘렀고, 어깨는 긴장으로 뻣뻣해졌다. 남자가 곧 그녀를 발견했는지 자신을 향해 일직선으로 다가오는 게 보였다.

해주는 떨리는 손으로 휴대전화를 꺼냈다. 습관처럼 눌러가려던 번호에 멈칫, 하고는 종료를 누르고 다른 타인의 번호를 찾아 눌렀다. 전화 너머에서 학도가 우렁차게 받자, 가슴이 탁 가라앉았다.

"도와줘요."

남자가 가까워졌다. 해주는 다시 뛰기 시작했다. 사람들 사이를 비집고 달렸다. 또다시 인적 없는 골목길로 접어들었다. 쫓고 쫓기는 추격전이 시작됐다. 해주는 벽을 밟고 한달음에 담을 뛰어 넘었다. 남자도 같았다. 그녀의 얼굴에 불안이 깃들기 시작했다.

진현은 욕설을 중얼거렸다. 일이 단단히 틀어졌다. 홍나희의 짓으로 간주되는 학도의 납치가 있던 날, 그의 손에 들어온 영상을 뒤늦게 확인했다. 그 영상 안에는 해주가 있었다. 불쑥 사각지대에서 튀어나온 그녀가 청자를 에워싼 레이저를 뚫고 청자를 들고, 천장의 환기구로 올라가는 모습이 찍혀 있었다. 얼굴도 확연하게 찍혀 뒤로 뺄 수도 없었다.

학도의 말로는 당시 빼냈던 테이프를 해주에게 전해줬다고 하는데, 그 뒤 학도가 체포되는 등 일이 몰아쳐서 미처 챙기지 못했는지 엉뚱하게 홍나희의 졸개나 마찬가지인 최 형사의 수중에 들어가게 된 것이다.

그리고 그것을 홍나희가 그에게 보냈다. 그에게 보냈다는 이야기는, 테이프가 이것 하나뿐이라는 소리는 아니다. 게다가 학도에게 뜬금없이 걸려온 해주의 전화는.

"밟아!"

진현이 다소 신경질적으로 윽박을 지르자, 세단을 운전하던 남자가 어깨를 움츠리며 안절부절못했다. 밟을 수도 없는 것이, 인사동으로 들어가는 외곽은 차가 꽉꽉 막혔기 때문이다. 창 밖을 바라보며 미간을 일그러뜨리던 진현은 문득 두 눈을 크게 떴다.

인사동의 초입 지점, 늘어진 연립주택들 사이를 바람처럼 가로지르는 그림자를 얼핏 본 탓이었다. 그리고 그 뒤를 질세라 쫓아가는 남자들의 검은 양복. 못해도 여섯 명은 되었다. 진현은 문고리를 틀어쥐었다.

"사, 사장님!"

팔차선이었다. 그리고 그들의 차는 길가가 아닌 안쪽에 있었다. 그런데도 불구하고 진현은 문을 벌컥 열고 차에서 내렸다. 차들이 대개 멈춰 서 있기는 했지만 조금씩 움직이기는 했다. 진현은 그 사이를 거침없이 가로지르고 달렸다. 세단 운전석에 타고 있던 남자는 당황한 얼굴로 진현을 바라보다 그들의 뒤에 서 있는 차량을 돌아보았다.

그 차에서도 홍만과 학도 외에도 두 명의 남자가 더 튀어나와 진현의 뒤를 따라 뛰었다.

"뭐야, 이게 웬……!"

한때 조직에 몸담고 있던 남자는 허구한 날 패싸움만 하고 이권 싸움에 이리저리 치이는 그 생활이 질려 겨우겨우 빠져나온 참이었다. 그런데 이 바닥도 돌아가는 상황이 심상치가 않다.

"아, 제기랄."

남자는 초조한 마음을 억누르며 길가에 차를 대고 사장과 동료들이 사라진 방향을 애타게 바라보았다. 제 일이 아님에도 괜스런 흥분이 그를 달뜨게 했다.

"하악, 하악!"

이제는 숨을 어디로 쉬는 건지도 모르겠다. 그녀를 쫓는 사내들의 수가 급격히 늘었다. 무릎이 후들거릴 정도로 뛰어다녔건만, 남자들은 떨궈져 나가기는커녕 더욱 들러붙는다. 대체 왜 그녀를 쫓아오는 건지 목적만이라도 분명했으면 좋겠지만 영문을 모르겠으니 더욱 두려웠다.

그리고 다음 순간, 달리는 데 급급해 미처 발밑을 확인하지 못한 그녀는 돌을 잘못 밟아 그 자리에 그대로 굴렀다. 누군가 집어던지듯 몸이 패대기쳐지게 구른 해주는 바로 일어나려 했으나 다리에 힘이 들어가지 않았다.

얼굴은 온통 땀범벅이었고, 입에서는 단내마저 날 지경이었다. 등 뒤로 숨을 헐떡이며 접근하는 남자들의 기척이 천둥처럼 들려왔다. 그녀는 가까스로 고개를 들어 험상궂은 얼굴로 다가오는 남자들을 확인했다.

"왜, 왜 쫓아와요!"

"볼일이 있으니까 쫓아왔지. 아, 씨바."

사내들 중 한 남자가 턱 밑으로 흐르는 땀을 닦아내며 짜증스럽게 대꾸했다.

"무슨 볼일요!"

"의뢰인이 볼일이 있으니까 우리가 잡으러 왔지. 얘기만 좀 한다니까 좋게 말할 때 가자."

"그 의뢰인이 누군데!"

"위가 하는 일을 우리 같은 따까리가 알겠냐?"

남자 하나가 다가와 그녀와 눈을 맞추듯 허리를 숙였다. 해주는 가슴을 들썩이며 엉덩이를 뒤로 밀었다.

"좃 빠지게 달리게 하고 지랄이야."

뒤에서 누가 목기침을 크게 하며 욕설을 뱉어냈고 해주는 마른 입술을 혀로 축였다. 평소에는 귀찮을 정도로 따라다니던 진현의 부하도 보이지 않았다. 그녀가 골목으로 들어설 때, 째려보자 골목 어귀에서 멋쩍은 듯 서 있던 뒷모습이 아른거린다. 그러지 않는 건데.

개미 손이라도 있으면 빌리고 싶은 심정이었다.

"홍나희, 알지."

사내들 사이에서 담배를 꼬나물며 한 사내가 나왔다. 그러자 그녀를 때리기라도 할 듯 위협하던 사내가 뒤로 물러섰고 담배를 문 남자가 그녀를 내려다봤다.

"홍 사장이 좀 보자네."

"당신들, 그 여자 사람 아니잖아요."

남자는 낯익었다. 일전 평원 일로, 그리고 학도 일로 부딪쳤던 사내였다. 그녀의 생각이 아무리 짧다 할지라도 홍나희가 이들과 손을 잡았음은 두말할 여지도 없었다.

"같이 진행하는 일이 좀 돼놔서, 보스가 가급적이면 도와주라더군."

"그, 보스라는 사람, 마 사장님한테 빚이 있지 않나요?"

"……그건 네가 상관할 바 아니고."

해주의 얼굴이 하얗게 질렸다. 수야 많겠지. 쥐도 새도 모르게, 흔적 없이 사라지게.

해주는 엉덩이를 계속 뒤로 빼다가 문득 걸리는 돌멩이를 손 안에 꽉 움켜쥐었다. 이거라도 집어던질 셈이었다. 근육이 풀려 버린 다리는 점차 힘이 돌아오고 있었다. 조금만 더 시간을 벌면 그녀의 두 다리는 또 달릴 수 있을 것이었다.

"난 상관있는데."

가슴이 펄쩍 뛰었다. 해주는 고개를 휙 돌렸다. 그녀를 에워싼 남자들 뒤로, 타이를 엉성하게 푼 진현이 가슴을 들썩이며 다가오고 있었다.

"……반갑네, 마 사장?"

우두머리 남자가 입 꼬리를 늘이며 진현을 돌아보았고 진현의 눈이 스치듯 그녀를 훑었다. 손 안에 힘이 탁 풀렸다. 돌멩이가 툭, 하고 바닥에 굴러 떨어졌다. 어이가 없게도 마음이 놓였다.

"꺼져."

"보스의 전언이다. 이런 식으로 자꾸 우리 행사에 끼어들면 재미가 없을 거라는데."

"그쪽이야말로, 홍나희 뒤치다꺼리 하는 거 같은데 그 여자 명줄, 얼마 안 남은 거 모르나?"

진현이 비아냥거리듯 대꾸했고 남자의 얼굴이 일그러졌다.

"그 여자 명줄, 내가 끊어버리려고. 그러니 잇속 챙기고 싶으면 알아서 기어."

진현이 검지손가락으로 바닥을 가리키며 싸늘하게 말했고 남자의 얼굴은 붉으락푸르락해졌다. 보스의 명령 때문에 몇 번이고 참았다. 그런데 그도 이제 한계였다. 사내는 곧바로 진현을 향해 주먹을 찔러 들어갔다. 하지만 그게 허점이었다. 주먹 안에 나이프를 옆으로 잡고 있던 남자가 진현이 피한 틈을 타 사선으로 그어 내렸다.

"하!"

진현은 자신의 뺨을 스치듯 베고 간 나이프에 살이 슬쩍 벌어지는 것을 느꼈다. 손으로 뺨을 훔치자 피가 얇은 실선으로 흘러내렸다. 그리고 그가 채 손을 내리기도 전이었다. 진현의 뒤로 홍만과 학도, 그 외에 사내 두 명이 달려와 섰다.

"마약 밀매, 모작 유통, 북한 박물관의 고미술품 밀수, 사기 등 홍나희 죄목이 꽤 많아. 그렇지? 그런데 거기다 잘하면 조폭들이랑 엮어 갈 수도 있겠네."

남자가 다시 달려들려고 하는데 진현이 문득 손가락을 꼽으며 입을 열었다. 남자의 몸이 멈칫했다.

"불법 채권, 마약 유통, 폭력, 살인, 교사…… 거기도 꽤 많고. 송 부사장이 SD 건설 일을 일임하고 있지? 돈세탁용으로."

"네가……!"

"박두한, 사람이 일을 벌일 때란 말이야. 그만큼 뒷배로 쓸 만한 거리가 단단히 있어야 하는 거거든. 당장 눈앞의 현금만 보고 개같이 덤벼들다간 정말 병신 된다고."

남자, 두한의 눈이 혼란스러워졌다. 자신의 조직에서 행하고 있는 일들을, 수면 아래로 가라앉은 일마저 저놈이 정확하게 짚어냈다. 두한이 입술을 질겅질겅 씹었다.

"이건 적당 선에서 넘어가줄 테니까, 그냥 가지. 다신 얼씬대지 말고. 알겠지만 나 건드려서 좋은 꼴 본 놈 하나도 없어."

진현이 제 뺨을 가리키며 말하자 두한이 이를 아득 갈았다. 그 평생, 이 남자에게 이길 날이 올 수나 있을까 싶었다. 주먹을 꽉 움켜쥔 채 어깨를 부르르 떨던 두한이 곧 제 부하들을 통솔해 몸을 돌렸고 그의 등 뒤로 진현이 말을 하나 더 심었다.

"홍나희랑 같이 엮여 골로 가기 싫으면 이쯤 손 놓는 게 좋을 거라고 마진현이 조언하더라고, 보스에게 전해."

두한이 진현을 쏘아보았고 진현은 어깨를 으쓱였다. 곧 남자들이 우르르, 사라지자 그 자리에 주저앉아 있던 해주가 젖은 머리를 쓸어 올리며 숨을 길게 내뱉었다.

진현은 걸음을 옮겨 해주의 앞으로 다가갔다. 그녀가 고개를

젖혀 그를 올려다보았다. 진현은 손을 내밀었다. 그러나 그녀는
그의 손을 잡지 않았다.

그의 손을 무시한 채 바닥을 짚고 일어난 해주가 엉덩이를 툭
툭 털더니, 가타부타 말도 없이 등을 돌렸다. 이제는 익숙한 통
증이 그를 휩쓸었다. 진현은 씁쓸하게 웃었고 지친 듯 터덜터덜
걸어가는 해주의 뒷모습을 바라보았다.

"해, 해주야!"

그의 눈치를 보던 학도가 서둘러 그녀의 뒤를 쫓아가 옆에 붙
었다. 진현은 그런 해주의 뒷모습에서 눈을 떼지 않고 한 손을
들어 홍만을 불렀다.

"다시는 저쪽 놈들 간섭 못 하게, 적당히 압력 넣어."

"알겠습니다."

곽성길 쪽을 좀 죄어놔야 했다. 돈을 들이든, 협박을 하든 해
서. 벌써 몇 번째인가. 그야 이런 급습에 대처할 능력이 되지만
해주는 아니었다. 헐떡이는 가슴, 겁에 질린 얼굴, 그건 그가 바
라는 게 아니었다. 그런데, 그의 옆에 있었다는 것만으로 그녀
는 그처럼, 홍나희의 타깃이 된 것이다.

진현은 휴대전화를 들어 홍나희에게 전화를 걸었다. 몇 번 신
호음이 가지 않아 전화 너머에서 나희의 음성이 들려왔다. 받자
마자 짧게 터지는 교소(嬌笑)에 그의 가슴이 분노로 일렁였다.

- 선물은 마음에 들었나?

"아주."

- 그럼 이제 날 보러 오는 건가?

"그러지."

- 언제?

"곧."

- 그런데 약 오르네. 자기 이러는 거 보니까.

전화 너머, 나희의 목소리가 스산하게 가라앉았다.

- 아아, 어쩌지. 그 계집애가 죽으면 자기가 어떻게 반응할지 궁금해지는데. 아마, 미칠까?

"목 간수 잘해."

전화 너머에서는 아무런 소리도 들리지 않았다. 낮은, 독 어린 숨소리만 가늘게 들려왔다.

"내가 처음으로 사람을 죽이고 싶어졌거든."

진현은 나희의 말을 기다리지 않고 곧장 전화를 끊었다.

정말, 처음으로 누군가를 죽이고 싶어졌다. 누가 그를 노리든 언제나 의연했던 자신이, 윤해주가 정말 위험하겠구나, 그가 없는 사이, 그가 벌인 일 때문에 갑자기 죽어버릴 수도 있겠구나, 하는 생각이 들자 가슴 끝이 불처럼 달궈졌다. 그런 일은 일어나선 안 됐다. 두려웠다. 여자가 다치는 일이.

"죄, 죄송합니다."

해주에게 붙어 지키라고 했던 녀석이 파랗게 질린 얼굴로 고개를 푹 숙였다. 진현은 싸늘한 시선으로 남자를 돌아보았다. 이 교대로 돌아가며 해주를 지켜야 했다. 진현은 몸을 돌려 그대로 발을 올려 녀석의 복부를 차버렸다. 남자가 헉, 숨을 들이켜며 뒤로 넘어졌고, 곧바로 일어나 그의 앞에 고개를 숙였다.

"최홍만."

"죄송합니다."

진현이 짧게 일별하자 홍만이 다른 녀석에게 눈짓했고, 다른 사내들이 남자를 끌듯이 데리고 사라졌다.

"네가 할 일 많은 거 알아. 하지만 난 너한테 두 번째 기회를 줬다. 그거 잊지 않고 있나."

"네. 죄송합니다."

진현은 돌아섰다. 더 이상, 해주의 등이 그의 시야 안에서 보이지 않았기 때문이다. 그가 막 걸어가려는데 멀리서 타박이는 소리가 들려왔다. 낯설지 않은 소리에 돌아보니 해주였다. 그에게로 뛰어온 해주가 일정 거리 이상을 벌려 서고선 그를 보았다.

"빨래터와 팔상도 있는 곳 알아냈어요."

진현은 이맛살을 찌푸렸다.

"홍 사장 조부의 납골당에 전시해놨다던데요. 정보를 얻었어요."

해주가 손에 들린, 새끼손톱만큼 작은 종이를 꽉 움켜쥐었다.

"……그런데."

"내가 훔쳐다 주겠다고."

"필요 없다고 했을 텐데."

해주가 그를 쏘아보았다. 아니, 쏘아보는 게 아니다. 그녀의 생각을 읽을 수가 없었다. 잠시간 그를 바라보던 해주가 이윽고 등을 돌렸다. 그녀를 따라 뛰어왔던 학도가 다시 해주를 쫓아갔다.

"해주야, 너 제정신이야? 이 일을 당하고도 거길 간다고 해? 너 미친 거야?"

"미쳤나 보죠. 난 미친 것 같아요."

그녀가 퉁명스레 대꾸했고, 학도가 가슴을 툭탁툭탁 쳐댔다.

"늬들 왜 그러냐. 막말로 진현이가 네 엄마 그렇게 만든 것도 아니고, 왜 애먼 애한테 그러냐고."

"날 속인 건, 아무것도 아니에요?"

"그건……."

"그걸 알고도 날 이용하고 기만했어요. 내 감정을 갖고 놀았다고요."

"지금은 마 사장도 널."

"사부!"

계속해서 진현을 대신해 변명하려 옆에 붙어 걷던 학도가 해주의 높은 음성에 두 눈을 동그랗게 치켜떴다.

"팔은 안으로 굽는다는 말이 맞나 봐요. 지금 되게 밸 없어 보이는 거 아세요?"

"뭐?"

"내 말은, 그렇게 간단하지가 않다고요."

학도는 이해할 수 없다는 얼굴로 해주를 보았고, 해주는 학도를 향해 섧게 웃어 보였다. 학도에게 전화를 걸면서도 내심 진현이 와준다면, 그래서 그를 한 번이라도 더 볼 수 있다면 얼마나 좋을까, 생각했더랬다. 그렇게 정신없이 쫓기는 와중에도.

"그냥 말로만 좋다고 한 게 아니었어요. 내 생에, 그 사람이 처음 사랑이라고 말할 순 없지만 이번만큼 미치게 누군가가 좋았던 적은 없다고요."

"해주야⋯⋯."

"너무 좋아했기 때문에, 오히려 간단할 수가 없다는 말, 뭔지 모르겠어요?"

목소리가 떨렸다. 눈물은 차지 않았는데, 감정에 흔들린 목울대가 어지럽게 흔들렸다. 그녀는 가까스로 목구멍으로 침을 삼켰고 그녀를 안타깝듯 바라보던 학도가 한숨을 내쉬며 중얼거렸다.

"나한텐 너무 어렵다, 야."

"나도 그래요."

해주는 계속해서 따라오려는 학도를 두고 버스에 올랐다. 무슨 말을 횡설수설 나불댄 건지 모르겠다. 창 밖을 바라보는데, 버스가 지나가는 길목으로 진현이 걸어가는 게 보였다. 마음이 급해서 아무 버스나 올라탄 건데, 주위 사람들이 흘깃거릴 만큼 잘난, 그 남자가 사람들 사이를 헤집고 도로가로 빠져나오는 게 보였다.

해주는 손을 들어 멀리서 잡히는 진현의 윤곽을 어루만졌다. 보기만 해도 코끝이 찡해지고, 가슴이 달달 떨린다. 숨을 깊게 들이마셨다. 고개를 돌려 앞을 보았다. 그럼에도 눈앞이 자꾸 뿌옇게 흐려졌다. 삼켰다. 또 삭였다.

그녀는 이제, 슬픔을, 아픔을 참아내는 방법을 알았다. 하지만 여전히 계속되는 심장의 통증은 익숙해지질 않는다. 계속해서 시리다. 이러다 가슴이 사라질 것만 같았다. 더 이상은 누구도 사랑할 수 없을 것 같았다. 그 남자가 송두리째 그녀의 심장을 삼켜버렸기에.

밥을 먹다 말고 젓가락 끝머리를 입에 문 채 평원이 해주를 빤히 바라보았다.

"해만 지면 술 마시러 가더니 오늘은 안 가요?"

"내가 술꾼이니."

밥을 깨작대며 해주가 대꾸했고 평원은 가자미처럼 눈을 흡떴다.

"아무렴요."

"조그만 게!"

콧잔등을 찡긋거리며 장난을 치듯 말하지만, 기운이 없다는 것쯤은 아무리 애라도 알아본다. 평원은 해주의 얼굴에 점점이 드리운 그림자가 걱정스러웠다.

"마실 거면서. 아까 들어올 때 검정 비닐봉지 안에서 유리병 부딪치는 소리 다 들었거든요?"

"이거 완전 귀신이네. 이젠 바가지도 긁는 거야?"

해주가 손을 설레설레 저었고 평원은 인상을 찌푸렸다.

"뭘, 아주 술 쩐 내가 방에 찌들었구만."

해주가 피식 웃었다. 농담으로 여기는 것이 틀림없었다. 사실 반 농담이긴 했다. 술 쩐 내가 찌들었다는 건 그러기 일보 직전이라는 소리였고 알코올 중독은 정말 걱정됐다. 매양 술만 먹으면 평상 위에 앉아서 넋을 놓고 있으니까.

곧 밥상을 물린 해주는 부엌에서 꼼질거리며 자신이 사 온 소주 두 병과 막걸리 한 병을 들고 새우깡을 커다란 접시에 쏟아부어 평상 위로 어기적거리며 올라갔다. 그것을 방 안쪽에서 보던 평원은 한숨을 푹 내쉬곤 문을 탁, 닫았다.

한편 해주는 소주를 들어 그야말로 병나발을 불었다. 꿀꺽꿀꺽 목구멍으로 넘기고 새우깡 하나를 집어먹었다. 알싸한 알코올 기운이 목구멍을 태우고 가슴 위로 화, 하게 번져갔다. 알딸딸하게 올라온다.

무릎을 세우고 그 위에 얼굴을 얹은 채 새우깡을 오물오물 씹어 먹던 해주는 담벼락 너머 어딘가로 시선을 던졌다. 성인 남자의 가슴팍에 겨우 미치는 낮은 담벼락. 그 너머에 낯선 실루엣이 또 슥, 들어온다.

못 본 척 고개를 숙였다. 내려뜬 눈꺼풀 아래 금세 아픔이 차올랐다. 이제는 왜 저 남자와 안 되는지도 모호할 정도였다. 그의 형이 엄마를 내몰았으니까? 그가 그녀를 속였으니까? 그 사실을 다 알고 있었으면서도 그녀를 안았으니까? 미안하다는 말 한 마디도 없이 뻔뻔하게 제 옆으로 다시 오라고 하니까?

목구멍으로 왈칵왈칵 넘어가는 술의 양이 많아졌다.

"……병원은 갔어요?"

고개도 들지 않고 혼잣말처럼 내뱉었다. 바람결에 실려 들어온다, 그의 음성이.

"음."

"임 사부도 날 속였더라고요."

이번엔 바람이 아무 대답도 않는다.

"아주 짜고 치는 고스톱이야. 재수 없어. 그런데 웃긴 건, 사부가 날 속였다는 건 별로 크게 안 다가온다는 거지."

해주는 곧바로 소주 한 병을 벌컥벌컥 비우고 막걸리 뚜껑을 열었다.

"그 전에 당한 충격이 워낙 어마어마해서."

담벼락 너머 그림자가 흔들렸다. 비워진 속을 술로 채웠다. 그래도 아프고, 일렁였다. 막걸리를 비우고 또 소주 한 병을 빠르게 비워냈다. 담벼락 너머의 그림자 때문에 속이 타 들어가, 목을 축인다고 허겁지겁 비운 탓에 머리도 슬슬 어지러웠다.

그녀는 히죽 웃었다.

"곧 달재 아저씨한테 연락 올 건데. 이번엔 또 얼마나 충격적인 정보를 물어다 주려나. 능력 있죠, 우리 아저씨."

웃음이 술술 배어나왔다. 예전엔 그녀가 그를 쫓아다녔는데, 이젠 그가 그녀를 쫓아다녔다. 답도 없는 길인데도.

"당신이 싫어. 미워."

"……네가 그립다."

바람결에 또 음성이 흘러든다. 몹쓸 놈의 바람이다.

해주는 비척비척 자리에서 일어났다. 평상 위에 벌여둔 빈 술병을 가슴으로 그러안고 부엌으로 들어갔다. 다시 나와 새우깡 그릇을 들고 대청마루로 등을 돌렸다. 그녀가 방문을 닫고 안으로 들어가자, 담벼락 뒤에 서 있던 그림자가 달빛에 그 모습을 더욱 확연히 드러냈다. 진현이었다.

불이 꺼진 해주의 방을 한동안 바라보던 진현은 뒤로 돌아 비탈길을 내려오기 시작했다. 오십 미터쯤 내려오자, 비탈길 중간의 전봇대에 기대 담배를 피우고 있던 사내 하나가 재빠르게 몸을 바로 세우며 고개를 숙였다.

"지켜."

그가 말했고, 사내는 그가 내려왔던 길을 거슬러 올라갔다. 발걸음이 무겁다. 그녀에게 향하는 길은, 무저갱 같았다.

"윤진이 대신, 윤서연이라는 이름을 가진 여자가 십 년 전, 홍콩으로 들어갔던 것이 확인됐습니다. 우리 항공의 탑승객 명단에 있었습니다. 종적을 쫓았을 때, 그 난파된 배에 타고 있는 것까지 확인했습니다."

"윤서연?"

"윤진이의 친가 쪽 사촌 동생과 같은 이력이었습니다. 하지만 윤서연은 실제로 이미 죽은 사람입니다. 신부전증이었다더군요."

홍만이 파란색의 클립파일을 진현 앞으로 내밀었고 진현은 파일을 열어 그 안에 정리된 서류를 훑어보았다.

"지금으로서는 윤서연이 윤진이일 가능성이 큽니다. 당시 난파된 후, 여섯 명의 실종자 중 세 명은 가까스로 시신을 찾아냈고 나머지 세 명만이 현재로서 확인되는 실종자인데, 세 구의 시신에 윤서연으로 확인된 시신은 없었습니다."

"……살아 있을 가능성이 있나?"

진현이 파일을 덮으며 물었고 홍만은 고개를 숙였다.

"아주 없진 않습니다."

"반반이라는 건가."

"라마 섬은 작은 섬입니다. 홍콩 섬에서 배를 타고 대략 삼십 분 정도만 들어가면 있는 섬이지요. 수상가옥이 있고 작은 쪽배를 이용해 관광객 몰이를 합니다. 외국인들이 좋아하는 적당한 트레킹 코스가 있고 해산물이 맛있어 사람이 몰리기도 하지만, 빈부격차가 심한 홍콩 내에서 그다지 잘 사는 섬은 아니라고 합니다."

"만약 생존해 있다면, 너는 그 안에 윤진이가 있을 거라고 보는 거군."

홍만은 대답 대신 고개를 숙였다. 진현의 미간에 골이 깊어졌다. 그녀의 엄마가 살아 있을지도 모른다. 반반의 가능성이긴 했지만, 해주로서는 두 손을 들고 방방 날뛸 만큼 기쁜 소식임에는 분명했다. 그리고 윤진이의 소식을 들려주면, 아마 십중팔구 해주는 떠날 것이었다. 그를 여기 놓아두고, 그렇게 혼자 떠날 것이었다. 생각만으로도 가슴에 온통 구멍이 났다. 헛헛했다. 비워졌다.

"그리고 지금, 김선호가 사장님을 봬야겠다고 밖에서 기다리고 있습니다."

의자에 깊게 몸을 묻고 있던 진현이 한쪽 눈썹을 찌푸리며 책상 앞에 서 있는 홍만을 올려다보았다.

"김선호라면."

"홍나희 뒤처리를 하는 놈입니다. 홍나희의 조부였던 홍 회장에게 거두어지기 전에는 전라도 쪽에서 규모가 작지 않은 조직에 몸담고 있었습니다. 손맛이 워낙 잔인해서 조직 내에서도 코너로 몰리던 중, 홍 회장이 물건을 보러 갔다가 대신 손에 쥐고 온 놈입니다."

"여긴 왜 왔다고 하던가?"

"……홍나희가 선물로 보낸 물건이 있다고 합니다."

진현은 눈꺼풀을 내리깔았다. 문제의 여지가 되는 테이프가 있긴 했지만, 홍나희를 사장시킬 준비는 차근차근 되어가고 있기에 문제될 것은 없었다. 대학 선배인 서 검사에게 파일은 전달됐고, 채권자들은 나희에게 등을 돌렸으며, 유일하게 홍나희가 현금을 당길 수 있는 것은 마약 밀매, 미술품 밀수 쪽뿐이었다. 일부러 그 길을 열어두었다. 토끼몰이였다. 그것을 그 여자가 눈치 채지 못한 것은 확실했다. 아니면 누군가 의도적으로 그 사실을 덮어두고 있거나.

진현은 그 김선호라는 남자가 찝찝했다.

"그냥 돌아가라고 할까요?"

진현이 말이 없자 홍만이 재차 물었고, 진현은 입매를 비틀었다.

"아니, 들여."

"알겠습니다."

홍만은 허리를 숙이고 사장실을 나섰다. 그리고 얼마 지나지 않아 하관이 삐죽한 선호가 사장실로 들어섰다. 진현은 의자에 몸을 기대고 선호를 느긋하게 바라봤다. 이런 자와의 대면에서 우위에 서려면, 기세가 먼저여야 했다.

"안녕하셨습니까."

지난 몇 번의 부딪침으로 자신을 절삭분해해 죽이고 싶은 마음이 태산 같을 텐데도 선호는 그에게 허리를 숙여 보였다. 진현은 고소를 머금었다. 홍나희의 지시인가, 이 남자의 독심인가.

"용건만 간단히 하지."

그가 선을 그었고, 남자는 그를 한동안 쭉 째진 눈초리로 싸늘하게 바라보다 이어 손에 들고 온 가방에서 하얀 종이 몇 장을 꺼내들었다. 진현이 그것을 집요하게 바라보자 선호의 얇은 입술에 문득 한기 어린 웃음이 스며들었다.

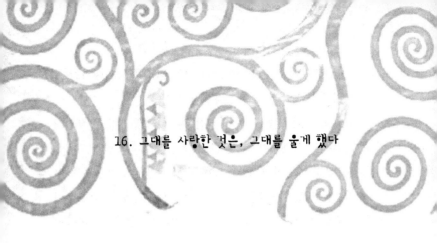

16. 그대를 사랑한 것은, 그대를 울게 했다

"서거하신 홍 회장님과 인연이 있으신 걸로 압니다."

선호가 손에 들린 하얀 종이를 보여주기 전, 먼저 입술을 슬
며시 떼었다. 진현의 눈가가 순간 미세하게 떨렸다.

"마 사장님의 형님이신 마동규 씨와 홍 회장님께서 각별했던
것으로 기억합니다. 우선 말씀드릴 것은, 홍나희 사장님께서는
일련의 자료로 인해 서거하신 홍 회장님과 마동규 씨, 그리고
그 윤해주의 어머니인 윤진이와의 관계에 대해 모든 것을 파악
하셨다는 걸 말씀드리겠습니다."

"그래서."

"그러므로 사장님 속에 존재하는 당신에 대한 감정은 증오밖
에 남지 않았다는 겁니다. 더 이상 당신에 대한 애증으로 혼란
을 겪진 않으실 겁니다. 지금 당장, 제가 당신 목덜미에 칼을 들
이대고 찔러도 오히려 웃으시겠지요."

진현의 검은 눈동자가 깊이 가라앉았다. 선호의 말은 일견 냉

랭하고 잔인했지만, 그 저변에 깔려 있는 의도를 읽어내기엔 아직 수면 위로 드러난 것이 아무것도 없었다.

"그러면 이제 잘 알겠군. 사 년 전, 내가 그래도 홍 사장에게 꽤 관대했다는 걸 말이야. 그건 그에 대한 감사 선물인가?"

진현이 짐짓 웃으며 말했고 그에 선호의 얼굴이 차갑게 굳었다. 그가 사 년 전, 나희를 모작 유통 및 사기 혐의로 교도소에 처넣은 것을 일컬음은 선호가 아무리 머리가 없어도 알아들었을 것이다.

"일주일 후, 자정에 이곳으로 오십시오."

선호는 테이블 위에 들고 있던 낱장의 종이들 중 하나를 올려놓았다. 진현은 그것을 보지도 않은 채 선호를 싸늘하게 바라보았고, 선호는 아직 말이 끝나지 않았다는 듯 조금 흐트러졌던 자세를 다시 바로 가다듬었다.

"마 사장님께서 일전에 컨테이너 창고 화재 관련으로 몇 개의 미술품을 그대로 가지고 있다는 것을 파악하고 있습니다. 그 물건들도 반드시 함께여야 할 겁니다."

"화재? 미술품? 무슨 소린지 모르겠군. 홍 사장에게 무슨 일이라도 있었던 모양이지?"

그의 말이 끝나기가 무섭게 선호가 얼굴에 비틀어진 웃음을 물었다.

"마진현이라는 남자를 잘 안다고 생각합니다. 그 수억대의 가치를 가진 것을 그냥 불 속에 던져버릴 리 없죠. 마동규의 모작도 중요한 과제겠지만, 그것을 가지기 위해서 반드시 필요한 수

단인 돈을, 포기할 리 없지 않습니까."

"글쎄. 사람이란 변하기 마련인 거 아닌가. 그리고 더욱이 내가 왜 그래야 한다는 거지? 설사 내게 그 미술품인지 뭔지가 있다고 하더라도 그럴 이유는 없어."

진현은 단 한시도 선호에게서 눈을 떼지 않았다. 그러자 선호가 종이를 들어 보였다. 하얀 종이 너머로 엷게 비치는 색감의 그림자가 보였다. 선호는 진현의 얼굴을 응시한 채 입매를 비틀며 종이를 뒤집었다. 그리고 그것을 확인한 진현은 주먹을 꽉 틀어쥐었다.

"사진이 꽤 잘 나왔지 않습니까? 꽤 미인이라서, 사람들이 이 여자를 본다면 여기저기서 신고가 들어올 것 같지 말입니다."

수배전단이었다. 해주의 얼굴이 크게 박힌.

"이 전단은 최 형사 쪽에 건네기만 하면 되는 단계라는 걸 꼭 인지시켜드리라고 하더군요."

선호는 그 수배전단 역시 그가 내려놓은 약도 옆에 놓았다. 그리고 더 이상 할 말이 없다는 듯 허리를 숙여 정중히 인사를 해 보이고는 등을 돌렸다.

"……토끼몰이가 너무 쉽던데. 우스울 정도로."

선호가 눈썹을 치켜뜨며 돌아섰고, 진현은 치밀어 오르는 감정을 가까스로 누르며 최대한 무심하게 말을 이었다. 감정을 드러내는 건, 저 하이에나 같은 놈에게 목덜미를 내어주는 것과 다를 바 없었다.

"홍 사장도 맛이 간 모양이야. 아니면, 제 주위를 돌아볼 여력도 없을 정도로 내게 열중해 있는 건가?"

"말씀 조심하시는 게 좋을 겁니다."

선호가 재킷 안쪽으로 슬며시 손을 집어넣으며 이를 갈았다. 그러나 진현은 웃었다.

"덕분에 쉬워졌어. 고맙다고 해야 하나. 홍 사장 옆에서 눈귀 막고 덮어둘 사람이라면 내가 아는 한 딱 한 명뿐이지. 왜 그랬냐고 묻고 싶은데…… 이유가 너무 구차할 것 같군. 불쌍하기도 하고."

진현의 눈에 찬 서리가 앉았다. 그리고 선호 역시 마찬가지였다. 이곳에 들어선 이후 선호는 처음으로 감정을 표출했다. 얼음처럼 굳은 얼굴 뒤로 살기가 폴폴 풍겨 나왔다. 재킷 안쪽으로 들어가 단도의 손잡이를 움켜쥔 손에 힘이 바짝 들어갔다. 상황만 허락된다면, 그 자리에서 바로 진현의 배를 쑤셔버리고 싶을 정도로 그는 진현의 비아냥조에 머리가 후끈 달아올랐다.

"그 여자가 그렇게 가지고 싶던가. 몸 성히 살아 나가고 싶으면 이럴 게 아니라 거래를 제시했어야지. 홍나희가 모르게. 살려달라고. 제발."

단도가 파르란 칼날을 빛내며 얼굴을 내밀었다. 두 눈이 벌건 광기로 휩싸이던 선호는 단도 손잡이를 움켜잡은 손을 부르르 떨더니 이내 다시 안으로 단도를 갈무리했다.

"나를 물로 본 모양입니다."

진현이 눈썹을 치켜떴다. 잠시 해주의 수배전단 위로 시선을 돌린 선호가 비열하게 웃었다.

"제 한을 풀 때까지는 절대 포기 않고 지옥 불구경이라도 마다 않을 여자가 홍나희죠. 애초에 내가 필요한 건, 그 여자 빈껍데기입니다."

"……빈껍데기?"

그 빈껍데기라는 게, 얼마나 하잘것없는지, 그럼에도 불구하고 가지지 못해 얼마나 애가 닳는지 이미 뼈가 사리도록 알고 있는 진현이다.

선호가 목을 돌려 우두둑 소리를 내며 감정 없는 목소리로 뱉었다.

"처절하게 짓밟히고, 오갈 데 없이 구겨지고, 찢겨지고 그런 후에, 남은 빈껍데기. 내게만 의지하고, 나만 바라보는. 난 그거면 됩니다."

"……김선호 실장, 미친놈이었네."

진현이 비웃듯 말했고 선호가 냉랭한 얼굴을 일그러뜨렸다.

"나도 처음부터 그랬던 건 아닙니다. ……그러니, 마 사장님은 꼭 와서 그 여자를 부숴주셔야겠습니다. 기억하십시오. 일주일 후 자정."

알 수 없는 사내다. 진현은 비틀어진 선호의 얼굴을 대답 없이 응시했다. 그러자 선호가 사장실의 문고리를 잡고 손잡이를 돌려 열며 덧붙였다.

"시간이 충분치는 않겠지만 주변 정리는 잘 하고 오십시오. 세상의 빛을 보는 마지막이 될지 누가 알겠습니까."

명백한 협박이었다. 진현은 한쪽 입 꼬리를 끌어올리곤 어깨를 으쓱였다. 상대하는 선호 입장에서는 속이 비틀릴 수밖에 없는 대응이었다. 선호는 몸을 돌려 곧장 사장실을 나섰고 뒤에 남은 진현은 포악한 기운을 숨김없이 뿜어내며 선호가 나간 문을 사납게 쏘아보았다.

이가 아득 갈리고, 꽉 움켜쥔 주먹에는 짧은 손톱이 손바닥 살을 파고 들 만큼 격한 힘이 가해졌다. 진현은 천천히 테이블로 걸음을 옮겼다. 선호가 제시한 약도는 눈에 들어오지도 않았다. 주위를 살피기라도 하는 양, 뒤를 돌아보는 얼굴이 크게 확대된 해주가, 수배전단 한 장을 가득 채우고 있다.

극악한 범죄자나 올라갈 전단이었다. 용의자를 찾습니다, 라는 문구가 크게 박힌 종이는 고작해야 A4 사이즈였지만 이 한장으로 여자의 인생은 크게 망가질 것이었다. 그리고 그렇게 되도록, 그가 종용했었다.

진현은 손에 든 수배전단을 아득 구겼다. 일주일 후라는 이야기는, 그가 그 자리에 나타나지 않을 시에 해주의 수배전단을 최 형사에게 넘기고 사냥을 시작하겠다는 소리였다. 사갈 같기로는 이 세상에 뒤질 만한 이가 없는 여자가 홍나희다. 그 하나 잡자고, 그의 주변을 망가트리는 것 따위야 그 여자에겐 가벼운 유흥일 뿐이다. 그리고 어딜 짚어야 그가 움직일지, 홍나희는 이미 너무 잘 알고 있었다.

진현은 으스러뜨린 수배전단 속의 해주의 얼굴을 다시 한 번 보고는 사장실 전면으로 크게 난 유리 앞으로 다가갔다. 해가 지고 있다. 붉은 빛을 피처럼 뿌리는 하늘이, 그의 시야에 아프게 박혀들었다.

시간이 지날수록 피부 위로 느껴졌다. 그로 인해 윤해주의 인생이 얼마나 꼬였고, 다쳤고, 아팠고, 엉망이 됐는지. 그럼에도 불구하고 여자를 놓을 순 없었다. 그래서 잡고 있으려고 했다. 그를 얼마만큼 넌더리 나 하건, 진절머리치건 상관없이.

그런데 또다시 그녀가 며칠 전처럼 위험에 처할 수도 있다. 그 가능성이 그를 칼끝처럼 곤두서게 만들었다.

진현은 몸을 돌려 사무실 한 켠의 장식장에 관상용으로 진열해놓았던 위스키를 유리잔에 따랐다. 평소에는 자주 찾지 않는 술이었는데, 근자에는 꽤 자주 마시고 있다. 독한 향을 뿜어내는 술을 목구멍으로 흘려보낸 그는 의자 깊숙이 몸을 파묻었다. 고개를 꺾어 석양이 피처럼 너울지는 창 밖을 바라보았다.

결론은 하나다. 그녀를 보내야 했다.

여기 있으면, 위험했다. 모든 걸 정리할 때까지는 떠나 있는 게 좋았다. 아마 떠나라고 하면 곧바로 뒤도 돌아보지 않고 떠나겠지. 그 따위, 존재하지도 않았던 것처럼 원래 살았던 일상으로 돌아가겠지.

가슴이 알싸했다. 시큰거리고, 빗장뼈가 왈칵 죄어왔다. 그는 인상을 찌푸렸다. 아프다. 뻔뻔하게도 아프다. 그녀가 그를 외면해서 아팠고, 원망해서 아팠다. 여자의 앞에선 내색하지 않으려 했다. 그녀의 정도(正道)에 따르면 그는 아플 염치도 없을 테니까.

하지만 지금은 보내야 했다.

진현은 책상 위에서 휴대전화를 끌어 와 어디론가 전화를 걸었다. 한참을 울리던 전화가, 마지못해 받듯 연결됐다.

"……좋은, 소식이 있어."

전화 너머에서 낮게 가라앉은 음성이 건너왔다. 뭐냐고.

"만나서, 얘기해. 윤진이 일이야."

그냥 전화로 얘기하라고 해서 오기가 일었다. 진현은 휴대전화를 꽉 쥐고는 재차 입을 열었다.

"만나. 얼굴 보고, 마주 앉아서. 차 마시고. 그렇게."

긴 침묵이 흘렀다. 진현은 끈질기게 기다렸다. 집요하게 그녀의 숨을 인식했다. 곧 음성이 들려왔다. 이틀 후, 사무실로 오겠다고. 전화가 뚝 끊겼고, 진현은 휴대전화를 테이블 위로 던졌다. 무기력함이 그를 짓눌렀다.

여자를 위해서, 지금은 떠나보내야 했다. 이곳에 있으면 안전을 보장할 수 없다. 그런데 눈물이 날 것 같았다. 진현은 빨개지는 눈시울을 팔등으로 꾹 누르곤 자리에서 일어났다. 몸이, 가슴이 온통 너덜거렸다. 그래도 움직여야 했다.

진현의 얼굴은 딱딱하게 굳었다. 해주가 그의 앞으로 내놓은 빨래터와 팔상도 때문이었다. 돋보기로 물건을 세심하게 살피던 학도는 이내 고개를 들고 고개를 끄덕였다.

"동규 것 맞아."

"거래는 정당해야죠."

이틀이라는 여유를 둔 것이, 이것 때문이었나 보다. 해주는 홍 회장의 납골당에 들어갔고, 빨래터와 팔상도를 훔쳐 왔다.
가슴 깊은 곳에서부터 들끓은 열이 머리끝까지 번졌다. 진현은
무서운 시선으로 테이블 위에 펼쳐진 팔상도와 빨래터를 보았
다.

"이젠 내가 받을 걸 줘요."

테이블을 사이에 두고 그와 마주 선 해주가 냉랭하게 말했지
만 진현의 시선은 빨래터와 팔상도에 못 박힌 채 떨어질 줄을
몰랐다. 눈치를 보던 학도가 조심스럽게 사장실을 나갔고 진현
은 상체를 숙여 팔로 테이블을 짚고는 단호하게 말했다.

"너는, 한순간이라도 가만히 있을 순 없나."

"이건 거래……!"

"그만해."

진현이 테이블 위를 탕, 내려쳤고 해주는 조금 놀란 듯 그를
바라보았다. 그의 하루하루가 가시밭길임을, 혹여 여자가 다칠
까 봐, 무슨 일이 생길까 봐 불안으로 짓쳐들었음을 어떻게 말
해야 할까. 그가 하는 말은 귓등으로도 듣지 않을 텐데.

진현은 곧바로 빨래터를 들고 거칠게 찢어버렸고 팔상도 역시
바닥에 패대기친 뒤, 우악스럽게 발로 밟아 짓이겨버렸다. 그를
바라보는 해주의 얼굴이 놀라움에서 경악으로, 그리고 불신으
로 바뀌는 건 한순간에 지나지 않았다.

"지금 뭐 하는 거예요! 당신 형 거잖아요!"

그를 밀쳐낸 해주가 팔상도를 들어 망가진 그림을 떨리는 손
끝으로 매만졌다.

"……그게 중요하긴 해?"

순간 치받은 격한 감정을 들썩이는 가슴으로 해소하던 진현이 아련하게 물었다. 팔상도를 손에 꾹 움켜쥔 여자가 그를 돌아보았고 그는 목에 맨 타이를 느슨하게 끌렀다. 늘 각 잡힌, 단정한 옷차림을 고수했던 슈트가 어지럽게 흐트러졌다.

"당신한텐 중요하잖아요. 그렇게 금고에 모셔놓을 정도로."

테이블 위로 팔상도를 올려놓은 해주가 그의 시선을 피하며 대답했다. 그를 외면하는 저 작은 고갯짓마저, 숨이 턱턱 막혀왔다. 필요 없다 그럴 때는 좋다고, 좋다고, 그저 좋다고 방싯방싯 웃어대던 여자가 더 이상 그를 보지 않는다. 숨이 죄어왔다.

"나한테 중요한 게 너랑 무슨 상관인데."

그녀를 들추어내고 싶었다. 그를 치 떨려 하면서도 그 때문에 우는 게, 모진 게, 그래도 얼굴을 이렇게 보는 게, 왜인지 알아야 했다. 여자를 떠나보내기 전에.

"……소식이란 거 뭔지 말해요. 난 아직 못 들었어요."

그의 물음을 무시한 채, 해주는 그에게서 멀리 떨어졌다. 팔상도를 줍느라 테이블 위로 넘어왔던 것이, 다시 테이블을 사이에 두고 멀어졌다.

"앞으로는 이런 짓 하지 마. 도둑질, 나대는 짓, 여기저기 끼어드는 짓, 그 헤픈 정, 아무 데나 퍼주는 짓 하지 마."

경계를 풀지 않은 해주가 그를 의아하게 보았다.

"홍나희가 네 테이프를 갖고 있어."

진현은 해주를 집요하게 바라보았다.

"청우 갤러리에서 네가 청자를 훔치던 영상."

"그걸 어떻게…… 아, 테이프!"

순간 머릿속을 스친 생각이 있었는지 해주가 입을 크게 벌리더니, 얼굴이 하얗게 질렸다. 진현은 책상 앞으로 돌아가 서랍에서 홍만이 그에게 전했던 파일을 꺼내 해주의 앞으로 다가갔다.

"일기에 있던 H, 기억하나?"

사색이 된 해주가 느릿하게 고개를 끄덕였고, 진현은 멍해지려는 해주의 시선을 붙들기 위해 그녀의 뒷목을 움켜잡아 그를 보게 만들었다.

"H는 홍나희의 조부야. 이제 와서 네가 앙갚음하겠다고 날뛸 것 없어. 그 남자, 이미 죽었으니까. 칠 년 전에."

그의 얼굴을 온전히 두 눈 안에 담은 해주의 눈가에 물이 차올랐다.

"내 형을 죽이기도 한 장본인이었으니까."

"……당신이 죽였어요?"

진현은 씁쓸하게 웃었다. 이 여자의 눈에 그라는 놈은 어떻게 비치고 있는 걸까. 잔악무도한 악귀? 아니면, 형의 유지를 지키기 위해 십 년이라는 시간을 쏟아 부은 얼간이?

"손을 쓰긴 했지만 직접은 아니야."

왜인지, 해주는 안도 같은 한숨을 뱉어냈다. 여자의 뒷목을 그러쥔 아귀에 힘이 바짝 들어가서, 부러 힘을 풀었다. 여자가 아플 것 같았기에. 자신이 언제 이런 데 신경을 써봤다고 우습게도.

보내기 싫다. 숨이 끊어진대도, 가슴이 부서진대도 그의 옆에 두고 싶었다. 자신이야 상관없었다. 삶에 미련 같은 거 두고 살아본 적이 없으니까. 목숨이 소중했다면, 이 바닥에서 그는 진즉에 나가 떨어졌을 테다. 하지만 이 여자의 목숨은 귀했다.

삼십사 년이라는 인생 중, 그에게 유일한 평온함을 선물했던 여자다. 성북동의 전통찻집, 끊임없이 재잘대던 여자, 그를 향해 흩뿌리던 웃음, 차갑게 언 그의 손에 나긋하게 감겨들던 작은 손, 그 밤의 바다, 모래사장과 미역, 어깨를 묵직하게 눌러오던 머리, 자꾸만 사랑이 커져간다고 했던 고백, 입술을 데우던 온기.

그 모든 게, 그의 일생에는 결코 없을 것만 같았던 기적이었다. 아니, 여자가 그에게 온전히 내보인 애정, 그 자체가 그라는 놈은 누려선 안 되는 귀한 것이었다.

더 닿아 있다간, 욕심을 부릴 것 같아 진현은 여자의 목에서 손을 떼고서 다른 한 손에 들고 있던 파일을 내밀었다.

"윤서연. 네 엄마의 사촌 동생 이름이라더군. 어릴 때 신부전증으로 사망했고. 그런 그녀와 똑같은 이력을 가진 여자가 그날 홍콩에 입국했고 난파된 배에 올랐었다는 정보가 있어."

"……혹시."

"홍나희 쪽은 내가 알아서 해. 넌 내일 당장, 홍콩으로 가."

파일에서 비행기 표를 꺼낸 진현이 그녀의 앞으로 들이밀었다. 해주가 그를 올려다보았고 진현은 눈을 내리떴다. 목 끝까지 차오른 감정이, 버거웠다. 여자를 놓아주기가 힘들었다.

"라마 섬이야. 거기부터 뒤져."

"마진현 사장님."

"이건 끝이 아니야."

참지 못하겠다. 왜 참아야 하는지도 모르겠다. 마지막일지도 모르니까, 이 정도는 여자도 받아들여야 했다. 그는 여자를 향해 내달리려는 감정을 더 이상 가둬두지 못했다. 손을 들어 해주의 귀와 볼, 목덜미 언저리를 커다란 손으로 살며시 감쌌다. 여자가 손 안에서 바르르 떨었다. 그것마저, 못 견디게 좋았다.

"널 놓아주는 게 아니야. 도망갈 생각은 접어. 이대로 홍콩으로 도망갈 생각은 접으라고. 급한 불부터 끄고 곧 쫓아갈 거니까. 악착같이 들러붙을 테니까."

"……마 사장님."

"윤해주."

간절하다. 진현은 파일이 바닥에 떨어지건 말건, 해주의 얼굴을 감싸 그를 오롯이 보게 만들었다. 그녀가 바르작거렸지만, 그 정도야 힘으로 누르자면 얼마든지 그럴 수 있었다.

"……미안하다."

처음으로, 소리 내서 전했다. 해주의 눈동자가 한없이 흔들렸다. 곧 그 눈에 그을음이 가득 찼다. 식히려는지 두 눈을 정신없이 깜빡이는 해주가 안쓰러웠다. 그가 속였고, 기만했고, 상처 줬다.

"내가, 미안했다."

"왜, 이래요?"

그녀가 그의 손을 떼어내려는 듯 팔목을 움켜잡았다. 하지만 진현은 아랑곳 않고 해주의 얼굴을 그의 얼굴 앞으로 당겼다. 보드라운 귀, 가는 목덜미, 솜처럼 뽀얀 볼까지, 온통 그가 탐했던 것들이었다. 진현은 고개를 숙였다.

"이러지 마요."

그녀가 고개를 돌리며 단호하게 말했고, 진현은 다시 해주가 저를 보게 만들었다. 그리고 앙다문 입술을 제 입술로 덮었다. 얼마 만에 느껴보는 체취인지 모른다. 그를 향해서는 절대 열릴 것 같지 않을 것처럼 앙다물린 입술을 혀로 쓸고, 이로 깨물고, 빨아들였다.

부족했다. 여자를 온통 마셔도 부족했다. 그녀의 턱을 잡아 입을 벌리게 했다. 곧바로 혀를 밀어 넣었다. 그를 달뜨게 했던 혀를 휘어 감고, 입술 안쪽을 빨아 당기고, 잇새를 간질이고 목구멍이 막힐 것처럼 깊이, 깊이 탐했다.

그의 가슴팍을 해주가 탕탕 두들겨댔지만, 힘으로 그녀를 억압했다 욕을 들어도 상관없었다. 마지막 숨 하나까지, 그가 가져야 했다. 곧 깊게 섞인 혀를 빼낸 진현이 거친 키스로 부어오른 해주의 입술을 나른하게 혀로 할짝였다. 그녀의 입술이 바들바들 떨렸다. 키스를 하는 동안 그와 얼핏얼핏 스치던 볼에는 눈물자국도 선연했다. 진현은 그의 팔을 아프게 파고들던 해주의 손을 잡아 제 가슴께로 가져갔다.

"뭐야, 당신."

그녀가 손을 빼려 했다. 손끝에서 여실히 느껴지는 거센 고동에 당황한 게 분명했다. 그 스스로 느껴도 아플 정도로 뛰어대는 심장에 가슴뼈가 버거웠으니까.

진현은 온몸에 힘을 주어 버티는 해주를 끌어당겨 품에 안았다. 뼈가 바스라지도록 꽉 안았다. 그는, 모든 일을 끝낼 생각이었다. 법적으로 해결하려 했지만, 그 마녀가 해주의 테이프를 손에 쥐고 있었다. 더구나 수배전단. 그가 거래에 응하는 건, 해주를 내몰 수 있는 그 테이프를 온전히 되찾고 소거하기 위해서였다.

그가 부서지는 한이 있어도, 이 여자에게는 그 어떤 상처도 남기지 않을 거다. 이것이 그녀에 대한 그의…… 속죄였다.

"……나는, 죽어도, 안 되는 거지?"

미련이 남아서, 언젠가 물었던 물음을 또다시 던졌다. 그녀는 대답이 없었다. 온몸에 잔뜩 힘을 준 채, 그의 품을 빠져나오려기를 썼다.

"죽어도……."

죽어도 안 되니까, 그래서. 여자를 위해 하나 정도는 제대로 해줘야지 했다.

동규의 모작도 모을 수 있는 만큼 모았다. 혹여 그에게 무슨 일이 생겨도 주란이 있다. 그에게 온 마음을 주고, 온통 상처받고, 미치게 힘들어하는 여자를 위해 그도 하나 정도는 희생해야지 않겠는가. 그것이 여자가 말하는 거래에 대한 정당한 대가일 테다.

"너 정말, 나쁜 새끼야."

그가 여자의 손을 놓기가 무섭게, 볼로 매몰찬 손이 날아왔다. 맞아줬다. 이것마저 피해버리면 너무 얄미울 테니까. 그러나 정작 여자는 그가 그대로 맞을 거란 생각은 못했는지 두 눈이 당황으로 일그러졌다.

"모르고 시작한 거 아니잖나."

그가 나직하게 웃었고, 해주의 눈망울에 또다시 울음이 흘렀다. 그녀가 그 때문에 우는 게 아팠지만 또 좋기도 했다. 운다는 건, 그에 대한 감정의 여지가 아직도 잔류하고 있다는 말이니까.

못해도 병신은 되겠지. 선호의 말로 말미암아, 그것이 마지막 대치가 되리라는 것을 서로 알고 있었다. 홍나희는 아마 수단과 방법을 가리지 않을 테다. 언제 죽어도 아쉽지 않을 목이었다. 가족이 있는 것도 아니고, 그가 반드시 살아야 할 이유가 있는 것도 아니었다. 이유라면 윤해주였지만, 이 여자는 그를 싫다한다. 홍나희만 끊어내면 편해질 게 많았다. 학도도 자유가 될 테고, 해주도 이 바닥에 얽매이지 않아도 될 테다. 모두 그가 엮은 사슬이니까.

"내일, 오후 네 시 비행기야."

진현은 그녀를 바라보며 웃었다. 어떻게든 살아서, 이 여자 옆에 가려고 노력은 하겠지만 만약의 경우, 그렇게 될 수 없을지도 모른다. 테이프를 모두 손에 넣을 때까지, 대치는 끝나지 않을 것이었다.

결작으로
노는 남자 2

해주는 그를 싸늘하게 노려보곤 바닥에서 파일철을 주워들어 등을 돌렸다. 진현은 그 가는 등을 보았다. 눈이 깊숙하게, 까맣게, 아리게 가라앉았다. 가슴이 울었다. 쩍쩍 갈라졌다. 그도 조금은 사람다워진 건가.

해주가 나가고 혼자 남은 진현은 마지막으로 뜨겁게 느꼈던 해주의 입술 감각을 아련하게 떠올렸다. 자꾸 잊힌다. 벌써 그리웠다.

"해주, 갔는데 이거 어떡할까?"

곧 문이 열리며 학도가 얼굴을 슬쩍 들이밀었다. 진현은 창밖을 응시하며 돌아선 모습 그대로 낮게 말했다.

"갖다 태워버려."

"뭐?"

"어차피, 모작들 모두 모으면 처리하려고 했잖아. 펜트하우스 금고 안에 있는 것도 모두 처리해. 열어놨어."

"마 사장."

"형은 빠져도 돼."

학도의 얼굴이 딱딱하게 굳었다.

"허 마담이랑 잘 될 것 같은 거 아니었어? 형이 늙긴 했어도 사십 대라고 청춘을 즐기지 말란 법은 없지."

진현이 비아냥거렸고, 학도는 그를 못마땅한 눈으로 노려보았다. 몸을 안으로 들인 학도는 입을 굳게 다물곤 테이블 위에 널어진 물건들을 챙겼다.

"해주, 저대로 보낼 거냐?"

"누가 죽으러 가? 걱정 마. 모두 정리하고 난 후엔, 저 여자 차례니까."

학도는 사장실을 빠져나오기 전, 창가에 서 있는 진현의 뒷모습을 다시 한 번 착잡한 얼굴로 돌아보았다. 거지같은 새끼. 사람 연민 솟게 저 꼬라지하고는.

평소와 같았지만, 달랐다. 학도는 욕설을 중얼거렸다. 사람 팔자 뒤웅박이라더니, 저 녀석은 날 때부터 어떻게 인생이 편할 줄을 모른다. 학도로서는 해주가 야속했다. 사랑하니까 그냥 받아주면 안 되나. 사랑이란 거, 그 이름 안에 모든 게 다 포용되는 거 아니었나.

학도는 진심으로 그렇게 생각했다. 아마 주란이 원수의 딸이었더라도 그는 절대 주란을 포기하지 않았을 거다. 죄는 미워하되 사람은 미워하지 말라는 명언도 있지 않은가.

하여튼 개지랄들 떨고 있다. 사람 코끝 시큰거리게.

엄마가, 살아 있을지도 모른다. 사촌 동생의 이름을 빌려 홍콩으로 들어갔다. 그 사실 하나만으로 머릿속이 꽉꽉 들어차야 했다. 기뻐 날뛰어야 했고, 이제는 맥없이 놓으려던 희망도 다시 불씨가 살아나 그녀를 웃게 해야 했다. 하지만 해주는 울음을 삼키려 내내 끅끅거렸다.

아직도 손끝에서 팔딱이던, 남자의 심장소리가 그녀를 쿵쿵, 울려댔다. 그도 그녀와 같았다. 미친 듯이 질주하던, 그리고 아프게 옥죄던, 또 그리움에 가뭄이 든 심장 모두.

평원에게는 옛날에 잃었던, 아주 소중한 것을 찾을지도 모르겠다고, 그래서 며칠 집을 비워야 한다고 설명했다. 평원은 꼭 찾아오라며 웃었고, 그녀가 집을 나서기까지는 이십사 시간도 걸리지 않았다. 공항행 리무진 버스를 타고 있는 지금 그녀의 손에 들린 건 배낭으로 메는 간단한 짐 꾸러미와 어깨를 비껴 멘 작은 크로스가방뿐이었다.

홍콩에서 합류하기로 한 달재의 조언이었다. 무슨 일이 생길지 모르니 최대한 짐을 간소화하라는 것이 요지였다. 곧 멀리 인천공항이 보였고, 버스는 너른 도로를 미끄러지듯 달려 정차했다. 그녀 역시 버스에 올랐던 사람들에 섞여 차에서 내렸다.

공항 안으로 들어가 곧바로 탑승게이트로 가려던 그녀의 걸음이 어느 순간 문득 멎었다. 익숙한 시선이 느껴졌다. 저도 모르게 고개를 돌려 시선의 주인을 찾았다.

그리고 발견할 수 있었다. 바쁘게 오가는 사람들 사이로 검은 슈트를 날렵하게 빼입은 그의 모습을. 못해도 십 미터는 됨직한 거리를 사이에 두고, 그가 우뚝 선 채, 게이트 안으로 들어가려 줄을 선 그녀를 보고 있었다.

어쩌면 너무도 당연하게 그를 찾아버렸다. 화인처럼 새겨진 그의 입술이 생각났고 어제의 거친 키스로 희미하게 부은 입술이 따끔거렸다. 입술을 안쪽으로 꾹 말아 넣은 채 고개를 돌렸다. 요 근래 그랬듯, 그를 없는 이처럼, 먼지처럼 그렇게 취급했다.

머지않아 여권과 비행기 표를 확인한 공항 직원이 그녀를 안으로 들여보내주었고 그녀는 그렇게 진현의 시야에서 사라졌다. 가방 검사를 하고, 여권을 확인하는 동안, 자연스레 그녀의 시선이 게이트 밖으로 향했다. 하지만 불투명한 유리문에 가려진 바깥쪽은 보일 리가 없었다.

가슴이 두근거렸다. 병이라도 걸린 것처럼, 온몸이 둥둥 울리듯 가슴이 두근거렸다. 숨도 가빠졌다. 비행기 탑승 시각까지는 아직 좀 여유가 있음에도 불구하고 해주는 걸었다. 비행기 탑승 게이트를 찾아, 걸었다. 사람들이 숱하게 오가는 면세점을 어떻게 지나왔는지 정신이 없을 정도로, 멍하니 걸었다.

의자에 앉고, 비행기 탑승이 시작되고 비행기가 뜨고, 또 홍콩에 도착할 때까지 그녀의 기억엔 아무것도 존재하지 않았다. 따로 캐리어를 찾을 필요 없이 곧바로 출구로 나온 해주의 가슴은 그때까지도 고동을 멈추지 않았다. 무언가에 무척이나 놀란 것처럼, 혹은 무척이나 두려운 것을 대한 것처럼, 아니면 사랑을 잃어버린 누군가처럼 쉼 없이 뛰어댔다. 머리가 어지러울 정도였다.

"해주야! 여기야, 여기!"

멀리서 익숙한 음성이 들려왔다. 산적처럼 턱수염을 덥수룩하게 기르고, 제법 살이 찐 달재가 저 앞에서 그녀를 향해 양손을 흔들고 있었다.

"잘 지낸 거지?"

그가 있는 곳까지 온 해주의 양손을 잡으며 달재가 살갑게 물어왔다.

"……아저씨는 생활이 편했나 봐요. 얼굴에 개기름이 줄줄 흐르네."

잠깐 멍했던 해주가 느릿하게 말하자 달재가 뒤통수를 긁적였다. 세 개밖에 없는 손가락에는 검은 가죽장갑이 끼어져 있다.

"그런데, 너 얼굴이 많이 상했다?"

"그래요?"

해주는 제 얼굴을 만지작거리며 머쓱하게 웃었다. 달재는 그녀를 끌어 홍콩 공항을 빠져나가며 실없는 수다를 계속해서 이어갔다.

"그나저나, 의외란 말이야. 그 마 사장이, 네 엄마 소재를 찾아줬다고? 아니, 찾아준 건 아니지. 아직 오리무중이니까. 그런데 왜? 게다가 비행기 표까지 주면서 네가 직접 가서 찾으라고 했다고? 왜?"

해주의 걸음이 멎었다. 시끄럽게 이어지던 달재의 수다쯤이야 그냥 한 귀로 듣고 흘렸다. 그런데, 그녀의 귀에 와서 쏙 박히는 진현에 대한 이야기만큼은 저 너머로 흘러가지질 않았다.

"왜, 그 서주 있지. 너한테 연결시켜줬던 가짜 점쟁이."

가슴의 맥박이 더욱 빨라졌다.

"서주가 그러더라고. 마 사장이 홍나희한테 약점 잡혔다고. 혹시, 그게 너냐?"

달재가 장난조로 은근하게 물어왔고 해주의 시선은 달재에게로 돌아갔다.

"서주 말로는 근 십 년 만에 대대적으로 물갈이가 있을 것 같다던데. 다음 판도는 누가 휘어잡으려나."

"내가, 그 사람 약점이에요……?"

잇새로 중얼거렸다. 채 듣지 못한 달재가 인상을 구겼고 해주는 흐릿한 시선으로 뒤를 돌아보았다. 홍콩이었다. 그와는 다른 하늘에 있었다. 미련 없이, 단 한 번도 뒤돌아보는 법 없이 떠난 그녀를 그는 어떤 마음으로 지켜봤을까.

생각해보면, 그가 그녀를 이토록 급하게 떠나보낼 이유가 없었다. 그렇게 진절머리 나게 따라다닐 때는 언제고, 어제의 그는 조금 다급했고, 절박해 보였다. 왜.

"너랑 마 사장, 그렇고 그런 사이였다며? 그래도 잘 헤어졌어. 마동규랑 그런 악연이 있는데 네가 그놈 만나면 넌 진짜 네 엄마 딸 하면 안 되지. 인간적으로다가."

홍나희가 그녀의 테이프를 가지고 있다고 했다. 그리고 그녀가 그의 약점이란다. 물갈이가 될 것 같단다. 불길함이 엄습했다.

"아저씨."

"응?"

"시끄러워요."

"뭐?"

눈물이 투둑, 흘렀다. 그녀를 본 달재의 두 눈이 휘둥그레졌다.

"라마 섬으로, 바로 가요. 우리."

"가야지, 가. 근데 왜 울어, 너? 사람들이 내가 너 울린 줄 알잖아!"

울었다. 말도 잘 나오지 않는데, 엉엉 울면서 말했다. 종내에 그녀는 그 자리에 쪼그려 앉고, 무릎 위에 얼굴을 묻은 채 흐느꼈다. 홍콩 공항 그 한복판에서.

"왜 우냐니까!"

달재가 당황해서 소리도 질러보고, 얼러도 봤지만 울음은 그치지 않았다. 가슴을 들썩이며, 온몸으로 감정을 게워내며 그렇게 울었다.

그 사람을 떠났다. 단 한 번도 돌아보는 법 없이 떠났다. 미련이 남았다. 아직 그녀가 제 사랑을 버릴 만큼, 충분히 그를 사랑하지 못했기에. 그리고 그녀를 사랑한다는 그 남자가 미워서.

"가자구, 라마 섬! 얼른 가서 찾자고요, 우리 엄마!"

그녀가 울면서 말했고, 달재는 당혹스러워했다. 그녀를 일으키려 용을 쓰는데, 정작 그녀는 돌아가고 싶었다. 그녀도 진저리나게 그리웠다, 남자가.

"아, 얘가 왜 이래, 진짜! 누군 왕년에 연애 안 해봤냐. 왜 혼자 죽을상이야! 지금은 그래도 시간 지나면 다 잊혀진다니까."

택시를 타고, 페리 선착장으로 달려가는 와중에도 계속 우는 그녀에게 달재가 성을 냈고, 그녀는 연신 라마 섬을 가자며 울었다. 달재도 암담했는지 이내 한숨을 내쉬며 시트에 몸을 폭 기댔다.

서러웠다. 모든 게, 그냥 다 서러웠다. 그를 떠났다. 그게 그

냥 아팠다. 달재 말대로 시간이 지나면 잊히고 또 덤덤해질 감
정일 텐데, 지금은 왜 이렇게 그녀를 못내 죽일 것처럼 아프게
하는지.

택시가 달렸다. 라마 섬으로 향하는 배가 정박하는, 페리 선
착장으로. 짙은 노을을 등에 업고 그렇게 한 시간여를 달렸다.

홍콩은 습했다. 그녀와 달재는 페리 선착장에서 라마 섬행 페
리에 올랐고, 배는 여유로운 속도로 바다를 가로질렀다. 해주는
코를 감싸는 상쾌하고도 비린 바다 냄새에 숨을 깊게 들이마셨
다. 배 난간을 붙잡고 있는 와중에도, 눈이 연신 따끔거렸다.

"내가 시찰을 다녀왔잖냐. 라마 섬은 완전 개새끼들 천국이
다."

홍콩 섬에서 고작해야 삼십 분 거리였기에, 달재는 그녀의 연
락을 받고 그대로 라마 섬에 들어가 한 바퀴를 돌아보고 나온
듯했다.

"이 개새끼들이 몸집이 또 얼마나 큰지. 네 몸 반은 되겠다.
그거 아냐? 홍콩에서는 부자들만 개 키운다는 거. 땅이 워낙 좁
잖냐. 개 키우려면 그 개들이 뛰어다닐 땅이 있어야 되는데 일
반 서민은 손바닥만 한 아파트에서 제 몸 구겨 살기에도 급급하
다 이 말이지. 저 산 꼭대기 피크(Peak) 주변으로는 외국인들이
많이 사는 고급 주택 타운이 있는데 거기도 또 개새끼 천국이
야."

줄줄 읊어놓고는 내내 그러했듯 또 해주의 눈치를 살핀다.

"야야, 저기 섬 보인다. 보이냐? 저 쪽배들도 봐. 운치 있지? 심장 단단히 먹어라. 배 내리고 나가는 순간 집채만 한 개들이 달려들어서 막 코 들이대니까."

그제야 해주가 그를 돌아보았다. 그의 말을 듣는지 마는지 매양 무표정으로 일관했던 해주가 관심을 보이자 달재의 얼굴이 좀 더 들떴다. 사랑, 그놈이 미친놈이지. 어떻게 애 얼굴이 반쪽이 됐냐 이거다. 이 얼굴을 보니, 그가 전화해서 쉰 소리를 나불댔던 건 아닌지 양심이 콕콕 쑤셔왔다.

"여기 포구에서 기르는 개 같은데 검정 놈이 두 마리, 하얀 놈한 마리거든? 근데 키가 허리까지 차. 뭐 물거나 하진 않는데 개 무서워하면 보는 순간, 그대로 혼백이 달아날 거다. 나도 쫄았어, 야."

해주가 피식 웃었다. 달재는 내심 안도의 한숨을 쉬며 해주를 성급하게 문 쪽으로 끌었다. 이미 배가 정박하기를 기다리며 입구로 몰려든 관광객들이 각 나라의 말로 시끄럽게 떠들며 여행에 대한 설렘을 내비추고 있었다.

곧 밧줄을 선착장에 단단히 매어 묶은 선원이 입구를 열어주자 사람들이 우르르 쏟아져 내렸고 해주와 달재 역시 그 사이로 섞여들어 라마 섬에 발을 들여놓았다. 해주가 퉁퉁 부은 눈으로 먼저 본 것은, 정말 달재의 말대로 교통카드를 찍고 선착장을 빠져나가는 사람들 옆으로 붙는 커다란 개들이었다. 목줄도 없이 어슬렁거리며 다가온 개들이 바지나 치맛자락, 가방에 코를 들이대고 킁킁 맡다가 또다시 돌아와 다른 관광객들에게 집적

댔다.

그리고 해주와 달재에게도 마찬가지였다. 해주에게 바짝 붙은 검정개 한 마리가 그녀에게 바싹 붙어 따라왔고, 그런 그녀 뒤에 숨듯 매달린 달재가 조금 긴장한 걸음걸이로 뒤를 따랐다. 시야가 뻥 뚫린 둑의 양쪽에는 쪽배가 장난감처럼 바다 위에 떠 있었고 한쪽으로는 수대의 자전거들이 가지런하게 서 있었다.

구태여 구석구석 둘러본 것은 아니지만 높고 커다란 고층건물들이 들어서 있는 홍콩 섬이나 구룡반도와는 달리 옛 냄새가 물씬 풍기는 선착장이었다. 집채만 한 개들은 곧 일정거리 이상 멀어지자 다시 선착장으로 돌아갔고, 이어 작은 소로를 지나 나온 마을의 입구에도 대여섯 마리의 가지각색 개들이 목줄 없이 어슬렁거리는 게 보였다.

개를 싫어하는지 달재가 인상을 찌푸리며 작게 욕설을 읊었다. 다리에 와서 달라붙는 개들을 발로 슬쩍슬쩍 밀어내며 그녀의 옷깃을 잡는 손이란, 오십이 훌쩍 넘은 사람답지 않게 아이 같았다.

"어디부터, 가야 해요?"

해주가 주위를 둘러보며 물었고, 달재는 머리를 긁적였다. 그가 중국말을 조금 하기는 하지만, 홍콩 사람들이 쓰는 중국말은 본토에서 쓰는 말과는 조금 달랐기에 그도 의사소통이 마냥 수월하진 않았던 탓이다. 영어는 영 젬병이었고.

"일단 어둑어둑해지니까 저녁부터 먹자. 먹으면서 어디부터 짚어야 할지 얘기해보자."

달재가 슬그머니 말했고, 해주는 이윽고 고개를 끄덕였다. 무
작정 아무 데나 들쑤시고 다닐 수는 없는 노릇이었다.

그러고 보니, 진현과 함께하면서 그녀도 조금 변한 게 있었
다. 예전에 앞뒤 잴 것 없이 생각나면 바로바로 행동하던 그녀
가, 이제는 조금 생각이란 걸 하게 됐다. 진현은 여전히, 그녀가
쓸데없이 나댄다며 잔소리를 했지만, 해주 본인이 느끼기로서
는 장족의 발전이었다. 사람이 변하기가 어디 쉬운가.

"아저씨."

"응?"

"나, 엄마 찾을 때까지 죽어도 서울 안 가요."

"뭐?"

달재는 먼저 길을 짚어나가기 시작하는 해주를 망연히 보았
다. 누가 가라고도 안 했는데, 뜬금없이 튀어나온 비장한 어조
가 당황스러웠다.

"그렇게, 알아둬요."

떨쳐버렸다. 배를 타고 오는 동안, 그에 대한 생각을 떨쳐버
렸다. 물갈이가 되건, 그에게 어떤 불길한 일이 생기건 그녀와
는 상관없다. 엄마를 찾기 전까지 죽어도 서울 땅 안 밟는다 생
각하면, 그렇게 몰아붙이면 뭐든 될 것 같았다. 해주는 주먹을
꽉 움켜쥐었다.

"이건 그냥 궁금해서 물어보는 건데, 관광비자가 구십 일이잖
냐. 그럼 삼 개월 지나면? 그러고도 안 가면 너 불법체류자 되
는데?"

"……말을 해도 꼭!"

"뭐, 그 안에는 찾지 않겠냐."

달재가 해주의 날카로운 시선에 입맛을 쩝 다셨다. 어째, 혼자 중국 가서 헤매고 다닌다 하더니 전에 없이 주책없어졌다, 이 아저씨. 해주는 그녀의 기분을 맞춰주려는 듯 실없이 구는 달재에 쓴웃음을 지었다.

최 형사는 잠복근무 중이었다. 그가 차를 주차해놓은 채 열 시간째 진을 치고 있는 곳은 인사동의 레드하우스 건물 뒤쪽이었다. 레드하우스는 유명했다. 정재계 가릴 것 없이 누구나 알아보는 유명 인사들이 불법도박과 불법경매의 장으로 이용하는 곳이니까.

다만 그 안을 드나드는 사람들이 워낙 쟁쟁하기에 모두 다 알고서도 눈 가리고 아웅 하는 곳이기도 했다. 쥐도 새도 모르게 제거되고 싶지 않으면 당연한 것이었다. 법보다 우위에 있는 것이 있었다. 돈과 권력. 법이 있되, 법이 통용되지 않는 곳. 레드하우스가 그랬다.

그런데 그는 레드하우스 앞에 잠복하고 있다. 평소의 그라면 이곳은 부러 돌아가더라도 피해야 할 장소였다. 하지만 손에 들린 구속영장이 그를 이곳으로 내몰았다. 현재 정계에서 섹스 스캔들로 코너로 몰린 정 의원을 미성년자 성매매 혐의로 체포해야 하는 것이다.

VVIP 회원제로 운영되는 곳이다 보니, 구속영장을 들이밀어도 레드하우스 안쪽으로는 출입이 요원했다. 그리고 그가 수갑을 채워 데려가야 할 정 의원은 저 안으로 들어간 지 벌써 열 시간이 훌쩍 넘은 차였다.

도박에 미친 건지 나올 기미가 없다. 파트너는 진즉에 한숨 자고 오겠다며 근처 모텔로 들어간 후였고, 앞으로 두 시간 후에 파트너가 오면 그가 한숨 잘 차례였다. 이번 일만 끝나면 여태까지 밀렸던 휴가를 한 번에 몰아 써서, 얼마 전 홍나희로부터 받은 요트를 타고 동해로 좀 나가볼까 싶다.

최 형사는 운전석 시트에서 몸을 뻑적지근하게 늘이며 담배를 하나 꺼내 물었다. 알량한 쥐꼬리만 한 월급을 받고도 이 개 같은 형사 노릇을 하는 건, 다 떨어지는 콩고물이 그 개 같은 노릇을 충분히 메우고도 넘치기 때문이다. 물론 그 콩고물을 받아먹으려면 그가 그만큼 부지런하고 영민해야 했지만.

라이터로 불을 붙여 희끄무레한 연기를, 환기도 되지 않는 차 안에 깊이 뱉어낸 최 형사는 의자를 뒤로 살짝 젖혔다. 다 좋은데 이 몇 시간씩 기다리는 짓거리는 몇 년을 해도 당최 익숙해지질 않는다. 그렇다고 잠복근무 하러 나와서 차에서 내려 스트레칭을 할 수도 없으니.

똑똑.

최 형사는 갑작스레 들려온 소리에 창가를 돌아보았다. 저도 모르게 간이 철렁 내려앉아 욕지거리가 튀어나왔다.

"아, 씨발!"

담뱃재가 셔츠 위로 떨어져 검은 그슬림을 남겼다. 그것을 툭

툭 털어내며 그는 두 눈을 가늘게 뜨고는 어슴푸레한 창 밖을 보려 고개를 갸웃거렸다. 그러자 다시 한 번 똑똑, 하고 누군가가 창문을 두드렸다.

그와 한 조를 이루고 있는 파트너인가 싶었지만 이내 고개를 가로저었다. 시간이 돼도 자느라 못 올지도 모르겠다며 너스레를 떨고 간 돼지 같은 놈이 벌써 올 리 없었다. 어둑한 창 밖으로 보이는 것은 검정색 실루엣뿐이다.

최 형사는 인상을 찌푸리고는 만에 하나의 상황에 대비해 보조석에 던져놓은 총을 집어 들었다. 누구는 배에 칼집을 내고, 어깨가 빠지고, 목숨이 작두를 타고 놀아도 형사 짓에 무한한 자긍심을 가진다지만, 그에게 제 목숨보다 귀한 것은 없었다. 노상강도라면, 그 배때기에 총알부터 제대로 갈겨줄 셈이었다. 상부에는 적당히 보고하면 됐다. 목격자도 없는 걸.

그리고 그가 막 고개를 돌리는 순간이었다. 그가 앉은 운전석 쪽의 창이 갑자기 파삭, 하고 깨지며 손 하나가 차창 안으로 불쑥 들어왔다. 식겁한 그가 총을 놓치고 목을 조르는 손에 켁켁거리는 사이 차 문을 열고 누군가 그를 거칠게 끌어내 바닥으로 패대기쳤다.

"아, 씨발! 컥컥! 뭐야, 너 누구야! 내가 누군지 알아!"

"……인사가 격했습니다."

두꺼운 목을 감싸고 있던 칼라 셔츠의 단추를 풀어내며 기도를 이완시키던 최 형사가 번뜩 고개를 들었다. 검은 실루엣이 보였고, 그리고 그 앞에 쇠 지렛대를 든 곰 같은 체구의 남자가 보였다. 곰 같은 체구의 남자가 손에 들고 있던 지렛대로 바닥을 깡, 내리쳤다. 아스팔트 바닥이 기기긱, 긁히며 불쾌한 소리를 흘려냈다.

"마, 마 사장! 이게 무슨 짓이야! 죽고 싶어!"

"죽고 싶다? 누가 죽고 싶을까."

다시 한 번 쇠 지렛대가 깡, 하고 바닥을 긁었다. 최 형사의 가슴이 싸늘하게 가라앉았다. 일전, 청우 갤러리 앞에서 진현을 검문할 때만 해도 분명 그가 우위에 있었는데, 지금은 아니었다.

"경찰을 협박해? 너 이게 무슨 죄인지는 알고나 하는 거야? 이거 공무집행 방해라고!"

"청렴해야 할 대한민국 경찰이 알고 보니 뒤가 꽤 구립다. 아니, 꽤가 아니지. 아주, 시궁창이더라고."

최 형사의 앞에 버티고 선 진현이 혼잣말하듯 말했다. 그리곤 최 형사와 눈을 맞추곤 싸늘하게 웃었다. 최 형사는 간담이 서늘해졌다. 온몸의 털이 쭈뼛 서는 느낌이었다. 웃고 있되, 웃고 있지 않다. 날카로운 비수가 등가죽을 회 뜨는 듯한 끔찍한 느낌이 순간 그의 오감을 관통했다.

"주, 죽고 싶어? 콩밥 먹고 싶냐고!"

발작적으로 소리 질렀다. 그는 공권력을 집행할 권리가 있는 형사였다. 아무리 길바닥에서 굴러먹는 거지라도 그의 권리를 존중한다. 그런데 이 무슨 개 같은 상황이냐 이 말이다.

"최 형사님, 내가 지금 눈에 뵈는 게 없습니다."

상체를 비스듬히 숙인 진현이 얼굴에서 웃음기를 지우고 최 형사의 경직된 얼굴을 차갑게 응시했다.

"그래서 네가 콩밥을 먹이든 날 죽이든 상관이 별로 없습니다."

최 형사는 자리에서 일어나려 했다. 그런데 그가 몸을 일으키기가 무섭게 쇠 지렛대가 날아와 그의 어깨를 타격했다. 크흑, 하고 고통에 찬 신음성을 내지르며 올려다보자, 언제 곰 체구의 사내로부터 가져왔는지 쇠 지렛대를 든 진현의 손에 힘줄이 불끈 선 게 보였다.

"나는 최 형사님이 내 밑에 앉아 있는 게 얘기하기가 편해서."

최 형사는 다시 일어나려 했다. 이 무슨 우습지도 않은 꼴인가. 그러나 또다시 지렛대가 날아와 이번엔 그의 갈빗대를 강하게 쳐왔다.

"어억!"

뼈가 부러졌거나 금이 갔거나 둘 중 하나다. 숨 쉬기도 힘들었다. 예고 없는 무차별적인 폭력에 그가 갈빗대를 움켜잡고 숨을 몰아쉬었다. 그러나 그가 통증을 참아낼 여력도 주지 않을 참인지 그의 앞에 몸을 숙여 앉은 진현이 그의 머리칼을 움켜쥐어 자신을 보게 만들었다.

"최 형사님, 내가 사시미 갖고 휘두르고 다니는 그런 조폭은 아닌데, 일이 좀 급해져서 약간 거칠었습니다. 그런데 그 급해진 사정에는 최 형사님이 한몫을 했으니까, 이러는 날 이해해주셔야겠습니다."

씨발. 이해는. 좆 까라.

최 형사가 진현을 죽일 듯이 쏘아봄에도 불구하고 그에게서는 아무런 감흥도 느껴지지 않았다. 오히려 건조하고 메말랐다. 외부로부터 그 어떤 것도 느끼지 못하는 듯한 적막. 또는 고요. 진현이 그랬다. 가슴 밑부터 차오르는 근본적인 공포가 최 형사를 잠식하기 시작했다.

"홍 사장이랑 십 년이 넘게 손을 잡아왔던데, 이제는 좀 지겨워질 때도 되지 않았나?"

"뭐……."

"쉿. 내가 말을 하면 들어야지."

손에 든 지렛대를 그의 목에 꾹 누르며 진현이 인상을 그었다. 이대로 힘을 주어 누르면 목이 가차 없이 툭, 부러지고 말 것 같은 위화감에 최 형사는 목구멍 너머로 침만 꼴깍 삼켰다.

"요트, 현금 사억, 서산에 호화 별장, 해외 계좌로 오억. 밑닦기를 엄청 해댔나 봐. 이게 경찰 공권력으로 가질 수 있는 재산은 아니지 싶은데."

진현이 뒤로 손을 내밀자 홍만이 품에서 얇은 파일을 하나 꺼내 넘겼고, 진현은 그것을 최 형사의 가슴에 밀어붙였다.

"증거라고 하지. 이거 넘기면 당신, 그대로 옷 벗는 거야. 그것뿐이겠어? 덤으로 교도소까지. 교도소에서 죄수들 박해가 좀 심할 텐데. 전직 경찰한테는. 그것도 썩은."

손이 떨려 받지 못한 파일이 그의 바지 위로 떨어졌고 그 사이로 흘러나온 종이에는 방금 진현이 읊은 것들에 대한 증빙서류가 한 가득이었다. 동공만 굴려 그것을 확인한 최 형사의 눈이 잘게 떨렸다.

"진급에 집착하지 않는다 했지. 말단 형사로 있는 게 검거율이 안 좋아서 그런 게 아니지? 그게 더 편하니까. 제 공 다른 동료들에게 넘기면서 동료들은 진급시켜주고, 자기는 좋은 위인인 척 그 자리에 남아 있으면서 평판도 좋아지고, 챙길 건 챙겨 먹고. 사람이 너무 야비하잖아. 안 그래?"

"요, 용건이 뭐야?"

최 형사는 목젖 너머로 침을 꼴깍 삼켰다. 그러자 무심했던 진현의 얼굴에 실선처럼 가는 미소가 희미하게 깃들었다. 그의 목에서 지렛대를 뗀 진현이 자리에서 일어났다. 최 형사가 그를 올려다보자 지렛대를 다시 홍만에게 넘긴 진현이 손을 털며 말했다.

"홍나희랑 손 끊지."

"뭐?"

홍나희는 그의 가장 큰 밥줄이었다.

"그리고 그 여자가 넘긴다던 수배전단. 그것도 없애는 게 좋을 거야."

최 형사는 저도 모르게 차에 굴러다니던 USB를 떠올렸다. 홍나희가 김선호를 시켜 그에게 보내온 것. 일주일 후, 그것을 퍼뜨려달라며 못해도 일억은 할 고가의 서양화와 함께 보내왔다.

"그, 그러지."

진현은 한동안 그 자리에 선 채 그를 내려다보았다. 최 형사는 저도 모르게 입 꼬리를 늘여 어색하게 웃었고 진현 역시 웃었다. 최 형사가 바지를 털며 자리에서 일어나려는데 갑자기 그의 복부에 날카로운 주먹이 꽂혀왔다. 그의 얼굴이 일그러지며 다시 그 자리에 거꾸러졌다. 쇠 지렛대로 맞은 갈비뼈 부분에도 충격이 갔기에 그 통증은 이루 말할 수가 없었다.

"최 형사님."

잔뜩 찡그린 눈을 가까스로 들어 진현을 보았다.

"나는 사람을 믿지 않습니다. 혹여 그 수배전단이 퍼진다면, 그때는 그 목, 내놓을 각오 하는 게 좋을 겁니다. 아시죠? 전 빈말은 안 합니다. 목에 칼이 들어와도."

"다, 당연히 지우지. 당연히 안 해."

"당신 옷 벗는 걸로 안 끝납니다."

"지운다니까. 안 한다니까?"

그가 통증을 참아내며 찌푸린 얼굴 사이로 가까스로 말하자 진현이 웃었다.

"사람 한 명 딸려 보내죠."

"마 사장, 그렇게까지……!"

진현이 스산하게 돌아보았다. 말은 소리가 되어 나가지 못하고 다시 되삼켜졌다. 진현이 돌아섰고 홍만이 다시 앞으로 나왔다. 최 형사는 일단 눈앞에 도사린 위험이 사라졌다는 데 대해 안도하다 짓쳐든 그림자에 사내를 올려다보았다. 그리고 사내의 손이 크게 휘둘리는 것이 보였다. 그리고 내려오는 순간, 머리에 강한 충격과 함께 세상이 깜깜해지는 것을 느꼈다.

"죽지 않을 정도로 해."

"네."

머리에서 피를 흘린 채 차에 기대 거꾸러진 최 형사를 일별한 진현은 별 감흥 없이 등을 돌렸다. 심장이 얼었다. 가슴이 얼었다. 아무것도 느낄 수가 없다. 목적만이, 그를 움직이게 했다.

홍만이 쓰러진 최 형사를 끌어다 벽에 기대 앉혀놓고 119를 호출했고, 진현은 어딘가로 전화를 걸며 다시 저벅저벅 걷기 시작했다. 그의 걸음은 레드하우스로 향했다.

"선배, 부패 경찰, 병원으로 이송될 겁니다."

대학 선배인 서 검사였다. 이미 최 형사의 자료는 모두 서 검사에게 넘긴 후였다. 무슨 짓을 한 것이냐, 묻는 서 검사에게 진현은 아무런 대답도 않았다. 그러자 서 검사의 나직한 한숨이 전화 너머에서 흘러들었고 서 검사는 뒤처리는 내게 맡기라 말한 후 전화를 끊었다.

뒤를 돌아보자 홍만은 최 형사를 둔 채 차로 돌아갔고, 미리 레드하우스에 들어가 있던 학도가 다가와 그의 옆에 반 보쯤, 뒤처져 섰다.

"마 사장, 적당히 해라."

"적당히?"

"그게, 아무리 거지같은 놈이라고 해도 형사를 저 모양으로 만들어놓는 건……."

학도가 뒷말을 흐렸지만 진현은 서늘하게 웃을 뿐, 대꾸하지 않았다. 적당히라는 건 없다. 뭐든 해가 되는 건 싹을 잘라놓아야 했다. 만약 최 형사가 해주를 위해하려 든다면 그는 죽일 의사도 있었다.

"마 사장아."

막 도박장으로 들어가려던 진현을 학도가 불러 세웠다. 진현이 걸음을 멈추고 학도를 돌아보았다.

"너, 전보다 더 퍼석퍼석한 거 아냐?"

진현이 눈썹을 치켜뜨자 학도가 이게 아닌데, 하며 머리를 긁적이곤 다시 말을 골랐다.

"예전에도 살벌하긴 했는데 지금 같진 않았거든. 너 진짜 일칠 것 같아. 누구 죽일 것 같다고. 이럴 거면, 해주 왜 보냈냐? 네가 지금 생각하는 게 뭐야. 느껴지는 게 있긴 있냐? 전에도 사람 같진 않았지만, 지금은 꼭…… 왜 그러냐. 보는 사람 불안하게."

"내가 지금 생각하는 거라."

학도는 미간을 굳혔다. 언제나처럼 그의 말을 무시할 줄 알았던 진현이 말미를 흐트러뜨렸다.

"형."

진현이 그를 부르며 한쪽 입매를 비틀었다.

"처음부터 없었던 건 원래 없었던 거니까 상관없어. 근데 없다가 생긴 게, 다시 없어지는 건, 빌어먹게 거지같네."

진현은 학도를 향해 입매를 기계적으로 늘이곤 도박장 안으로 몸을 들였다. 학도는 안으로 들어가는 대신 입안으로 욕설을 뱉으며 복도 한쪽으로 물러나 기대섰다.

진현은 마치 벼랑 끝에 선 사람 같았다. 예전보다 더 메마르고 무미건조해졌으며 서걱거렸다. 마치 감정이라곤 없는 삐걱대는 기계 같았다. 필요한 말만 했고, 지시만 내렸고, 조용했다. 하지만 밤이 지나고 다음 날이면 그의 집 테이블에 생기는 빈 위스키 병이나, 밤을 새운 듯 거칠어 보이는 얼굴이 진현의 속내를 대변해주었다.

살면서 누군가를 믿지도 않고, 제 속을 드러낸 적도 없는 녀석은, 아픔도 그렇게 삭였다. 아마 자신이 오 년만 더 어렸다면 그런 것 따위야 몰랐을 테다. 하지만 불혹이 되고, 인생을 통째로 내줘도 아깝지 않을 여자를 만나고 사람이 사는 재미를 뒤늦게 깨달으면서 그도 보는 눈이 생겼다.

진현은 바스러져 내리기 일보직전이었다. 그게 안타까웠다. 매양 죽일 놈, 거지같은 놈, 싸가지 없는 놈, 악귀 같은 놈, 욕을 처했어도 어느새 진현은 그에게 아픈 손가락이 되어 있었다. 십 년간 옆에서 미운 정 고운 정 다 주며 지지고 볶은 정은 이렇게 무서웠다.

게다가 삼십사 년 내리 사람 사는 재미는 모른 채 거칠게 살다가, 일 년의 채 반도 안 되는 시간 동안 제 심장을 처음으로 타인에게 내준 녀석은, 예전보다 더 텅텅 비어버렸다.

학도는 골이 아픈 듯 한숨을 푹푹 내쉬다가 홍만에게 전화를 걸었다. 홍만이 이내 전화를 받자 학도는 머리를 긁적이다 에라, 모르겠다 하는 심정으로 말했다.

"너, 홍콩 간 해주한테 사람 붙여놨지?"

결혼으로 노는 남자 2

전화 너머에서 홍만이 쩔쩔맸고 학도는 다 알아, 새꺄, 하면서 홍만의 말을 잘랐다.

"그 줄, 꼭 잡고 있어라."

전화 너머에서 홍만이 네? 하며 되물었고 학도는 인상을 구겼다.

"잘 잡고 있으라고. 그리고 최 형사는?"

119에서 데려갔단다. 흔적은 잘 지웠다고 꽤 자랑스레 말하는 홍만에 이것도 정상은 아니야, 하는 생각을 학도는 내리 했다.

"알았다. 최 형사한테 넘어간 수배지 확실히 처리하고."

홍만이 짧게 대답했고 학도는 망설이다 조금 멋쩍은 얼굴로 덧붙였다.

"너도 진현이한테 별일 없으면 하지?"

전화 너머에서 잠시간 침묵이 이어졌다.

"이번에 무슨 일 있어도 너 진현이 지켜라."

홍만이 조금은 볼멘 소리로 학도 형님께선 빠지십니까, 물었고 학도는 인상을 구겼다.

"새꺄, 나 요즘 허 마담이랑 상태 좋은 거 몰라? 내가 이 창창한 나이에 장렬하게 전사해야겠냐. 평생 꿈도 못 꿔봤던 연애를 하는데. 넌 마누라도 없고 가족도 없잖냐. 그러니까 니가 몸으로 때워."

─ ……마흔하나가 창창한 나이인 줄은 미처 몰랐습니다.

할 말 없게 만든다. 진중한 홍만의 대꾸에 학도가 뭐라 하려는 찰나 홍만이 먼저 선수를 쳤다. 사장님은 제가 지킵니다. 참으로 믿음직스러운 말이었다. 이 새끼는 너무 진지해서 탈이다. 게다가 그의 뻔뻔함을 토 달지도 않고 받아들인다. 그건 그것대로 학도는 뒤가 켕겼다. 나 연애해야겠으니 니가 죽어라, 라는 말과 진배없으니.

하지만 어쩌겠는가. 사랑 앞에서 이기적이 되지 말라는 건 위선이다. 학도는 전화를 끊고 진현이 들어간 도박장 문을 열었다. 매캐한 담배 연기와 반쯤 헐벗은 에스코트 걸들이 도박판 사이사이 껴 있는 게 눈에 들어왔다.

"여기서 밤새우냐."

블랙잭을 하고 있던 진현이 그를 올려다보았다.

"진 회장님께서 우리 물건을 보고 싶으시다네."

"뭐?"

"갤러리에 전시된 청화백자. 주인이 없다고 하니 관심을 보이셔서. 앞으로 거래를 생각해서 선물로 드릴까 하는데."

진현이 예의 영업용 미소를 보였고 학도는 고개를 내저었다. 지금 시중에 도는 청화백자는 상당수가 17세기 이후에 만들어진 것이라지만 실상은 근래에 만들어진 위작이다. 그의 도굴 경험에 의하면 천 개 중 한두 개나 청화백자지 나머지는 다 가짜인 것이다. 걸작 갤러리에 전시된 것 역시 가짜였다. 이런 소도둑놈 같으니라고.

진짜 청화백자라면 한두 푼이 아니다. 그런데 진현은 이미 밑작업에 들어갔고, 그것을 선물이란 명목으로 여태까지 연이 없던 K전자의 진 회장에게 줘 끈을 만들 셈인 것이다. 학도는 고개를 내둘렀다. 이 와중에도 영업질이다. 대체 어떻게 생겨먹은 놈인지 십 년을 알아도 마진현이란 놈을 모르겠다.

그래도 다행인 것은, 앞으로도 이어질 끈을 만들겠다는 건, 결코 진현이 맥없이 제 목을 놓아버릴 생각은 아니라는 사실이다.

해주는 조금 허탈한 얼굴로 선착장 옆, 벤치에 앉아 있었다. 달재는 그들이 머물기로 한 호텔로 돌려보낸 참이었고 그녀는 머리를 식힐 셈으로 홀로 남아 있었다.

라마 섬을 근 오 일간 스무 번은 족히 될 정도로 샅샅이 뒤지고 다녔지만 진이의 종적은 찾을 수 없었다. 그녀가 가지고 있는 사진을 보여주고, 관광객들은 발걸음을 잘 하지 않는 깊숙한 안쪽 민가까지 들어가 묻고 다녔지만 수확은 없었다.

멍하니 넋을 놓고 있기를 얼마나였을까. 어느 순간, 퍼뜩 흐려진 시야를 다잡은 해주는 한숨을 깊게 내쉬었다. 움직여야 했다. 뭘 하든 움직여야 했다. 가슴에서 뜯어내지 않는 그 남자가 틈만 나면 뇌리에 득달같이 들러붙었다. 그러면 아팠고, 목젖이 꿀렁였고 시야가 흐려졌다. 지금은 그럴 때가 아니었다.

해주는 자리에서 일어나 돌아섰다. 선착장 앞에서 운영하는 저가 투어 버스를 타고 호텔로 돌아가기 위해서였다. 버스를 타기 위해 모여 있는 사람들의 뒤에 줄을 서 버스가 오길 기다렸다 이 층으로 올라가 자리를 잡은 해주는 머리칼을 나부끼는 바람을 만끽하며 홍콩 시내를 돌아보았다.

해가 지고 어스름한 저녁과 밤의 경계선에 걸린 홍콩은 꽤 분주했고 화려했다. 불야성이었다. 어디를 돌아봐도 득실득실한 사람 그림자는 줄어들 기미가 보이지 않았다. 해주는 멍하니 버스 밖의 전경을 응시했다. 십오 분쯤 끊임없이 서기와 가기를 반복했을 때였다.

갑자기 버스가 덜컹하며 멈춰 섰고, 이어 뒤를 받는 거대한 충격에 이 층에 아무런 장치도 없이 사진을 찍느니 어쩌니 하며 서 있던 사람들이 한쪽으로 우르르 쏟아져 넘어졌다. 좌석에 기대앉아 있던 해주 역시 몸이 앞으로 쏠려 의자에 부딪치고, 또 이어 부딪치는 연타에 좌석에서 굴러 나와 일 층으로 내려가는 계단 쪽으로 넘어졌다. 그리고 연이어 삼 타. 재빨리 중심을 잡으려 했지만 어째 볼 사이도 없이 이어지는 충격에 그녀의 몸이 머리부터 계단 아래로 떨어졌다. 다른 사람이 넘어지면서 그녀의 몸을 밀었기 때문이었다.

어깨가 부딪치고 팔이 부딪치며 머리 정수리가 계단 모서리에 찍혔다. 얼얼한 통증을 딛고 겨우 자세를 잡고 일어나자 계단참 중간이었다. 머리를 매만지며 일 층으로 내려가자, 버스 안에 있던 사람들이 불안한 얼굴로 열린 버스 문을 바라보고 있었다. 그 앞으로 얼굴을 내미니 아무래도 사고가 난 듯, 복잡한 도로 한복판에 차 다섯 대가 엉켜 서 있는 것을 볼 수 있었다. 그리고 그 중간에는 그녀가 탄 투어 버스도 섞여 있었다.

해주는 간이침대에 앉아 그녀의 어깨를 매만지고 얼굴을 이리저리 돌려보는 의사의 손에 기계적으로 몸을 내어주고 있었다. 사고가 난 직후 그녀는 투어 버스 회사의 신속한 처리로 버스 안에 있는 사람들과 통째로 인근 병원에서 간단한 검사를 받아야 했다.

그녀의 경우는 계단을 굴렀지만 대개 넘어지는 것에서 그쳤다. 몇몇은 잘못 넘어지거나 부딪혀 발목을 삐거나 코피를 쏟는 등 자잘한 사고가 있기도 했다. 나중을 위한 확인절차라는 버스 측의 어설픈 영어 설명에 그녀 역시 어쩔 도리 없이 따를 수밖에 없었다.

멍하니 달재가 슬슬 걱정하겠구나, 라는 생각을 했고 그 와중에 의사가 촉진을 끝냈는지 차트 아래 무언가를 써내려가고 있었다. 그녀를 보며 의사가 무어라 말을 했는데 영어도 아닌지라 아예 알아들을 수조차 없었다. 근처에 서 있던 통역사 한 명이 재빠르게 뛰어와 통역을 해주었는데 멍이 좀 든 것만 빼면 상한 데는 없다는 것이 요지였다.

해주는 슬쩍 웃으며 고맙다고 말을 건넸고 의사는 예의상 간단하게 미소 지으며 다른 환자에게로 옮겨 갔다. 이젠 가도 되는 거냐고 통역사에게 물어보았고 통역사는 명함 한 장을 주며 혹시 나중에 후유증이라도 생기면 연락을 달라고 하면서 그녀의 연락처 역시 가져갔다.

해주는 침대에서 내려와 옷을 툭툭 털었다. 교통사고가 났던 게 그녀 탓은 아니었지만, 괜스레 넋을 놓고 있던 자신의 탓 같아서 한심스런 웃음이 나오려 했다. 다행이라면 크게 다친 곳이 없다는 정도일까. 해주는 몸을 돌려 응급실을 나서려 했다. 치료비는 투어 버스 회사 측에서 알아서 한다고 했으니 그녀는 그냥 가기만 하면 될 터였다.

지치지 않았다면 거짓말이다. 지난 십 년을, 엄마를 찾으려 백방으로 뛰어다니고 그러다 도둑까지 되었건만 꼬리 하나조차 잡을 수 없었다. 겨우겨우 그림자를 잡는 것 같았지만 더 이상 앞이 보이지 않았다.

응급실을 나와 병원 로비로 들어선 해주는 미간을 찌푸렸다. 웃을 일이, 하나도 없었다. 그렇게 멍하니 걷던 그녀의 걸음이 순간 멎었다. 해주는 순간 뭘 보았다는 생각에 고개를 돌려 주위를 훑어보았다. 정신없이 오가는 사람들이 로비를 가득 메우고 있었다.

이상했다. 아무것도 눈에 잡히는 것이 없다. 고개를 갸웃거리며 다시 정면을 바라본 해주의 망막에 문득 뭔가 잡혔다. 시야 안으로 쏟아지듯이. 동시에 그녀는 굳었다. 석고처럼, 굳었다.

그녀는 제 눈을 의심했다. 머리에 하얀 니트 모자를 쓴, 휠체어에 앉은 여자가 사람들 사이로 시야에 박혔다. 하얗게 말라버린 입술, 노랗게 질린 얼굴, 다소 부은 듯한 몸, 그럼에도 불구하고 십 년 전과 같은 얼굴.

"……엄마?"

발이 끌렸다. 천천히, 질질 끌듯, 그러다 어느 순간에는 다급하게 그녀의 다리가 타닥타닥 달렸다. 그러자 휠체어에 앉아 있던 여자가 그녀를 돌아보았고 해주의 눈에는 순식간에 눈물이 그렁그렁 차올랐다. 여자가 그녀를 빤히 바라본다. 퍼석하게 메마른 입술이 조심스럽게 열렸다. 영어였다.

그리고 진이가 묻는다. 당신은 누구냐고.

17. 진실

"……누구, 냐고…….."

입술이 파르르 떨렸다. 엄마가 맞는데. 어디로 봐도 윤진이가 맞는데, 여자는 생면부지의 사람을 보는 것처럼 낯설어했다.

"윤, 진이 씨…… 아닌가요."

물었다. 눈가에 새겨진 주름, 눈 밑에 난 점, 유독 붉은 입술, 길고 가는 눈매, 모두 다 진이가 맞는데 아닌 것처럼 굴어 물을 수밖에 없었다. 눈물이 맺혔다. 그녀가 사람을 잘못 본 건가 싶었다. 그녀가 울자 여자는 당황했다. 자리에서 일어나고 싶어 하는 것 같은데, 그건 힘든지 난처한 얼굴로 그녀를 바라보았다.

"저기……."

여자의 입에서 한국어가 흘러나왔다. 해주는 다급하게 입을 열었다.

"나, 해주야. 엄마 딸 해주. 모르겠어? 나 모르겠어? 나 해주잖아. 응?"

해주는 성급하게 손을 뻗어 여자의 어깨를 그러쥐었고 여자의 미간에 깊은 골이 패었다. 정말, 모르는 것 같았다. 자신이 누군지.

머리가 하얘졌다. 엄마가 맞는데. 분명 맞는데 눈앞의 여자는 아닌 것처럼 굴었다.

"희수야."

어쩔 줄 모르고 진이의 어깨를 잡아 흔드는 해주를 누군가 떼어내며 끼어들었다. 해주는 황망한 얼굴로 고개를 돌렸다. 하얀 의사 가운을 입고 금테 안경을 쓴 나이 지긋한 남자가 진이의 어깨를 부드럽게 감싸며 그녀를 경계했다.

"⋯⋯희수요?"

진이의 얼굴을 한 여자는 갑작스레 나타난 남자의 손을 두 손으로 감싸 쥐고, 조금 혼란스런 얼굴로 자신을 보았다. 남자는 희수라 불린 여자의 어깨를 다독이고 그녀를 향해 물었다.

"무슨 일이십니까."

남자도 한국어를 했다. 해주는 남자의 가운 언저리로 눈을 돌렸고 남자의 가운에 'Hwang Kuk'이라고 쓰여 있는 걸 읽을 수 있었다.

"한국, 분이신가요?"

"한국계 중국인입니다만. 희수를 어떻게 아십니까?"

"희⋯⋯수요?"

"서희수. 제 아내입니다."

남자, 황국은 제 아내의 어깨를 감싸 안으며 단호하게 말했고 해주는 아연한 얼굴로 둘을 번갈아 바라보았다.

"……윤진이가, 아니라고요?"

남편이라는 사람이 있다. 서희수란다. 진이가 맞는데. 엄마가 맞는데. 아무리 봐도 내 엄마가 맞는데 아니란다. 서희수란다. 서희수는 누구인가. 아랫입술이 바르르 떨렸다. 그녀가 실수를 한 거라면 사과를 해야지 싶으면서도 아무런 말도 나오지 않았다.

"……윤진이?"

그때, 황국이 작게 중얼거렸고 해주는 그를 바라보았다. 그가 조금 굳은 얼굴로 그녀를 빤히 바라보았다. 해주는 시큰거리는 눈가를 손등으로 닦아냈다. 그리고 다시 희수라 소개된 여자를 바라보았다. 병색이 완연하지만 틀림없이 엄마였다. 그런데, 아니란다.

"아가씨, 엄마를 찾나 보죠?"

희수가 안쓰러운 듯 말을 꺼냈고 또다시 속이 울컥였다.

"네……. 엄마, 찾아요."

"엄마 이름이 진이? 예쁘네요. 꼭 찾을 수 있을 거예요. 나랑 닮았나 봐요. 그렇죠?"

희수의 통통 부은 손이, 남편 황국에게서 떨어져 그녀의 손으로 옮겨왔다. 피부 아래 가득, 물이 찬 것처럼 말랑거리는 손이었다. 거칠지도 않고 부드럽지도 않은 손이었다. 정갈한 손톱 끝, 가는 손마디. 그러다 검지손가락 끝에 크게 갈라진 오래된 상처가 만져졌다. 이건 진이가 식칼을 갈다 다친 상처와 같았다. 진이다. 맞는데, 아니란다.

그리고.

"이름이?"

황국이 그녀의 손에서 희수의 손을 떨어뜨리며 말했다. 해주는 황국을 보았고 황국이 조금 복잡한 눈으로 그녀를 응시했다.

"윤해주입니다."

황국의 짙은 한숨이 공기를 갈랐다.

"희수야, 오늘은 공기가 안 좋아. 그만 병실로 가자."

"그래요."

황국은 휠체어를 밀고 등을 돌렸고 해주는 저도 모르게 발걸음을 옮겼다. 그리고 그때, 황국이 고개만 돌려 그녀를 보았다.

"여기서, 잠깐만 기다려요. 제가 병원 환자들 이름을 확인해주죠. 윤진이라는 사람이 혹시 있는지."

해주는 망연히 서 있었다. 그녀가 지금 본 것이 꿈인지, 환상은 아닌지, 혹은 그리움에 사무친 신기루인지 분간이 가지 않았다. 그래서 그녀는 황국이 희수를 병실에 데려다주고 올 때까지 그 자리에 멍하니 서 있었다.

"희수와 결혼한 지는 칠 년 됐습니다. 나이 마흔 다섯에 겨우 만난, 인연이었습니다."

해주와 황국은 병원 밖 벤치에 조금 거리를 두고 앉아 있었다. 커피 캔을 뽑아 온 황국은 그녀에게 하나를 건넸고, 자리에 앉아 침묵을 고수하다 무겁게 입을 열었다.

"희수를 만난 건 십 년 전이었습니다. 흠뻑 젖어서는 병원 응급실로 걸어 들어왔습니다. 그녀는, 아무것도 기억을 하지 못하더군요. 후두부에 외상이 컸었습니다. 수차례 신경외과 수술을 했고, 약간의 뇌 손상이 있었습니다. 일상생활에 크게 지장은 없지만, 아니, 지장이 있다고 해야 하나. 그녀는 이따금씩 기억을 잃곤 했습니다. 어제 일어난 일, 혹은 몇 년 전의 일. 그렇게 두서없이 기억을 잃곤 합니다. 그때, 뇌 손상 때문에 얻어진 후유증이죠."

해주는 무릎 위에 얹은 두 손을 꽉 그러쥐었다. 황국이 하고자 하는 얘기의 갈피를 잡지 못하겠다. 하지만 불현듯 이는 일말의 기대감에 가슴이 두근거렸다.

"희수의 이름은 윤진이입니다."

숨이 멎었다. 해주는 채 호흡을 뱉지도, 삼키지도 못한 채 황국을 돌아보았다. 금테 안경을 벗어낸 그가 조금은 초조한 손끝으로 안경을 어루만졌다.

"그녀가 당시 들고 있던 가방 속에 있던 물건으로 알았습니다. 또한 당시 그녀의 상황이 좋지 않은 것도 알았죠. 누군가에게 쫓기고 있고, 도망치듯 홍콩으로 왔다는 것도 알았습니다. 그리고 자신이 대체 누구냐고, 어디서 온 거고 나는 왜 이렇게 된 거냐고 물었을 때, 나는 그녀에게 서희수라는 이름을 새로 지어줬습니다. 당시 병원에는 한국말을 할 줄 아는 의사가 몇 없었기에 제가 그녀를 전담했었죠."

"······그, 그럼 우리 엄마가, 맞나요?"

어렵게, 어렵게 물었다. 황국은 손끝으로 어루만지던 안경을 몇 번이나 썼다가 벗었다를 반복했다. 해주는 기다렸다. 그리고 곧 그의 입에서 대답을 들을 수가 있었다.

"사진이, 몇 장 있었습니다. 가방 안에. 매우 소중한 물건이었던지, 투명 비닐 안에 밀봉되어 있더군요. 그래서 젖지 않고 멀쩡했습니다. 그녀와 사춘기 정도 되어 보이는 여자아이의 사진이었어요. 사진 뒷면에는 딸 해주와 함께, 라고 적혀 있었습니다."

"그럼 왜!"

저도 모르게 벌떡 일어난 해주가 황국에게 소리를 질렀다. 그러자 황국이 격정으로 들썩이는 그녀를 차분히 바라보다가 이내 시선을 피했다.

"그녀를, 사랑합니다. 사랑하게 됐고 사랑했고 사랑하고 있죠. 나도 어릴 적에 가족을 모두 잃었습니다. 그녀를 놓치고 싶지 않았죠. 나는 그녀와 가족이 되고 싶었습니다. 그녀가 윤진이라는 이름을 기억해내면, 그리고 한국으로 돌아간다면 나는 다시 혼자가 될 텐데, 아무리 나이가 들어도 그 외로움은 차마 견딜 수 없을 것 같았습니다."

주먹이 파르르 떨렸다. 황국이라는 이 쉰을 훌쩍 넘긴 사내를 쥐어패주고 싶었다. 그래도 사람이라면, 원래 진이가 있던 자리로 돌려보내주는 게 맞지 않는가. 그게 맞는 거 아니던가. 그런데 어떻게 사람의 탈을 쓰고, 진이가 누구인지도 알면서 그대로 두고 결혼까지 한 것인가.

"난, 우리 엄마랑 한국으로 돌아갈 거예요. 결혼 놀이도 끝이에요. 엄마에게, 진실을 말하고 난 함께……!"

해주는 소리쳤다. 주변을 거닐던 사람들이 보건 말건, 그녀의 아버지뻘은 되는 남자에게 앞뒤 가리지 않고 소리를 질렀다. 남자도 간절했겠지만 그녀가 십 년을 한결같이 엄마를 그리며 보낸 시간에 비할 바는 아니었다. 생각이란 것 자체가 머릿속에서 사라졌다. 이것은 생각조차 필요 없는 상황이었다.

그리고 그녀가 몸을 돌렸을 때, 뭔가가 무겁게 내려앉는 소리가 들려왔다. 그녀가 무의식중에 뒤를 돌아보았다. 황국은 무릎을 꿇었다. 벤치에서 내려와 그녀의 등을 향해 무릎을 꿇고 고개를 깊게 숙였다. 그녀가 바라보기만 하자, 황국이 이마를 바닥에 가져다 댔다.

"아픕니다!"

해주는 황국을 아연히 보았다. 그녀도 휠체어에 앉아 있는 진이를 보았다. 어디가 좋지 않다는 것쯤은 알고 있었다. 그러니까 더욱이 그녀가 진이를 돌보아야 했다. 딸이니까.

"아픕니다. 많이, 아픕니다."

"어디가 아픈데요."

"신부전입니다. 몇 달, 못 간다고 합니다. 신장 기능은 망가질 대로 망가졌고, 아내와 저, 모두 끝을 준비하고 있습니다. 이식 수술은 엄두도 못 내는 상황이고, 그녀는 곧 죽을 겁니다. 그러니까 제발, 제발 이대로 덮어주십시오."

결혼으로 노는 남자 2

쉰이 넘은 남자의 커다란 어깨가 묵직하게 떨렸다. 해주는 굳었다. 어렵게 찾았는데, 이제는 죽을 날을 받아놓고 있단다. 말도 안 됐다. 인생이, 이렇게 그녀에게 가혹해서는 안 됐다. 더욱이 이것이 현실처럼 느껴지지도 않았다.

"뭘, 덮으라는 거예요."

음성이 떨렸다. 황국은 얼굴을 들지 않은 채 그렇게 고개를 조아리곤 울었다.

"아내의 뇌는 망가졌습니다. 아무리 해도 기억을 되돌릴 순 없을 겁니다. 그저 기억상실증이 아닌, 뇌의 일부가 손상돼서 야기된 증상이니까. 그러니까 아가씨가 가도 아내는 절대 아가씨를 기억해낼 수 없습니다."

"그래도, 내 엄마예요!"

"내 아내입니다."

남자가 고개를 들었다. 어느새 사람들이 구경이라도 난 듯 오체복지한 황국과 그녀를 에워쌌다.

해주는 몸을 부들부들 떨었다.

"그 사람의 마지막, 이 손 잡고 꼭 함께하겠다고 약속했습니다. 그 사람 가족을 찾지 않은 것, 모른 체한 것, 당신이 누구냐고 물었을 때 모르겠다고 한 것, 그 죄 다 제가 가져가겠습니다. 그러니까 안 됩니다. 내가 잘못했습니다. 언제고 이런 날이 올 거라고 예상했습니다. 하지만, 하지만 제발……!"

남자의 간절함이 그녀의 발밑에 스몄다. 주름진 눈가에 스민 눈물이, 감정이 아프게 흘러들었다. 하지만 그럴 수 없었다. 해주는 이를 악물었다. 그녀도 십 년을 찾아 헤맨 엄마였다. 해주는 황국을 뒤로하고 걸음을 옮겼다.

데스크로 가서 신부전으로 있는 서희수 환자가 무슨 병실에 있냐고 손짓발짓을 해 물었고 곧 그녀의 병실을 알게 된 해주는 바쁜 걸음으로 병실로 갔다. 엄마였다. 그렇게 찾아 헤맨 엄마가 이 홍콩 땅에서, 이름을 바꾼 채, 기억을 잃은 채, 다른 남자의 아내가 되어 그렇게 살아가고 있었다.

눈앞이 뿌예져서 앞도 제대로 보이지 않았다. 가슴이 크게 두방망이질쳤고, 발은 어지럽게 엉켰다. 하지만 봐야 했다. 왜 그녀를 두고 혼자 사라졌냐고, 왜 홍콩엘 온 거냐고, 그녀는 알 권리가 있었다. 진실을.

그녀에게 주의를 주는 간호사들 말도 무시하고 병실로 뛰어든 해주는 순간 몸을 뻣뻣하게 굳혔다. 응급상황이었다. 침대에 누워 있는 진이의 배는 마치 임신이라도 한 것처럼 동그랬다. 앉아 있었을 때는, 풍성한 환자복 때문에 미처 몰랐다. 게다가 의료진에 의해 걷어 올려 진 환자복 하의 아래 드러난 다리는 노랗고 붉고 퍼렇게 퉁퉁 부어 있었다.

"어, 어…….."

그리고 그런 그녀의 뒤를 누군가가 바람처럼 스치고 지나갔다. 황국이었다. 호출을 받은 것인지 손에 쥐고 있던 PDA를 근처 침대로 던진 황국은 간호사들을 향해 중국말로 무어라 물었고, 간호사들이 또 무슨무슨 대답을 했다. 알아들을 수 없는 그녀로서는 답답할 따름이었다. 곧 이야기가 끝난 황국은 진이의 옆으로 가 얼굴을 쓰다듬고 손을 잡아주었다.

"희수야. 희수야. 나 여기 있다."

"여보, 다리가 너무 저려서. 감각이 없어."

"그러게 오늘은 바람이 좋지 않다고 했잖아."

자신의 다리를 내려다보는 진이의 얼굴은 처연했고 황국은 그런 진이를 달래며 저를 보게 만들었다. 주름이 진 깊은 눈가에 애잔함이 가득 실렸다. 가슴이 달달 떨렸다. 통통 부은 다리 아래 서너 개의 주사 바늘을 꽂은 간호사들이 연신 안에서 물이 섞인 투명한 피를 뽑아내고 있었다. 새삼, 피부로 다가왔다. 진이가 아프다는 것이.

"희수야, 괜찮아질 거야."

진이는 황국의 손을 꾹 움켜쥐며 가슴께에 얼굴을 묻었고, 황국은 그런 아내를 소중히 감싸 안아주었다. 그의 얼굴은, 아내의 아픔을 모두 받아내려는 것처럼 그렇게 일그러져 있었다. 가슴이 죄어들었다.

저 침대에 누워 있는 그녀의 엄마는, 지금은 서희수로 살고 있다는 여자의 기억에 존재하는 일생은 지난 십 년이 전부고, 그 안에 윤해주라는 딸은 없다. 발밑이 후들거렸다. 해주는 병실을 나왔다. 그리고 그 자리에 주저앉았다.

찾았는데, 어떻게 찾았는데 죽는단다. 그것도 그녀라는 딸이 있는 것도 기억 못 하고, 저렇게 아프게 남편만을 의지한 채, 마지막을 준비하고 있단다. 꽉 막혔던 숨통이 가까스로 트였다. 해주는 제 가슴을 툭탁였다. 멍한 얼굴 위로 눈물이 후두둑 떨어졌다. 울고 싶은데 눈물만 후두둑 떨어질 뿐, 목청껏 터지질 않는다. 가슴이 답답해 죽을 것 같았다. 온몸이 저릿거렸고, 타 들어갔다. 소리도 내지 못한 채 제 가슴을 두들기며, 해주는 그렇게 한참을 앉아 있었다. 고통이 그녀를 죽였다. 아니, 죽여가고 있었다.

나희가 잡은 장소는 서울시 외곽의 한 별장 저택이었다. 집보다 마당이 무척이나 넓은, 살아생전 홍 회장이 요양을 하러 자주 왔던 곳이기도 했다. 진현은 차에서 내리기 전, 말없이 걸려 온 한 통의 전화를 회상했다. 발신자 표시 제한으로 걸려온 전화는 보통은 받지 않았다. 하지만 오늘은 받았다. 별 생각 없이 그렇게 했다.

그리고 전화 너머에서 숨죽인 흐느낌이, 아무 말도 않고 울기만 하는 그 흐느낌이 그를 강하게 때려왔다. 까닭 없이 해주라는 생각이 들었다. 이 여자는, 엄마를 찾으러 간 홍콩에서도 그렇게 우는 걸까, 하는 생각에 가슴 아래가 욱신거렸다.

너는 왜 나를 떠나고 나서도 아프냐며, 따져 묻고 싶었다. 그렇게 내가 싫어서 갔으면 원래 윤해주답게 활기차게 밝게 그래야지 왜 우냐며 따지고 싶었다. 그러나 그도 아무 말도 할 수 없었다. 그저 낮게 흐드러지는 숨소리를, 그 속에 담긴 슬픔을 묵묵히 받아들였다. 그렇게 아픈 순간에도 그에게 전화를 했다는 사실만으로도, 사지로 발을 담근 그에게 얼마나 힘이 되는지 그녀는 채 모를 테다.

진현은 학도와 홍만, 그리고 그 외에 세 명을 더 데리고 나희
가 언급한 장소로 들어섰다. 밤은 깊었고 자정을 훌쩍 넘겼다.
운동회를 벌여도 될 법한 너른 마당으로 발을 들이자, 마당 군
데군데 설치된 희미한 불빛 아래, 살기를 폴폴 풍기는 나희와
그녀의 뒤를 지키듯 선 선호가 보였다.

"늦었네."

"차가 막혔거든."

나희가 말했고, 진현이 느른하게 대답했다. 바짝 독이 오른
얼굴에 화려한 웃음이 피었다.

"내 물건은?"

"가지고 오리라 생각한 건가? 홍 사장, 생각보다 순진하네."

진현이 비아냥거렸지만, 나희는 의외로 침착했다.

"내가 자기를 모르는 것도 아닌데."

정말 네가 가지고 오리라곤 생각도 안 했다, 라는 말이었다.

"그런데 물건도 없이 여기까지 왔다는 건, 나한테 원하는 게
있다는 거네? 팔상도랑 빨래터는 훔쳐갔고, 그럼 뭐?"

나희가 즐겁다는 듯 말했고, 진현은 서서히 근육을 긴장시켰
다.

"테이프, 어디 있어?"

진현의 물음에 나희의 미소가 조금 더 진해졌다. 그리고 그녀
가 선호를 향해 눈짓하자 곧 사방에서 부스럭거리는 소리가 들
렸고, 어둠 속에서 못해도 십수 명은 될 건장한 사내들이 각종
연장을 들고 나타났다. 야구 배트, 쇠파이프, 칼, 망치, 해머 종

류도 다양했다.

"홍나희가 이렇게 지저분하게 나올 줄은 몰랐는데 말이야. 고상하게 미술품 취급하는 사람들끼리 칼부림이나 해서 되겠어? 아새끼들 면상도 좀 봐. 저것들이 한 주먹감이나 되겠어? 홍 사장, 못 본 사이에 사람 참 많이 더러워졌네. 고상하게 좀 놀자고, 고상하게. 우리가 무슨 조폭도 아니고."

진현의 뒤에 있던 학도가 부러 들으라는 듯 크게 구시렁댔다. 진현이 픽 웃었고, 늘 진중한 홍만 역시 웃지 않기 위해 이를 사려 물었다.

"저것들, 고추나 제대로 달렸어? 면상 보기에 그냥 인상으로 먹고 사는 놈들 같은데. 늬들 주먹이나 조금 쓸 줄 알아?"

"임학도!"

나희가 짜증스럽게 소리쳤고 학도는 어디서 개가 짖냐는 것처럼 귀를 후비적거렸다.

"너 나한테 죽었어, 홍나희. 감히 허 마담을 갖고 총구를 들이대? 내가 아직도 그날 생각하면 빡이 여기까지 돌아! 너 이 미친년, 내가 너 오늘 아작 내고 만다!"

학도가 흥분해서 외치자 나희가 학도를 죽일 듯 쏘아보며 진현에게 시선을 돌렸다.

"싸우자고 온 건 자기 같은데?"

"난 테이프만 회수하면 돼. 그 다음은 볼일 없어."

"테이프, 못 준다면?"

"어차피 나 죽이자고 만든 자리 아니야. 이런 개싸움의 끝이

2

뭔지 아나. 어느 한쪽이 개죽이 될 때까지 물어뜯는 거지."

그를 빤히 바라보던 나희가 얼굴을 차게 굳혔다.

"그 계집이, 당신한테 꽤 중요하고 소중한가 봐?"

진현은 대답하지 않았다. 말할 가치도 없었다. 나희의 얼굴이 일그러졌다. 조부의 은원 따위 칠 년이나 지난 지금에 와서는 중요치 않았다. 늘 그녀를 위하는 척하면서도 못 미더워하던 조부의 속을 너무나 잘 알았다. 하지만, 그녀가 그토록 갖고 싶어 했던 남자가 그딴 좀도둑 계집애에게 애닲아 하는 걸 보자니 복장이 뒤집어졌다.

그녀는 더 이상 이 남자를 사랑하지 않았다. 남은 건 미움과 증오뿐이었다. 하지만 지금 드는 감정은 잔재였다. 끝끝내 그녀에게 붙어 떨어지지 않는, 한때 이 남자에게 미쳐 있던 손톱만큼의 기억. 무척 작은 조각인데도 이것은 그녀를 끊임없이 건드리고 자극했다.

"그럼 불게 할게. 당신을 내 밑에 깔아놓고, 그 잘난 면상에 한 땀, 한 땀 칼을 그으면서 말하게 할게. 재미있을 것 같지 않아?"

"홍나희, 넌 이 바닥보다 저쪽 바닥이 더 맞을 것 같아."

나희가 미간을 살짝 찌푸리자 진현이 입술을 비틀었다.

"우아하고 품격 있는 미술품 취급하는 이 바닥보다, 이권 싸움으로 눈 돌아가 있는 조폭들 바닥 말이야. 이 바닥에 있기에, 너는 너무 천하고 싸잖나."

모욕이었다. 하얀 이를 으득 갈며 나희가 부들부들 떨었고 진현이 앞으로 천천히 걸어 나왔다. 진현은 그를 살기 짙은 눈으로 쏘아보는 선호를 대면한 채 웃음을 흘렸다.

"덤벼."

진현이 짧게 말했고 선호가 빠르게 짓쳐들었다. 그리고 그의 뒤에서, 각종 연장을 든 사내들이 진현과 학도, 홍만 일행을 덮치듯 덤벼들었다. 새벽 두 시가 가까워진 늦은 밤, 혹은 이른 새벽. 서울시 외곽의 한 고급 별장에서 사내들의 거친 숨소리가 높은 담을 타고 기어 나왔다.

"아내를 혼란스럽게 하고 싶지 않습니다. 지금에 와서 딸이 있었다고, 그 딸이 당신을 찾아왔다고, 그러니까 한국으로 돌아가라고 그러고 싶지 않습니다. 그녀는 제 곁에서 행복했고, 저 또한 행복했습니다. 그러니까 이대로 돌아가주시겠습니까. 제발, 부탁입니다. 마지막을 준비해야 하는 상황만으로도 충분히 힘든 그녀를, 더 아프게 하지 말아주십시오. 십 년이 다 되도록 외면한 딸이 있었다는 사실을 알게 되면, 그녀는 무척이나 아파할 겁니다."

그걸 어떻게 아냐고 묻는 해주에게 황국은 슬픈 얼굴로 대답했다.

"그녀는 그런 여자입니다. 그래서 사랑하고 있습니다. 그녀와 함께 마지막을 준비하는 저는 아프지 않은 것 같습니까. 제 하루하루도 죽어가고 있습니다. 그녀와 함께한 십 년의 기억으로 평생을 버텨야 한다는 생각에 가슴이 무너집니다. 하지만 그녀와 약속했습니다. 그녀가 먼저 떠난대도, 절대 어리석은 짓은 하지 않기로. 지금처럼 하루하루를 어떻게든 살아가기로."

그 하루하루를 삼키는 황국의 음성이 얼마나 괴로운지 여실히 느껴져서 해주는 주먹을 꽉 움켜쥘 수밖에 없었다.

"정말, 후회하지 않겠어?"

"내가 어떻게 해야 옳은 건지 잘 모르겠어요."

"하지만 너도…… 엄마의 마지막을 함께하고 싶은 건 매한가지 아니냐."

달재가 안쓰러운 듯 말했고, 해주는 힘없이 웃었다. 황국의 이야기를 듣고 차마 밀어붙일 수가 없어 그대로 발길을 돌렸었다. 그리고 늦은 새벽, 황국의 동의를 얻어 특별히 진이를 면회하기로 했다. 근래 들어 밤에 잠을 이루지 못한다는 진이에게 말벗이나 되어주라고 황국이 미안한 얼굴로 제안했기 때문이었다.

아내에 대한 사랑으로 욕심을 부려서, 빈손으로 돌아가야 하는 그녀에게 못내 미안해 그가 할 수 있는 최선의 제안이었을 것이라고 해주는 생각했다. 지금이라도 진이에게 모든 것을 말하고 한국으로 함께 돌아가고 싶은 마음이 굴뚝같았다.

하지만 그럴 수가 없었다. 그녀에게 무릎까지 꿇고 애걸했던 황국 때문이 아니었다. 진이가, 그 남자의 품에서 안정되고 행복해 보였기 때문이다.

기억 속의 진이는 늘 치열했다. 여자 혼자 몸으로, 미혼모라는 소리를 들어가며 그녀를 키워야 했고, 고고학 박사 학위를 따기 전에는 생활고를 충당하기 위해 밤낮없이 일을 해야 했다.

그녀는 늘 곁에 있어주지 않는 진이에게 투정을 부렸고 지친 얼굴을 하고서도 진이는 미안하다고 했다. 그녀가 보아왔던 진이는 여자이기 전에 엄마였으며, 약하기 전에 강해야 했다.

하지만 황국의 품에 있는 진이는 엄마이기 전에 여자였으며, 약했다. 그녀는 그렇게 해줄 수 없었다. 자식이라서. 아무리 장성한 자식이라도 부모가 기댈 수 있는 의지의 크기는 달리 있었으며 그녀는 결코 황국처럼 엄마의 지지대가 되어줄 순 없었을 것이다.

"아가씨는…….."

"몸은 좀 어떠세요?"

달재를 병실 밖에 세워두고 홀로 병실 안으로 들어간 해주는 침대에 앉아 책을 보고 있던 진이를 향해 어색하게 웃어 보였다. 여전히 눈물이 날 것 같고 가슴이 시큰거렸지만 가까스로 참아냈다.

"그 사람이, 새벽에 좋은 사람이 말동무 해주러 올 거라더니, 그게 아가씨였군요."

해주는 침대 근처에 자리를 잡고 앉았다. 진이는 책을 덮었다. 그 책 위를 훑던 해주의 눈이 흔들렸다. 고고학 책이었다.

"……고고학, 좋아하세요?"

"아, 그냥 시간이 남아서 읽는 거예요. 흥미 있기도 하고."

진이는 스스럼없이 대답했고, 맥 빠지는 대답에 해주는 꽉 움켜쥐었던 손에 힘을 풀었다.

"엄마는 찾았어요?"

진이가 물었다. 해주는 대답을 골랐다. 어찌할까 하다가 진이의 시선을 피한 채 고개를 천천히 고개를 저었다.

"아뇨."

"어머, 그래요? 언젠가는 꼭…… 찾을 수 있을 거예요."

"그렇겠죠. 찾을 수 있겠죠. ……아픈 데는 괜찮으세요? 아프거나, 고통스럽다거나."

"걱정해줘서 고마워요."

진이가 상냥하게 웃었다. 가족이 아닌 타인을 대하듯. 그게 가슴이 아팠다. 해주는 울지 않기 위해 제 허벅다리를 꼬집었다. 진이를 난처하게 하고 싶지 않았다.

"솔직히 아픈 것보다 자꾸 부어서. 처음 증상이 나타났을 땐 온몸이 슈렉 같았어요. 슈렉 알죠? 못생긴 애니메이션 캐릭터. 그런데도 그 사람이 괜찮다고, 예쁘다고 하더라고요. 솔직히 그 사람 아니면 견딜 수 있었을지 모르겠어요."

그 사람이란 황국을 말하는 걸 테다. 진이의 증상이 나타난 건 육 개월 전이라고 했다. 평소에 아프긴 했는데 진이가 한사코 괜찮다고 하는 바람에 진료를 않았었다. 남편이 의사이긴 했지만 그 역시 진이의 말에 그러마, 하고 넘어갔다고 한다. 우습게도.

"얼마 남지 않았다더라고요."

"……그래요."

목소리가 잠겼다. 지금도 계속해서 갈등이 일었다.

엄마, 나 해주야. 엄마 딸, 해주. 지금까지 어디서 뭘 하고 있었길래 이제 나타났어. 그것도 다른 남자 아내로. 그럼 난 뭐야. 난 더 이상 윤진이의 딸이 아닌 거야.

"그 사람에겐 미안해요."

"네?"

"나, 사실 기억이 없거든요. 남편 말로는 십 년 전, 여러 차례 걸쳤던 신경외과 수술 때문에 뇌가 조금 손상돼서 그렇다는데. 그 전의 삶은 잘 모르겠어요. 아무리 떠올리려 해봐도 그저 까매요. 그런데 기억이 나는 십 년 동안의 일들도, 이따금씩 지우개로 지운 것처럼 기억이 안 나는 날이 더러 있어요. 그게 그 사람과 관계된 중요한 날일 때도 있는데 미안하더라고요."

그녀가 모르는 진이였다. 눈앞의 여자는 서희수였다. 해주는 절실히 느꼈다. 눈앞의 여자는 십 년 전, 그 이전의 삶은 모르겠단다. 그녀의 머릿속은 온통 황국인 것이다. 그에 대한 사랑, 애정, 신뢰, 미안함 모두.

"만약, 만약에 서…… 희수 씨의 십 년 전 이전의 삶을 아는 사람이 나타나면 어떨 것 같으세요?"

어렵게 물었다.

"어떨 것 같냐고요?"

"그 삶을 아는 사람이 나타나서 같이 집에 가자, 하면요."

그러자 희수는, 아니, 엄마는 웃었다. 해주는 눈꺼풀을 내리깔았다. 낮게 교소를 터트린 희수가 음, 하며 시간을 끌더니 장난스런 얼굴로 그녀를 보았다.

"글쎄요. 난 기억이 안 나니까, 아무래도 남편 옆에 남지 않을까 싶은데요. 내 삶은 십 년 동안뿐이라서, 그 안에 온전히 들어 있는 남편이 아무래도 더 소중해요. 지금으로선. 그 전을 아는 사람한텐 미안하지만 난 내 마지막은 남편 옆에 있고 싶어요."

숨이 풀렸다. 해주는 멍한 얼굴로 짓궂은 웃음을 물고 있는 진이를 보았다. 퉁퉁 부은 다리에 바짝 마른 상체, 그리고 여윈 듯 병색이 만연한 얼굴은 서희수였다. 잔인했다. 잔인하다고 원망스런 마음이 들면서도 그런 진이가 한편으론 이해됐다.

더는 제 감정을 컨트롤하지 못할 것 같아 자리에서 일어난 해주는 갑작스런 그녀의 행동에 놀란 듯 눈을 동그랗게 뜨는 희수를 보며 멋쩍게 웃었다.

"나으셨으면, 좋겠어요."

"그거 참 잔인한 말이다. 나같이 죽을 날짜 받아놓은 사람한테 그런 말 하면 안 돼요."

희수가 한쪽 눈을 찡긋했고 해주는 그런 희수의 손을 한번 꾹 움켜잡았다가 놓았다. 더는 안 된다. 울음이 터질 것 같았다. 가슴이 설렁였고, 울먹였고, 또 먹먹했다. 그녀가 물러나는 게 맞는 건가. 자신도 엄마 딸인데. 왜 엄마라고 부를 수도 없게 하나.

"해주야……."

병실을 나온 해주를 보는 달재의 얼굴은 눈물로 범벅이었다.

"나, 이제…… 어떻게 살아야 하죠."

"해주야."

울음은 소리로 흘러나오지 않았다. 너무 많이 울어서, 슬픔을 토해낼 목이 없었다. 그저 멍한 얼굴로 해주는 천천히 병실 복도를 걸었다.

"내가 사랑한 두 가지를 다 잃었어요. 마진현 그 사람이랑, 엄마랑. 내게 남은 게 대체 뭐예요? 난 아무것도 가지면 안 돼요? 나 어떡해요."

달재도 울먹였다. 덥수룩한 털이 가득한 턱이 씰룩이자 그 모양이 우스웠다. 그래서 해주는 힘없이 웃었다.

"윤해주 씨."

엘리베이터 앞에 서 있던 그녀를 황국이 불러 세웠다. 황국은 가슴 앞으로 커다란 백팩을 끌어안고 나타났다.

"이것, 희수가 처음 병원에 왔던 날, 메고 있던 가방입니다. 미안합니다. 당신 어머니를 되돌려주지 못해서. 그러니 이걸 드리고 싶었습니다. 희수는, 그날 자신이 이런 가방을 들고 왔다는 것도 기억 못 해요."

해주는 멍하니 황국이 내민 가방을 보았다.

"계속, 홍콩에 계십니까?"

해주는 대답하지 않았다. 황국은 아무래도 상관없다는 듯 말을 이었다.

"언제든 희수 보러 와 주십시오. 지금은 그래도 컨디션이 좋으니."

"이 자식! 너 말이면 다인 줄 알아! 뭐 이런 놈이 다 있어!"

옆에서 듣고 있던 달재가 울컥해 황국의 멱을 틀어쥐었다. 그러자 옆에서 해주가 그 손을 잡아 풀게 했다. 황국의 손에서 가방을 건네받은 해주는 넋이 나간 얼굴로 황국을 향해 말했다.

"내 발로 와요. 내가 오고 싶을 때 오고, 가고 싶을 때 가요. 걱정 마세요. 나도, 엄마한테 내가 딸이라고 밝힐 마음, 없어요."

"그럼……."

"착각하지 마세요. 아저씨 때문이 아니에요. 엄마가, 엄마가 마지막은 아저씨와 함께하고 싶다고 했기 때문이에요. 그게 내가, 아니기 때문이에요. 지금 엄마는, 서희수이기 때문이에요."

해주는 돌아섰다. 터덜터덜, 엘리베이터에 오르자 달재가 다시 한 번 황국을 사납게 쏘아보고는 해주를 뒤따랐다. 뒤에 남은 황국은 고개를 떨궜다. 그의 이기심이라 욕을 먹어도 좋았다. 황국은 천천히 희수의 병실로 발걸음을 옮겼다. 그가 들어서자 희수가 햇살 같은 얼굴로 그를 맞았다. 이것이, 그가 존재하는 단 하나의 이유였다.

사랑하는 내 아내, 서희수 또는 윤진이. 당신이 누구건 간에.

진현은 순간 머리를 뒤덮는 현기증에 비틀거렸다. 그리고 그의 뒷목을 각목으로 내리친 사내를 향해 몸을 돌렸다. 하얀 와이셔츠는 이미 바닥에 구른 데다 사방에서 흩날리는 먼지로 더러워져 있었고 심지어 소매는 걸레쪽처럼 찢어졌다. 손에는 긁힌 상처로 핏물이 배어 나왔고 얼굴 역시 마찬가지였다.

진현은 말없이 돌아서서 그의 뒷목을 내리친 사내의 각목을 잡아당겼고 상대의 몸이 그를 향해 쏠리자 곧바로 발로 찼다.

사내가 뒤로 넘어지자 각목을 빼앗아 남자의 어깨를 내려치고 갈빗대를 발로 밟았다. 남자가 밑에서 소름 끼치는 비명을 지르며 얼굴을 고통으로 일그러뜨렸다.

감흥이 없었다. 진현은 각목을 내던지고 다시 나희에게로 가기 위해 저벅저벅 걸었다. 나희는 꽤 많은 수를 불러들였다. 홍만의 사전 보고에 의하면 선호가 지방 조직에 있을 때 같이 있던 놈들을 데리고 온 거라는데 그래서 그런지 독하기가 이를 데 없었다. 개떼처럼 몰려들어 상처를 하나라도 더 내려 눈에 불을 밝혔다.

또다시 오른쪽에서 하나가 달려든다. 진현은 그의 머리를 향해 해머를 내려치는 녀석에 몸을 뒤로 물려 피했고, 연이어 머리 위를 휩쓰는 빠른 공수에 또다시 허리를 숙여야 했다. 숨이 차올랐다. 단지 몸의 활동량이 평균치를 넘어서서 차오르는 숨이었다. 그의 머릿속엔 어떤 감정도 존재하지 않았다. 힘들다는 것도, 아프다는 것도, 괴롭다는 것도.

진현은 재차 해머를 휘두르는 녀석의 팔꿈치 안쪽을 주먹으로 때려 해머를 떨어뜨리게 했고 이어 남자의 관절을 밖으로 꺾어 부러뜨렸다. 또한 남자의 무릎을 차 뼈가 돌아가게 만들었다. 이젠 어떻게 해야 녀석들이 더는 덤비지 않을 줄 안다. 뼈가 부러지거나, 숨이 끊어져야 덤벼들지 않을 녀석들이었다. 얕은 상처는 그들을 오래 묶어두지 못했다.

앞으로 열 발자국 정도면 홍나희에게 닿을 수 있었다. 진현은 다시 한 걸음을 옮겼다. 피가 눈가에 스몄는지 눈이 따가워 잠시 손으로 훔쳤다. 그리고 그 사이를 노려 뭔가가 바람처럼 다가왔다. 선호였다. 그의 양손에는 단도가 들려 있었고 그중 하나에서 붉은 핏물이 뚝뚝 떨어졌다.

진현은 얼굴을 찌푸리며 자신의 배를 내려다보았다. 선호가 훑고 간 칼에 와이셔츠가 입을 쩌억 벌렸고, 그 사이 칼로 베인 상처에서 핏물이 스멀스멀 흘렀다.

"하아, 하아!"

진현은 잠시 제 배를 내려다보고는 다시 고개를 들어 선호를 짜증스러운 눈으로 바라보았다. 선호는 멀쩡했다. 쪽수로 밀어붙인다고, 그가 구태여 움직이지 않아도 배에 달하는 수 탓이었다.

"죽을 자리다."

선호가 짧게 말했다. 뭐, 테이프만 모두 회수해서 없앨 수 있다면 상관없었다. 진현은 낮게 웃었고 이어 그가 먼저 선호에게 달려들었다. 단도의 서슬 퍼런 칼날을 완벽하게 피해낼 수는 없었다. 와이셔츠가 군데군데 찢어졌고 날카로운 상흔이 생겨났다.

선호 역시 그의 공격을 완벽하게 피할 순 없었다. 진현은 어깨의 살점이 나가 떨어지건, 팔뚝이 칼로 베이건 말건 상관없이 선호에게 주먹을 휘두르고 발을 휘둘렀다. 또다시 선호가 그를 향해 단도를 휘두르자 갈빗대 쪽의 살점을 내준 진현은 그 칼을 잡아 손목을 눌러 단도를 놓게 했고 그 단도를 자신이 잡아 쥐어 바로 선호의 오른쪽 어깨에 꽂아 넣었다. 선호의 얼굴에 독이 차올랐다. 그리고 진현은 다시 칼을 빼 이번엔 왼쪽 어깨에 꽂아 넣었다.

"하아, 하아!"

선호가 두 팔을 덜덜 떨었다. 단도를 쥐어야 하는 신경이 끊어진 건지 어쩐 건지 단도를 바닥에 떨어뜨렸고 진현은 그런 선호를 발로 차 옆으로 밀어뜨렸다. 그리고 혹여 그가 뒤에서 기습할 것을 생각해 근처에 있던 학도에게 선호를 감시하라고 지시했다. 한참 황소처럼 날뛰던 학도가 온몸에 제 피인지 남의 피인지 모를 피 칠갑을 하고선 누런 이를 드러내며 씩 웃었다.

"홍나희."

엉망이었다. 온몸이 통째로 포를 뜬 것처럼 저미고 아팠다. 하지만 진현은 걸었다. 얼굴이 하얗게 질린 나희를 향해 걸었다. 그리고 곧 그녀의 앞에 다다를 수 있었다.

"난 지금 너 사람으로 안 본다."

그가 지친 음성으로, 하지만 낮은 위협을 담고 말했다.

"여자도 아니고, 원수도 아니다."

나희가 뒷걸음질쳤다. 그의 안에는 아무런 감정도 남아 있지 않았다. 모두 윤해주가 가져갔다. 그래서 그는 지금, 빈껍데기였다. 진현은 스스럼없이 나희의 머리채를 잡아 그의 앞으로 바짝 끌고 왔다. 피가 뚝뚝 떨어져도, 그럴 힘은 있었다.

"테이프, 어딨어?"

"놔, 놔! 이 개새끼야, 놔!"

"테이프, 어디 있어?"

진현이 고개를 마구 뒤채는 나희의 머리칼을 더욱 세게 얽어 잡은 후 재차 싸늘하게 말했다. 나희가 발로 그의 정강이를 차 댔다. 뾰족한 구두 앞코가 그의 뼈를 찔렀지만 이젠 어디가 아픈지조차 모르겠는 진현으로서는 무감각할 뿐이었다.

"놔, 놓으라고! 놔!"

진현은 무감정한 얼굴로 나희의 머리채를 놓았다. 그리고 조금 안심했는지 숨을 헐떡인 나희가 그를 보는 순간, 여자의 배를 발로 세게 찼다. 컥컥대며 옆으로 쓰러진 나희의 멱을 잡아 제 눈앞으로 끌어왔다.

"어디 있어?"

"이 개새끼! 퉤! 이 버러지 같은 새끼!"

나희가 그의 얼굴에 침을 뱉었다. 그것을 그대로 맞은 진현은 눈꺼풀을 낮게 내리깔았다. 그리고 고저 없는 목소리로 되물었다.

"테이프, 어디 있냐고. 송장 치우고 싶어?"

"아아아악!"

그의 등 뒤에서 선호의 악에 받친 소리가 터져 나왔다. 그는 선호를 잠시 돌아보고 다시 나희를 보았다. 얼굴에 흐르는 침을 닦아내고 다시 한 번 압박했다.

"다음엔 네 다리야. 부러지고 싶으면 계속 그래봐."

무서웠다. 나희는 파랗게 질려서 두 손을 벌벌 떨었다. 무릎 위에 구둣발을 가져가는 진현의 다리가 정말로 그녀의 무릎을 파삭, 하고 바스러트릴 것 같았다.

그때였다.

"씨발, 다 말해! 말할 거니까 내버려둬! 이 좆같은 새끼야!"

진현의 입가에 스산한 웃음이 피었다. 진현은 이를 딱딱거리
며 떠는 나희의 멱을 놓고 선호를 향해 몸을 돌렸다. 나희는 이
미 정신이 나간 듯했다. 표독하기만 했지, 악랄하기만 했지 신
체적인 압박을 받은 것은 이번이 처음인 듯, 넋을 놓은 채 그를
겁에 질린 눈으로 보았다.

"어디 있어?"

그리고 그 순간이었다.

"진현아!"

"사장님!"

탕, 소리가 울렸다. 그의 등에 화끈한, 불같은 감각이 일었다.
진현은 천천히 돌아봤고, 주저앉은 채 그를 향해 총구를 겨눈
나희를 확인했다. 진현은 천천히 무너져 내렸다.

"이 씨발 년아!"

학도가 달려들려 했다. 진현은 등 뒤로 손을 가져갔다. 손끝
에 축축한 게 묻어났다. 그는 가까스로 무릎을 세웠다. 아직 허
리를 세울 수 있는 걸 보니 뼈에 맞은 건 아니었다. 그는 선호에
게로 갔다. 멀리서 사이렌 소리가 들려왔다. 서 선배가 사전에
그와 언급한 시간을 기계처럼 맞춰, 지금 들이닥치는 모양이었
다.

"어디 있어, 테이프?"

진현이 물었다. 선호가 그를 쏘아보았다. 점점 통증이 크게

올라왔다. 뼈가 지르르 울리고 정신마저 혼미해지려 했다. 하지만 진현은 이를 악물었고, 선호의 목을 틀어잡고 채근했다.

"그렇게까지 하는 이유가 뭐야?"

선호가 신음 사이로 낮게 물었고 진현은 가물거리는 눈에 힘을 바짝 주며 웃었다.

"속죄."

"뭐?"

"말해. 테이프."

진현은 선호의 입가로 귀를 가져갔다. 선호가 혹여 움직일까봐 그의 어깨에 박힌 단도를 더욱 꽉 누르며, 대답을 기다렸다. 중얼거림처럼 들려오는 대답에 진현은 웃었다.

"야, 어디 가! 마진현! 치료부터 받아야지! 야, 이 새끼야!"

진현이 비틀거리며 일어서서 어딘가로 향하자 학도가 방방 뛰었다. 별장 정원의 문이 열리고 기동복을 입은 경찰들이 뛰어들었다. 학도는 욕설을 내뱉으며 이미 시야에서 사라진 진현과 아직 주먹다짐을 하는 홍만 등을 번갈아 보다 일단 몸을 피하기로 했다. 저렇게 걸어 다닐 힘이 있으면 죽진 않을 거란 생각이었다.

하지만 그가 과신했나 보다. 진현이 아무리 악귀라는 별명을 가지고 있다 해서 사람이 아닌 건 아니었다. 현장이 일단락되고 홍나희와 김선호가 서 검사에 의해 마약 유통 및 사기, 교사, 폭행 등의 각종 혐의로 체포된 후 학도와 홍만은 진현을 찾아 나섰다. 그리고 별장에서 조금 떨어진 오솔길 부근에서 진현을 발견할 수 있었다.

　진현 앞에는 조그만 철통이 있었고 그 안에서 뭔가가 활활 불타고 있었다. 그리고 진현은 그 옆, 나무에 기대앉은 자세로 눈을 감고 있었다.

　"미친 새끼. 야, 마진현! 이 미친 새끼야!"

　학도가 성난 목소리로 진현을 불렀지만 그는 미동이 없었다.

　"씨발, 야! 마진현! 너, 이 새끼. 이게 그렇게 중요했냐. 쌍, 총알부터 빼야 할 거 아니야! 살아야지! 빌어먹을 새끼! 우라질 놈!"

　울먹거리는 음성으로 진현을 어깨에 들쳐 업은 학도가 쿵쿵 오솔길을 뛰기 시작했다. 곧바로 차에 태운 채, 가장 가까운 병원 응급실로 가자고 운전석에 앉은 녀석을 채근했다. 홍만에게는 진현이 태우던 철통 안의 테이프를 처리하라고 지시했다.

　학도는 주먹을 움켜쥔 채 창에 기대 눈을 감고 있는 진현을 보았다. 기절한 듯했다. 악귀도 사람이었다. 배에서는 꿀렁꿀렁 피가 계속해서 배어나왔고, 온몸이 성한 데가 없었다. 등에는 총까지 맞았다. 아, 이 대책 없는 새끼.

　눈시울이 시큰거렸다. 씨발. 살다 살다 마진현 때문에 울게 될 날이 올 줄은 몰랐다.

　진이의 가방 안에는 크기에 비해 소소한 것들이 들어 있었다. 그러나 멀쩡한 것은 극히 적었다. 몇 권의 고서적은 형태만 간신히 유지하고 있었고 이제는 고물 기종이 된 플립 휴대전화 역시 기능을 상실했다. 다만 그녀와 진이가 함께 찍은 사진들과 십수 통의 편지는 애초에 밀폐된 비닐 안에 들어 있었는지 다른 것들에 비해 상태가 멀쩡했다.

편지의 대부분은 그녀가 진이에게 썼던 것들이다. 어버이날, 진이의 생일날, 자신의 생일날, 낳아줘서 고맙다, 키워줘서 고맙다, 사랑한다. 그녀가 진이에게 보냈던 애정들이 가득했다.

그리고 다음 편지를 열어보던 그녀의 손이 문득 멎었다. 자신의 기억에 그녀는 이런 편지를 진이에게 보낸 적이 없었다. 밋밋한 A4용지에 대충 휘갈겨 쓴 듯, 편지는 그저 두 번만 접혀 있었다. 해주는 아연한 얼굴로 편지를 천천히 열어보았다.

낯선 글씨체였다. 그녀는 편지의 서두를 보았다.

윤진이 씨에게, 라고 쓰인 글씨체는 깔끔했고 단정했다.

「미안합니다. 죄송합니다. 백 번 사죄해도 드릴 말씀이 없습니다.

당신이 화각합죽선을 가져갔다는 걸 알고 있습니다. 이 편지가 당신에게 닿을지도 알 길이 없습니다. 제가 그때까지 살아 있을지도 모르겠습니다.

제 연인이 임신을 했습니다. 두 달째라고 했습니다. 초음파로, 연인의 뱃속에 들어 있는 제 아기를 보았습니다. 신기하더군요. 그리고 난 당신이 언급했던, 당신의 딸을 봐야겠다는 생각이 문득 들어 해주라는 아이의 학교 앞으로 찾아갔습니다. 제가 무슨 짓을 저질렀는지 모르겠습니다. 이 거지같은 세상에서 기어 나와 망지에서 살고 싶었습니다. 당신이 가져다 준 기회가 제게 유일한 거라고 생각했습니다. 그런데 아니었습니다. 난 내가

393

살려고 **당신**과 **당신**의 딸을 벼랑 끝으로 밀어 떨어뜨렸고, 연인의 뱃속에 들어 있는 게 아이에게 부끄러워졌습니다.

저 역시 홍 회장으로부터 협박을 받았습니다. 죄송합니다. 미안합니다. **당신**이 화각합죽선을 가지고 간 이상, 홍 회장은 지구 끝까지라도 **당신**을 쫓아갈 겁니다. 그래서, 제가 **당신**을 놓아주려 합니다.

떠나십시오. **당장**은 떠나야 합니다. 아이가 위험해지길 바라지 않는다면 혼자 떠나셔야 합니다. 비행기 티켓을 동봉합니다. 홍 회장은 제가 어떻게든 해보겠습니다. 정말 미안합니다. 내 아이에게 부끄러운 아빠가 되지 않기 위해 이렇게 용서를 빕니다. 정말 죄송합니다. 안전해지면 돌아오십시오. 그때는 제가 홍콩 신문에 광고를 하나 내겠습니다. 그것을 신호로, **당신**의 딸에게 무사히 돌아오시길 바라겠습니다. 정말 죄송합니다.

─마동규」

손이 바르르 떨렸다. 엄마는, 돌아오지 못했다. 머리가 하얘졌다. 이것은 그 남자의 일기에 없던 내용이었다. 급박했던지 남자의 글씨는 갈수록 엉망이었고, 군데군데 얼룩진, 빛바랜 눈물자국이 편지를 쓰던 당시, 남자의 심경을 대변해주었다.

"으억! 뭐요!"

머리가 하얘졌다. 해주는 손에 편지를 든 채 멍하니, 방 밖을 보았다. 문 밖에서 달재가 시끄럽게 떠드는 소리가 들렸다. 객실에는 거실과 방이 있었는데 거실에서는 달재가 생활하고 방에서는 그녀가 생활하는 차였다.

"이봐! 누구라고!"

그녀가 멍하니 눈을 끔뻑이는 사이, 방문이 부서질 듯 벌컥 열렸다. 해주는 들이닥친 남자를 보았다. 뒤에서 달재가 얼굴이 벌게진 채 남자를 끌어내려 했지만 남자는 요지부동이었다. 검은 정장을 멀끔하게 빼입은 남자는 그녀 앞으로 성큼성큼 다가왔다.

"받으십시오."

그녀가 채 무슨 반응을 하기도 전에 허리를 구십 도로 꺾은 남자가 전화를 불쑥 내밀었다.

"받아주십시오."

남자의 음성은 사무적이었지만 한 켠에는 감정이 짙게 깔려 있었다. 해주는 더듬더듬 전화를 받아들었다. 그러나 귀로 가져갈 생각은 못했다. 손에 든 A4용지의 편지 내용이 그녀를 혼란스럽게 한 탓이었다.

남자는 애가 닳았는지 직접 그녀의 손목을 잡고 귓가에 전화기를 가져다댔다. 그러자 기차 화통을 삶아먹을 듯 우렁찬 음성이 그녀의 고막을 찢을 듯 파고들어왔다.

- 야, 이 나쁜 계집애야! 윤해주! 이 이기적인 계집애야!

"임…… 사부?"

해주가 멍하니 중얼거렸고 전화 너머에서 학도가 여전히 흥분한 기색으로 말을 이었다.

- 그래, 팔은 안으로 굽는다! 그래서 내가 너한테 욕 좀 해야겠다! 네가 그렇게 잘났어, 이 매정한 계집애야! 빨리 이리로 튀어와! 너 진짜 사람이 그러면 안 된다! 그깟 일기, 그게 뭐 중요하냐! 네가

진현이한테 이러면 안 되지!

"……무슨 일이에요."

남자는 더 이상 해주의 손아귀에 전화를 쥐여줄 필요가 없었다. 해주 스스로가 전화를 꽉 움켜쥐었기 때문이다.

- 진현이 죽어. 너 때문에 사시미 뜨다 죽는다고! 이 계집애야! 나 네 편 아니야. 나 마 사장 편이야. 그런데 진현이가 너 테이프 찾아준다고 지랄 떨다가 총 맞고 죽게 생겼다고! 이 인정머리 없는 계집애야! 네가 그러고도 마 사장을 사랑해? 너 사람이 어떻게 그래!

"무슨…… 무슨 말……."

뇌가 손상됐나 보다. 단어가 문장으로 배합되지가 않았다. 해주는 더듬거렸고, 학도는 전화 너머에서 연신 욕을 퍼부어댔다. 입에 담을 수도 없는 쌍소리도 튀어나왔다. 그런데 멀리서 이명이 울리듯, 그렇게 느껴졌다.

해주의 손에서 전화기가 떨어졌고, 여직까지 A4 용지를 움켜쥐고 있던 손이 파르르 떨렸다.

"아저씨."

"응. 왜, 왜."

달재가 깜짝 놀라며 해주에게 잽싸게 달려갔고 해주는 후들거리는 무릎으로 자리에서 일어났다.

"서울, 가야 해요."

"뭐?"

"비행기 표 좀, 표 좀……."

힘이 풀렸다. 해주는 자리에 흐느적거리며 주저앉았다. 한 손

철학으로 노는 남자 2

에는 A4용지를 꽉 거머쥐었고, 또 다른 한 손은 정신을 놓지 않으려 손톱이 살을 파고들 만치 주먹을 꽉 움켜쥐었다.

"하지만 너, 엄마가……."

"아저씨, 나 좀 일으켜줘봐요."

"해주야, 갑자기 왜 그래……!"

달재가 만류했다. 해주는 달재를 올려다보았다. 아래턱이 바들바들 떨렸다. 다리에 힘이 들어가지 않았다.

"엄마한테는 기억이 있는 십 년이 기억도 안 나는 이전보다 더 소중하대요."

해주의 동공이 불안하게 흔들렸다. 가슴이 시킨다. 몸이 이끄는 대로 가라고, 마음을 거부하지 말라고. 그리고 가슴이 스스로에게 말한다.

"나도, 나도 내 외로움을 달래준, 그 사람을 사랑한 육 개월이, 너무 소중해요. 그런데 그 사람이 죽, 죽어간대. 내가 잘못 들은 것 같긴 한데 확인은 해봐야지."

"해주야."

"아저씨, 그럼 내가 지금 어떻게 해요. 그러다 정말 그 사람 죽으면? 그럼 어떡해요? 나 어떡해요? 이거, 그래, 이거 봐요. 다 그 사람 형 잘못이긴 한데, 나중엔 이랬대. 우리 엄마 구하려고 했대."

해주는 바닥을 손으로 짚었다. 온몸에서 힘이 쭉 빠져나갔다. 엄마도 소중하고, 진현도 소중하다. 그런데 지금은 머리가, 가슴이 온통 진현 생각으로 빠듯했다. 해주는 힘이 들어가지 않는 팔을 접어 바닥에 얼굴을 기댔다. 호흡이 달달 떨렸다. 기도가 막히는 것 같았다. 그 사람이 없으면, 어떡하나.

공항에서 그녀를 바라보던, 진현의 눈을 기억한다. 그도, 그녀를 사랑했다. 그녀 역시 그를 사랑했지만 외면해야 하는 게 도리라고 생각했다.

"나 좀, 나 좀⋯⋯!"

숨을 헐떡였다. 무거웠다. 그녀를 짓쳐 누르고 있는 이 상황들이 무겁고 아파서, 죽을 것만 같았다. 갑갑한 가슴을 툭탁였다. 그리고 그런 그녀를, 전화기를 들고 왔던 남자가 업었다.

"죄송합니다."

"이 자식아!"

달재가 성을 냈지만 남자는 달재를 밀치고 문 밖으로 향했다. 달재는 허겁지겁 해주의 가방과 진이의 가방을 챙기고 자신의 가방 역시 들쳐 메고 남자를 뒤따랐다. 그런데 진즉에 간 줄 알았던 남자가 호텔 앞에서 당황한 얼굴로 그를 기다리고 있다.

"뭐야!"

"기, 기절한 것 같은데요."

달재는 눈을 부릅뜨고 남자의 등에 업힌 해주를 보았다. 까무룩 두 눈을 감은 해주는 숨조차 쉬지 않는 것처럼 보였다. 가슴이 철렁 내려앉았다.

"빨리 병원으로 가!"

"네, 네!"

택시를 잡았다. 달재는 속으로 비명을 내질렀다. 이게 다 뭐냐 이 말이다!

해주는 멍하니 두 눈을 떴다. 고개를 돌리니 그녀의 팔에 꽂
힌 링거를 통해 수액이 들어가고 있는 게 보였다.

"괜찮아요?"

낯익은 음성에 해주는 아래쪽을 내려다보았다. 눈꺼풀이 파르
르 떨렸다. 진이였다. 핑, 하고 눈물이 고였다.

"쓰러졌다면서요. 이건 영양제 놓는 거래요. 남편이, 기력이
많이 쇠했다고 하던데. 힘든 일이 있나 봐요."

진이가 그녀의 손을 보드랍게 쓰다듬는 것이 느껴졌다. 가슴
이 먹먹했다. 저도 모르게 눈꼬리를 타고 눈물이 흘러내렸다.

"……사, 사랑하는 사람이 많이, 다쳤다고. 죽을지도 모른다
고."

"어머."

"연락을 받았는데 지금은, 시간이 얼마나 지났는지도 모르겠
고 난 아직 홍콩이고 또……."

엄마를 두고 그냥 갈 수도 없어서 어쩔지 모르겠어요.

뒷말은 속으로 삼켰다. 그냥 까무룩 거꾸러지고 싶었다. 아무
것도 생각 안 하게. 마음이 닳고 또 닳아서 더 쏟아낼 슬픔도,
사랑도 없는 것 같았다. 그럼에도 불구하고 텅 비었다고 생각한
가슴은 계속해서 감정의 잔재를 생성해냈다. 쏟아냈다. 아프게.

"그럼 얼른 가봐야죠."

진이가 말했고 해주는 바짝 마른 입을 달싹였다.

"갈 수가, 없어요. 무턱대고, 갈 수가 없어요."

"왜요?"

"그 사람은, 그 사람은 날 속였고 기만했고 또 날⋯⋯."

엄마를 찾으면 여러 가지 고민에 대해 말하고 싶었다. 엄마와 딸 사이에 할 수 있는 고민. 사랑하는 사람, 질투, 애정, 일상 그 모든 것에 대해 시시콜콜 의논하고 다투고 그러고 싶었다.

"심각한 문제였어요? 그래서 그 사람은 아가씨를 이용하기만 한 건가요?"

"⋯⋯그건 아니었어요. 날 사랑해서 숨겼다고, 미안하다고. 날 지키려고 다쳤고, 내가 나쁘게 구는 와중에도 날 포기하지 않았어요."

걱정됐다. 지금은 괜찮은지. 가슴이 초조해 타 들어가는데 바보 같은 윤해주는 그저 누워서 우는 것밖에 못했다. 손가락 하나 까딱할 수가 없었다. 그저 손끝에 스며드는 엄마의 온기를 느꼈다. 정작 본인은 자신이 딸이란 것도 모르는데, 그랬다.

그리고 결국 마동규는 엄마를 벼랑 끝으로 내몰긴 했어도 살길을 열어주었다. 혼란스러웠다. 자신은 이제 어째야 하는 걸까. 뻔뻔하게 돌아갈 수도, 죽을 날을 앞두고 있는 엄마를 두고 갈 수도, 그렇다고 그가 어떤지도 모른 채 마냥 여기 있는 것도 상상이 안 갔다.

"무슨 문제가 있는 건지는 모르겠지만, 그게 아가씨 심장을 포기할 정도로 심각한 건가요? 죽을 정도로?"

"네?"

해주는 멍하니 진이를 보았다. 그러자 진이가 엷게 웃었다.

"죽음을 눈앞에 두다 보니, 하나 깨달은 게 있어요. 후회되는 인생은 살지 말자. 칼로 저미고, 살을 도려내는 아픔이 있어도 내 건 포기하지 말자. 그래서 난 내 병을 알고도 그 사람을 떠나지 않았어요. 난 죽을 거지만, 너도 같이 견뎌라. 내가 죽는 날까지 넌 옆에서 날 지켜봐라. 날 사랑한다면."

진이의 눈에 눈물이 얼핏 비쳤다.

"잔인하죠. 그 사람에게는 죽을 만큼 힘든 주문이기도 하고요. 하지만 난 그랬어요. 늙어서 주책인진 모르겠지만 우린 아이도 없거든요. 여러 번 노력했는데 가져지질 않았어요. 그 사람이 무정자증이라서 그러질 못했어요. 그래서 우리는 서로 더 많이 사랑했어요. 더러 싸우는 날도 있었고, 새까맣게 지워진 내 기억 때문에 힘든 날도 있었지만 견뎠어요."

"하지만 난……!"

"아가씨가 딸 같아서 참견 좀 할게요."

진이가 말했고 그녀의 가슴이 울렸다. 딸인 걸 모르는데, 딸 같아서 말한다. 이거면, 이거면 충분했다. 진이가 죽는 그날까지 제 존재를 까맣게 잊는대도 괜찮다. 진이는 그녀가 안 십칠 년보다 지금이 더 행복해 보였고, 여자로 살고 있었다. 미혼모로서 제 자식을 부양하려 하루하루가 힘에 부친 게 아닌, 여자로.

"아가씨 얼굴, 지금 어떤지 알아요? 너무너무 못생겼어. 그렇게 곧 죽을 것 같은 얼굴로 못 간다고 버티면 뭐가 달라져요. 욕심, 부려요. 뭐가 문제가 됐든 간에 지나간 일이라면 어쩔 수 없는 거고, 지금 일어나고 있는 일이라면 부딪쳐야지. 게다가 상대가 아가씨한테 그렇게 마음 준 거라면, 처음이 어쨌건 간에 지금이 중요한 거잖아요. 내가 더 이상 옛 기억 찾기를 포기한 것처럼."

진이가 그녀의 손을 꽉 거머쥐었다. 해주는 상체를 일으켜 앉았다.

"죽었다 깨어난 사람 같아요. 그렇게 힘들 거면 차라리 사랑하는 사람 옆에서 힘든 게 낫다고 봐요, 난. 갈등이란 건 언젠가 해소되기 마련이고, 원체 잔인한 게 사랑이란 거잖아요. 상대가 아가씰 위해 그렇게 심각하게 다친 거라면, 아가씨도 상대한테 면죄부를 줘야죠. 뭐가 됐든 간에. 독하게 안 생겨서 참 독하게 구네."

마지막 말은 장난 같았다. 해주는 그에게서 떨어지려는 진이의 손을 두 손으로 꽉 거머쥐었다.

"원수, 같은 거예요. 그 남자랑 나."

"본인들이?"

"그 남자 형이랑, 우리 엄마요."

"흐음. 지금도?"

"옛날에요. 지금은 둘 다…… 죽었어요."

그녀가 힘겹게 뱉어냈고 진이는 고개를 주억거렸다. 진이는 어제보다 얼굴이 조금 더 부은 것 같았다. 살이 찐 게 아니었다. 얼굴이 부은 것이었다. 신장 기능이 망가졌다는 증거. 그럼에도 불구하고 그녀는 평안해 보였고 행복해 보였다.

"그럼 죽은 사람 인연은 그렇게 덮어두기로 해요. 누가 끼어들어서 갈라놓은 것도 아니고 방해하는 것도 아닌데, 죽은 사람 인연 가지고 그럴 정도면, 흐음. 젊은 사람들이 꽉 막혔네."

해주는 진이를 빤히 바라보았다. 엄마가, 기억이 있었어도 이렇게 말했을까.

해주는 더듬더듬 입을 열었다. 한 번, 안아봐도 되겠냐고. 우리 엄마 같아서 그런다고. 그러자 진이가 흔쾌히 웃으며 휠체어 위에서 두 팔을 벌렸다. 해주는 그 너른 품으로 꼭 안겨들었다. 엄마였다. 진이였다. 그녀 혼자만 기억하는 엄마지만, 여전히 따뜻했고 예뻤다.

"그 사람을 사랑해도, 될까요."

그녀가 웅얼거렸고 진이가 그녀의 뒷머리를 쓰다듬으며 고개를 끄덕였다.

"그럼요. 살아 있을 때나 사랑하지 죽으면 그것도 못 해. 서로 부딪치면서, 그렇게 사랑해요. 원래 잔인한 게 사랑이라니까."

진이가 웃으며 그녀의 머리를 쓰다듬고, 등허리를 어루만져주었다.

엄마, 나 그 사람 사랑해도 돼요. 아무리 애써도 못 놓겠어. 엄마가 괜찮다니까, 나 그 사람 사랑해요. 나 때문에, 내 테이프 찾으려다 죽는다는 그 남자를, 내 인생 지켜주려다 죽을 것 같다는 그 남자를 나 더 이상 미워하지 못하겠어요. 미안해요. 나 이것밖에 안 돼서 미안해, 엄마.

18. 애정의 완성

비행기 표는 쉽게 구할 수 있었다. 좌석 가격의 고저에 구애 받지 않았기 때문이었다. 외국항공사의 일등석을 타고 인천 공항으로 들어온 해주는 입국장 근처의 벤치에 속절없이 앉아 있었다. 달재가 바로 병원으로 가야지 않겠냐며, 쓸 만한 차를 구해 오겠다고 한 탓이었다.

「다음 뉴스입니다. 인사동에 위치한 홍 갤러리의 현 대표 홍나희 씨 외 지방 조직원 스물한 명이 미술품을 이용한 마약 유통 및 사기, 폭행, 교사, 아동학대 등의 혐의로 오늘 오전 열 시, 검찰에 송치되었습니다. 다음 뉴스입니다. 지난 밤, 경기도 수원에서 마흔두 살 임 모 씨가 귀가하던 여성…….」

멍하니 앉아 TV를 보고 있던 해주는 낮은 실소를 흘렸다. 얼핏 배경처럼 지나가는 뉴스 화면에 홍나희 외 십수 명의 남성이 모자이크로 얼굴이 가려져 수갑이 채워진 채 병원으로 이송되는 모습이 비춰졌다.

해주는 차가운 눈으로 TV 화면을 쏘아보다 눈꺼풀을 내리깔았다. 그녀의 손에서는 조금 낯선 모양의 인형 한 쌍이 내리 조물거려지고 있었다. 손바닥만 한 빨간 복주머니에 고리처럼 매달아놓은 그것은, 홍콩을 떠나오기 전 진이가 그녀에게 좋은 인연을 맺은 기념이라며 준 것이었다.

"보조보 인형이라고 해요. 사이판 원주민 차모로 족에게 전해져 내려오는 건데 간단하게 기적을 가져다 주는 행운의 인형이라고 보면 돼요. 덩굴풀 열매와 코코넛 섬유로 만들어졌어요. 예전에 내 병을 알고 상태가 호전되자마자 둘이 사이판 여행을 갔었거든요. 그곳에서 보조보 인형은 건강의 소원을 이루어주는 신비로운 힘을 가지고 있다고들 믿어요. 그래서, 남편이 지푸라기라도 잡는 심정으로 내게 준 거였죠. 세상에, 의사가 말이에요."

해주는 불안을 달래듯 인형과 복주머니를 만지작거렸다. 전혀 어울리지 않을 것 같은 조합이기도 했지만, 비단으로 성기게 엮은 복주머니와 끈처럼 가늘고 긴 팔다리를 가지고 있는 인형은 생각보다 잘 어울렸다.

"나는 이제 필요 없어요. 내 몸은 내가 알아요. 그래서 이 행운을 해주 씨한테 주고 싶어요. 그리고 빨간 복주머니는 내가 리폼한 거예요. 한국 민속 신앙에 따르면 빨간 복주머니는 복을 부르고 이 안에 든 팥은 잡귀와 부정을 막는다죠. 두 개가 합쳐졌으니, 파워도 더 좋지 않겠어요?"

황국의 희수에 대한 애정이라고 해서 받지 않으려 했다. 하지만 그녀의 손에 인형과 복주머니를 쥐여주는 진이의 힘은 무척이나 단호했다.

"이렇게 남자인형 다리를 묶으면 사랑이 이루어진대요. 두 인형 팔을 교차해서 묶으면 건강. 해주 씨한텐 지금 이 두 개가 필요하죠? 사랑, 소중히 간직해요. 그것도 살아서 숨 쉴 때나 누릴 수 있는 감정이니까. 마음껏."

진이는 웃었다. 그 미소가 금방이라도 흩어져 사라져버릴 것만 같아 가슴이 아렸었다. 해주 씨, 해주 씨 부르는 음성은 다정했고 상냥했다. 해주는 또다시 눈시울이 시큰거려와 두 눈을 지그시 감았다. 차차, 눈자위로 몰려든 열기가 식는다. 가슴을 다잡았다.

황국은 진이 대신이라며 공항까지 와서 그녀와 학도를 배웅해주었다. 그는 그녀에게 못내 미안했던 듯, 내내 눈을 마주치지 못했다. 그러다 그녀가 출국장으로 들어가려는 등 뒤에다가 무척이나 슬프고 정중한 음성으로 어렵게 입을 뗐다.

"미안합니다. 그 사람에게 때가 오게 되면, 연락드리겠습니다. 해주 양이 사실은 딸이라고, 희수 가슴에 대못 박는 소리는 난 안 하겠지만, 해주 양이 친구로서 마지막을 함께 지켜준다고 하면 그 사람, 웃을 겁니다. 편하게 그렇게 떠나지 않을까 합니다. 후에, 눈을 감고 나서 날 조금 덜 원망하지 않을까 합니다."

해주는 대답 대신, 황국을 향해 허리를 숙였다. 남자가 미웠었다. 엄마에게 다가가지 못하게 하는 남자가 미웠다. 그런데,

달리 생각해보면 남자는 기억을 잃고 나약하기만 했던 엄마를 십 년 동안 지키고 사랑해주었다. 한 남자로서, 여자가 맛볼 수 있는 인생 최고의 사랑을 엄마에게 선사했다. 그래서 한편으론 감사했다.

해주는 오랫동안 허리를 숙이고 있었다. 황국이 울음을 삼키는 소리가 들렸다. 나쁜 사람이 아니었다. 오히려 좋은 사람이었다. 해주는 하염없이 어깨를 들썩이는 남자에게 연락 기다리겠다는 말을 남기고 돌아섰다.

진이는 서희수로서의 삶을 살고 있었다. 그녀도 이제, 엄마의 그림자를 딛고 일어서야 했다. 윤해주로서의 삶을 살아야 했다. 누구의 딸이 아니고, 어떤 일을 하는 누구도 아닌, 여자 윤해주.

그래서 다시 한국 땅을 밟았다.

"해주야, 차 렌트했다! 빨리 와!"

해주는 자리에서 부스스 일어났다. 빨간 복주머니와 보조보 인형은 주머니에 넣었다. 한층 추워진 날씨 탓에 껴입은 재킷의 안쪽 주머니에 깊이 넣었다. 곁에서 보면 조금 우스꽝스럽게 가슴 부분이 튀어나왔지만 상관없었다. 심장 가장 가까이 닿도록 넣었다.

"걱정 마. 마 사장 수술 잘 끝났대잖냐. 그냥 가서 내가 왔으니까 벌떡 일어나라, 하고 뽀뽀 한 번 해주면 끝나."

달재가 해주를 보며 너스레를 떨었다. 해주는 그런 달재에 웃음을 흐리게 짓곤 렌트한 차에 올랐다. 한국이었다. 그 남자와 같은 하늘 아래.

가슴이, 두근거렸다. 고작해야 열흘 남짓 떨어져 있었던 건데, 일 년 삼백육십오 일은 보지 못한 듯 애가 탔다. 그리웠다. 걱정됐다. 괜찮은지. 그녀 때문에 넝마가 돼서 정이 떨어졌대도, 이제는 그녀가 잔인하게, 사랑할 차례였다.

　기다려요.

　눈이 시리도록 파랗게 뻗은 하늘은, 겨울이 깊어졌음에도 불구하고 무척이나 따스했다.

　진현이 입원한 일인실 병실 앞은 인산인해를 이루었다. 그런데 신기한 건 그렇게 많은 인파에도 바늘 떨어지는 소리마저 크게 들릴 만치 병실 앞 복도가 적막했다는 것이다. 해주는 가슴이 덜컥 내려앉았다. 분명 수술이 잘 끝났다고 들었는데 어떻게 이렇게 초상집 분위기인지.

　해주는 그 안에서 학도를 발견하고 성급히 다가갔다. 그런데 그녀를 보는 눈초리가 결코 곱지가 않다. 그녀를 싸늘하게 쏘아본 학도가 이내 허리를 옆으로 숙이더니 뭔가를 부스럭거리며 쇼핑백 하나를 그녀 앞으로 내밀었다. 해주가 뭐냐는 얼굴로 보자 학도가 고개를 획 돌리며 툴툴거리듯 말했다.

　"마진현이 목숨."

　"네?"

　"그 새끼가 목숨도 도외시하고 없앤 네 인생."

　해주는 고개를 숙여 쇼핑백 안을 들여다보았다. 불에 눌어붙은 테이프 덩어리였다. 아마도 그녀가 도둑질하는 영상이 담겨 있을 CCTV 테이프.

"미친 새끼. 짭새 떠서 몸 감췄나 했더니 그거 찾아서 태우고 있더라. 저는 기절하고. 이게 정상이냐? 네가 말해봐. 정상이냐고."

해주는 백을 꽉 움켜쥐었다. 일단 그를 봐야 했다. 해주는 곧바로 병실 입구로 몸을 돌렸고 문고리를 잡아 밀어 열려 했다. 그러나 그녀를 막아서는 손이 있었다. 학도는 아니었다. 비록 욕은 할지언정, 그녀가 돌아오도록 종용한 것이 학도였다.

해주는 고개를 돌렸고 길고 가는 팔의 주인을 볼 수 있었다.

"와서 괜히 더 흔들 거면 그냥 가요, 해주 씨."

주란의 얼굴은 창백했다. 코는 빨갰고 눈가엔 피곤한 기색이 짙었다. 줄곧 병실을 지킨 게 분명했다.

"해주 씨한테 동규 씨가 죽을 만큼 나쁜 짓을 했대도, 나한텐 아주 많이 소중한 사람이었어요. 그리고 마 사장은 그 사람 동생이에요. 이미 동규 씨를 잃었어요, 난. 그 사람 동생까지 잃을 수 없어요. 마 사장이 평범하게, 행복하게 살아가길 바라는 사람 중 하나예요, 나. 미안한데, 난 마 사장 지켜야 해요."

주란의 얼굴은 단호했다. 그녀가 뛰어난 수단의 사업가인 것은 알고 있었다. 단 늘상 자신을 대할 때면 부드러운 웃음에 옆집 언니처럼 친절하게 대해주었기에 이처럼 칼 자르듯 단호한 주란은 해주에게 조금 낯설었다.

그렇지만 그녀도 이대로 물러날 수는 없었다. 해주는 한동안 주란의 서늘한 눈을 바라보다 입을 열었다.

"······아기는, 없는 거죠."

주란의 얼굴이 굳었다. 주란의 손이 스르륵, 늘씬한 배 위에 얹혔다. 해주는 안타까운 눈으로 주란의 배를 스치듯 보고, 가방에서 동규가 진이에게 보냈던 편지를 꺼내 주란의 앞으로 내밀었다. 주란은 경계하는 기색으로 그것을 받아 열었고, 곧 글씨를 읽어 내려가기 시작했다. 곧 그녀의 얼굴에 당혹감과 슬픔이 비쳤다.

"······동규 씨가 죽고, 아기도 유산 됐······ 어요. 내가, 내가 내 몸을 못 살펴서. 동규 씨가 죽었다는 게, 너무 끔찍해서 내 아기를······ 지키지 못했는데······ 이 사람이 이렇게 기뻐했던 걸 알았으면, 무슨 수를 써서라도 지키는 거였는데, 그러는 거였는데, 나한텐 한 번도 내색을 안 해서 난······."

주란의 서늘하고 커다란 눈에서 눈물이 툭 흘러내렸다. 그녀의 부주의로 채 빛을 보지 못하고 사라진 아기는 그녀에게 커다란 상처고 아픔이었다. 내일이면 마흔을 바라보는 그녀였지만, 여전히 가슴에 사랑은 살아 있었다.

"허, 허 마담."

학도가 당황한 얼굴로 어쩔 줄을 몰라 했고 해주는 주란의 손에서 제 손을 빼내곤 다시 문 고리로 손을 가져갔다. 그러나 주란이 편지를 꾹 움켜쥔 채 다시 그녀의 손을 잡아왔다. 대답을 듣기 전엔 절대 안 놓겠다는 의지가 강하게 서린 얼굴이었다.

"마진현 씨잖아요."

해주의 앞뒤 없는 말에 주란이 두 눈을 가늘게 떴다.

"내가 그 마진현을 어떻게 흔들어요. 감히. 난 내가 그 사람 보고 싶어서 온 거예요. 내, 마진현 씨."

해주의 손목을 휘어잡은 주란의 아귀힘이 약해졌다. 해주는 의연하게 웃었다. 그를 본다는 생각만으로도 물이 차올라 간이 울렁거렸지만, 웃었다.

"허 대표님 허락이 필요해요? 내가 내 마진현 씨 보겠다는데 도?"

목소리가 떨렸다. 그에 대한 감정이 목구멍을 가득 채웠다. 주란의 손아귀가 풀렸다. 해주는 그대로 문고리를 밀어 열었다.

병실 안에 갖춰진 화장실을 지나 안쪽으로 들어가자 일인용 침대가 보였다. 그리고 하얀 시트 아래 죽은 듯이 두 눈을 감고 있는, 메마른 남자도 눈에 들어왔다. 헐렁한 환자복 가슴 사이로 하얗게 감긴 붕대와 여기저기 까지고 베인 흔적으로 상처투성이인 얼굴도 보았다. 침대 옆으로는 가습기가 연한 수증기를 내뿜고 있었는데 숨 쉬는 소리마저 소음으로 들릴 만큼 고요한 정적이, 그가 누운 자리를 무덤처럼 보이게 했다.

해주는 이를 앙다문 채 침대 옆으로 다가갔다. 무릎이 후들거렸다. 다리에 힘이 풀렸다. 그대로 침대 아래 무릎을 꿇고 상체를 길게 세웠다. 의자를 찾을 여력도 없었다. 시트 위로 삐죽이 나와 있는 못박이고 건조한 손에 제 손을 가져갔다.

천천히 그의 손끝에 그녀의 손끝이 닿았고, 그녀는 닿는 피부의 면적을 차차 넓혀갔다. 손등도, 상처투성이다. 속상하게. 얼마나 주먹을 휘둘러댔으면 주먹 관절에 피딱지가 앉고, 느슨한 상의 아래로 얼핏 보이는 손목에는 칼에 긁힌 상흔이 선명했다.

해주는 천천히 더듬듯, 쓸듯 어루만지던 그의 손에 제 손을 강하게 묶었다. 손가락 사이로 제 손가락을 얽고 손바닥 가득 그녀의 손바닥을 채웠다. 언젠가, 그의 차가운 손을 덥혀주려 애썼던 그날처럼.

"……미안해요. 내가 너무 늦었죠. 너무 나빴죠. 그냥, 그냥 다 척이었어요. 싫은 척, 미운 척, 끔찍한 척."

잠시 호흡을 고른 해주는 그의 손을 구명줄처럼 잡은 채 나머지 한 손을 들어 환자복 사이로 보이는 그의 상처를 더듬었다.

"사실은 이렇게 그리웠는데, 만지고 싶었는데. 이 단순무식한 윤해주가 거짓말을 했어요, 많이. 마진현 씨한테는……."

잠이 든 것인지, 의식을 잃은 건지 수술이 잘 끝나서 병실로 옮겼다는 이야기를 끝으로 그에 대한 상태는 아무것도 듣지 못했다. 그래서 그가 괜찮은 건지 모르겠다. 숨은 쉬는데, 손은 따뜻한데, 그러면 괜찮은 건지 모르겠다. 이성이 사라졌다. 냉정하게 판단할 능력을 잃었다. 그저 가슴이 짓쳐들었다.

얼마나 그의 손을 주무르고, 매만지고, 하염없이 얼굴을 보고, 그의 숨소리를 확인하고 그렇게 있었을까. 밖으로부터 학도의 목기침 소리가 들려왔다. 해주는 그녀의 세상 가득, 진현만 존재하는 것처럼 그렇게 있다 시선을 돌렸다. 달재의 목소리도 얼핏 들렸다. 그녀가 오지 않자 차에서 기다리다 올라온 듯했다.

해주는 아교처럼 붙은 손에 살며시 힘을 풀었다. 손이 쉽게도, 스르륵 풀렸다. 그리고 밖을 살펴보려 자리에서 일어났고 몸을 돌리려 했다. 그런데 풀린 그녀의 손을 뭔가가 재차 꽉 쥐어왔다. 가슴이 덜컥 내려앉았다. 천천히, 혹여 아닐까 봐, 스스로를 달래며 아주 천천히 시선을 내렸다.

그런데 진현이었다. 그가, 그토록 무심하고 서늘한 검은 동공을 눈꺼풀 아래 드러낸 채 그녀를 보고 있었다. 시간이 멎었다. 호흡도 멎었다. 그리고 그 정적을 깬 건 서늘한 진현의 눈꼬리로 소리도 없이 흘러내리는 물이었다.

그가, 운다. 그 본인은 인식하지 못한 듯했다. 자신의 눈을 의심하듯, 그녀를 집요하게 보고 있었으니까.

해주는 그가 움켜잡은 손을 그대로 둔 채 다른 쪽 손을 들어 그의 눈꼬리를 타고 흐른 흔적을 살살 문질러주었다. 그리고 그가 잘 볼 수 있도록 얼굴을 들어, 울 듯이 웃었다.

"……마 사장님. 오늘부터 다시, 좋아해요."

언젠가 그녀가 그를 향해 노래 부르듯 해댔던 장난 같은 고백처럼, 다시 그녀의 마음을 노래했다. 그의 검은 동공이, 그녀를 확인하듯 살폈다. 이마를 훑고, 눈을 지나 코를 더듬고 입술, 얼굴 윤곽까지 어루만지는 시선이 느껴졌다.

해주 역시 피하지 않았다. 그를 외면하고 먼지처럼 취급하고 공기처럼 대했던 적이 무색할 만큼, 그녀도 그를 집요하게 마주 보았다.

"……엄마를, 만났어요. 근데 엄마는 나라는 딸을 잊어버렸더라고. 뇌가 아파서 기억을 못 한대. 거기다 병이 있어서 아프긴 한데, 좋은 남자 만나서 그렇게 여자로서 행복하게 있더라고. 나보고 해주 씨라고 남 부르듯 하면서 사랑을 놓치지 말라고 했어요. 엄마가 사랑을 하라고 했으니까, 괜찮다니까 나 당신 포기 안 하려고요. 잊으려고 힘들지 않으려고."

해주는 손을 들어 진현의 메마른 얼굴을 조심스레 쓸었다. 그의 얼굴 근육이 손아래 경직되는 게 느껴졌다. 그래서 손을 조금 떼어내 닿을 듯 말 듯, 그의 얼굴을 안타깝게, 아프게 그렸다.

"살아 있는 시간 동안, 아무 생각도 안 하려고요. 그냥, 내 사랑 하려고요. 여자 윤해주 인생을 살려고. 죽으면 그것도 못하니까. 죽으면 다 소용없으니까. 날 속인 건 아직도 꽤 괘씸한데 이젠 괜찮아요. 당신이 이렇게 아프니까. 나 지켜주려다 이렇게 망가졌으니까, 괘씸한 게 다 뭐야. 이걸로 퉁 쳐. 나도 내가 이렇게 마음이 넓은 줄 몰랐어요."

그녀의 눈에서 흐른 눈물이 진현의 가슴 섶으로 후두둑, 떨어졌다.

"있잖아요. 우리 엄마 곧 죽는대요. 나라는 딸 기억도 못 하는 그 엄마, 여전히 예쁜데, 젊은데 곧 죽는대요. 손써볼 수도 없을 만큼 늦었대. 그러니까 당신은 이렇게 몸 함부로 굴리면 안 돼요. 나 혼자 두고 이렇게 누워버리면 안 돼요."

얼굴을 그리던 손으로 그의 가슴 위에 스며든 그녀의 눈물을 지웠다. 그녀가 잠깐 눈을 돌리는 동안에도 진현은 집요하게 그녀만 보았다. 그래서 해주는 더 이야기했다. 가슴에 인이 박인

이야기가 너무 많은데 어디서부터 어떻게 풀어야 할지 몰라서 앞뒤가 없이 헤맸다. 그러면서도 말했다. 말하면서 깨달았다. 이 아픔을, 원망을, 미움을, 사랑을 감내하고 받아야 할 사람은 마진현, 그뿐이었다. 그밖에 없었다. 그만이, 이런 자신을 감당할 수 있었다.

"내 말은, 어디가 부러지든, 몸이 아프든 그런 거요. 그거 나한테 가장 나쁜 짓이라고요."

그는 여전히 한 마디도 하지 않았다. 그래서 그녀는 여전히 그녀의 존재를 믿지 못하겠다는 듯 의심하는 진현을, 깊숙이 들여다보았다.

"나, 혼자는 싫어요. 외로워. 힘들어. 그러니까 나랑, 같이…… 살아가요. 살아가줘요. 그러면서 나한테 미안한 거, 다 갚아. 그래요."

진현의 손이 천천히 올라왔다. 상체를 숙인 탓에 흘러내린 머리칼을 손으로 걷어낸 그가 야들야들한 볼과 작은 귀를 손 안에 슬며시 담았다. 그러다 멈칫하며 손을 떼더니 다시 눈을 깜빡였다. 해주는 웃었다. 그녀에게 닿는 그의 손이 미세하게 떨리고 있었다. 혼자 남겨진 그가 얼마나 힘들었을지, 등을 민 게 그녀대도 그가 얼마나 처절했을지.

아팠다. 이 악귀 같은 남자에게도 심장은 있었다. 여자 하나를 위할 심장쯤은 있었다. 그리고 그 심장의 주인은 그녀였다.

"큭!"

해주는 진현이 몸을 일으키며 신음성을 흘리자 곧바로 그가 상체를 일으킬 수 있도록 도와주었다. 침대를 올리고 그가 기댈 수 있게 등에는 베개를 받쳐주었다. 잠시 얼굴을 찡그린 채 통증을 가라앉히던 진현이 다시 그녀를 보았다. 해주가 의자를 찾아 앉으려 병실 안을 두리번거리자 진현이 그런 그녀의 손목을 잡아 침대 위에 엉덩이를 걸터앉도록 했다.

"의자에 앉으면 돼요."

그는 여전히 말이 없었다. 해주는 의자를 찾는 것을 포기하고 그의 앞으로 조금 더 당겨 앉았다. 그리고 그 순간이었다. 진현이 그녀의 뒷덜미를 그러당기더니 급작스레 입을 맞춰왔다.

까칠하게 일어난 그의 입술이 그녀의 입술을 스치고 더운 공기가 느껴지는 입이 벌어지며 그녀의 입술 위를 조금 아프게 물었다. 해주는 다친 그에게 부담을 주지 않으려 버텼지만, 진현은 막무가내였다. 그녀의 뒷덜미를 주무르며 입술을 벌리게 했다. 익숙하지만 낯선 혀가 매끄럽게 들어와 입안을 휘저었다. 그녀의 혀를 낚아 문지르고 얽고, 그리고 빨아 당기더니 그가 조금은 거친 숨을 내쉬며 슬며시 입술을 떼었다. 하지만 여전히 입술 위에 느껴지는 숨결.

"다시는 내 앞에서 웃지 않을 거라고 생각했어, 너."

한껏 잠긴 그의 목소리는 무척이나 쉬어 있었다.

"웃을 거예요. 많이. 당신 옆에서."

"……살고 싶었어. 살려고 기를 써야 했다."

입술 위에서 말하는 그의 입술은, 키스로 인해 메마른 까칠함을 벗고 조금은 부드러워졌다. 해주는 가슴이 뻐근해졌다.

"네 옆으로 가야 했으니까. 네가 진저리쳐도, 끔찍해해도."

그가 입술을 눌러왔다. 그녀의 입술을 누르고 이로 잡아 물고, 또 달래듯 혀로 쓴다. 해주는 그 절박한 키스를 가득 받아들였다. 그녀도 혀를 내밀어 마른 입술을 쓸고, 마른 입안을 달래주고 갈증 난 그의 혀를 스스로 엮었다.

"윤해주."

그가 이름을 불렀다. 그가 부를 때, 스스로가 더욱 충만해지는 음성이었다. 해주는 고개를 끄덕였다.

"내가 네 옆에서 살아가도…… 되나."

"……응."

목소리에 울음이 시려서, 소리가 제대로 나지 않아 겨우 대답만 할 수 있었다.

"난 여전히 나쁠 텐데. 내 목적을 위해서라면 수단 방법 가리지 않을 텐데, 그런 내 옆에서 넌 괜찮을까."

"……응."

그가 무서웠던 적은, 처음 만났을 때뿐이었다. 이 사람에 대해 잘 몰랐으니까.

누군가에겐 꿈에 나올까 봐 진저리나는 존재라 해도 그녀에게는 오롯이 남자 마진현일 뿐이었다. 그리고 그가 그녀를 사랑한다고 해서 삶의 방식을 바꿀 거라는 생각 따윈 해본 적도 없었다.

"내가 널."

진현이 말을 끊었다. 그녀를 확인하듯 계속해서 귀 언저리를 쓰다듬고, 목을 주무르고, 가는 어깨를 쓸고, 입술을 더듬는다. 그가 만지는 대로, 확인하는 대로 가만히 있었다.

그에게는 무척이나 힘든 시간이었던 것 같았다. 그녀가 진이로 인해 가슴을 삭히고, 정신을 빼앗긴 사이, 그는 하루하루 죽음 같은 시간을 보낸 것 같았다. 그녀의 잘못이었다. 그가 아프다면 온통 다, 그게 무엇이든 그녀의 잘못이었다.

"많이, 사랑하고 있더라……. 미친놈처럼."

그가, 사랑을 고백했다. 이런 말은 무덤까지 가져갈 거라고 생각했는데, 아프게도, 아리게도 말했다. 그녀가 매몰찰 때 그가 했던 사랑한다던 말은 그녀가 담아둘 여력이 없었다. 그런데 지금은 그의 이 말이 가슴을 때리고 머리를 울리고 온몸을 휘감았다.

해주는 진현의 얼굴을 당겨 그의 입술을 삼켰다. 그가 통증으로 낮은 신음을 흘리는 것도 상관없이 다부진 남자의 몸을 가득 끌어안았다.

"태어나서 처음으로 속죄란 걸 했다. 아마, 내 평생 다신 안 할 짓이야."

그의 목에 입술을 꾹 내리누르는 해주를 마주 안으며 진현이 비아냥조로 중얼거렸다. 이어 셔츠를 들추고 맨 허리를 쓸고 올라오는 그의 손이 조금은 투박하게 앞으로 돌아왔다. 그리고 서슴없이 브래지어를 들추고 그녀의 왼 가슴을 손 안 가득, 아프게 쥐었다.

해주가 놀라 숨을 들이키며 몸을 떼자, 진현이 열기가 가득 담긴 눈빛으로 그녀를 응시했다.

"난 너 못 놔. 안 놔. 나 좋다는 이 심장, 죽어서도 내 거야."

그의 손에 음심은 없었다. 세차게 뛰는 그녀의 심장 고동을 느끼려는 듯, 가슴살을 바짝 누르며 손바닥을 밀착한다. 해주는 그의 손에 제 가슴을 밀어붙였다. 그리고 그의 소유욕에 순수하게 기뻐했다.

"나도 당신, 안 놓치려고요."

해주가 말하자, 그녀의 가슴에서 손을 빼낸 진현이 목울대를 울컥였다.

"……자고 싶어."

"자요."

"하고 싶다고."

해주가 눈물이 그렁거리는 눈으로 진현을 보자 그가 조금은 여유를 되찾은 얼굴로 입 꼬리를 한쪽으로 끌어올렸다. 회복이 너무 빠른 거 아닌가 싶다.

"하고 싶다는 말, 모르나."

그가 그녀의 허리를 강하게 끌어안은 채 가슴 위로 얼굴을 묻었다. 당황한 해주가 그의 어깨를 짚었지만, 진현은 그녀의 가슴 위에서 숨만 내쉴 뿐이었다. 그러다 그녀의 손이 진현의 등 뒤로 돌아갔다. 왼쪽 등, 갈빗대 쪽에 총을 맞았다고 했다. 조금만 더 위였으면 심장이었을 거라고 했다. 가슴이 싸늘하게 식었다. 그가 죽을 수도 있었다.

"얼른 나아야겠다, 하려면."

그녀의 말에 진현이 가슴 위에서 낮게 웃었다. 그가 해주의 엉덩이를 끌어당겼다.

"다 안 나아도 할 수 있어. 너만 노력하면."

그녀가 두 눈을 끔뻑거리자 진현이, 평소에는 잘 보여주지 않던 사심 없는 미소를 물었다. 그 미소를 잠시 넋 놓고 보던 해주가 순간 숨을 들이켰다. 진현이 대뜸 그녀의 셔츠를 잡아 올리고 브래지어마저 거칠게 젖히더니 가슴 끝을 이로 물었기 때문이었다.

"여기, 병실이에요!"

당황한 해주가 그를 밀어내자 진현이 그의 자극에 바짝 곤두선 유실을 혀로 누르고 다시 위로 핥아 올렸다.

"윤해주."

해주가 급히 옷을 내리고 그에게서 멀찍이 떨어져 앉자 진현의 얼굴이 다시 심각해졌다.

"이젠, 나 싫어도 도망가지는 마라."

그가 조금은 서글프게 웃었다. 해주는 주먹을 움켜쥐었다. 그가 그녀를 사랑하게 해놓고, 떠났고, 아프게 했고, 상처 줬고, 미치게 했다.

"미워하는 거, 남는 게 없는 장사더라고요. 그래서 그냥 치열하게 사랑하려고요. 단순하게 내 방식으로."

"내가, 사람을 죽여도?"

"……나는 그럼 공범자가 될게요."

그녀가 자못 비장하게 말하자 진현이 우습다는 듯 실소를 흘렸다. 그녀가 발끈하려 하자 진현이 다시 침대에 등을 기대며 인상을 찌푸렸다.

"안 죽여. 뭐, 법망 위에서 오락가락하는 줄타기는 계속되겠지만."

해주는 진현을 빤히 바라보았다. 그러다 문득 씨익 웃었다. 가슴이 편안했다. 설렜다. 눈앞의 남자가 그녀가 가진 세상의 전부였다. 그래서 감정이 차올랐다. 잔뜩.

"……그러면 이번엔 뭘 훔쳐줄까요?"

그녀가 분위기를 쇄신하려는 듯 장난스레 말했고 진현이 그녀를 보며 인상을 찌푸렸다. 여전히 서늘한 눈이었지만, 그녀를 볼 때는 짙은 감정이 비쳤다. 이 악귀 같은 남자에게 인간적인 것 하나가 바로 그녀였다.

사랑, 그놈의 성질

그의 말대로 그녀만 노력하면 할 수 있었다. 해주는 상체에 대충 걸친 그의 와이셔츠가 그녀의 흔들리는 몸짓에 의해 흘러 내리는 것도 채 추스르지 못하고 복부 안쪽을 강하게 찔러오는 진현의 남성에 온 신경을 빼앗겼다.

상처가 채 아물지도 않았는데, 수술 부위에 붙인 거즈를 떼지 도 않았는데 이러고 있는 자신이 황당한 것도 처음, 잠깐뿐이었 다. 과격한 운동은 금해야 하는 진현 대신, 그녀가 그의 몸을 타 고 있었다.

등 뒤에 쿠션을 여러 개 겹쳐 비스듬히 비껴 앉은 진현은 채 참아내지 못하고 교성을 흘려내는 그녀를 집요하게 바라보았 다. 가는 허벅지를 타고 올라온 단단한 손이 와이셔츠를 가르고 그와 접합돼 있는 부위로 스며들었다.

"학!"

여성의 정점을 자극하는 손놀림에 그녀가 급하게 허리를 앞으로 꺾었다. 그의 가슴에 이마가 부딪치고 허리를 뒤틀었다. 여성이 그의 남성을 끊을 것처럼 물었고, 그 자극에 진현 역시 광대를 붉게 물들이며 낮은 신음을 목 밖으로 토해냈다.

"하앗!"

그가 너무 깊었다. 해주는 엉덩이를 들었고 진현 역시 그제야 숨을 들썩였다. 이마 옆으로 난 잔머리가 함빡 젖어 얼굴선을 타고 들러붙었다. 해주는 호흡을 들썩였다. 너무나 오래간만에 그를 받아들이는 일은 버거웠고 머리가 하얗게 바래지는 쾌감을 선사했다.

결국 그녀가 쾌감을 참지 못하고 움직임을 멈춘 채 지친 듯 숨을 늘였다. 그러자 진현이 그 잠시도 참을 수 없었는지 인상을 찌푸리며 그녀를 제 밑으로 오도록 몸을 돌렸고, 순식간에 뒤바뀐 판도에 해주가 눈을 동그랗게 뜬 사이, 진현이 아주 천천히 허리를 밀고 들어왔다.

"내가, 내가 할게요."

고통스러운 듯 미간을 찌푸리는 그를 보며 해주가 당황해서 손을 내려 그의 허리를 잡았다. 상처가 아물고, 다치긴 했었나 싶을 정도로 괜찮아지려면 꽤 많은 시간이 필요했다. 그러나 그는 그를 붙잡는 손길에도 아랑곳 않고 천천히 들여놓았던 몸가락을 다시 뒤로 빼냈다.

순식간에 솟은 땀이 그의 얼굴을 타고 목으로, 근육으로 쫙

짜여진 가슴으로 흘러내렸다. 해주는 저도 모르게 여성을 조였다. 감질나게, 아주 천천히 들어오고 나가는 것은 진현의 방식이 아니었다. 그도 아마 그것이 답답한지 목 아래로 그르렁거리는 소리를 거칠게 흘려냈다.

그렇다고 감각에 치우쳐 그녀를 가지자니, 그의 등을 가르는 욱신거리는 상처가 방해가 됐으리라. 해주는 그를 돕기 위해 다리를 더욱 넓게 벌린 채. 그녀의 옆을 팔로 짚은 채 상체를 세운 진현을 바라보았다. 그가 빠져 나가고, 또 아주 천천히 거북이 걸음처럼 느리게 들어왔다. 하지만 그는 그것도 힘겨운 듯 보였다.

도무지 안 되겠다 싶어 그녀가 상체를 일으키려 하자 진현이 그런 그녀의 어깨를 잡아 눌렀다. 그의 눈은 탁하게 흐려져 있었다. 짙은 욕구로 빨갛게 달궈진 체온이 그녀를 짓눌렀다. 그녀의 어깨를 누르고 제 상체를 내려 그녀의 몸을 제 몸으로 압박하듯 내리누른 진현이 그 상태로 허리를 움직이기 시작했다.

"하아……!"

굴곡진 여체가 그의 단단한 몸에 쓸리는 감각에 피부가 화끈거렸다. 맞닿은 가슴 사이로 손을 넣은 그가 봉긋한 가슴을 거칠게 움켜잡았다. 더 이상 진현에게 상처는 통증으로 다가오지 않는 모양이었다. 빠르게 들락거리는 남성이 좁은 여성을 난폭하게 쓸어댔다. 하지만 닿지 않은 곳이 없을 정도로 붙은 그 때문에 움직일 수도 없다.

해주는 그녀를 가지고자 통증 때문인지, 쾌감 때문인지 모를 신음을 이따금씩 목울음처럼 뱉어내는 진현에 침식되어갔다. 곧 파정을 앞둔 듯 그의 허리가 우뚝 멎었고, 머리칼이 흠뻑 젖은 진현이 그녀와 눈을 맞추곤 제 안에서 남성을 뺴냈다. 곧 다리 사이로, 이제는 익숙한 그의 흔적이 흩어졌다. 해주는 그 끈적한 느낌에 저도 모르게 단전을 움찔 조이고, 힘을 풀었다. 진즉에 절정에 올랐던 그녀는 더 이상 움직일 힘도 없었다. 그가 사랑을 끝내기 전까지 깨어 있는 것조차 힘이 들었다.

"……괜찮아요?"

해주가 늘어진 손을 힘들게 들어 진현의 등에 거즈를 대어놓은 상처 부위를 가볍게 매만졌다. 그러자 미간을 살짝 찌푸린 진현이 얼굴을 내려 그녀의 가슴살을 아프게 짓씹고 다시 혀로 쓸었다.

"아프지 않아요?"

진현은 귀를 닫은 듯했다. 조금 전 물었던 가슴 윗살을 뱉고는 내려가 이번엔 가슴 아랫살을 씹어댔다. 그 강렬한 자극에 몸을 비틀며 해주가 그를 밀어냈다. 그러나 비겁하게도 몸으로 그녀를 짓누른 진현은 또다시 그녀의 복부에, 갈빗대에, 장골에 제 흔적을 새겨나갔다. 허벅지 안쪽, 깊은 곳까지 자근댈 뿐이었다.

"마 사장님?"

해주가 그의 입술을 피하며 다리를 비틀고 나서야, 진현이 그녀를 오롯이 보았다.

"무리하지 말라고요. 어떻게 자기 생각만 해. 자기 욕심만 채

425

우고."

그녀가 시트를 끌어당겨 몸을 가리며 볼멘 소리로 늘어놓자 진현이 미간을 찌푸리며 앉았다. 적나라하게 드러난 그의 나신에 얼굴이 붉어진 해주가 시트를 펄럭여 그의 하체를 가리게 하고 나서야 그를 제대로 볼 수 있었다.

"안 아파."

"아플 것 같은데."

"안 아파."

다시 짧게 말을 자른 그가 말했다. 해주는 그를 못마땅하게 쏘아봤다. 그래, 하고 하는 게 아니었다. 그를 생각한답시고 그의 위에 올라타는 게 아니었다. 그녀는 시트를 몸에 둘둘 말고 자리에서 일어나 침대에서 내려왔다. 속을 알 수 없는 얼굴로 그녀를 빤히 바라보는 진현을 흘겨보고는 욕실로 들어갔다. 걸을 때마다 스치는 허벅지 사이로, 진현의 흔적이 분명한 액체가 흘러내려 괜스레 또다시 가슴 끝이 달아올랐다.

"아으, 진짜."

짜증내듯 말을 흐린 해주는 시트를 욕실 한쪽에 걸어두고 샤워기를 틀었다. 몸을 돌리다 문득 눈에 들어온 거울을 본 그녀의 얼굴이 사색이 되었다. 온통 발간 곳이 아닌 데가 없었다. 귀, 목, 가슴, 배, 장골, 허벅지까지 거칠게 새겨진 키스의 흔적이 그녀를 물들이고 있었다.

"윤해주."

욕실 밖에서 그녀를 부르는 진현의 소리가 들렸고 해주는 한

숨을 폭 내쉬었다. 그는 흔적을 남기는 걸 좋아하는 것 같았다. 이번뿐만 아니라, 이전에도 그랬었다. 깨물고 핥고. 그리곤 그녀가 움찔 떠는 것이 재밌기라도 한지, 그녀의 반응을 보곤 했었다.

"나 일해야 해요. 마 사장님도 그만 놀고 업무 보셔야죠."

해주가 진현이 새긴 흔적을 손끝으로 문지르다 이내 욕실 안으로 들어서며 말했다. 밖에선 아무런 대답이 없었다. 샤워기 아래 선 그녀가 재빠르게 씻은 후 다시 시트로 몸을 둘둘 말고 나가자 욕실 문 옆에 몸을 기댄 채 서 있는 진현을 볼 수 있었다. 단정했던 그의 머리칼은 그녀가 휘저어대 엉망이었고, 입술마저 조금 부어올라 있었다. 하의에는 트레이닝바지 하나만을 걸친 채였는데 이 상황에서도 그런 그가 섹시해 가슴이 내려앉는 그녀가 이상한 건지.

"무슨 일?"

"이, 임 사부랑요."

"그러니까 무슨 일."

이렇게 사람을 내리누르는 듯한 어조는 좀 안 고쳐지려나 싶었다. 해주는 입술을 삐죽이곤 흘러내리려는 시트를 추스르며 젖은 머리칼 끝을 만지작거렸다.

"……그러니까 복원 일요. 관심 있다고 했었잖아요. 배워보고 싶어서요."

그대로 몸을 돌렸다. 그녀의 등을 쫓는 그의 시선이 이상하리만치 집요하긴 했지만 그거야 그녀가 그에게로 다시 되돌아온 후 늘 있었던 일이었다. 그는 때론 그녀가 다시 떠날 거라고 생각이라도 하는지 저렇듯 굴었다. 뭐 그녀가 마진현이 아닌 이상에야 그 속을 누가 알랴.

학도가 며칠 전, 진현에게 꿈을 꾸는 것처럼 느껴져서 그러는 거냐, 해주 뚫어지겠다, 왜, 옆에 껌 딱지처럼 붙여놓고 살지 하며 놀렸다가 이틀을 밤샘해야 하는 작업을 떠맡은 적이 있었다. 그의 성격상 놀린다고 변명을 하는 스타일은 아니었지만, 해주로서는 그런 거라면 정말 좋겠지 싶었다. 사랑은 아무리 확인받아도 늘 부족했으니까.

더군다나 그녀처럼 애정이 고픈 사람은.

복층을 내려와 입구 근처에서 허물처럼 벗어던졌던 옷을 하나하나 속옷부터 꿰어 입은 해주는 현관을 나서기 전 뒤를 돌아보았다. 복층에서 그녀를 내려다보고 있는 진현이 보였다. 해주는 빙긋 웃었다.

"오늘도 사랑해요, 마 사장님."

그러자 한 일자로 다물려 있던 그의 입이 문득 비틀어지며 곡선으로 휘었다. 해주는 손을 흔들곤 현관문을 열었다. 여전히 그녀의 등 뒤로 그의 시선이 느껴졌다. 아프고, 따갑고, 잔인하고, 집요하고, 또 설레게. 사랑이란 것의 성질이 원래 그러하듯.

학도와 해주는 둘만 있는 복원실 내부에도 불구하고 누가 들을세라 서로의 이마를 바짝 맞붙인 채 소곤대고 있었다.

"그러니까 이 은평탈육각함[2]이 이번에 구속된 그, 변태 의원 집에 있다고요?"

"그렇지. 이것도 동규 손 만났던 건데 건드릴 수가 없었지."

"마 사장님이 이걸 그냥 뒀었다고요?"

"변태잖아. 사람이 워낙에 음침해서 말도 섞으려 들지 않으니까 작업을 들어갈 수가 있나. 진현이 성격이야 뻔해서 엄청 집요하게 들이댔는데, 그 은평탈육각함이 조선시대 장안에 소문났던 명기 거였다고 철저하게 믿었던 그 변태 의원이 죽어도 안판다고 강짜를 부려가지고 말이야."

낮게 소곤댄다고는 하지만 학도의 목청이 워낙 컸다. 해주는 소리를 낮추라며 손을 흔들었고 그때 잠시만 소리를 낮춘 학도는 곧 원래 목청으로 소리를 내곤 했다. 당최 뭘 모의하기가 어렵다. 해주는 더 이상 학도의 목청 줄이기를 포기한 채 고개를 숙였다.

"그럼 지금은 어디 있는데요? 그 의원 구속된 거랑은 상관없이 아직도 그 집에 있어요?"

---

2) 출토지가 경남이라고만 알려졌을 뿐 매우 희귀한 유물로 우리나라에는 없는 형태다. 지름 11.2cm에 높이 7cm이며 나무에 흑칠을 하고 은판을 오려 붙인 상자.

"야야, 왜 마 사장이 못 건드렸겠어. 그 변태가 이걸 은행 금고에 넣어놨거든. 은행을 털어? 어떡해. 어떡할 거야."

제 이마를 툭 치며 학도가 설교하듯 늘어놓았다. 해주는 고개를 끄덕였다.

"그러면 이걸 찾으려면 털어야 하나?"

그녀가 혼잣말처럼 중얼거리자 학도가 어깨너비로 넓게 팔을 뻗어 테이블을 짚곤 과장된 한숨을 쉬었다.

"그렇지. 그뿐이지."

"마 사장님한텐 방도가 없대요?"

"야, 없으니까 내가 너한테 찔렀지. 마지막으로 한 번만 하자."

해주는 학도가 내보인 사진을 내려다보다 문득 한쪽 눈썹을 삐딱하게 치켜뜨곤 학도를 비스듬히 올려다보았다. 그러자 학도가 뭔가 켕기는지 목기침을 하며 그녀의 눈을 스리슬쩍 피한다.

"원하는 게 뭔데요?"

"뭐가."

"원하는 게 있어서 나한테 여기 가라는 거 아니에요? 사부도 그때 느꼈다시피, 몸에 녹이 많이 슬어서 안 되겠으니까 지금 그러는 거 같은데."

해주가 인상을 쓰곤 눈을 가늘게 뜨며 말하자 학도가 잠시 눈을 뒤룩뒤룩 굴리더니 한숨을 쉬었다. 당황한 것은 해주였다. 그러자 학도가 몸을 숙여 해주의 시선보다 자신을 낮췄다.

"나랑 계약 하나 할래?"

"에?"

"내가 너 제자로 키워줄게."

그녀가 눈을 모로 뜨자 학도가 조금 더 몸을 낮추고 그녀를 올려다보았다. 그는 아무래도 본인이 불쌍해 보이길 바라는 것 같았지만 해주 눈에는 먹잇감을 사냥하러 근육질의 도베르만이 몸을 숙인 것으로밖에 보이지 않았다.

"꿍꿍이가 뭔데요."

그녀가 한 손으로 턱을 괴고 묻자 학도가 그게, 하며 말끝을 흐렸다.

"……그러니까, 나도 결혼을 해야잖냐. 근데 살아온 인생이 클린하지도 않고."

"그래서요."

"알지? 나 요즘 허 마담이랑 데이트 하는 거."

"저녁 몇 번 먹은 게 데이트라면 뭐, 그럴 수도 있겠네요."

학도가 얼굴을 움찔거렸다. 그러자 해주가 눈썹을 치켜뜨며 뭐 꼽냐는 눈으로 봤고 학도는 주먹을 불끈 쥐며 다시 눈을 내리깔았다.

"그래서 나도 내 과거를 좀 지워볼까 해서 말이지."

"흐응."

"그런데 너도 알다시피 내가 내 과거 지우자고 또 양상군자 되자니…… 허 마담 볼 낯이 없고. 나 좀 불쌍하게 생각해서 네가 좀 해주면."

"필요 없어."

"아, 썅! 기척을 내! 좀!"

필요 없다는 말은 그녀의 음성이 아니었다. 그녀의 등 뒤에서 갑자기 나타난 그림자에 혼비백산한 학도는 뒤로 넘어졌다. 가슴이 벌렁거리는지 제 가슴 위에 손을 얹은 학도의 얼굴이 귀신이라도 본 양 사색이 됐다.

"회수해야 할 것 중 하나 아니에요?"

음성만 들어도 안다, 진현임을.

해주가 사진을 손끝으로 밀며 물었고 진현은 그런 해주의 옆으로 다가와 그녀의 머리 너머로 사진을 흘긋 내려다보곤 냉랭한 눈으로 학도를 빤히 바라보았다.

"형 뒤처리는 본인이 알아서 하지."

"그럼 아니에요?"

학도를 보는 해주의 눈에 불신이 짙게 스몄다. 머쓱해진 학도가 엉덩이를 툭툭 털며 자리에서 일어나 목기침을 했고, 해주는 그녀를 안듯 뒤에서 몸을 비스듬히 숙인 진현의 체취에 몸을 움츠렸다. 그의 손길이 익숙해졌대도 긴장하게 만드는 재주가 탁월한 남자다.

"요즘 좀 손이 놀았나 봐, 임학도 씨?"

진현의 말에, 학도가 얼굴을 모로 돌리며 작게 중얼거렸다. 그것이 욕설일 것임을 이 자리에 모르는 사람은 없으리라.

"아님, 받는 돈이 너무 많았나?"

"야야, 사제 간에 부탁도 좀 할 수 있는 거고."

말을 안 하는 것만 못하다. 진현에게서 솔솔 살기마저 풍겨 나오자 학도가 입을 합죽이처럼 다물었다.

"사제? 사제 찾기 전에 그 입 먼저 어떻게 해줘?"

눈 한 번 깜빡하지 않고 차게도, 진심 어리게도 말하자 학도 가 구시렁거리며 등을 돌렸다. 괜스레 마진현 흉내 조금 내보겠 다고 설쳤다가 본전도 못 찾았다.

"할 일이라는 게 이건가?"

학도가 투덜거리며 복원실을 신경질적으로 나가고 둘만 남았 다. 진현은 말리느라 풍성하게 흘러내린 해주의 머리를 잡아 목 한쪽으로 넘기며 그녀의 목 위에서 낮게 말했다. 해주가 저도 모르게 몸을 앞으로 피했지만 테이블에 부딪쳐 도로 제자리로 돌아와야 했다.

"다시 말하지만 앞으로 도둑질은 안 돼."

"……이용해 먹으려 그럴 때는 언제고…… 아!"

그녀의 뒷목을 깨물고 입술로 빨아들인 진현이 그녀의 귓가로 입술을 가져다 대곤 말했다.

"도둑질을 해도 내가 시키는 일만 해. 그럼 다칠 일 없을 테니 까."

그의 입술이 귓바퀴를 감질나게 스치더니 훅, 떨어져나갔다. 등 뒤에서 느껴지던 체취도 신기루처럼 사라졌다. 복원실 바닥 을 울리는 저벅이는 소리가 들리고 곧 문이 여닫히는 소리가 들 렸다.

해주는 손으로 귓바퀴를 감쌌다. 불과 몇 시간 전 그와 사랑을 나눈 그녀인데도 겨우 이 정도의 작은 접촉에 온몸의 감각이 바짝 곤두섰다. 해주는 난감한 기색으로 얼굴을 벅벅 쓸어댔다.

"미쳐, 진짜."

여전히 그녀는 자신만 남자를 미치게, 사랑하는 것 같아서 억울했다.

도둑의 남자

어쩌나. 이제는 점점 양심의 가책마저 없어지려 했다. 허리에
맨 벨트에 고리를 단단히 채운 해주는 옥상에서 건물 밖을 내려
다보았다. 밑에선 학도가 차를 세운 채 두 손을 마구 휘젓고 있
었다. 점점 프로 도둑이 되어가는 자신에 한숨이 나오는 것도
그렇지만 그 도둑질을 종용한 사부의 어처구니없는 행태에 고
개를 끄덕인 자신이 더욱 한심했다.

모두 학도가 대가로 내건 '그것' 때문이었다. 분명 두 달 전에
이야기를 끝낸 문제인데, 학도는 의외로 끈질겼다. 잊을 만하
면, 제 과거 지우기를 운운하더니 해주로서도 혹할 만한 대가를
꺼내들고 나와, 결국 고개를 끄덕일 수밖에 없었다.

일이 끝나면 학도가 그녀에게 건네기로 한 '그것'도 그것이지
만 오늘의 문제는 다른 게 아니었다. 이 모든 일이 진현 모르게
진행되었다는 것. 그것이 문제였다.

해주는 지상 일 층에서 차를 댄 채 손을 흔드는 학도를 향해
손전등을 짧게 비춰 신호를 보내고는 뒤로 물러났다. 한쪽에 내
려놓았던 백팩을 메고 옥상 끝을 향해 달려 나갔다. 옥상에 연
결된 와이어 줄은 새벽 일찍, 학도가 손을 써놓은 미술관 직원
에 의해 제거될 터였다.

"합!"

짧은 기합소리와 함께 해주는 줄을 조정하는 부분을 잡은 채
밑으로 하강했다. 바람이 말려 올라왔고 하나로 모아 묶은 그녀

의 머리를 엉망으로 흐트러뜨렸다. 바닥이 순식간에 가까워져
와, 해주는 허리 옆에 줄을 조정하는 부분을 잡아 속도를 늦췄
다. 곧 바닥이 그녀의 발에 닿았고, 해주는 숨을 길게 뺐다.

입이 귀밑까지 찢어진 학도가 그녀 앞으로 뛰어와 줄을 채 빼
기도 전에 냉큼 가방부터 먼저 빼앗아 들었다.

"고맙다는 말은 안 해요?"

"고마워, 고마워. 당연히 고맙지."

가방을 열어 본 학도의 얼굴에 감동이 물결쳤다.

"내놔요."

그리고 가방 속으로 손을 넣어 '은평탈육각함' 상자를 채 꺼내
기도 전, 해주가 학도의 손에서 가방을 다시 빼앗아 한 손을 내
밀어 펄럭였다.

"야."

"마 사장님이 거래의 기본은, 먼저 주기 없기래요."

해주는 고개를 모로 돌리곤 얄밉게도 말했다. 마 사장, 하고
이를 아득 간 학도는 잠시 해주를 노려보다 품 안에서 손바닥만
한 작은 수첩을 꺼냈다. 아니, 수첩이 아니었다. 부피가 얇은 사
진첩이었다. 해주의 손에 그것을 얹어놓자마자 해주는 반대쪽
손을 내밀어 백팩을 학도에게로 건넸다.

그렇게 거래는 완벽하게 성사되는 듯했다. 사진첩을 펼쳐 본
해주의 얼굴에 홍조가 떠올랐고 이어 희열도 짙게 스쳤다. 그
녀가 모르는 진현이 사진첩 속에 가득했다. 동규가 살아생전 동
생 자랑을 그렇게 해 짜증이 나서 못하도록 감춰뒀다는 사진

첩은 세월과 먼지에 묵어 때가 퀴퀴했다. 그런데 그것을 학도가 해주를 꾀어낼 것이 없을까 고민하다 생각해낸 것이었다. 물론 정말 해주가 이것 하나에 넘어갈 줄은 몰랐지만.

"야, 이제 하나 했다. 앞으로 아홉 개 더 남았어. 그래도 괜찮지? 내가 이래 봬도 좀 콧대가 높아가지고 아무 거나 조물락거리진 않았었거든."

백팩 안에서 은평탈육각함을 확인한 학도가 중얼거렸고 해주는 손바닥만 한 사진첩을 홀린 듯 보다가 이내 허리에 찬 색 안에 갈무리했다.

"말은 바로 해요, 우리. 이건 거래였고 거래는 끝났잖아요."

"해주야, 너 마 사장이랑 요 몇 달 밤낮없이 붙어 있더니 그기가 옮겨왔나 보다. 왜 이렇게 팍팍하게 굴어, 우리 사이에?"

학도가 웃음을 물고 그녀의 옆구리를 찔렀고 해주는 그 손을 털어냈다.

"내가 또 찾아볼게. 뭐 있는지."

"뭐, 맘에 드는 게 있으면 그때 다시 생각해요."

아예 마음이 없진 않은지 해주가 말을 흐렸고 학도는 배시시 웃었다. 그리고 둘은 어깨를 나란히 한 채 차에 올랐다.

문제는 그때부터였다. 차를 잘 몰고 가나 싶었다. 하지만 안 되는 사람은 꼬이고 꼬이고 또 꼬인다고, 엎친 데 덮친 격으로 문제가 파생됐다.

근처에서 한 가락 한다는 모 국회의원의 집이 털렸고 용의자가 도주했다. 그래서 하필이면 해주와 학도가 가는 길목에서 경찰 검문이 삼엄하게 이루어졌다. 문제는 그 탈옥한 용의자가 학도와 비슷한 외적 조건을 갖고 있다는 데에서 비롯되었다.

둘은 당연히 근처 경찰서로 가 조사를 받게 되었고, 이미 전과가 있는 학도는 범죄자의 낙인이 찍혀 경찰들에게 개무시를 당해야 했다. 그리고 당연하게도 그의 알리바이와 신분 확인을 위해 해주 외의 사람을 불러야 했고 곧 죽어도 주란을 부를 수 없었던 학도는 피눈물을 삼키며 진현을 불러야 했다.

"어떻게 난 인생이 이렇게 재수가 없냐. 스펙터클하냐고."

망연자실한 채 철제 의자에 커다란 몸을 구부리고 있던 학도가 절규했다. 해주 역시 학도가 의심받을까, 그녀에게 사전에 넘겨준 백팩을 멘 채 인상을 찌푸렸다. 학도가 물론 양심적이고 모범적인 시민은 아니었다. 그리고 학도의 전과 중 한 번은 그녀가 일조할 뻔하기도 했었다. 하지만 전과자라 해서 덮어놓고 의심한다는 풍토에 복잡한 마음이 드는 건 사실이었다.

TV를 보고, 범죄기사를 접할 때도, 그녀 스스로가 저런 놈들은 콱 죽어야 돼, 했었지만 정작 지인의 일이 되니, 마음이 복잡해졌던 것이다.

"형사님, 내가 십 년 동안은 깨끗했잖수. 저번에 한 번, 조사 한 번 받은 거 빼고 진짜 새 사람 됐다니까. 말했잖아요. 걸작 갤러리서 일한다고."

"그러니까 그 걸작 갤러리 사장 오면 다시 얘기하자고."

학도가 다시 한 번 태클을 걸자, 사무를 보던 형사가 건성으로 대답했다. 해주는 주위를 둘러봤다. 학도 외에도 학도와 비숫한 외적 조건을 가진 사람들이 한 무더기 경찰서에 들어와 있었다. 그 국회의원이라는 사람이 어지간히 생난리를 쳤는지 형사들도 피곤한 기색이 역력했다.

"정말 아니면 금방 집에 갈 수 있을 테니까 조용히 하고 기다리라고. 나도 바쁘고 힘들다니까."

학도가 다시 입을 떼려 하자 형사가 먼저 선수를 쳤다. 학도는 한숨을 쉬며 고개를 떨궜다.

"니미, 뼈마디를 잘라버려 몸을 바꿀 수도 없고."

해주는 작게 웃었다. 왜 이 상황에서도 웃음이 나는지.

"웃어?"

웃던 얼굴이 바싹 어는 건 한순간이었다. 해주는 옆을 돌아봤고, 어디 있다 온 건지 멀끔하게 슈트를 빼입은 진현이 그녀와 학도를 싸늘한 눈으로 번갈아 보았다.

"어떻게 된 건지 말해야겠는데."

진현의 시선이 해주가 멘 백팩에 머물렀고 해주는 어색하게 웃었다. 학도 역시 진현을 쳐다보지 못했다. 그 없이 치른 모의를 어떻게 설명해야 할까. 저 자식, 틀림없이 날 죽이려 들 테지. 아니, 해주를 보아서라도 죽이진 못할 테다. 하지만.

"마 사장, 일단 나가서 얘기하자."

꺼내달라는 의미로 학도가 형사에게 손짓을 했고, 진현이 살기를 폴폴 풍기며 형사 앞으로 가서 빙긋 웃었다.

"걸작 갤러리 사장, 마진현입니다."

명함을 내미는 그의 포스 탓이었는지, 내내 건성으로 키보드만 두들겨대던 형사가 자리에서 벌떡 일어났다. 그리곤 진현을 위아래로 훑는다.

"아, 예………."

"화, 났어요?"

화났을 거다. 해주는 진현의 뒤를 소심하게 따라 걸으며 내내 그의 눈치를 살폈다. 죽을 만큼 잘못한 것도 아닌데 이렇게 지고 들어갈 게 뭐 있어, 하고 고개를 팔딱 치켜들었다가도 냉랭한 기운을 폴폴 풍기는 등짝에 다시 간담이 쪼그라들었다.

"미안해요."

다시 조그맣게 소곤거리듯 말했지만, 소용없는 모양이었다. 오늘따라 파란 대문 집으로 올라가는 골목길이 무척이나 멀었다. 그렇게 정적을 벗 삼아 얼마나 올라왔을까. 문득 진현의 걸음이 멎었고 해주 역시 그 자리에 멈춰 섰다.

"고작 이 사진 쪼가리가 갖고 싶어서 그랬다고?"

진현이 정말 성이 났는지 그녀에게서 가져간 사진첩을 한 손으로 들고 흔들었다. 그러자 안에 대충 끼워져 있던 사진들이 바닥으로 우수수 떨어졌다. 그것을 본 해주가 사진을 주우려 서둘러 몸을 숙였고 채 한 장을 못 집었을 때였다. 팔이 아프게 그러쥐어지더니, 그녀의 몸이 낯선 담벼락에 세게 밀쳐졌다.

"아야!"

그는 아무 말도 않았다. 하지만 거칠게 오르내리는 숨 속에 그가 얼마나 화가 났는지 알았다. 해주는 아프다는 말도 못하고 그를 올려다보았다. 그리고 그의 검은 동공을 마주한 순간, 자신이 한낱 물욕에 눈이 가려 엄청 한심한 짓을 하고 말았다는 자각을 했다.

그녀를 쏘아보는 게 아니었다. 한심하다고 보는 것도 아니었다. 진현의 검은 동공이 불안으로 짓쳐들고 있었다.

"윤해주, 한 번만 더 이러면 그땐 임학도 정말 아웃이야."

낮게 으르렁거리듯 위협하는 소리는 진심이었다.

"아……웃?"

"쓸모가 많아도, 팔 년 가까이 옆에 뒀어도 그게 그렇게 중요하진 않거든."

그녀와 눈을 맞춘 진현이 스산하게 웃었다. 정말 오래간만에 그의 싸늘함이 무서워졌다. 해주가 어깨를 비틀었지만 진현은 아랑곳 않았다.

"내가 우습게 보였어?"

"우습게 보다뇨."

"다신 내 말 없이는 아무것도 하지 말랬지. 도둑질도, 도망도 안 된다고 했어."

"이건……!"

그녀의 어깨를 그러쥔 손이 뼈를 부술 듯 압박해왔다. 해주는 얼굴을 찡그렸고 그에 따라 진현의 냉랭했던 얼굴도 아프게 일그러졌다.

"경찰서에서 전화 왔을 때, 숨이 멈췄다. 임학도는 상관없어. 그렇게 개차반으로 살아온 인간이니까 개밭에서 구르든 작두를

타든 어떻게든 살아가. 그런데 네 이름이 튀어나왔을 땐, 정말
이지……!"

미안했다. 해주는 아프게 눌린 팔을 가까스로 들어 그의 얼굴
을 매만졌다.

이 남자, 나를 정말 사랑하는구나. 나를 정말 아끼는구나. 나
없인 안 되는구나.

온몸으로 알았다. 당최 표현에 인색한 사람이라 늘 의심하고,
서운해했는데 그게 아니었다.

"윤해주, 제발."

그가 고개를 숙여 그녀의 시야에서 사라졌다. 어깨를 움켜쥔
손이 미세하게 떨렸다. 그는 늘 불안해했다. 그녀를 집요하게
보았고, 집요하게 대했으며, 집요하게 안았다. 그는 늘 절박하
게 자신을 사랑했다. 사랑을 나눌 때도, 대화를 나눌 때도, 잠시
닿아 있는 순간도 늘 치열해 보였다.

"걱정 좀 시키지 마."

"걱정이 돼요, 내가?"

그가 그녀를 쏘아봤다. 아픈데, 웃음이 났다.

"미안해요. 정말, 미안해. 다신 사부랑 안 놀게. 그럼 돼요?"

"윤해주."

"당신 옆에서만 숨 쉬고, 웃고, 말하고 그럼 될까?"

"난……."

진현이 극단적인 말에 당황했는지 으스러지게 틀어잡았던 그
녀의 팔에서 힘을 뺐다. 그런데 이번엔 해주가 그의 얼굴을 양

손으로 감싸 저를 보게 만들었다.

"진심이에요. 당신 불안하지 않게 하려면 그러면 돼요? 들어주고 싶어서 그래."

"꼴이 우습네, 나."

진현이 자조적으로 말했고, 해주는 웃었다.

"난 마 사장님이 이렇게 우스운 꼴 보여주는 게 좋아요. 행복해."

해주는 진현의 붉은 입술에 제 입술을 포갰다. 가볍게 누르고 떼었다가 또다시 눌렀다.

"사랑받고 있다는 확신이 들게 하거든."

"하!"

진현이 어이가 없다는 듯 웃음을 토해냈고, 해주는 그 숨을 마시며 다시 진현의 입술을 붙들었다.

"약속해요. 다신 안 이럴게요. 그땐 정말 임 스승 아웃시켜도 안 말릴게."

진현은 새삼스런 눈으로 해주를 보았다. 스스로가 생각해도 미친놈처럼 이 여자를 제 안에 가두고 싶었다. 하루하루 여자를 안는다. 그래도 부족했다. 그를 새겨도, 각인시켜도 부족했다. 여자는 언제든 새장 문을 열고 날아갈 새처럼 보였고, 그럴수록 그는 집요해질 수밖에 없었다. 날아간 새는 다시 되찾아오기 힘든 법이니까.

"내가 다시 사부 말 들으면 사람이 아니다. 알겠죠? 미안해요."

해주가 속삭였다. 진현은 작은 입을 벌리고 여자의 혀를 끌어와 마셨다. 사랑했다. 이 세상에 오롯이 여자만이 존재하는 것처럼 그녀밖에 없었다. 이런 스스로가 두려울 정도로 여자가 그를 속박했고, 그는 그럴수록 마음이 뭉클하게 짓눌리는 것을 느꼈다. 이 감각은 아팠으며 고통스럽지만 행복한 것이었다.

긴 키스 끝에 입술이 떨어지고 해주가 웃었다.

"어떡해. 내 마진현 사장님. 질투 날 만큼 미인이다……. 남자가 이렇게 예쁘면, 반칙 아닌가."

"욕으로 들리는데."

"칭찬이었어요."

그의 잘생긴 귀를 당기며 해주가 속삭인다. 진현은 여자를 품에 가뒀다. 그는 늘 치열했다. 절박했고 또한 집요했으며 목숨보다 더 여자를 사랑했다. 여자도 알아야 했다. 그가 얼마나 여자를 원하는지.

"윤해주."

그가 입을 열려 했지만 해주가 손으로 그의 입을 막으며 눈을 가늘게 뜨고 웃었다.

"하고 싶어요."

발화점이었다. 진현은 안 그래도 잔뜩 성이 나 있는 그의 남성을 여자의 배 위로 아프게 밀어붙였다. 허리를 움직여 문질렀다. 여자가 엉덩이를 슬쩍 뒤로 빼더니 다시 내밀어 그를 환영했다.

"나한테 늘 이랬으면 좋겠어요. 사랑받는 확신이 들게."

"미치겠군."

진현은 곧바로 해주의 허리를 잡아채 성북동 비탈길을 빠르게 내려갔다. 그의 손에 잡혀 뛰듯 내려오는 해주가 낭랑하게 웃음을 터트렸다. 그녀의 앞에서만 당황하고 페이스가 무너지는 그가 재미있는 모양인지 깔깔거리는 웃음소리는 잦아들지 않았다.

"마 사장님, 나 정말 애정결핍인가 봐요. 당신이랑 닿아 있는게 세상에서 제일 좋아."

급한 대로 근처 호텔 방에 체크인 한 진현은 문이 열리자마자 해주를 현관 앞에 눕히곤 그녀가 입은 바지를 팬티째 내려버렸다. 어떤 전희도 없이 그대로 그녀를 뚫고 들어간 진현이 여성의 수축에 쾌감 어린 신음을 흘리자 해주는 낮게 흐느끼며 말했다.

"정말, 미안해요."

해주의 여성은 순식간에 젖어들었다. 그에게만, 그에 의해서만 길들여진 몸이 그를 향해 한껏 열렸다.

"매번 걱정시키는 것 같아. 내가 잘해야 하는데."

진현은 남성을 빼냈다가 천천히, 깊이, 여성의 내부로 진입하며 해주의 입술 위에 제 입술을 바짝 갖다 댔다. 서로가 서로를 볼 수밖에 없는 위치에서 그가 해주를 옭아맬 듯 강렬하게 보았다.

"그러면 내 옆에서만 웃어. 내 옆에서만 숨 쉬고, 말하고, 그렇게 살아."

"⋯⋯그래야겠다."

그의 미친 소유욕에 해주가 따사롭게도 웃었다. 진현은 가슴이 왈칵 조였다. 뭉클거리고 아리고, 또 빠듯했다. 여자를 가졌다. 내일이 없을 것처럼 그렇게 미치게 가졌다. 그래도 부족했다. 해주가 눈꼬리에 이슬을 맺은 채 그를 어루만졌다.

"우리 너무 열정적인 것 같아요."

"너한텐 아무래도 열정적인 타입 같다고 예전에, 말했을 텐데."

"맞다, 그랬지."

진현의 허리가 점점 가팔라졌다. 그녀의 안을 드나드는 쾌감이 눈앞을 하얗게 흐리게 했다. 해주는 진현을 한껏 받아들이며 생각했다. 아무리 맛있는 당근이 그녀 앞에서 손을 흔든대도 진현이 원한다면 받지 않을 것이다. 그것이 자유로운 그녀를 갑갑한 새장 속에 가둔다 할지라도 그의 사랑만 있으면 되었다. 그녀가 온 세상과 맞바꾼대도 절대 놓지 않을 것이, 이 남자의 사랑이었다. 더는 억울하지 않았다. 남자는 그녀를 미치게, 사랑했다.

바람, 떠나다

해주가 사라졌다. 전화 한 통, 메시지 하나 남긴 것 없이 증발해버렸다. 진현은 가슴이 차게, 또 뜨겁게 얼어붙고 타오르는 자신을 느꼈다.

"마 사장, 네 얼굴 보면 해주 씨 무서워서 도망갈 것 같은데."

옆자리에 앉아 레드 와인을 홀짝이던 주란이 놀리듯 말했다. 진현은 미간을 굳힌 채 주란을 눈 끝으로 못마땅하게 보았다. 머리를 길게 늘어뜨린 주란은 좀처럼 볼 수 없는 진현의 초조한 모습을 관람하듯 보며 입매를 길게 늘였다.

"일정대로 출발하지 그랬어."

눈에 들어오지도 않는 기내 잡지를 펼치며 진현이 말했고, 주란은 다시 한 번 레드 와인을 홀짝이며 의뭉스런 미소를 지었다.

"이렇게 좋은 구경을 놓치라고?"

"허 마담, 사람이 임학도 닮아가."

"그거 욕이야?"

내내 그를 놀리듯 웃음을 물고 있던 주란이 눈썹을 치켜떴다. 그러나 진현은 가타부타 말이 없었다. 그들이 탄 비행기는 상공을 가로질러 홍콩으로 향하는 중이었다. 갑자기 하늘로 솟았는지, 땅으로 꺼졌는지 모르게 해주가 사라졌고, 진현은 해주와 함께 사는 앵벌이 계집아이까지 찾아간 후에야 그녀의 흔적을 확인할 수 있었다.

"걱정 마. 난 홍콩에 도착하면 내 길 가. 하쿠오 그룹 사모님이 대대적으로 소장하고 있는 한국 미술품 컬렉션을 유언에 따라 대거 푼다는데, 당연히 밑작업부터 들어가야지."

"홍콩이 아니라 마카오겠지. 일정을 일주일이나 앞당겨 온 것도 그렇고."

주란의 꿍꿍이야 다 알고 있다는 듯, 진현이 이르자 주란은 찍어 누르는 위압감에도 불구하고 그저 빙글 웃었다.

"일주일 먼저 카지노나 한 바퀴 둘러볼까 하고."

"마음대로."

진현은 더 이상 대화를 잇기 싫었는지 말을 끊었고, 주란은 그저 웃었다. 주변 사람에게는 여전히 악귀 마 사장이었지만 해주에 관해서는 인간 같은 면모가 불쑥불쑥 튀어나온다. 그것을 옆에서 관찰하는 재미가 꽤 쏠쏠했다. 주란은 짜증스럽게 기내 잡지를 펄럭펄럭 넘기는 진현의 손짓을 보며 웃음을 삼켰다. 시선을 돌리니 슬슬 드러나기 시작한 홍콩 섬이 비행기 아래로 펼쳐졌다.

이제 그녀도 보게 됐다. 동규가 망쳤고, 잃게 했고, 또 그와 그녀의 아기 때문에라도 뒤늦게 속죄하려 했던 해주의 엄마를.

동규를 생각하는 그녀의 눈에 아련한 감정이 떠올랐다. 누군가에겐 뛰어난 모작 화가였고, 누군가에겐 세상에 다시 없을 형이었으며, 또 누군가에겐 수단 좋은 범죄자, 또 어떤 이에겐 죽일 만큼 나쁜 놈이었지만 그녀에게만큼은 인생의 절반을 함께했던 소중한 반려였던 사람.

"하아."

진현의 나직한 숨소리가 주란의 귓가를 갈랐다. 평원의 이야
기로는 홍콩에 있는 해주 엄마의 남편으로부터 늦은 밤, 전화가
왔었다고 한다. 이제 보내야 할 것 같다고. 그 사람이 영영 떠나
기 전에 해주 씨가 와줘야겠다고.

내색은 않지만 일언반구도 없이 갑자기 사라진 해주 때문에
자지 못해 눈가가 자못 퀭해진 진현을 보며 주란은 쓴웃음을 지
었다. 칠 년을 넘게 옆에 있었지만 그녀도, 학도도 쉬이 침범하
지 못했던 영역을 뚫고 들어간 해주가 대단하다 싶으면서도 약
간의 질투도 일었다.

"해주 씨 보면 웃는 건 어때?"

그녀가 재차 장난치듯 말하자 진현이 말없이 그녀를 쏘아보
았다. 주란은 웃었다. 진현의 타들어가는 속내야 짐작이 갔지만
그녀는 이 상황이 재미있기만 했다.

진현은 가만히 서서 숨만 쉬고 있어도 타인의 시선을 사로잡
는 힘이 있었다. 암울한 그림자가 가득 드리운 병동을 거침없이
걸어 나가는 그를 환자, 보호자 가릴 것 없이 멍하니 바라보았
다. 조각 같은 몸을 늘씬하게 감싼 고급 슈트와 곱상하지만 날
카로운 기운을 뿜어내는 화려한 외모, 각이 잡힌 듯 절제된 태
도가 그를 더욱 특별하게 보이게 했다.

하지만 남의 시선이 그를 어떻게 보든 상관없이 진현의 걸음
걸이는 평소와 달리 조금 흐트러져 있었다. 그가 도착하기 두

시간 전, 윤진이는 운명했다고 했다. 진이의 남편인 황국이라는 의사를 만난 후 그는 곧바로 해주가 있다는, 진이가 내내 입원해 있었던 병실로 향했다.

손끝이 차가워졌다. 긴장으로 곱아드는 손가락을 구부렸다 펴기를 반복하며 진현은 병실 앞에 섰다. 약간 틈이 벌어져 있는 병실 문은 옆으로 밀고 닫는 미닫이문이었다. 딱딱한 손끝을 가져가 문을 밀었고, 병원 특유의 소독약 냄새가 그의 코끝에 훅 끼쳐왔다.

저벅저벅, 안으로 들어갔다. 구둣발 소리가 적지 않은 울림으로 내부를 울리는데도 안쪽에선 아무런 기척도 없었다. 그리고 진현은 텅 빈 침대 위에 고개를 푹 수그린 채 앉아 있는 해주를 볼 수 있었다.

진현은 숨을 들이켰다. 여자는 먼지 같았다. 숨을 후, 불어내면 그대로 흩어질 것처럼, 슬픔에 무겁게 짓눌린 채 어깨를 들썩이며, 울음소리 하나 토해내지 못하고 그렇게 있었다.

"……윤해주."

진현은 해주의 옆으로 다가가 그녀의 이름을 불렀다. 그러나 해주는 대답이 없었다. 그저 끄윽끄윽거리며 가슴 앞으로 뭔가를 껴안고 눈물을 삭이고 있었다. 진현은 손을 들었다. 여자 것처럼 가늘고 길다며, 마진현 씨는 안 예쁜 데가 있냐며 해주가 곧잘 주물거리던 손가락을 작은 어깨 위로 가져갔다. 그가 천천히 해주의 미려한 어깨를 감싸자 그녀가 쓰러지듯 그의 가슴에 머리를 기대왔다.

2

"윤해주."

가슴을 감싸고 있던 손으로 조심히, 그의 슈트 깃을 꽉 거머쥔다. 내려온 나머지 한쪽 손 사이로 드러난 것은, 진이가 그녀에게 기적을 바란다며 줬다던 보조보 인형과 빨간 복주머니였다. 진현은 한 손에 들어오는 조그만 뒤통수를 감아 그의 가슴에 안았다. 해주가 기댄 셔츠의 가슴 섶이, 뜨겁게 젖어갔다.

그의 여자가, 슬픔으로 녹았다. 울고 있다.

그래서 그도 심장이 저몄다. 그의 여자가, 아파서.

진이는 화장을 했다. 생전, 고인이 원했다고 했다. 황국의 청으로 인해 바람 곁에 유골을 실려 보내는 이는 해주가 되었다. 왜 바다에 뿌리는 것도 아니고 바람에 실리기를 원했냐고 묻자 황국은 대답했다. 살아 있는 동안은 그의 곁에 머물러주었지만 그녀에겐 십 년보다 더 이전의 삶이 있지 않았냐고. 그러니 숨이 다하게 되면 그 이전의 삶을 함께했던 사람에게 되돌아가야지 않겠냐고. 그게 누군지는 몰라도 말이다.

아무것도 모른 채, 맑게 웃으며 그것 정도는 당신도 이해해야지, 했던 진이는 무척이나 고왔다고 했다. 만성 신부전으로 온몸이 퉁퉁 붓고, 소변도 마음껏 보지 못해 투석으로 몸이 망가져가던 진이는 세상 누구보다 아름다웠다고 했다.

진현은 묵묵히 해주의 뒤를 지켰다. 손가락 사이로 빠져나가는 엄마의 유골을 안타깝게 흘려내며 가슴으로 흐느꼈다. 이렇게 되기 전에 한 번이라도 더 홍콩을 찾아야 했다고 후회를 하는 그녀에게 진현은 미안하다고밖에 할 수가 없었다. 그녀가 덮어두었다손 치더라도 잊을 순 없는 것이었다. 그와 형의 과오를.

"……그래도 다행이라고 생각하려고요."

빈 유골함을 들고 높은 고층빌딩 사이로 사라지는 햇빛을 보며 해주가 멍하니 말했다. 며칠 사이, 그녀는 살이 쏙 내렸다. 가뜩이나 가늘었던 몸은 이제 유리로 세공한 인형처럼 연약해져 있었다.

"찾았으니까. 이렇게 내 손으로 보낼 수 있으니까."

진현은 해주의 등 뒤로 다가가 뜨거운 열이 펄펄 이는 이마를 손으로 감싸 뒤로 당겼다. 그의 가슴에 해주의 머리가 닿았고 그는 그 위로 얼굴을 숙여 정수리에 입술을 묻었다. 이마를 감싼 손은 해주의 눈까지 가렸다. 그래서 그의 손아래 눈물이 묻어났다.

"그 얘기 좀 해줘봐요."

진현이 살짝 얼굴을 들었고 해주는 그의 손에 눈과 이마가 가려진 채로 계속해서 말했다.

"십 년도 더 전에 우리 처음 만났던 장례식장에서요. 당신이 했던 말이요."

진현은 눈을 가늘게 내리떴다. 떠올리자니 웃음이 나왔다. 스스로가 생각해도 정나미가 떨어졌다.

"……애도를 왜 해. 저 살 만큼 살고 죽은 걸 텐데. 애도할 시간 대신 앞으로 고인을 위해 어떻게 살아줄까 생각하느라 머리가 바쁘다…….”

그가 읊자 손으로 감싼 해주의 얼굴 근육이 둥그렇게 말리는 느낌이 전해졌다. 진현은 천천히 손을 내렸다. 그의 손아래 드러난 해주가 서글프게 웃었다.

“맞아, 그때도 그랬다. 마 사장님, 그땐 되게 재수 없고 매몰차게 들렸는데, 지금 다시 들으니까 너무 아파요…….”

웃음은 아픔으로 일그러졌다.

“이젠 알려나. 내가 당신 딸인 거요. 끝까지 해주 씨, 해주 씨 하더니, 이젠 알려나.”

가슴이 통째로 발가벗겨지는 느낌이었다. 찢겨지고 발기는 느낌이 해주를 관통했다. 머리끝부터 발끝까지 아프지 않은 데가, 슬픔으로 저리지 않은 데가 없었다. 진현이 그녀를 뒤에서 껴안았다. 그에게 몸이 묶인 해주는 그녀가 저도 모르게 앞으로 걸어 나가고 있었단 사실을 인지했다.

“……이런 상황에서 이런 말 하는 내가 제정신 같진 않은데.”

그가 그녀의 귓가에 낮게 말했다.

“너 사라질 것 같아서. 나한테 한 마디 말도 없이 여기 온 것처럼, 연락 한 번 없이 빈 병실에서 그러고 있었던 것처럼 또 떠날 것 같아서 잡고 있어야겠다. 답답해도 참아.”

“……안 가요. 이제 갈 데도 없는데.”

진현의 상처가 눈에 잡힐 듯 느껴져 해주가 대꾸했다. 그러나 그는 그녀의 대답 따위는 신용하지 못하는 모양이었다.

“나 받아줄 데 당신밖에 없는데 어딜 가요. 가라고 떠밀어도 안 가."

　유골함을 바스라트릴 것처럼 꺼안고 말했다. 더 이상 도망칠
곳도, 갈 곳도 없었다.

　"미안해."

　그가 말했다. 그날 이후, 그를 다시 만난 날 이후 몇 번이나
들어온 말인지 이젠 셀 수조차 없었다. 괜찮아요. 엄마가 살아
있는 동안은 후회할 짓 하지 말라고 했으니까. 더 이상 그 일로
당신 스스로 도려낼 필요 없어요. 하지 못한 말을 담아 그녀의
가슴 앞을 가로지른 그의 팔을 꽉 움켜쥐었다.

　"하나, 있어요."

　바람에 실려, 진이의 목소리가 들려오는 것 같았다.

　"조금 더 일찍 만났으면 좋았을 텐데. 해주 씨, 남 같지 않아서 생
각이 많이 났었는데 다시 와줬네. 고마워요. 그 사람이랑은 잘됐어
요? 나이가 들면 주책맞아지는 게, 남의 사랑 얘기가 궁금하거든.
잘됐으면 이제 남은 건 하나뿐이네."

　해주는 두 눈을 감아, 바람을 느꼈다. 머리칼을 어루만지고,
얼굴을 쓸고, 볼을 타고 흐르는 눈물을 말려준다.

　"마 사장님이 불안하지 않을 방법."

　그의 팔을 더 꽉 잡고, 가슴에 안은 유골함이 차갑게 식어가
는 것을 느꼈다. 진이의 향이, 주변을 감도는 진이의 느낌이 사
라져갔다. 그래서 쓸쓸하고 외로웠다.

　"내가 마 사장님 호적에 함께 올라가는 거 어때요?"

　"결혼해야지. 좀 구시대적 발상이긴 한데, 서류로 묶어놓는 것만

큼 안심되는 게 없거든요. 있잖아요, 그 사람한테는 비밀인데, 가끔 상상했어요. 내 머릿속에 없는 삶 속에서 난 그때도 결혼이란 걸 하지 않았을까. 아이는 있었을까. 그 사람 앞에서는 내색한 적 없어요. 싫어할 게 뻔하니까. 남자는 다 애거든. 그런데 그런 생각을 하면 마음이 너무 아픈 거야. 만약 정말 남편이 있고 아이가 있다면, 내가 아무것도 못해주고 이렇게 가서 어떡하지 하는."

"결혼에 대해서 거부감 같은 거 있어도, 나랑 해요, 결혼. 마진현 씨."

"사실 해주 씨가 날 엄마라고, 처음 불렀을 때 내 과거에 존재했던 사람인가, 내 아이인가 하는 생각을 했었어요. 그 사람한텐 말할 수 없었지만, 그랬어요. 뭐 해주 씨도 그렇고 그 사람도 아니라기에 그냥 닮은 사람이었구나 했지만, 가슴이 이렇게 떨어져 내렸어요. 여러 가지 생각이 들더라고요. 그러고 보니까 우리 좀 닮은 것 같지 않아요? 아, 이렇게 통통 부은 아줌마랑 닮았다고 하면 해주 씨가 싫으려나."

"……해주야."

그가 이름만을 따로 떨어뜨려서 부른 건 처음이었다. 해주는 울먹이는 가슴을 달랬다. 진이가 세상을 떠나기 전, 그녀에게 했던 말이 아프게 휘갈겼다, 심장을.

진이의 물음에 그녀는 닮지 않았다고 말했다. 진이가 그녀의 존재를 알고 못내 한이 될까 봐 닮지 않았다고 했다. 사실은 닮았는데. 코랑 입술 윤곽이 그녀와 진이는 판박이였는데 외면했다. 자가호흡을 못해 산소호흡기를 단 채, 사그라질 듯 말하는 진이는 그녀가 감정을 참지 못하고 진실을 토해내면 그대로 숨을 멈출 것만 같았다.

"이거 그 사람한테는 비밀이에요. 혹시 기적이 일어나서 해주 씨 결혼할 때까지 내가 살아 있으면 해주 씨한테 엄마 역할도 든든히 해줄게요. 엄마, 그때까지 못 찾으면."

당신이 내 엄마라고, 말하지 못했다. 그래도 좋았다. 엄마처럼 그녀 옆을 지켜주겠다는 그 말에 무작정 기뻤다. 가슴이 삭아졌다. 십 년을 애태운 그리움이 흩어졌다. 녹아졌다. 그리고 원 없었다.

"윤해주."

그가 불렀다. 등 뒤에 닿은 그의 가슴이 무섭도록 뛰는 게 느껴졌다. 해주는 아련히 흩어지는 진이와의 짧은 기억을 바람에 같이 실었다. 십 년 동안 엄마가 살았던 곳, 사랑했던 곳, 윤희수라는 여자가 되어 행복했던 곳을 두 눈 가득 담았다.

"결혼, 해. 둘이 살아가자."

"둘은 싫어요."

그녀를 감싼 진현의 팔에 불끈 힘줄이 솟는 게 느껴졌다.

"우리 아이도 함께."

팔이 느슨해졌다. 진현이 그녀의 머리 위에 다시 입술을 묻었다.

"좋은 아빠 같은 거 될 자신 없어. 그게 뭔지 몰라. 내가, 본 데가 없어서."

"내가 좋은 엄마 될 거니까."

그가 낮게 웃는다. 해주 역시 눈물이 그렁거리는 채로 웃었다.

바람이, 멈췄다. 진이가 떠났다. 하지만 춥지 않았다. 외로움에 사무치지도 않았다. 등 뒤로 뜨거운 체온이 그녀를 덥혔다. 그가 속삭였다. 웬만해선 나오지 않는 말인데 위로하려는 것인지 뭔지는 몰라도 뜨겁게 속삭였다.

"사랑한다."

그가 그녀가 들고 있는 유골함 위로 손을 겹쳤다. 유골함을 들고 있던 손이 조금 가벼워졌다. 바람이 떠난다. 멀리. 닿을 수 없는 곳으로.

그와 그녀의 궁합

　해주는 마음이 좋지 않았다. 슬쩍 뒤를 보자 아직도 기숙사 앞에 우두커니 서서 그녀를 바라보는 평원이 눈에 들어왔다. 평원은 당연하게도 초등부 검정고시를 패스했다. 워낙에 영민했던 아이라, 약간의 기본기를 불어넣어주자 어렵지 않게 시험을 통과할 수 있었다.

　그리고 그녀가 결혼을 이 주 앞둔 지금, 각종 필요한 서류를 꾸려 평원은 기숙사 학교에 입학하게 되었다. 해주는 못내 평원에게 미안했다. 어른이 돼서 자립할 때까지 뒤를 봐주겠다고 한 건 그녀였는데, 평원이 먼저 스스로 기숙사 학교에 들어가겠다고 했을 때 아무 말도 할 수가 없었다.

　"결혼식 때 꼭 갈게요, 형. 용돈 넉넉히 부쳐주면. 그리고 내 수업료 내주는 것도 잊으면 안 돼요!"

　넉살스레 대꾸한 평원은 밝게 웃으며 손을 흔들어주었다. 해주는 괜스레 콧망울이 시큰거려 코를 훌쩍였다. 몇 번이나 미안하다고 말하고 싶었지만 평원은 그럴 기회를 주지 않았다. 그 예쁜 얼굴로 동글동글 웃으며 이미 너무 많은 것을 받았다, 평생 갚아도 못 갚을 것이다, 라며 그녀의 입을 다물게 했다.

　"이그, 예쁜 것."

　작게 중얼거린 해주는 다시 한 번 뒤를 돌아보고 진현이 기다리는 차에 올랐다.

　"그렇게 속상한가?"

그녀가 코를 다시 한 번 훌쩍이며 안전벨트를 매자 진현이 물어왔다. 해주는 그를 돌아보았다.

"코가 빨개. 눈도 빨갛고."

그의 미간은 약간 찡그려져 있었다. 그녀의 얼굴이 자못 마음에 들지 않는 듯했다.

"오늘 저녁엔 누구 만나요?"

"우리 식에 주례 봐주실 선생님."

"네?"

"서울검찰청 검사장님."

해주는 숨을 크게 들이마셨다. 그녀는 근래 하루가 멀다 하고 많은 사람들을 만나야 했다. 대개가 진현과 연관된 사람들이었다.

그녀가 결혼을 너무 쉽게 생각했다. 그는 사회적으로 지위가 있고 입장이라는 게 있는 사람이었다. 그녀는 결혼 준비를 하는 시간보다 그의 주변 사람에게 인사를 해야 하는 일정에 더욱 시간을 할애해야 했다. 어떤 의원, 어디 기업 회장님, 어디 대학 교수님, 무슨 관청 높으신 분……. 일일이 헤아릴 수 없을 정도로 많은 사람들이라 솔직히 누가 누군지도 또렷하게 기억나지도 않았다.

단지 진현과 함께 살아가는 것, 서로가 서로를 서류 한 장에 묶는 것, 그렇게 하나가 되는 것만을 생각하고 결정한 결혼은 생각보다 피로했고 어려웠다.

"가슴에 납덩이가 얹힌 것 같아요."

해주는 가슴 위에 손을 얹으며 중얼거렸다. 다른 사람은 몰라도 검사장이라니. 도둑이 제 발 저린다고 지은 죄가 있는 그녀로서는 괜스레 살얼음판을 걷는 기분이었다. 긴장돼서 밥이나 목구멍으로 넘어갈지 모르겠다.

"너무 복잡해요. 그냥 간단하게 식만 올리면……."

"미안해."

해주는 아랫입술을 꽉 깨물었다. 남자는 변했다. 진이가 한 줌의 재가 되어 흩뿌려진 이후부터 그녀에게만은 부드러워지려고 노력했다. 그것이 그가 바꿔 쓰는 여러 개의 가면 중에 하나가 아니라는 것쯤은 그녀도 알았다. 하지만 예전에 없이 미안하다거나 고맙다는 말을 자주 해서 어색하기도 했다. 이것 또한 마진현다운 것 중에 하나일까.

"그런 뜻은 아니었어요. 내가 요즘 스트레스를 받나 봐요, 준비할 게 많아서."

"그럼 여행은 미룰까?"

신호에 걸려 차를 멈추며 진현이 물었다. 해주는 고개를 저었다. 그와의 결혼을, 첫 여행을 뒤로 미루고 싶진 않았다. 오히려 당겨 하는 것이 좋으면 좋았지.

해주는 평원을 보내고 난 후의 울적한 기분을 환기시키기라도 하듯 기어를 잡은 진현의 손에 제 손을 깍지 끼었다. 그의 시선이 쏟아졌다.

"역시 평원이도 같이 사는 건, 안 되겠죠?"

"그건 절대 안 돼."

부드럽던 태도와는 달리 그는 강경하게 말했다. 결혼 이야기가 오고갈 때부터 그는 이것 하나만은 못을 박았다. 집은 그와 그녀만의 공간이어야 하는 것. 다른 누구도 없이.

해주는 잠시 진현의 날카로운 옆얼굴을 바라보다 창 밖으로 고개를 돌렸다. 그는 다른 것은 몰라도 이것만은 절대 양보하지 않을 것이다. 타인을 믿지 않는 이 의심병은 대체 어디서부터 뜯어고쳐야 할지 막막하다.

"윤해주."

"왜요."

해주가 볼멘 듯 대답하자 진현이 맞잡은 깍지 낀 손을 꽉 죄어왔다.

"나는 너만 있으면 돼."

타인을 믿지 않는 편협한 남자이기에, 속 좁은 남자이기에 그녀는 이율배반적인 흡족함을 느꼈다. 그녀만 있으면 세상 무엇도 아깝지 않을 거라는 이 남자의 태도가 그녀를 만족시켰다. 그녀가 열망했던, 죽을 것 같은 애정을 그는 끊임없이 그녀를 향해 쏟아냈으니까.

"바다 가고 싶어요."

해주가 자못 우울한 기색으로 중얼거렸다. 그녀를 돌아보는 시선이 느껴졌다. 그래서 해주는 부러 한숨을 크게 지었다. 매일 저녁, 그와 함께하는 자리에는 또 다른 누군가가 항상 동석해 있었다. 결혼을 위해서라고는 했지만 힘이 들었다. 그와의 시간이 필요했다.

더욱이 평원을 떠나보낸 오늘 같은 날은.

"미역이요!"

해주가 함빡 웃음을 지으며 그의 앞에서 미역을 흐늘거렸다. 언젠가의 밤, 내처 도로를 달려 다다랐던 그 바닷가에 해주와 진현은 또다시 당도해 있었다. 이른 낮의 바다는 그날과 달랐다. 햇살의 편린에 파도가 부서져 내렸고, 드문드문 보이는 사람들은 서로의 연인을 추위로부터 감싸며 모래사장을 거닐었다.

"기분이 좀 나아졌나?"

진현이 물었다. 미역을 두 손 가득 잡고 넘실넘실 흔들어대던 해주는 고개를 끄덕였다. 바람결에 섞인 푸석한 기운이 머리칼을 엉망으로 헝클었지만, 그와 함께 있는 시간만으로도 그녀는 충만해졌다. 이렇게나 그가 그녀에게 영향을 끼치다니 스스로 생각해도 어이가 없었다.

해주는 혼자서도 잘 놀았다. 이 추운 겨울에 신발과 양말을 벗고 바다에 스스럼없이 발을 담그고, 모래 깊이 발을 묻고 조개를 주워 귓가에 대기도 해보았다. 진현은 시야에 가득 해주를 담았다. 담고 또 담아도 부족하기만 했다.

곧 맑은 얼굴로 곁으로 다가온 그녀가 바람에 나부끼는 머리칼을 정리하며 그의 옆에 가지런히 섰다. 그러곤 혼자서 뭐가 좋은지 쿡쿡 웃는다.

"우리 결혼이 이 주밖에 안 남았다는 거, 전혀 실감이 안 나

요."

"실감이 안 난다고 무를 수는 없어."

"죽어도 안 물러요. 내가 어떻게 여기까지 왔는데."

그가 밉다는 듯 해주가 톡 쏘아본다. 진현은 통통 튀는 여자
가 좋았다. 흩날리는 머리칼, 깜빡이는 속눈썹, 그리고 그녀의
얼굴에 흩어지듯 말라붙은 모래 알갱이마저 좋았다. 그가 손을
들어 해주의 볼에 붙은 모래 알갱이를 살살 쓸어내자 그녀가 그
를 물끄러미 바라보았다.

"나는 마 사장님에 대해 더 많이 알고 싶어요."

"이미 충분히 안다고 생각하는데."

"더, 더 많이요. 당신이 나에 의해서 발가벗겨졌다고 생각이
들 만큼 모든 걸요."

여자는 욕심이 많았다. 하지만 그 역시 지지 않았다. 진현은
낮게 웃으며 해주의 볼을 쓸던 손으로 그대로 얼굴을 감싸 그를
향해 들게 했다.

"다 알고 나면 네가 도망갈 것 같아서 알려주기 싫은데."

"더 이상 도망가지 않는다고 골백 번은 더 말했던 것 같은데
요."

"그랬나."

그는 자신이 없었다. 여자가 그를 한 번 떠났기 때문만은 아
니었다. 그의 삶이, 여자만큼 빛나지 않아서였다. 평범한 대신
어두웠고, 치열했다. 기억이 나는 어린 시절부터 내내. 그 어둡
고 치열했던 삶을 여자가 알게 되면 사랑 대신 연민 섞인 눈으

로 보거나 수단 따위는 가리지 않고 벌인 일들에 대해서 경멸을
할 것만 같았다.

"마 사장님?"

진현이 딴 생각을 하는 것을 눈치 채기라도 한 듯 해주가 그
의 얼굴을 잡으며 장난스럽게 말했다.

"난 당신이 어떤 사람이었대도 지금의 당신을 사랑하는 거예
요. 중요한 건 그거라는 거 잊지 마요."

여자를 사랑했다. 사랑한다. 사랑할 것이다. 진현은 해주의
입술을 머금었다. 바닷바람에 차갑게 식었던 입술이 그의 열기
로 뜨거워져갔다. 그런데 그의 혀를 장난스레 물고 이로 긁던
해주가 갑자기 낮게 웃었다. 진현은 조금 불편해진 하체를 인식
하며 눈썹을 치켜떴다. 그의 품에 쏙 안겨든 해주가 두 눈을 둥
글게 휘곤 종알거렸다.

"사부랑 점 보러 가기로 했거든요. 당신이랑 궁합 보러."

"그런 걸 왜 봐?"

"결혼하기 전에 다 본대요, 보통."

"믿어?"

"그렇진 않지만 재미있을 것 같아요."

해주가 방싯방싯 웃었다. 그의 입술에 다시 한 번 짧게 입을
맞춘 해주는 그와 손을 맞잡곤 계속해서 파도가 몰아치는 바다
를 바라보았다.

"우리 신혼여행지, 나 결정했어요."

"어디?"

결혼으로 노는 남자 2

"베네치아요."

뜻밖이었다. 그의 의문에 대답이라도 하듯 해주가 이어 말했다.

"세계에서 가장 오래된 도시, 물의 도시, 그 도시를 엄마는 언젠가 꼭 가고 싶어 했거든요."

진현은 말없이 해주의 등을 감싸 그의 품으로 그러안았다. 여자는 재를 뿌리고 난 후, 더 이상 엄마에 대한 얘기를 입 밖으로 꺼낸 적이 없었다. 그래서 괜찮은가 보다고 생각했었나 보다. 그런데 잊고 있었다. 이 여자가 윤해주라는 것을.

여자는 슬픔을, 그리움을 안으로 켜켜이 쌓아두고 사는 사람이다.

"비행기 예약할게."

진현이 말했고 해주는 고개를 끄덕였다. 해주가 파고든 그의 가슴에 얼핏 물기가 스며들었다. 진현은 해주의 머리칼 사이로 손가락을 넣어 부드러운 두피를 살살 쓸었다. 여자가 우는 게 싫었다. 그의 가슴뼈가 아파와서. 그래서 울지 말라고, 그렇게 위로했다.

"뭐 이런 돌팔이 점쟁이가 있어!"

해주는 분개했다. 그녀는 사주를 믿거나 미신을 믿지는 않았다. 학도가 하도 꼬드겨대서 재미로 본 것일 뿐이었다. 그런데 진현과 그녀의 궁합은 무척이나 좋지 않았다. 점쟁이는 그녀에게 도리어 막말이다 싶을 말만 무한대로 쏟아 부었다.

색기가 좔좔 흐른다, 도화살이 꼈다, 서른 전에 결혼하면 이혼 수가 있다, 신기도 조금 보인다, 가족이 네 등골을 다 빼먹는다, 돈복은 있는데 인간복은 지지리도 없다…….

기분이 좋을 리가 없었다. 그래서 해주는 점쟁이의 면전에 돈을 집어던지다시피 주고 나왔다. 당장 결혼이 일주일 앞으로 다가와 있었다. 해주는 학도를 원망스러운 얼굴로 쏘아보았다. 우울해졌다.

"미안해, 해주야. 나도 저 여자가 저렇게 나불댈 줄은 몰랐지."

당장 일주일 후가 결혼식이었다. 그런데 이런 말을 듣고 퍽이나 기분이 좋겠다. 게다가 죄다 그녀에 대한 욕뿐이었다. 앙큼한 눈꼬리가 어쩌고 방중술이 저째? 기가 막혀서.

색동 한복을 차려 입고 엽전을 던지던 점쟁이의 그악스런 말들이 계속해서 머리를 헤집어 해주는 마구잡이로 고개를 저었다. 성큼성큼 걷다가 벌떡 멈춰 섰다. 그녀의 눈치를 보며 따라오던 학도 역시 멈춰 섰다.

"마 사장님한테는 이거 입도 뻥긋 마요."

"뭐? 왜?"

"도화살 꼈다잖아요. 나랑 결혼하면 기란 기는 모두 빨아 먹혀서 일찍 비명횡사할 거라는데 마 사장님 기분이 좋겠어요?"

"야, 저거 믿냐?"

"안 믿어요!"

해주는 소리를 빽 질렀다. 최근 그녀의 심기는 편치를 못했

결혼으로 노는 남자 2

다. 괜스레 불안했고, 기분이 수시로 뒤바뀌었으며 때때론 우울해졌다. 이것이 바로 여자들이 결혼 전에 겪는 불안 심리상태라고 하는 거지 싶어 의연해야지 하면서도 옆에서 누구 하나 위로의 말을 건네줄 만한 지지대가 없어 연신 불안한 중이었다.

그녀가 진현 외에 의지하고 믿는 사람이라야 눈앞의 학도 외에는 달재뿐인데 그도 여자의 섬세한 심리에 대해서는 문외한이라 당최 도움이 되지 않았다. 조만간 진현에게 또다시 바닷바람을 쐬러 가자고 해야 하나 싶었다. 그런데 정작 그도 요즘에는 눈코 뜰 새 없이 바빴다. 결혼이 며칠이나 남았다고 그는 삼일 전에 일본으로 출장을 갔다. 그리고 결혼식 이틀 전에야 돌아온다.

"야, 너 혹시 욕구불만 아냐?"

학도가 조심스레 물어왔다. 학도의 지프 차량에 올라타던 해주가 눈썹을 매섭게 치뜨자 학도가 앗 뜨거 하는 얼굴로 운전석에 올랐다.

"아니면 아닌 거지. 너 요즘 보니까 자꾸 마진현 닮아간다? 눈빛 하나로 사람 조종하려 드는 게 영……."

"운전이나 하시죠, 사부?"

해주가 쩡쩡한 음성으로 말하자 학도가 좋알거리며 운전대를 잡았다. 해주는 냉랭했던 표정을 풀며 창 밖을 바라보았다.

욕구불만이라. 그러고 보니 그와 사랑을 나눈 게 근 이 주가 넘었다. 아직 식은 치르지 않았어도 해주는 펜트하우스에서 많은 시간을 그와 함께 보냈다. 그것은 그가 시간이 많아서가 아니었다. 그가 그녀를 위해 시간을 부러 낸 것이었다. 마진현은 몸이 열 개라도 부족한 사람이니까. 때문에 결혼식 이틀 전까지 해외에서 일을 해야 하는 것이겠지만.

"그런데 해주야, 있잖냐. 내가 전에 말했던 과거 지우기 프로젝트."

해주는 귀를 막았다. 진현과 약속했다. 학도와는 다신 그 어떤 공모도 하지 않기로.

"해주야, 이번 대가는 더 세다."

해주는 귀를 조금, 아주 조금 열었다. 그녀가 옆을 흘깃 보자 학도가 누런 이를 드러내며 씨익 웃었다.

"허 마담이 말해준 건데, 진현이 자식 학업 통지표가 있다더라. 고등학교 때 것."

"학업 통지표요?"

"왜, 학교 다닐 때 태도가 어땠는지, 무슨 노력이 필요한지 그렇게 적는 거 있잖냐. 학업 성적이랑."

귀가 번쩍 뜨였다. 그러나 해주는 머리를 굴리다 이내 고개를 가로저었다.

"허 대표님 거라면서요."

"허 대표 거는 아니지. 진현이 형 예전 작업실에 있다니까."

"그게 아직도 있어요?"

"그럼. 허 마담이 인수해서 가지고 있어. 보너스로 졸업앨범도 있대."

해주는 목구멍으로 침을 꼴깍 삼켰다. 군침 돌았다. 마진현의 학생 시절이라. 해주의 눈에서 희번덕 돌아가는 기를 읽었는지 학도가 갓길에 차를 세우곤 몸을 틀어 열변을 토해내기 시작했다. 해주는 갈등했다. 진현과 약속했는데. 그 밤, 그렇게 뜨겁게 안기며 약속했는데 그냥 쿨하게 거절하기엔 학도의 당근이 꽤나 먹음직스러웠다.

"……아, 정말!"

갈등 인다. 해주가 신경질적으로 소리 질렀다. 그러자 학도가 몸을 뒤로 물리며 얼굴을 구겼다.

"아, 정말. 점쟁이 건은 미안하다니까. 하도 유명하대서. 궁합이 그렇게 안 좋게 나올 줄 누가 알았냐."

또다시 점쟁이의 폭언이 생각나버린 해주는 더욱 살벌하게 얼굴을 굳혔다. 그리곤 학도를 비장하게 돌아보았다. 그 궁합을 쇄신하기 위해서라도 마진현의 통지표와 졸업앨범이 필요했다. 그에 대해 하나라도 더 알아야 이 불안감을 종식시킬 수 있을 것 같은 연관성 없는 변명이 그녀의 머리를 잠식했다.

"해요. 할 테니까 통지표랑 졸업앨범은 사부가 찾아줘요."

결혼식은 많은 사람들의 축복을 받아 성대하게 치러졌다. 주례는 그의 대학 시절 교수님인 검찰청 검사장이 해주었고 사회는 입에 모터를 단 학도가 맡았다. 어떤 인연인지는 몰라도 축가는 유명 발라드 가수가 불러주었고, 결혼식의 반주는 소규모의 오케스트라가 라이브로 진행했다.

유명 호텔의 예식장 홀은 사람으로 꽉꽉 들어찼다. 매스컴에서 취재를 올 정도는 아니었지만 하객들의 면모가 으악 소리가 날 법도 했다. 눈만 돌리면 정치판이나 재계 쪽으로 심심찮게 노출되는 인물들이 파다했고 스스로가 바쁜 일정 탓에 오지 못하면 대리인이라도 보내왔다. 화환은 입구를 가득 메웠으며 결혼 선물로 보내진 물건들도 입구 앞에 차곡차곡 쌓여갔다.

그래서 그녀는 자신이 결혼을 한 남자가 그 마진현이라는 사실을 새삼 인식해야 했다. 더군다나 결혼 전의 불안하기 짝이 없던 심리상태는 어디로 도망갔는지 그녀는 시종일관 함박웃음을 머금고 있었다. 오늘 아침 학도에 의해서 그녀의 손에 쥐어진 통지표와 앨범 탓이었다.

다행히 이번 건은 진현의 레이더망에 걸리지 않고 넘어갔다. 그가 출장을 간 동안 벌어진 일이기도 했고 또 그만큼 학도의 과거 지우기 목표물이 쉬운 탓도 있었다. 해주는 간단하게 학도의 목표물을 가져왔고 학도는 동규의 작업실이었던 곳을 찾아가 통지표와 앨범을 가져왔다.

"피곤한가?"

욕실에서 간단히 씻고 나온 진현이 다가오며 물었다. 해주는 창가 앞에 서서 기지개를 쭉 켰다. 아직 해는 지기 전이었고, 창밖으로는 많은 사람들이 거리를 활기차게 오가는 것이 보였다. 그녀가 웃으며 돌아보았다. 베네치아행 비행기는 내일 아침에 뜬다. 덕분에 식이 끝난 후 진현과 그녀는 공항 근처에 있는 호텔에서 하룻밤 묵기로 했다.

"전혀요. 오히려 가뿐해요."

해주가 방긋 웃으며 돌아섰고, 그러다 순간 가슴이 쿵 내려앉아 마른침을 삼켰다. 진현은 하의에 타월만 두른 채였다. 단단한 상체가 드러났고 그의 복부에 아직도 희미하게 남은 칼자국이 눈에 들어왔다.

"아파요?"

해주는 성큼성큼 다가가 그의 복부 언저리를 손끝으로 더듬었다. 그러자 그가 그녀의 손을 잡아떼어냈다. 해주가 의아한 눈으로 올려다보자 진현이 사납게 입매를 비틀었다.

"지금 건드리면 오늘은 바깥에 못 나갈 줄 알아."

"……아."

그녀가 할 수 있는 말이라곤 그것뿐이었다. 사랑을 나누지 못한 지 이 주가 넘어 스무 날째 가까워져 오고 있었다. 그녀가 쌓인 만큼 그도 쌓였을 테다. 해주는 눈꺼풀을 내리깐 채, 그의 상체를 눈으로 더듬어 내려왔다. 저도 모르게 침을 꼴깍 삼켰다.

"음, 나가기 싫으면 어떡해요?"

일정한 모양으로 갈라진 초콜릿 복부가 그녀의 눈을 붙들고 놓아주지를 않았다. 그녀가 말을 꺼내기가 무섭게 진현이 그녀의 목을 잡아 끌어당겼다. 가슴에 그의 복부가 맞부딪쳤고 이미 단단하게 일어서 있던 남성이 그녀의 배를 찔러왔다.

"나도 씻고요."

그가 곧바로 키스를 해오려 하자, 해주가 그의 가슴을 밀어냈다. 그러나 진현은 이미 발정이 난 지 오래였다. 진현은 그녀가 입고 있던 원피스의 지퍼를 내려 발치에서 밀어냈다. 브래지어와 팬티만 남게 되자 그마저도 순식간에 벗겨버렸다.

"잠깐만요."

곧바로 봉긋하게 일어선 가슴을 움켜쥐는 우악스런 손길에 해주가 다급하게 말했지만 진현은 귀를 닫은 듯 곧바로 그녀의 다리 사이로 손을 내려 파고들었다. 해주가 작게 신음을 내질렀고 그는 그대로 해주를 벽으로 밀어붙였다. 한쪽 다리를 올리고 그의 허리에 감게 한 후, 그의 손이 닿은 시점부터 움찔거리던 여성 안으로 그의 남성을 거칠게 들이밀었다.

"하아……!"

그녀에 비해 단단하고 탄탄한 남자의 몸이 세차게 들이치기 시작했다. 해주는 그의 어깨를 움켜쥐고 목덜미에 고개를 묻으며 신음을 내질렀다. 아마도 그녀는 결혼 전, 신부의 불안한 심리상태를 겪기보다 욕구불만을 겪었나 보다.

그의 거친 침입에 가슴이 뛰고 살아 있는 느낌마저 들었다. 세상이 반짝거리는 느낌이었다. 이 남자가 그립고, 또 가지고 싶었나 보다. 불안함, 우울함 따위는 씻은 듯이 사라졌다.

"조금만, 조금만 천천히……!"

해주가 헐떡이는 신음 사이로 말했지만 진현은 자신의 일에만 몰두했다. 그녀의 가슴을 탐하고 늘씬한 몸을 어루만지며 짙고 깊게 애무했다. 해주는 점점 빨라지는 그의 허릿짓에 마구잡이로 흔들리며 멍하니 생각했다.

그 점쟁이는 역시 돌팔이였다. 그와 그녀의 궁합은 정말이지, 환상이었다.

해주는 졸린 얼굴로 학도의 맞은편에 앉아 있었다. 일을 끝내면 집으로 돌아가 신혼을 즐겨야 하는 게 정상이었다. 그런데 삼 일 내리 그녀는 일이 끝나면 학도에게 붙들려 포장마차 순회를 돌아야 했다.

소금 간이 밴 닭똥집을 질겅거리며 연신 소주를 들이켜는 학도를 보고 해주는 한숨을 내쉬었다. 주란의 알쏭달쏭한 태도 때문에 속이 탄 학도는 정말이지 지친다며 연신 술주정 중이었다. 그래도 내가 계속 그 여자를 좋아해야 하는 거냐며 이어진 신세한탄은 벌써 한 시간이 넘어가는 중이었다.

"임학도."

포장마차의 주황색 천을 들추고 들어온 것은 진현이었다. 해주가 반가운 얼굴로 돌아봤지만 이미 술이 얼근하게 들어간 학도의 눈에는 뵈는 게 없었다.

"야, 새신랑 왔네. 새신랑. 색시 잡아먹으러 왔냐?"

해주가 학도의 팔을 꼬집었지만 학도는 멈출 기세가 없어 보였다. 진현 역시 삼세 번 참은 참이었다. 근 삼 일 동안 해주를 안지 못했다. 사리가 쌓일 지경이었다. 고작 삼 일 갖고 그러기냐 할 수도 있지만 그는 윤해주에게 중독되었다. 하루라도 안지 못하면 몽정마저 할 정도로 금단현상에 시달리는 중이었다. 그만큼 그녀는 달콤했고 유혹적이었다.

"둘이 해결해. 남의 신혼 파탄내지 말고."

진현이 짜증스럽게 말하며 해주를 일으켰고 해주가 당황한 얼굴로 진현을 돌아보았다.

"둘이? 무슨 둘이? 나는 만년 솔론데요?"

"사부! 그만 좀 해요!"

약 올리듯 살살거리는 학도에 해주가 고개를 도리질 쳤다. 나참, 가끔 기숙사에서 놀러 나오는 평원 보기가 부끄러울 정도였다. 본 지 얼마나 됐다고 이제 열네 살이 된 애를 잡고 인생이 어쩌니, 사랑이 어쩌니 한탄하는 꼴은 정말 눈 뜨고 보기가 부끄러웠다.

"얼레리꼴레리, 얼레리꼴레리."

양 검지손가락을 뻗으며 주책없이 어깨를 들썩이는 학도에 진현의 미간이 찌푸려졌다. 정말 한 대 때릴 것 같은 기세라 해주는 서둘러 진현의 팔에 매달렸다. 결혼도 좋고, 불타는 신혼도 좋은데 그녀가 좌불안석인 것은 그녀에게만 한해 도량이 하해와 같이 넓은 진현 때문이었다.

석 달 전 결혼식이 끝난 다음에야 달재의 얼굴에 난 멍의 이유를 안 해주는 어이가 없어져 한참을 진현을 멍하니 보았더랬다. 그랬더니 그가 하는 말이 문제 있어? 였다. 할 말도 잃었었다. 좋은 아빠는 못 될 거라던 그의 말이 피부로 다가왔다. 새삼.

물론 남편으로서의 그는 더할 나위 없이 좋았다. 그녀가 사랑을 나누다 나가떨어질 정도로 체력이 좋았고, 돈 잘 벌었으며 의지가 될 만큼 믿음직스러웠다. 무엇보다 중요한 건 그녀에 한

해서라면 집요할 정도로 독했고, 소중하게 대했다. 그런데 그것이 그녀에 한해서만이라는 점이다. 여전히 그는 타인에겐 무서울 정도로 냉랭했으며 잔인했고 무심했다.

"진현 씨, 우리 가요. 응? 사부는 알아서 잘 가겠지."

해주가 점점 싸늘해지는 진현의 시선을 의식하곤 구태여 팔을 잡아끌었다.

"내가 데려다줄게요."

해주는 진현의 뒤를 봤다. 주란이었다. 진현이 데려온 것 같았다. 해주는 포차를 나가는 진현을 따라나섰다. 어쨌거나 저쨌거나 둘이 해결해야 할 문제였다. 주란은 마음을 주지 않을 거면 확실히 해야 했고, 학도도 확고히 단념해야 했다. 여러 사람 힘들게 할 바에야.

"학도 씨, 애니?"

학도의 옆에 걸터앉은 주란은 학도 앞에 줄지어 늘어선 소주 네 병을 보고 한숨을 내쉬었다. 그러자 학도가 게슴츠레한 눈으로 그녀를 보더니 실실 웃었다.

"씨바, 이제 환상까지 보이네. 이 눈깔이 돌았나."

주란은 당황했다. 갑자기 젓가락을 치켜든 학도가 제 눈을 향해 찔렀기 때문이다. 다행인 게 이미 지각능력을 상실한 학도가 조준을 잘 못했다는 것. 그에게서 젓가락을 빼앗아 든 주란은 한숨을 내쉬었다. 이 아이 같은 남자를 어떻게 할까.

"임학도 씨."

이제 자신도 마흔 줄이었다. 그녀에게 아름답다고 칭송하는 남자도 이제는 많지 않았거니와 늙어가고 있었다. 화장 아래 맨얼굴에는 주름살이 늘어갔고 피부도 탄력을 잃어갔다. 몸이야 그녀가 꾸준히 관리는 하지만 그렇다고 흘러가는 세월을 속일 순 없었다.

남들은 나이 마흔에도 젊고 탱탱한 것들이 이쁘다며 이십 대 줄을 찾는데 이 남자는 왜 이렇게 한결같이 자신에게 목을 맬까. 주란은 복잡한 심정으로 학도를 물끄러미 바라보았다. 주란아, 주란아 하며 그녀의 이름을 부르는 남자는 아마 자신이 앞에 앉아 있다는 사실도 간과한 것 같았다.

여전히 가슴 한구석에는 동규가 눌어붙어 있다. 아예 뜯어버릴 수는 없다. 동규는 그녀의 일부분이었다. 그런데 이 남자는 그 너울진 그림자까지 괜찮다고 한다. 그녀가 동규의 아이를 유산한 적이 있다는 것도 알면서 상관없다고 한다. 칠 년이었다. 줄곧.

어쩌면 자신도 이 남자에게 한 번쯤은 기회를 줘야 하지 않을까.

"임학도 씨."

주란은 한 손으로 관자놀이를 괸 채 양쪽으로 번갈아가며 주란아, 하며 노래를 부르는 학도를 불렀다. 게슴츠레하게 뜨인 그의 눈이 그녀에게 향했다.

"우리, 시험 삼아 만나보기나 할까?"

동규를 제외한 다른 사람을 받아들이는 상상을 해본 적은 없다. 그런데 학도가 해주 대신 잡혀 갔을 때, 왜 그렇게 가슴이

철렁 내려앉았을까. 익숙함에 대한 상실이었을까. 아무리 생각
해봐도 그 근간을 알 수가 없었다. 그와 개인적으로 몇 번의 식
사와 영화 관람을 해보기도 했지만 젊었을 적, 동규에게 느낀
설렘 따위는 눈곱만큼도 느낄 수 없었다.

대신 편했다. 옆집 오빠처럼, 든든한 아군처럼 그렇게. 그런
사랑도 있는 걸까.

"한…… 삼 개월만."

그녀가 주저하며 말하자 학도의 게슴츠레한 눈이 그녀와 마주
쳤다. 주란은 괜스레 가슴이 쿵 떨어져 내렸다. 학도가 그녀를
보며 눈을 끔뻑이더니, 곧 솥뚜껑 같은 큼직한 손을 뻗어왔다.
갑작스런 기습에 주란은 눈을 찔끔 감았다. 그리고 솥뚜껑 같은
손이 그녀의 뒤통수를 그러당겼다. 딸려갔다.

"읍!"

번쩍 뜨인 주란의 두 눈이 경악으로 물들었다. 십 년 동안 타
인에게 한 번도 허락하지 않았던 입술에, 술 냄새가 얼큰한 학
도의 입술이 밀어붙여졌다. 강한 힘에 옴짝달싹도 할 수 없었
다.

"주란아, 나도 좀 사랑해주라."

갑작스레 다가온 만큼, 갑작스레 떨어져 나간 학도가 중얼거
리곤 테이블 위에 엎어졌다. 제 입술을 손으로 문지른 주란의
얼굴이 당혹으로 물들다가 붉게 달아올랐다. 주란의 시선이 학
도에게 멎었다. 움직이는 법을 잊어버린 것 같았던 심장이 두근
두근 뛰었다.

주란은 의심스런 눈으로 학도를 오랫동안 보았다. 그리곤 곧 손을 들어 학도의 머리통을 손으로 찰싹 갈겼다.

"아……!"

해주는 자신의 안에 깊게 사정하는 진현에 몸을 오소소 떨었다. 침대까지 가지도 못했다. 소파에서 급하게 일을 치른 탓에 옷이 온통 구겨졌다. 진현이 몇 번 더 허리를 추어올리며 그가 토해낸 액체를 깊게 밀어 넣었다. 그 자극에 가뜩이나 예민하게 기감이 서 있던 해주가 낮게 신음을 흘렸다.

"하아!"

진현이 그녀의 위로 무너졌다. 해주는 다리 사이에 진현의 허리를 펜 채 천장을 올려다보았다. 머리가 멍했다. 그러다 갑자기 생각이 났다.

"나, 가임기간인데."

진현이 고개를 돌려 그녀를 보았고 해주는 뱃속 깊이 퍼져 나가는 그의 분신을 느끼며 배를 꿀렁거렸다.

"배란기라고요."

진현은 대답을 않았다. 해주는 조금 의외라는 듯한 얼굴로 진현을 보았다. 그러자 그가 다시금 허리를 추켜올리며 남성을 일으키는 걸 느꼈다. 해주가 당황해서 그의 허리를 다리로 밀어내자 진현이 그녀를 내려다봤다.

"배란기라니까……."

"상관없잖아."

채 벗겨내지 못한 해주의 셔츠를 위로 끌어올려 하얀 가슴을 뽀얗게 드러낸 진현이 키스하기 시작했다. 그 자극에 온몸이 찌르르 울려와 해주는 저도 모르게 몸을 움츠렸다.

"아이, 괜찮아요?"

해주가 물었고, 은근하게 여성에 제 남성을 문지르던 진현의 행동이 멎었다.

"왜 그런 걸 묻지."

"……아이, 원하지 않을 거라고 생각했어요, 지금은."

해주가 어렵사리 말을 꺼냈다. 그는 좋은 남편이었다. 그녀가 분에 넘칠 정도로 사랑을 나눠주었고, 열정적인 연인으로 대해주었다. 그러나 예전에 좋은 아빠가 될 자신이 없다고, 그게 뭔지도 모른다는 말을 했던 만큼, 그는 아기를 원치 않을 거라는 생각을 막연히 했었다. 그래서 별생각 없이 말을 꺼냈고, 그가 망설임이 없어 보이자 당황한 것은 그녀였다.

"좋은 엄마가 될 거라고 했잖나, 네가."

허리를 강하게 짓치며 진현이 말했다. 그의 얼굴이 조금 굳었다. 해주는 낮게 신음을 터트리며 다시 그를 보았다. 욕망으로 흐려진 시선은 탁했지만, 그 안에는 그녀가 이름 모를 감정의 잔재가 흘렀다. 해주는 그에게 몸을 격하게 치받히면서도 그의 눈을 집요히 들여다보았다. 그는 상처받은 것처럼 보였다. 하지만 왜.

해주는 조금 전보다 한층 거칠게 그녀를 가지는 진현 때문에 쾌락에 쉬이 빠져들 수 없었다. 그녀가 허리를 뒤로 뺐고 진현은 더욱 집요하게 달려들었다. 기어코 그녀 안에 다시 한 번 사정한 그가 그녀의 목덜미에 입술을 묻곤 숨을 거칠게 뱉어냈다.

"……아이, 원해요?"

"다른 애도 아니고 네 뱃속에서 클 아이야. 당연해."

"……미안해요. 난, 당신이……."

진현의 남성이 그녀의 안에서 빠져나갔다. 그리곤 그녀를 일으켜 제 무릎 위에 자신과 마주보게 앉히고는 한층 굳은 얼굴로 그녀를 보았다.

"기대를 갖게 했잖아, 네가."

"내가요?"

"내 여자. 내 아이. 내 가족."

"무슨……."

진현은 정말로 당황한 양 그를 보는 해주에 씁쓸해졌다. 할 수만 있다면 해주가 생각하는 것을 온통 읽어내고 싶었다. 하지만 그도 사람인 이상 그럴 수는 없었다. 그래서 늘 관찰했고 그녀를 지켜보았다. 그래도 부족했다.

"내 여자, 내 아이, 내 가족에 대한 기대."

사실 살면서 그런 걸 꿈꿔본 적은 없었다. 그런데 해주가 그렇게 만들었다. 그녀와의 결혼생활은 언젠가 전통찻집에서 가졌던 짧은 데이트보다 몇 배는 더 풍족했고, 바닷가에서의 기억보다 더 그를 웃게 했다. 스스로 그래본 적이 없을 정도로 점점 커져만 가는 감정의 크기가 낯설었다. 하지만 그는 받아들였다. 변화에 인색한 그였지만 받아들일 용기가 없는 것도 아니었다.

그러다 생각했다. 이 적막한 집 안에 내 여자가 있다. 그를 사랑해주고, 또 사랑하는 여자가 있다. 그리고 그 안에 그녀와 꼭 닮은 아이가 있다. 생각만으로도 등줄기에 오싹 전율이 일었다. 가지고 싶었다. 너무나.

"이 안에, 내 아이. 원해."

환히 드러난 해주의 아랫배에 제 손을 가져간 진현이 그녀의 허리를 잡아 올렸다. 그새 꼿꼿하게 선 그의 남성 위로 아직 채 마르지 않은 해주의 여성을 가까이 가져갔다. 그녀가 교성을 흘렸고 진현은 그가 가장 안락하게 쉴 수 있는 장소를 향해 허리를 들이밀었다.

가져도, 가져도 새롭기만 한 여자가 그의 어깨에 얼굴을 묻고 신음을 흘렸고 그는 작고 탱탱한 엉덩이를 잡아 쉴 새 없이 움직이게 했다. 곧 절정을 맞은 해주가 늘어졌고, 진현은 그런 그녀를 안아들고 복층 위의 침실로 올라갔다. 그가 움직일 때마다 배 속 깊은 곳에서 휘저어대는 남성에 그녀가 몸을 떨었다.

해주를 눕히고 그대로 옆에 누워 그녀를 끌어안은 진현이 지친 숨을 헐떡이는 해주의 귓가로 입술을 가져갔다.

"하지 않는 게 좋을 거야."

"……뭘요?"

해주가 물었고 진현은 다시금 손을 앞으로 뻗어 해주의 여성을 자극하기 시작했다. 이제 더 느낄 힘도 없는지 해주가 허리를 움츠렸고 그럼에도 불구하고 진현은 가차 없이 그가 원하는 장소를 향해 손을 뻗었다.

"임학도랑 꾸미고 있는 그 짓."

"그건 어떻게⋯⋯!"

해주의 여성에서 손을 빼낸 진현이 그의 것과 해주의 것이 섞인 체액을 혀로 핥아내며 해주의 귓가에 속삭이듯 말했다.

"형 일은 내가 알아서 해. 전시 준비도 잘 돼가고 있고, 모작 찾는 일도 더디지만 진행하고 있어."

손가락을 핥는 그의 노골적 행위에 얼굴이 붉어진 해주가 아랫입술을 깨물더니 곧 그를 향해 드러누웠다. 진현이 그녀를 내려다보자 해주가 두 눈을 앙칼지게 떴다.

"내가 해요. 당신 일이니까, 내가 해요."

"윤해주."

"위험하지 않을 때, 내가 들어가면 되잖아. 나 잘하는 거라곤 몸 움직이는 거밖에 없는데. 당신 돕고 싶어요."

그녀는 강경했다. 그는 이 눈에 약했다. 살다보니 그에게도 약한 것이 생겨버렸다. 진현은 낮은 한숨을 내쉬었다.

"도둑질, 싫어했잖아."

"⋯⋯언제, 훔쳐줄까요?"

대답은 않은 채, 해주가 고양이처럼 앙큼한 미소를 베어 물었다. 진현은 웃고 말았다. 싫다고 질색할 때가 불과 일 년도 안 됐는데 이 여자는 늘 그를 즐겁게 했다. 흥미롭게 했고 자극했다.

"우선은 자."

그녀의 가는 몸을 품 안으로 그러안으며 진현이 말했다. 해주가 볼멘소리로 이런 식으로 얼렁뚱땅 넘어갈 생각 말아요, 했다. 진현은 웃었다. 여자의 고집을 누구보다 잘 안다. 몇 번은 그가 원하는 대로 져주곤 했지만 자신이 정말 원하는 것은 포기를 모르는 여자였다.

"아, 그렇지."

문득 눈을 번쩍 뜬 해주가 그를 목만 돌려 보았다. 그리고 배시시 미소를 베어 물었다.

"오늘도 사랑해요."

진현은 웃었다. 이 한 마디가 그를 살아가게 하는 힘이었다.

"하루라도 안 하면 입에 가시 돋으니까."

해주가 그녀의 가슴 위를 감싼 진현의 손을 들어 쪽, 입을 맞췄다. 진현은 더욱 깊숙이 여자를 끌어안았다. 안아도 부족했고 온기를 나눠도 부족했고 보고 있어도 부족했다.

여자는 늘 그를 목마르게 했다. 이 사랑이란 것은 그를 풍족하게 했지만 또 다른 갈증을 야기하기도 했다. 해주의 벗은 하얀 어깨에 점점이 입술을 찍으며 진현은 미간을 일그러트렸다. 여자를 사랑했다. 여자는 그의 숨이었다. 공기였고, 물이었다.

그래서 아팠다. 사랑은 고통스러웠고, 잔인했으며, 불만족스러웠고 또 끝 간 데 없는 욕망만 불러일으켰다. 그래도 하고 있다. 멈출 수가 없었다. 진현은 그가 아무리 새겨 넣어도 부족하기만 한 해주를 그의 몸에 박아 넣을 것처럼 강하게 안았다. 그것에 익숙한 해주는 가만히 안겨들었다. 그게 또 갈증을 불러일으킨다.

여자는 갈증이었다. 이 미친 감정을, 그는 어떻게 해야 할까.

살아온 평생 단 한 번도 사랑이란 걸 해본 적 없는 남자는 그
렇게 사랑 하나를 차고 넘치게, 범람하도록, 감당할 수 없도록
그렇게 미치게 했다.

그래서 그의 밤 또한 번뇌로 일그러졌다.

- fin.

작가 후기

  '걸작으로 노는 남자'는 사실 일 년을 넘게 준비한 작품입니다. 그런데 소설의 틀은 꾸준히 독자님들을 만나 뵈면서 완성이됐습니다. 재작년 겨울부터 꾸준히 자료를 모았고, 꾸준히 진현이와 해주에 대한 생각을 했었습니다. 그리고 스스로가 생각하기에 이전의 어떤 작품보다 마음이 가는 글로 이렇게 세상에 내보내게 됐습니다.

  '걸작으로 노는 남자'는 로맨스 소설을 접하시는 분들께는 다소 생소하고 어려우실지도 모르는 '고미술품'에 대한 이야기를 배경으로 시작됩니다. 처음에 고민을 많이 했습니다. 어떻게 풀어내야 재미있게, 어렵지 않게, 흥미롭게 쓸 수 있을까. 저와 함께했던 독자님들께선 아시겠지만, 꾸준한 댓글과 쪽지로 많은 도움 받았습니다.

저는 '걸작으로 노는 남자'를 쓰면서 스스로 애국심에 불탔더랍니다. 사실상 소설 속에 등장하는 수많은 미술품들은 모두 해외에서 떠돌아 고국으로 돌아오지 못하거나, 도굴꾼들에 의해 행방불명된 실존하는 미술품들입니다. 그래서 조사하고 이야기로 엮어내며 분노도 하고 침울해지기도 했습니다. 그래서 굳이 고미술품에 대해 언급되는 부분들은 더하거나 빼는 것 없이 그렇게 두었습니다.

아직도 제 머릿속에는 진현이와 해주가 선합니다. 주인공들 못지않은 존재감을 뿜어냈던 학도 역시 마찬가지고, 딸을 끝까지 알아보지 못하고 유명을 달리한 진이 역시 사무치게 남았습니다. 저는 '걸작으로 노는 남자'에 스스로가 가지고 있는 많은 에너지를 쏟아 부은 것 같습니다. 그래서 손에서 놓으려는 지금, 굉장히 허전하고 가슴이 빕니다.

이 뒤에는 남은 이야기가 또 있습니다. 작가 후기까지 읽어주시는 분들에게 드리는 팁이랄 수도 있겠습니다. 아시는 분은 아시겠지만, 외전 이북이라고 하죠. 본 책이 출판된 도서출판 가하의 홈페이지 익스북(www.ixbook.co.kr)으로 오시면 외전을 무료로 보실 수 있습니다. 여유가 되신다면 해주와 진현이의 아이 이야기까지 함께해주시면 고맙겠습니다.

이번 글을 쓰면서 소중한 인연을 맺었습니다. 도서출판 가하의 이승진 과장님, 편집부 님 고맙습니다. 많은 배려와 격려에 오히려 힘을 받고 진행한 작업이었던 것 같습니다.

저는 어느 날 갑자기 소설을 쓰기 시작한 사람은 아닙니다. 어렸을 때부터 글을 쓰는 걸 좋아했고, 관련된 직업을 가지기도 했으며 이곳까지 왔습니다. 저는 앞으로도 글을 쓸 것입니다. 들려드리고 싶은 이야기가 많습니다. 그래서 자주, 얼굴을 비출지도 모르겠습니다. 자주 얼굴 비출지라도, 늘 재미있는 이야기를 들려드릴 수 있도록 하겠습니다. 노력하는 사람이 되겠습니다.

마지막으로 애증으로 엮여 한 지붕 아래 사는 우리 가족들, 고맙습니다. 그리고 내 인생의 멘토 하나 언니, 결혼 축하합니다. 규진 형부는 우리 언니 행복하게 해주세요. 그리고 오랫동안 연락하지 못했던 그리운 내 친구 샤론이에게도 고마움 반, 미안함 반 담습니다. 제가 둥지를 틀고 있는 깨으른 여자들의 모든 님들, 카페 나무 바람을 사랑하다의 모든 님들, 늘 부족한 작가의 지지대가 되어주셔서 고맙습니다. 또 이 책을 읽어주신 독자님들, 고맙습니다.

이윤미 拜上